KB268930

소설 『몽유도원』의 주요 배경인 한양의 모습

안평대군의 집은 서울 종로의 옥인아파트 자리,
무계정사는 서울 부암동 동사무소 부근,
담담정은 서울 마포대교 북단 근처에 있었다.
수양대군의 집은 덕수궁 오른쪽 울타리 입구(서울성공회성당 입구)에 있었다.

「몽유도원도」 제기題記와 찬시讚詩

「몽유도원도」에는 하늘과 땅, 인간을 두루 아울러
이상정치를 실현하고자 한 안평대군의 웅대한 꿈이 담겨 있다.
안평대군은 「몽유도원도」에 직접 그림의 제목을 쓰고 찬시를 지었다.

世間何處夢桃源　꿈에 본 도원은 세상 어디련가
野服山冠尙宛然　산인의 옷차림 아직 눈에 선한데
著畵看來定好事　그림으로 그려보니 보기 좋아라
自多千載擬相傳　이대로 천년을 이어갈씨고

「몽유도원도」

안견이 세종 29년(1447)에 그린 것으로,
가로 106.2센티미터 세로 38.6센티미터의 수묵담채화다.
안평대군이 꿈에 본 도원을 그려달라고 청하자
안견은 현실 세계와 이상향인 도원을 대비한
신비로운 풍경을 화폭에 담아 삼 일 만에 완성했다.
안견의 대표작이자 조선시대 최고의 걸작으로 꼽히는 「몽유도원도」는
안타깝게도 현재 일본의 국보로 지정되어
일본 덴리대학교 중앙도서관에 소장되어 있다.

몽유도원

국립중앙도서관 출판시도서목록(CIP)

몽유도원 : 권정현 장편소설 / 권정현 지음.
 -- 고양 : 위즈덤하우스, 2009
p. ; cm

참고문헌 수록
ISBN 978-89-5913-411-3 03810 : ₩ 12800

한국 현대 소설[韓國現代小說]

813.6-KDC4
895.735-DDC21   CIP 2009003198

몽유도원

초판 1쇄 인쇄 2009년 10월 20일   초판 1쇄 발행 2009년 10월 27일

지은이 권정현 **펴낸이** 신민식

기획 설완식

출판 1분사 분사장 박선영
편집장 이효선 **편집** 이효선 **표지디자인** 하은혜
제작_이재승 송현주

펴낸곳 (주)위즈덤하우스 **출판등록** 2000년 5월 23일 제13-1071호
주소 경기도 고양시 일산동구 장항동 846번지 센트럴프라자 6층 **전화** 031-936-4000 **팩스** 031-903-3891
전자우편 yedam1@wisdomhouse.co.kr **홈페이지** www.wisdomhouse.co.kr
출력 엔터   **종이** 화인페이퍼 **표지가공** 이지앤비   **인쇄·제본** 영신사

값 12,800원 ⓒ권정현, 2009
ISBN 978-89-5913-411-3 03810

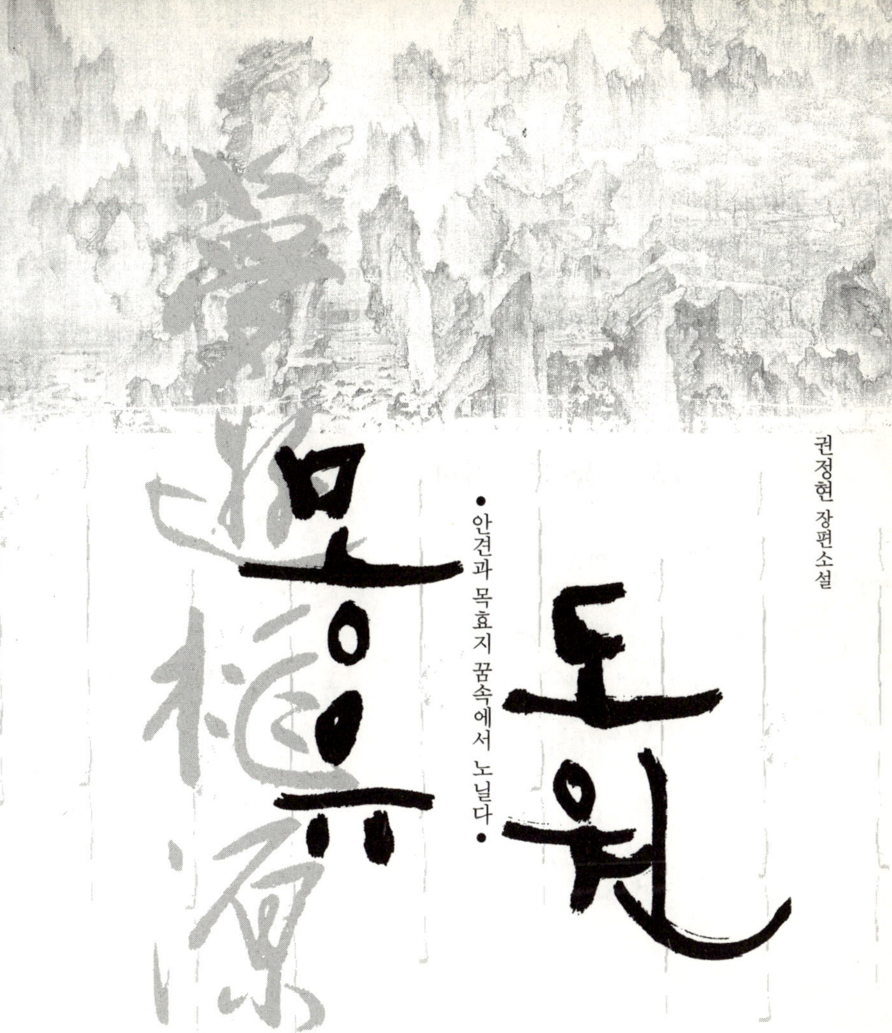

권정현 장편소설

도원

● 안견과 목효지 꿈속에서 노닐다 ●

예담

3부 • 꿈을 거닐다

안견

가난한 중인 집안에서 태어나 그림에 뛰어난 소질을 발휘, 궁중 도화서에 특채된다. 궁중화가로 살면서도 늘 자신만의 그림을 펼쳐 보이고픈 꿈을 꾸던 안견은 스승도, 참고할 그림도 없이 독학으로 그림 공부를 하다가 안평대군이 그림을 좋아해 오래된 그림을 많이 소장하고 있다는 소식을 듣고 몰래 안평대군의 화실로 잠입한다. 이를 계기로 두 사람은 예술을 논하는 친구가 되고, 어느 날 안평이 꿈에서 본 도원을 그려달라고 청하자 안견은 자신의 모든 실력을 집대성하여 삼 일 만에 「몽유도원도」를 완성한다.

목효지

조선 초기, 역모 사건에 휘말려 노비로 전락한 비운의 가문에서 태어났다. 궁중 제사에 쓸 곡식을 담당하는 '전농시'에 소속되어 노비로 살며 틈틈이 풍수를 공부하던 목효지는 현존하는 모든 풍수서를 암기, 당대 최고의 실력을 기른다. 이를 바탕으로 세종에게 소릉에 관한 상소를 올려 노비를 면책 받고 풍수 공부에 전력하도록 배려 받는다. 그러나 7년 뒤, 불당을 설치할 때 상소를 잘못 올렸다가 세종의 진노를 사 다시 노비로 내처진다. 그러던 어느 날 나는 새도 떨어뜨린다는 좌의정 김종서의 집으로 안내되고, 김종서가 조상 묘에 박힌 쇠말뚝에 대해 은밀히 알아봐달라고 하자 이번 일에 공을 세우면 노비 신분을 풀어달라고 당돌하게 거래를 청한다.

안평대군

세종의 셋째 아들로 그림과 글씨, 시작詩作, 음악을 두루 사랑했다. 형 문종의 병색이 짙어가자 둘째 형인 수양대군의 권력 장악 음모에 위기를 느끼고 세력을 모아 조용히 거사를 준비한다. 안평대군이 안견에게 그리게 한 「몽유도원도」에는 하늘과 땅, 인간을 두루 아울러 자신의 이상정치를 실현하고자 한 그의 웅대한 꿈이 담겨 있으며, '몽유도원도'는 안평대군이 수양을 제거하려 할 때 사용한 거사 암호이기도 하다.

수양대군

세종의 둘째 아들로 어려서부터 강골인 데다가 말을 타고 사냥하는 일을 즐겼다. 특히 활쏘기를 좋아하여 항상 활을 몸에 지니고 다녔으며 매를 길러 사냥에 이용하기도 했다. 가신인 권람, 한명회 등과 더불어 조카인 단종을 몰아내고 왕권을 수탈할 계획에 골몰하던 수양대군은 권력의 전면으로 나서기 위해 당대 최고의 실력자이자 공신인 김종서와 황보인, 그들 편에 선 친동생 안평대군의 힘을 무력화하고자 피 말리는 심리전을 펼친다.

양정　　목효지의 어린 시절 친구로 힘이 장사인 데다 무예가 뛰어났다. 수양대군을 추종하며 비밀리에 거사를 준비하던 한명회의 눈에 띄어 그 수하로 들어간 양정은 한명회의 지시로 김종서와 황보인의 기를 누르기 위해 그들의 조상 묘에 쇠말뚝을 박는다. 몰래 대장간을 드나들며 쇠말뚝을 운반하다가 그곳에서 쇠말뚝의 출처를 조사하던 목효지를 우연히 만나게 되고 옛 친구가 서로 적이 돼 있음에 한탄한다.

초요갱　　관기 노릇을 하다 병을 얻어 관가 부엌에서 허드렛일을 하던 부엌어멈의 딸로 태어났다. 열네 살 되던 해에 어머니가 죽자 초요갱은 스스로 글을 깨치고, 사대부들의 연회에 자주 들락거리다 충청도 목사의 눈에 띄어 첩실이 되었다. 목사는 죽기 직전 가족들 몰래 모아둔 돈을 물려주었고, 초요갱은 목사가 죽자 한양으로 올라와 그 돈으로 목멱산(남산) 자락에 주막을 차려 왕실·고관대작들과 친분을 맺기 위해 노력한다. 목효지를 사랑하지만 신분상승을 위해 끝내 목효지를 배반하고 세종의 아들인 평원대군의 첩이 된다.

이현로　　집현전 교리로 풍수에 조예가 깊었다. 누구는 태조를 도운 무학과 최양선의 뒤를 이은 조선 최고의 술사라고도 추켜세웠고 누구는 허풍장이 사기꾼이라며 손가락질하기도 하는, 조정 안팎에서 이중의 평가를 받는 인물이다. 안평대군의 모사謀士로 함께 거사 준비를 하던 중 목효지와의 풍수대결에서 수양대군의 집터를 잘못 읽는 우를 범한다.

한명회　　개경에서 다 허물어져가는 궁터를 지키다 죽마고우인 집현전 교리 권남의 소개로 수양대군과 인연을 맺었다. 가까운 장래에 일어날 일을 정확히 예측하는 놀라운 재주를 지녀 수양대군을 만난 지 일 년여 만에 그의 오른팔이 되었고, 당시 권력자인 김종서와 황보인의 세력을 누르기 위해 그들의 조상 묘에 쇠말뚝을 박고 '황표정사' 폐지를 건의하도록 수양대군에게 제안하는 등 수양대군의 모사 역할을 톡톡히 한다.

하늘은 때때로 인간을 희롱하기도 하지…….
그렇담 희롱당하지 말아야겠지요!

작년 봄, 나는 좌의정 김인후 대감의 집에 놀러갔다가 흥미로운 말을 들었다. 국초에 활동한 화가 안견과 그가 그린 '안평대군 이용李瑢의 꿈'에 관한 이야기가 그것이다. 안견은 품계 낮은 도화서 화공에 불과했으나 안평에게 떠어 그림의 묘법을 두루 터득, 「몽유도원도」라 부르는 신비롭고 기이한 그림을 그렸다고 전한다. 그러나 지금은 단 한 점도 그의 그림을 찾아볼 수 없게 되었다.

초대 받은 손님들은 안견의 그림이 어디로 사라졌는지를 놓고 의견을 나누었다. 어떤 이는 그림이 몇 점 남았을 것이라 확신했고, 어떤 이는 한 점도 남지 않았다고 주장했다. 전자는 세조가 안평을 죽인 뒤 그의 재산 일부를 공신들에게 나누어 주었다는 기록을 예로 들었다. 후자는 '계유정난' 직후 세조에 의해 안평대군의 수집품이 전부 불태워졌다는 항간의 설을 근거로 삼았다.

다들 안견의 자질을 칭송하며 「몽유도원도」만이라도 남아 전하기를 바라는 눈치였다. 김인후 대감은 근자에 사대부들이 안견을 흉내 낸 가짜 그림을 몰래 입수, 안견의 그림이라 칭하며 그 명성에 의지하고 있으니 참으로 후세에 민망한 일이라며 혀를 찼다. 다른 참석자들도 대체로 그 의견에 동감하며 그림의 보존과 기록에 대하여 한동안 갑론을박을 계속하다가 밤늦게 자리를 파했다.

집으로 돌아온 뒤 나는 안견에 대한 자료가 남아 있는지 여기저기 수소문해보았다. 그러다가 우연찮게 신숙주가 쓴 『보한재집保閑齋集』 「화기畵記」에서 안견의 흔적 일부를 발견했다. 「화기」에 의하면, 당시 안평대군이 소장한 안견의 그림은 삼십여 점이었다고 전한다. 다행인지 목록에는 「몽유도원도」가 들어 있지 않았다. 「몽유도원도」가 정난 과정에서 유실되지 않고 누군가에 의해 보존되고 있을지도 모른다는 한 가닥 희망을 갖게 하는 기록이었다.

나는 규장각과 성균관 서고, 사대부들 집으로 일일이 발품을 팔았다. 그 결과 몇몇 잡기의 기록을 근거로 안견이 계유정난에서 살아남았고, 이후 더는 그림을 그리지 않았다는 새로운 사실을 알게 되었다. 또한 석경石敬이라는 제자가 그의 뒤를 이었으며, 안소희安紹禧라는 아들이 있어 과거에 급제하고 벼슬길에 올랐다는 기록까지 찾아냈다. 그러나 화가로 정점에 이른 안견이 왜 붓을 꺾었는지, 그가 마지막으로 그린 「몽유도원도」가 어디로 사라졌는지는 여전히 의문으로 남는다. 이에 후세인들에게 글로 남기니 혹여 어느 때 어느 곳에서 이와 같은 그림을 보거든 잘 보존하여 누대의 보물이 되도록 할지어다.

_ 민응신(1772~1832년), 「사라진 그림에 붙여」, 『서화잡기書畵雜記』

노인은 지팡이에 의지해 힘겹게 발을 떼었다. 수숫대처럼 깡마른 몸은 금방이라도 쓰러질 듯 비칠거렸다. 작은 바람에도 걸음을 멈추고 호흡을 골랐다. 콜록콜록, 잔기침이 터지자 뼈가 앙상한 손마디로 입을 틀어막았다. 낡은 중치막 소매로 객혈이 튀었다. 핏물이 명주 사이로 스미는 걸 노인은 무심히 보았다. 곰팡이가 피듯 얼룩은 옷감 틈새를 따라 둥글게 번졌다. 피는 죽은 자의 것처럼 검붉고 탁했다.

노인은 안간힘을 쓰며 주춤주춤 정자로 다가갔다. 정자 주변은 들깨밭이었다. 중년의 농부와 열 살 전후쯤 돼 보이는 소년이 깨를 털고 있었다. 도리깨가 허공을 가를 때마다 까만 들깨알들이 늦가을 햇볕 속으로 툭툭 튀어 올랐다. 노인은 헛손질을 해대며 가까스로 난간을 짚었다. 기침이 연이어 노인의 몸을 쥐고 흔들었다. 노인은 정자 난간에 부딪히며 무릎을 꺾었다. 끈적끈적한 선지피가 목젖을 타고 올라왔다.

"어르신, 어디 편찮으신 데라도……."

소년이 깻단을 내던지고 뛰어왔다. 노인은 소매로 피를 훔치며 곁에 떨어진 바랑을 가리켰다. 소년이 바랑을 발치로 끌어오자 노인은 낡은 무명조각을 꺼내 입을 닦았다. 기침이 멎자 노인은 턱을 조인 갓끈부터 풀었다. 비라도 내릴 듯 우중충한 기운이 들녘을 덮어왔다. 소리개로 보이는 새 한 마리가 산등성이에 날개를 걸쳤다. 소리개가 날개를 펄럭이며 구름을 밀어냈다. 흑단령처럼 검은 날개 그림자가 논밭을 덮으며 정자로 조여왔다.

'날개가 저렇게 거대하다니…….'

눈이 감기려는 찰나 낯선 목소리가 의식을 돌려놓았다.

"이보슈, 처음 뵙는 분인데 혹 이 마을에 연고가 계슈?"

깨를 털던 소년의 아버지가 정자로 올라와 물통을 내밀었다. 남자의 몸에서 시큰한 땀내가 풍겼다. 땀내를 맡자 노인은 아직 자신이 살아 있다는 것을 실감했다. 노인은 아득해지던 정신을 추스르며 가쁘게 숨을 토했다. 며칠 전부터 계속된 잔기침이 집요하게 목을 간질이며 올라왔다. 숨이 돌아오자 노인은 애써 웃으며 농부를 안심시켰다.

"난 괜찮네. 종일 걸었더니 허파에 바람이 좀 든 모양이야."

노인은 물을 마시며 방금 본 소리개의 잔영을 더듬었다.

"아무래도 상태가……. 의원을 부를 테니 꼼짝 말고 여기 계슈."

농부는 아들에게 노인을 부축하라 이르고 정자를 내려갔다.

"이보게, 의원은 됐으니 내 청 하나만 들어주게……."

농부가 걸음을 멈추고 뒤를 돌아보았다.

"목이 마르니 술 한잔만 구해다주게나."

농부가 눈을 찡그리며 퉁명스럽게 뱉었다.

"방금 전까지 피를 토하던 양반이 웬 술타령이슈?"

"늘 달고 사는 지병이니 크게 걱정 안 해도 되네."

"예끼, 말이 되는 소릴 해야지!"

농부는 노인의 말을 무시하고 가던 걸음을 계속했다.

"정말일세. 목이 말라 그러니 불쌍한 늙은이의 마지막 부탁이라
여기고 딱 한 번만 소원을 들어주게. 내 사례는 넉넉히 하지……."

"거 보아하니 술병에 걸려 가족도 버리고 여기저기 떠도는 양반
인 모양인데 웬만하면 고향으로 돌아가슈. 안 그러면 금덩일 준다
해도 어림없소."

"약속하겠네. 부탁을 들어주면 고향으로 돌아감세."

"허허, 술을 받든 의원을 부르든 내가 알아서 한대두."

농부가 떠난 뒤에도 노인은 가슴을 붙잡고 괴로워했다.

"하늘은 기어이 술 한잔을 허락하지 않을 모양이야……."

노인은 곁을 지키고 선 소년에게 부탁했다.

"애야, 시간이 없으니 냉큼 바랑 안에 든 것들을 꺼내다오."

노인은 핏기가 가신 손으로 바랑을 끌어당기려 했다. 소년은 노
인이 시킨 대로 바랑에 담긴 물건을 꺼내 정자 바닥에 늘어놓았다.
낡은 마고자 한 벌과 소금이 든 나무통, 용도를 알 수 없는 환약 몇
알, 말총으로 만든 망건과 구멍 뚫린 버선 한 켤레, 크고 작은 붓

다섯 자루, 부러진 먹과 벼루, 대나무 물통, 두툼한 비단 두루마리 등이었다.

"거기, 그것을 좀 펼쳐주겠니?"

노인이 주름진 턱으로 비단 두루마리를 가리켰다.

"이것 말입니까?"

소년은 조심스럽게 두루마기를 묶은 명주실 매듭을 풀었다. 왼쪽으로 두루마리를 굴리자 그림 한 점이 소년의 눈앞으로 흘러갔다.

"그림이 아닙니까? 어르신은 그림을 그렸던 모양입니다."

소년이 잇몸을 드러내며 좋아했다.

"그래, 맞다. 난 화공이었지. 넌 그림을 아느냐?"

"아니요. 하지만 배우고 싶습니다."

"그렇다면 그림을 자세히 보거라."

"계곡이 깊고 길이 험하옵니다."

"또 무엇이 보이느냐?"

"계곡과 복숭아나무, 빈 배와 이상하게 생긴 바위들, 아 초당이 보여요. …… 한데 어르신, 어찌하여 사람이 보이지 않는지요? 초당이 비었어요!"

노인은 입술 끝을 치켜 올리고 힘겹게 웃었다.

"잘 보았다. 아주 텅 비어 있지."

"어찌하여 그런지요?"

"이유가 알고 싶으냐?"

"예."

노인의 눈가에 회한이 여울처럼 스쳤다.

"그림을 네게 줄 터이니 연구해보거라."

"제게 이 그림을 주신다고요?"

소년이 눈을 동그랗게 뜨고 물었다.

"대신 부탁이 하나 있다. 들어줄 수 있겠니?"

노인은 이마를 움찔하며 고개를 들었다. 정자 주변으로 검은 기운이 음산하게 피어올랐다. 새 한 마리가 날개를 펄럭이며 정자를 향해 날아왔다. 한동안 보이지 않던 소리개였다. 소리개의 날개가 가루다처럼 해를 가리며 차츰 정자를 덮어왔다.

"어르신, 어르신."

소년이 흙 묻은 손으로 노인의 어깨를 흔들었다.

"얘야, 네 이름이 무엇이냐……."

닫혔던 눈까풀이 열리며 흰 눈자위가 드러났다. 눈물이 주름진 살결을 타고 귀밑머리로 흘러내렸다. 고뇌하던 젊은 날의 기억들이, 아우성치며 울부짖던 무수한 시간의 잔영이, 그 시간을 아우르던 바람과 살아 있던 것들의 거친 숨소리가 화석처럼 굳어가는 노인의 몸을 떠나려 하고 있었다. 소년은 노인의 귀로 입을 가져갔다.

"제 이름은 석경입니다."

"석경이라. 경아, 부탁이 있다."

"예, 어르신."

"그 두루마릴 잘 보관해주려무나……."

노인은 고개를 떨구며 정자 바닥에 이마를 찧었다.

"어르신은 뉘십니까? 그리고 이 그림은 무엇인지요?"

소년이 안절부절 못하며 물었다.

"나는 현동자다. 그림은……."
입안에 고여 있던 말의 씨앗들이 바람에 흩어졌다.
"어르신, 아직 술이 오지 않았습니다."
눈이 감겼다.
"어르신, 어르신……!"

눈이 아닌 가슴으로 볼 수 있는 그림을 그려주게

눈에 보이는 그림은 불에 타거나 비에 젖어

혹은 세월에 녹아 언제든 없어지는 게 세상의 이치라네

하지만 가슴에 새겨진 그림은 천년 세월도 뛰어넘을 수 있지

자네와 내가 죽어도, 조선이 지고 새 나라가 세워져도

죽지 않고 시들지 않는, 영원으로 사는 그림을 그려주게

1부

꿈을 그리다

세종 28년(1446) ~ 세종 29년(1447)

바람 소리

황토를 연하게 먹인 비단 위로 여자 무희 하나가 팔을 쭉 뻗었다.
그 뒤로 또 다른 무희가 같은 몸짓을 연출했다. 바람에 얹힌 「장춘
불로지곡」이 장엄하게 흥을 돋웠다. 바람을 사뿐히 밟고 선 무희들
의 표정은 제각각이었다. 흥에 겨워 입꼬리를 잔뜩 위로 당긴 무
희, 슬쩍 임금을 곁눈질하는 무희, 입술을 굳게 다문 무희, 반 박자
가 늦어 얼굴을 붉히는 무희……. 둥글게 원을 그렸다가 모여들고
흩어지던 열두 명의 무희가 소나무에 앉은 학들이 날개를 치켜세우
듯 손에 든 흰 비단 천을 광연루 연못으로 흘리는 순간, 주상(세종)
은 입을 크게 벌리고 수염을 쓰다듬는 동작으로 비단 속에 스몄다.
　주상의 전신을 모두 그리자 안견은 먹을 갈며 허리를 폈다. 나흘
전 창덕궁 광연루에서 열린 기로연耆老宴 장면을 죽탄으로 촌묘해
놓았다가 아침부터 가는 붓으로 윤곽을 하나하나 그리던 참이었

다. 올해로 지천명의 나이에 든 주상은 기로연 내내 웃음을 그치지 않았지만 용안이 검붉은 게 병색이 짙었다. 태평했던 한 시대가 서서히 저물고 있음을 붓끝으로 느끼며 안견은 주상 뒤에 늘어선 나인과 내시의 옷깃을 가늘게 그었다. 그들의 윤곽을 흐리게 처리하여 주상을 더욱 돋보이게 할 작정이었다.

나라에서는 임금의 주관으로 해마다 봄과 가을, 두 차례에 걸쳐 고희를 넘어선 노신들을 궁으로 초청하여 잔치를 벌인다. 무희들이 춤을 추는 양옆 공간에는 각자 술상을 앞에 놓고 대취한 노신들이 죽탄으로 표현되어 있었다. 초대된 대신들 중 임금과 가장 가까운 곳에 앉은 이는 나이 여든넷의 방촌 황희 대감이었다. 이미 십여 년 전 영면에 든 맹사성 대감과 더불어 한 시대를 풍미한 황희의 얼굴에는 저승꽃이 두드러졌다.

'성군이 가고 충신이 지면 그림은 어찌 될까.'

안견은 촌묘 내내 머릿속이 복잡했다. 떠들썩한 기로연 와중에도 주상은 자주 차양 밖 하늘을 살폈다. 오조룡이 수놓인 다홍색 곤룡포 속에서 주상의 눈동자는 불안하게 흔들렸다. 화공 특유의 눈썰미가 아니라면 결코 감지할 수 없는 심연의 감정이었다. 주상의 눈동자가 흔들릴 때면 주상이 아닌, 한 인간의 내면 깊은 곳에 자리한 고독과 두려움이 그대로 폐부를 찌르듯 가슴으로 전해져왔다. 장자인 향珦(훗날의 문종 임금) 저하가 병석에 눕는 날이 잦아질수록 주상의 근심도 더욱 커가는 것 같았다.

주상의 환우 역시 세자 저하에 못지않다는 게 항간의 소문이었다. 주상은 이미 십여 년 전부터 몸이 붓고 혈색이 붉어지는 병을 얻어 자주 식은땀을 흘렸다. 명나라는 물론 멀리 서역에서 온 의원까지 맥을 짚고 약재를 지어 올렸으나 병은 호전되지 않았다. 건강에 자신이 없어지자 주상은 세자에게 권력을 넘겨주고 상왕으로 물러앉기를 희망했다. 하지만 대신들의 반대에 부딪혀 계획은 번번이 무산되었다. 오 년 전부터는 중요한 업무를 세자에게 처리하도록 하는 사실상의 섭정을 실시하여 업무를 분담해왔다. 하지만 그 조치는 오히려 주상과 세자 모두의 건강을 해치는 결과를 낳았다.

안견은 숨을 길게 내쉬며 바림붓을 먹물에 적셨다. 다람쥐털로 만든 바림붓은 방촌 대감의 턱밑에서 바람을 탔다. '바람을 탄다'는 말은 의도한 대로 붓이 먹혀들지 않을 때 화공들이 우스개로 주고받는 말이다. 그려놓고 보니 입을 헤 벌리고 대취한 그림 속 방촌 대감은 꽤나 희극적으로 보였다. 평소 방촌 대감의 상징이나 다름없는, 곧고 반듯하게 뻗은 수염은 바람에 날리는 염소수염처럼 우스꽝스럽게 표현되었다. 주상과 더불어 국정을 논할 때 차돌처럼 편전을 지키던 몸뚱이는 금방이라도 춤사위를 뿜어낼 듯 가벼웠다.

'늙어간다는 것은 결국 가벼워지는 것이리라.'

안견은 공허한 눈으로 붓끝을 가늠했다.

'쭉정이만 남아 몸은 작은 바람에도 휘청거리고 기억은 희미해져 아득하게 흩어지게 마련인 것, 그러나 그림은 다르다. 천년 세월이 흘러도 화가의 정신은 그림 속에 머문다.'

안견은 팔에 힘을 주고 먹선을 가늘게 그어나갔다.

"곧 점심시간이니 쉬었다 하지 그러나?"

도화서 제조 김윤겸이 지나가며 등을 살짝 건드렸다.

"하던 일을 마저 끝내고 좀 늦게 들겠습니다."

안견은 자리에서 일어나 공손히 고개를 숙였다.

"아니, 한데 자네!"

김윤겸이 구부정한 어깨를 돌려세웠다.

"전하 앞에 앉은 분은 방촌 대감이 아니신가?"

김윤겸이 송충이 눈썹을 움찔하며 그림을 살폈다. 작업에 열중이던 다른 화원들이 일제히 고개를 들었다. 안견은 조갈증을 느끼며 한쪽으로 비켜섰다. 미닫이 창 밖으로 비스듬히 떠 있는 백악의 바위들이 오늘따라 더욱 거무튀튀해 보였다. 김윤겸은 안견이 아침부터 공들여 먹선을 넣던 화면을 들어 올리며 특유의 저음으로 목소리를 깔았다.

"아니 되네. 명색이 나라에서 그리는 그림인데 시중 환쟁이가 그리는 풍속과 같아서야 되겠는가? 자네도 알겠지만 인물을 그릴 땐 그 인물의 지위와 품격에 따라 표현도 달라져야 하네. 무인을 그릴 땐 바위도 쪼갤 듯 굳센 힘이 서려야 하며 학자나 사대부의 몸에선 겨울날의 낙락장송처럼 청빈한 기상이 표현되어야 하지. 하물며 정승 중의 정승으로 일컫는 방촌 대감이고 볼진대 이 괴이쩍은 자세가 웬 말인가!"

예조참판을 겸직하는 도화서 제조 김윤겸은 성품이 강직하고 재물을 탐하지 않아 따르는 선비들이 적지 않았다. 문제는 그러한 성품이 화공들의 그림에까지 일일이 영향을 끼친다는 점이다. 그는 화공 개개인의 개성을 인정하지 않고 곧잘 통일된 필묵의 격식을 강조했다. 임금의 어진을 그리거나 궁중의 법도를 기록한 기록화는 채색 전 단계에서 일일이 그의 검열을 거쳐 수정되거나 재차 그려지는 일이 잦았다.

"기로연날 날씨가 심상찮아 아무래도 바람을 탄 듯합니다."

옆에 있던 선회善繪 이정화가 안건을 변호하고 나섰다.

"그래도 그렇지! 주상전하의 용태가 모셔질 그림이 아닌가? 붓을 놀릴 때 한 점, 한 획에 심혈을 기울여 낙필해야 함은 물론이요, 글자를 넘어서서 그림만으로 그날의 일을 담아낼 수 있는 것이 자네들의 소명일세. 대저 필묵이 무엇인가? 필묵은 먼저 필의와 필기를 얻어야 하고 그 뒤에 천지음양의 조화를 살펴 먹의 농담을 정하고 붓끝에 시대의 정신을 오롯이 담아내어 후세에 전하는 것임을 어찌 잊었는가?"

'아, 웬 케케묵은 화법 강론이란 말인가.'

안견은 목구멍으로 치미는 말을 참지 못하고 터뜨렸다.

"소인이 어찌 그것을 모르겠습니까. 다만 풍속화란 것이 눈에 보이는 사실을 그대로 기록함을 원칙으로 하나 경우에 따라서는 눈에 보이지 않는 마음의 허실까지 담아내는 것이 예화의 고매한 정신이 아니오리까."

"어허, 해괴한 소리로다. 그렇다면 저 방상씨탈마냥 우스꽝스러운 그림이 자네가 마음으로 본 방촌 대감이란 말인가? 자넨 정녕 방촌 대감이 뉘란 걸 모른단 말인가?"

무거운 돌덩이 하나가 안견의 가슴을 짓눌렀다.

"그것이 아니오이다. 비록 조정의 일을 다룬 기록화일지라도 그 그림 속에 화공의 개성이 녹아 있지 않으면 그것은 그림이 아니라 죽은 기록이 아니오리까? 대감의 익살스러운 모습은 그날 제가 느낀 기로연의 중요한 풍경이었습니다.”

“아니, 뭐라고?”

안견은 내친 김에 말을 이어갔다.

“늙어감이란 무엇입니까? 가볍고 가벼워져 신선이 됨이 아니오리까? 저는 저승도 아니고 현세도 아닌, 중간계에 놓인 방촌 대감을 그리고 싶었습니다. 살펴주십시오.”

“어허, 자네 보자보자 하니 언행이 참으로 수상하군. 살아 계신 대감을 두고 어찌 죽음을 논하는가? 더구나 궁중의 기록화란 현실을 있는 그대로 반영하는 것이거늘, 어찌하여 중간계 운운하는가? 병중에 계신 주상마저 그런 잣대로 논단할 텐가?”

안견은 아차 싶었다. 중간계를 운운하다니, 분명 실언이었다.

“그것이 아니오라…….”

김윤겸이 목소리를 낮추고 훈계하듯 중얼거렸다.

“저 그림을 후세인들이 방촌 대감의 전부로 곡해할까 두렵네. 그림이란 먹의 농담으로 표현된 역사의 기록일세. 사관들이 문자로 기록할 수 없는 일을 자네들이 대신함을 한시도 잊어서는 아니 되네. 알겠는가?”

이정화가 어서 수긍하라며 눈을 찡긋했다.

“유념하겠습니다.”

안견은 허리를 숙이며 눈을 아래로 깔았다.

“오전 내내 고생들 했으니 그만 쉬었다가 하세.”

김윤겸은 헛기침을 날리며 밖으로 나가버렸다.

안견은 수강궁壽康宮 담장을 따라 걷다가 낙산으로 올라갔다. 낙산 위에는 누가 세웠는지 모르는 오래된 정자가 있었다. 안견은 가슴이 답답하면 정자에 올라 멀리 한강을 조망했다. 날씨가 좋은 날은 강을 따라 오락가락하는 조운선들이 보이기도 했다. 주변 지역까지 치면 십여 만 인구가 사는 한양은 조선팔도의 물자를 빨아들이는 거대한 시장이었다. 조운선들이 연일 전국 각지에서 싣고 온 물자를 광진과 용산, 마포 나루에 풀어놓았다. 나루에 부려진 짐들은 우마차나 수레에 실려 한양의 뒷골목으로 흩어졌다.

안견은 수염을 쓰다듬으며 정자 바닥에 정좌했다. 바람이 갓끈을 흔들며 지나갔다. 근처 덤불 속에서 참새 떼가 날아올랐다. 새들은 해를 향해 솟구쳤다가 낙산 골짜기로 곤두박질쳤다. 안견은 눈을 감았다. 사실 김윤겸의 참견은 어제 오늘의 일이 아니었다. 그것은 전임 제조들도 마찬가지였다. 그림에 대한 고민 같은 건 애초부터 그들에게 없었다. 그들은 사사건건 그림에 토를 달며 말로써 자신들의 권위를 세웠다.

화공의 길로 들어선 스물두 살부터 불혹을 목전에 둔 지금까지 안견은 수천 장의 그림을 그리며 뼛속까지 먹물을 묻혀왔다. 궁중의 풍속과 관계된 그림은 물론 국가의 중요 행사인 능행도와 각종 행차도를 비롯해 능묘와 비석, 인장, 예복의 무늬와 장식을 그렸으며 왕족과 권신들의 요구에 따라 초상肖像과 온갖 종류의 화훼도花

卉圖, 노안도蘆雁圖 등을 그려 바쳤다. 도화서로 등청하지 않는 날에도 사방으로 불려 다니며 계회도契會圖를 그렸고, 심지어는 음란한 풍속화를 그려달라는 요구도 받았다.

물에 풀어진 먹물은 꽃을 희롱하는 고양이가 되었다가 늙은 대감의 세치가 되기도 하고 그 첩의 저고리 자락이 되었다가 나비도 되고 꽃잎도 되었다. 먹은 오래된 나무이자 계곡이며 또한 바위, 새와 곤충, 정자와 정자 옆을 지나가는 바람, 흘러가는 강줄기와 뭉게구름, 대궐의 높은 전각, 가마와 말, 병사들이 움켜쥔 삼지창이었다. 하나의 색이되 또한 만 가지 색을 품은 먹물은 붓질에 따라, 농도에 따라, 빛의 흐름에 따라 저마다 다른 색으로 굳었다. 먹물이 굳는 곳마다 나랏일과 권신들의 업적이 빛을 내며 뻗어갔다. 그러나 집으로 돌아오면 안견은 단 한 점도 자신의 그림을 그리지 못했다.

바람을 타고 첨마(풍경) 소리가 전해왔다. 정자를 떠나기 전 안견은 버릇처럼 남호南湖 인근을 더듬었다. 마포와 용산 사이에 자리한 남호는 왕명으로 집현전 인재들이 책을 읽으며 소일하는 남호당이 자리한 곳이다. 남호당에서 천보쯤 떨어진 언덕에는 담담정이란 정자가 있다 했던가. 담담정은 주상전하의 셋째 아들인 안평대군의 별장이었다. 소문에는 안평대군이 담담정에 만여 권의 책과 수백 점이 넘는 진품 그림, 각종 진귀한 글씨와 고문서들을 쌓아놓고 가깝게 지내는 벗들을 불러 시회詩會를 연다고 했다.

'옛 고화들을 직접 눈으로 볼 수 있다면.'

안평대군과 그가 소유한 그림들을 생각할 때마다 안견은 가슴이 터질 듯 벅찬 느낌을 받았다. 안평대군에 관한 소문을 들려준 이는 화학생도 동기 이정화였다. 그날, 이정화의 말을 들으며 안견은 한강변에 세워진 담담정엘 꼭 한번 방문해보리라 마음먹었다. 하지만 일개 중인 신분에 지나지 않는 도화서 화공을 왕자인 안평이 만나줄 리도 없거니와, 설령 교류를 한다 해도 소장한 그림을 보여줄지는 의문이었다.

“수신修身의 기본이 무엇인지 아느냐?”

“수신이란 자신을 다스리는 것이 아닙니까?”

“글자를 보지 말고 담긴 뜻을 보아라.”

“자신을 이기는 자만이 가정과 세상을 다스릴 수 있으니 그러기 위해서는 자신을 다스릴 수 있는 도를 세워야 한다는 말입니다.”

안방에서 들려오는 아들 소희紹禧와 아내 장씨의 대화를 엿들으며 안견은 붓을 바꾸었다. 소희와 장씨는 아침부터 주자가 주석을 단 『대학大學』을 붙들고 시름 중이었다.

“자신을 다스릴 수 있는 도의 근본을 너는 무엇으로 보느냐?”

“게으름을 멀리하고 학문에 전념함이 아닐까요?”

“나는 수신의 기본을 절제라고 생각한다. 비단 게으름뿐만 아니라 인간에게는 수만 가지의 욕망이 있다. 보고 듣고, 생각하고, 느

끼는 과정에 부스러기처럼 따라붙는 욕망의 모든 찌꺼기를 절제할
수 있는 힘, 그것이 바로 수신의 근본이 아니더냐."

"벼슬도 욕망이 아닙니까?"

"그렇지!"

"한데 어머닌 욕망 없이 어찌 책을 읽으라 하십니까?"

대화가 끊겼다. 아무래도 장씨가 마땅히 답할 말을 찾지 못한 게
분명했다. 정적이 흐른 뒤에야 나직한 한숨과 함께 장씨가 말문을
열었다.

"큰 꿈을 꾸되 멀리 보고, 먼 곳을 보되 당장 눈앞의 현실에 연연
하지 마라. 벼슬이 무엇이냐. 일신을 위해 벼슬에 뜻을 두는 자는
소인에 지나지 않는다. 가깝게는 백성의 안위를 보살피고 그들의
삶을 이롭게 함이 벼슬이며, 더 높게는 한 개인의 고매한 정신을
후세에 길이 남겨 세상에 근본을 보이고자 함이 아니겠느냐?"

안견은 손을 뻗어 냉수 사발을 집었다. 가슴이 꽉 막힌 듯했다.
마치 양반 사대부라도 되는 양 아들에게 자꾸 환상을 심어주는 아
내 장씨의 행동이 마음에 걸렸다. 장씨를 전혀 이해하지 못하는
바는 아니었다. 비록 품계에 제한이 있다손 치더라도 잡과를 본다
면 아들의 벼슬길은 열려 있었다. 하지만 장씨의 언행은 지나친
데가 있었다. 『소학』을 마친 뒤 잡과 준비를 시켜보자는 게 안견
의 뜻이었으나 장씨는 부득불 사서오경을 잡고 늘어졌다. 장씨가
아들 교육에 열을 올리면 이렇다 할 성취도 없이 화공으로 늙어가
는 자신을 원망하는 것 같기도 해서 어쩔 수 없이 마음 한쪽이 불
편해졌다.

사실 외동아들인 소희는 잡과로 끝내기엔 억울할 정도로 총명했다. 올해 열셋인 소희는 세 살 때부터 제 어미를 따라 글을 읽기 시작하여 열 살이 채 되기도 전에 『천자문』과 『동몽선습』, 『명심보감』, 『소학』을 모두 통달했다. 비단 글 읽기뿐만 아니라 제술製述에도 양반 자제 못지않은 실력을 보였고, 행서나 초서도 별 무리 없이 구사했다. 학문은 물론 시詩와 서書에 두루 재능을 보이면서도 아비가 매달리고 있는 그림에는 별다른 관심을 보이지 않는 것도 안견을 고민하게 하는 부분이었다.

안견은 정신을 붓끝에 모으며 그림에 집중했다. 전 형조판서 서운徐雲과 약속한 기일은 이틀이 남았을 뿐이다. 서운은 나흘 뒤 열리는 고희연에 자신이 평생 동안 써놓은 글을 추려 문집을 간행할 계획으로 문집 중간에 들어갈 그림 석 장을 특별히 부탁해 왔다. 안견이 마지막으로 붓질 중인 그림은 상체를 솟구친 채 건너편 개울가를 노려보는 검붉은 말 한 마리였다. 「준마도」는 서운이 큰 꿈을 품고 과거를 보기 위해 길을 나서던 젊은 날의 심정을 시로 읊어놓은 곳에 삽입될 예정이었다. 안견은 선을 굵게 그어 준마의 치켜든 앞발을 특히 강조했다. 먹의 농담을 진하게 하여 말굽을 표현하자 붉은빛이 도는 팔 척 장신의 준마가 곧 갈기를 휘날리며 화폭 밖으로 뛰어오를 것만 같았다.

매죽을 그려놓은 앞선 두 개의 그림과 달리 안견은 「준마도」에 오랜 시간 공을 들었다. 이는 형조판서 서운의 특별한 부탁 때문이었다. 말 그림은 예부터 벼슬과 용맹을 상징하는 중요한 수단으로 이용되어왔다. 멀리는 복희씨가 나라를 세울 때 공헌한 '용마'나

한나라 무제가 얻었다는 '천마', 삼국지에 등장하는 무수한 준마들부터 가까이는 김유신의 '용마'와 태조대왕의 창업을 도왔다 전해지는 '팔준마'에 이르기까지 「준마도」는 벼슬을 앞둔 사대부들에게 상서로운 그림으로 통한다. 서운은 마흔이 되도록 벼슬을 하지 못하고 있는 큰아들에게 특별히 이 그림을 보여줄 작정이었다.

「준마도」는 이제 점안만을 남겨두었다. 안견은 엷은 먹물에 곱게 빻아놓은 진사辰砂를 약간 섞어 특유의 붉은색을 만들었다. 진사는 광물의 일종으로 먹물과 섞으면 섞는 양에 따라 다양한 색감의 표현이 가능한 귀한 재료였다. 진사가 완전히 먹물에 섞여들자 안견은 살짝 붓을 적셨다. 닭의 벼슬처럼 진한 선홍빛이 붓끝에 매달렸다. 붓이 충분히 젖은 것을 확인한 뒤 연습용 화선지에 점을 찍었다. 두 번 같은 동작을 반복한 뒤 조금의 망설임도 없이 붉은빛으로 준마의 눈동자를 그려 넣었다.

'닭의 목을 비틀면 피의 색깔이 이리 붉을까?'

안견은 붓을 내려놓고 욕망으로 이글거리는 준마의 두 눈을 노려보았다. 벌커덕 하는 소리와 함께 안방 문이 열린 것은 그때였다. 뒷간이 급했는지 소희가 「준마도」를 들여다보고 있는 제 아비 옆을 바삐 지나쳤다. 안견이 무심코 고개를 드는 순간 소희가 벼루에 올려놓은 붓을 발로 툭 건드리고 지나갔다. 발에 채인 낭미필이 뱅그르르 도는 사이 붓에 남았던 먹물이 마치 소금이 뿌려지듯 「준마도」 위로 타다닥 튀었다.

'아아, 이게 웬 날벼락인가?'

모처럼 비번을 맞아 종일 「준마도」에 매달린 안견은 치미는 감정을 억제하지 못하고 자리를 박찼다. 하지만 어쩔 줄 모르는 소희를 보자 맥이 풀려 도로 마루에 주저앉았다. 머리가 지끈지끈하여 바람을 쏘일 겸 작업실로 쓰는 쪽방을 두고 마루로 나와 앉은 게 화근이었다. 안견은 치미는 울화를 참으며 가까스로 입을 떼었다.

"괜찮다. 괜찮아……."

안견은 엉망이 된 「준마도」를 한쪽으로 치웠다.

"그림이야 또 그리면 되니 어서 뒷간에나 가보거라."

안견은 짚신에 발을 꿰고 대문을 나섰다. 어디 가서 술이라도 넘기지 않으면 견디지 못할 것 같은 저녁이었다. 사실 그림 따윈 아무래도 좋았다. 「준마도」는 새로 그리면 되는 일이니 약속한 기일을 조금 넘긴다 해도 한 소리 들으면 크게 문제될 것은 없었다. 굳이 그림 한 점이 빠진다 해도 예정대로 고희연은 열릴 터였고, 오랜 세월 관직에 몸담아온 서운 대감의 문신은 길이길이 후세에 빛날 것이었다.

"저녁은……."

장씨가 눈치를 살피며 따라 나왔다.

"다녀올 데가 있으니 기다리지 말게나."

안견은 좁은 골목을 휘청거리며 걸었다. 이웃집 담장에 박힌 사기 파편에 저녁 해가 반사되어 눈을 아리게 했다. 아비의 뒤를 이어 그림을 그리기보다 주자를 읽는 데 정신이 팔린 아들을 탓할 마음은 없었다. 어쩔 수 없이 밥벌이 수단이 돼버린 그림을 그리느니 차라리 주자를 읽는 게 백 번 현명한 일인지도 모른다. 거경궁리居敬窮理, 욕망으로부터 마음을 다스려 마침내 깨달음에 도달한다는 주자의 가르침대로 사대부들은 곧잘 학문을 통한 자아의 완성을 꿈꾸었다. 자아가 완성되면 그 자아를 바탕으로 이理와 기氣가 일어서고 가정과 국가의 근본이 바로 세워진다는 애기였다.

그러나 그림을 그리는 일은 그것과 근본적으로 다르다. 그림은 이과 기의 발현도 아니요, 조화도 아니요, 욕망도 아니요, 아무것도 아니었다. 아무것도 아니되 또한 살아가는 이유의 전부가 되기도 한다. 세상 이치를 알고자 학문을 하고 선현의 가르침을 실천하고 수신제가를 실천하기 위해서 벼슬을 한다지만 그림은 그것마저 아니었다. 안견을 답답하게 하는 것은 나라의 그림을 그리면서도, 사대부들의 그림을 그리면서도, 그것을 넘어서야 한다는 그 끝없는 자기 연민이 어디에서 기인하는지 알 수 없다는 점이었다.

안견은 마음이 울적하면 종종 들르는 소덕문昭德門* 밖 주포 문을 밀쳤다. 머리가 옥수수수염처럼 말라비틀어진 노파 하나가 한길을 마주보고 지어진 사랑채 쪽마루를 세내어 술동이를 벌려놓고 오가는 사람들에게 술을 파는 곳이다. 노파는 좀처럼 손님에게 말을 거는 법이 없었다. 앞니가 두 개만 남아 반 귀신이나 다름없는 노파에 대해서는 떠도는 말이 많았으나 출신은 아무도 알지 못했다. 궁녀로 들어가 소식이 끊긴 외동딸을 찾아왔다는 애기도 있고, 궁궐 중건 당시 토목공사에 동원된 남편을 따라왔다가 남편이 죽자 눌러 앉았다는 소문도 돌았다. 노파가 입을 열지 않는 탓에 진실을 알 도리는 없었다.

---

* 사소문四小門 가운데 서울의 서남쪽에 있던 문.

탁주 한 사발을 숨도 쉬지 않고 들이켜자 속이 좀 풀리는 것 같았다. 안견은 실없이 웃으며 무거웠던 마음을 털어냈다. 이따금씩 권신들이 부탁하는 그림을 그려주고 그 대가로 술이라도 마실 수 있으니 참으로 다행한 일이었다. 나라에서 매 분기마다 지급하는 잡곡 다섯 말, 콩 열 되의 사맹삭은 빠듯하게 입에 풀칠할 수 있는 정도에 불과했다. 고가에 속하는 다양한 종류의 붓과 먹, 벼루 등속을 장만하고 가끔이나마 술맛이라도 볼 수 있는 것은 어디까지나 밤낮으로 관상용 그림을 그려대기에 가능했다.

탁주 두 사발을 들이켜자 정신이 아득해졌다. 술이 약한 탓에 몸이 허공으로 떠오르는 것만 같았다. 안견은 풀린 눈을 하고서 젓가락으로 소반을 두드렸다. 저만치서 소덕문이 삐거덕거리며 열리더니 거지 차림의 남자 두 명이 들것을 들고 바삐 주포 앞을 지나갔다. 들것 위에는 지푸라기로 겨우 몸통만 가린 어린 아이의 시신이 얹혀 있었다. 전에도 이따금씩 보던 장면이었다. 사대문 안에서 죽은 자들은 주로 소덕문을 거쳐 밖으로 운반되었다. 사대문 안에서는 시신을 묻지 못하게 법으로 금지돼 있었기 때문이다.

들것이 가물가물 보이지 않게 되자 안견은 정신을 차리고 일어났다. 안견은 엽전 한 닢을 노파에게 건네주고 은밀히 들것 뒤를 따라갔다. 시신이 어떻게 처리되는지 보기 위해서였다. 그들은 좁은 골목을 타고 바쁘게 움직였다. 두 다리가 휘청거려 안견은 자주 숨을 골랐다. 정신없이 뒤를 쫓았지만 초저녁부터 퍼마신 술로 그들을 따라잡는 것은 무리였다. 작은 언덕 하나를 넘어가자 그들은 어둠 속으로 쑥 빨려 들어가 버렸다. 반석방을 지나 와우산으로 빠지는 중간 지점에 이르러서였다.

멀리서 개 짖는 소리가 들렸다. 아직 초저녁인데도 사대문 안과 달리 길에는 사람이 보이지 않았다. 달빛만이 곡식을 베어낸 뙈기밭마다 은은하게 고여 있었다. 보름달이었다. 달빛에 인도된 안견은 도성을 등지고 마포나루로 방향을 바꾸었다. 마치 따라오라는 듯, 달빛에 어깨를 맞댄 구름들이 저만치 앞서 걸었다. 마포나루는 지난해 주상의 명으로 「경강상인도」를 그려 올리기 위해 들른 적이 있었다. 그날 함께 작업을 나온 이정화는 담담정이 오 리쯤 떨어진 곳이라며 동남쪽 언덕을 손가락으로 가리켰다.

포구가 가까워지자 떠들썩한 소리가 바람에 실려왔다. 포구는 지난해와 마찬가지로 흥청거렸다. 주막마다 장대 끝에 홍등을 높이 매달아 멀리서도 주막의 개수를 셀 수 있을 정도였다. 세곡稅穀*은 입동부터 시작하여 대한 전까지 석 달간 집중되므로 지금은 포구가 가장 활기를 띠는 시기였다. 지방에서 싣고 온 세곡을 내려놓고 서해로 빠져나가는 조운선들이 밤인데도 떼 지어 돛을 펼치고 달빛에 어깨를 맞댔다.

안견은 땔나무와 소금을 거래하는 시전을 거쳐 포구로 내려가지 않고 왼쪽 언덕을 넘어갔다. 왼쪽 언덕은 어부와 하역 인부들이 집단으로 거주하는 흙집 밀집지였다. 아궁이가 딸린 부엌 하나에 방 하나로 단출하게 지은 흙집들은 강을 등지고 경사면을 따라 개미굴처럼 모여 있었다. 지난 몇 년간의 풍요를 반증이라도 하듯 마을을

---

* 나라에 조세로 바치는 곡식.

완전히 벗어날 때까지 골목마다 아기 울음소리가 그치지 않았다.

　안견은 동아줄을 타듯 희미하게 이어진 길의 꼬리를 밟았다. 담담정은 숲이 끝나는 언덕 아래, 강을 바라보고 지어져 있었다. 강을 건너온 달빛이 누각 주변으로 미끄러져 들어갔다. 두 동으로 지은 담담정은 만 권의 책이 보관돼 있다는 항간의 소문이 무색할 정도로 작고 소박했다. 강을 향해 덧문을 모두 들어 올린 누각엔 흰 학창의에 방건을 쓴 젊은 선비가 앉아 있었다. 선비는 달빛을 등롱 삼아 그림 한 점을 들여다보는 중이었다. 안견은 숨죽이고 선비를 훔쳐보았다. 선비는 반각이 되도록 그림에만 집중했다.

　바람이 누각 주변 대숲을 가르며 지나갔다. 시를 읊는지, 술잔을 내려놓은 뒤 선비는 강을 내려다보며 홀로 중얼거렸다. 거리가 멀어 선비의 목소리는 들리지 않았다. 마른 댓잎들이 박拍을 치듯 딱딱 소리를 냈다. 읊조림에 화답이라도 하듯 가까운 곳에서 부엉이가 울었다. 쓸쓸함을 자아내는 소리였다. 시 읊기가 끝나자 선비는 그림을 들고 안채로 사라졌다. 허리가 굽은 늙은 종이 누각으로 올라와 덧문을 안에서 닫는 것을 마지막으로 안견은 발길을 돌려 숲길을 빠져나왔다.

이틀 뒤 안견은 다시 담담정을 찾았다. 안평대군은 자정 무렵 혼자 말을 타고 돌아왔다. 안평이 방으로 들어가자 전에 본 늙은 종이 대문을 걸어 잠갔다. 안견은 그들이 완전히 잠들 때까지 기다렸다. 고뿔에 걸린 양 몸이 떨렸다. 불안이 가슴을 조이면 옆구리에 차고 온 대나무 술통을 입으로 가져갔다. 한 번이라도 좋으니 안평이 소유한 그림들을 직접 볼 수 있다면 형틀에 묶인다 해도 여한이 없을 것 같았다.

대숲을 통과하자 석축에 둘러싸인 작은 도랑이 앞을 막았다. 도랑 뒤편은 안견이 목표로 삼은 누각이었다. 석조기단 위에 막돌초석을 놓고 그 위에 두리기둥을 세운 누각 난간은 어깨보다 조금 높았다. 누각 바깥은 분합문으로 막혀 있었다. 분합문을 들어 올리면 누각이 드러나 한강과 강 건너를 조망할 수 있는 구조였다. 마당으로 들어가면 바로 화실로 들어설 수 있었으나 그 방법은 아무래도 위험했다. 누각을 거쳐 화실로 접근하는 게 현재로선 최선의 선택이었다. 짐작건대 누각은 서고와 연결돼 있는 것 같았다. 건물 중앙에 서고를 두고 강과 접한 쪽에 누각을, 반대편에 안평의 방이 있는 게 분명했다.

구름이 물러나고 달빛이 누각을 비추었다. 달빛을 따라 담담정으로 오르는 숲길이 어렴풋했다. 누각으로 올라간 안견은 손가락으로 종이에 구멍을 내고 안을 들여다보았다. 안으로 잠긴 분합문은 끄떡도 하지 않았다. 안견은 숨겨 온 장도를 꺼내 문살을 소리 나지 않게 잘라냈다. 구멍이 뚫리자 달빛이 먼저 뚫어놓은 문틈을 비집고 들어갔다. 안견은 자세를 낮추고 기듯이 구멍을 통과했다. 마루로 된 누각 안쪽은 짐작대로 또 다른 여닫이문으로 막혀 있었다. 안견은 뒤꿈치를 들고 살금살금 걸어가 여닫이문 창호지에 구명을 냈다. 예상대로 많은 선반들이 희미하게 눈앞을 가로막았다.

안견은 식은땀을 흘리며 반대편으로 잠긴 문고리를 젖혔다. 문을 열자 곰팡이 냄새가 코를 간질였다. 사물의 윤곽이 뚜렷해지자 자세를 낮추고 조금씩 앞으로 기어갔다. 두려움으로 팔다리가 떨렸지만 가슴은 뜨거웠다. 서쪽 벽에 면한 덧문을 열자 노랗게 익은 달빛이 교창으로 배어들어왔다. 달빛은 서고와 그림이 표구된 족자, 병풍을 스치며 방안 전체로 고루 퍼져나갔다. 그림들은 하나의 생명체처럼 푸른 기운을 발산하며 달빛 속에서 저마다 제 존재를 드러냈다. 어림잡아도 이백여 점은 족히 돼 보였다.

'아, 꿈이라면 깨지 말기를.'

그림의 종류는 다양했다. 소를 그린 「투우도」에서부터 비바람을 그린 「풍우도」, 매화나 대나무를 그린 그림과 누각, 새, 인물을 그린 그림, 개중에는 서예작품도 간간이 섞여 있었다. 안견은 그중 작가를 알 수 없는 「청산백운도」 앞에 멈췄다. 절구통처럼 둥근 산봉우리를 흰 구름들이 에워싼 가운데 구름을 뚫고 한 줄기 시냇물이 흘러내리는 그림이었다. 산봉우리는 굵은 선으로 그려졌고 나무와 바위는 미점으로 섬세하게 표현되었다. 시냇가 곁 정자에는 초로의 노인이 한가로이 술잔을 기울이고 있었다.

'원대에 그려진 산수도화가 분명해. 화면 중앙에 높은 산봉우리를 배치하여 그림의 구도를 잡고 물줄기로 시간의 흐름을 표현한 것이로군.'

안견은 다음 그림으로 옮겨갔다. 이번에도 앞의 그림과 비슷한 산수도였으나 표현기법은 완전히 달랐다. 산에는 나무가 많지 않았고 먼 곳의 산은 구름과 구별이 되지 않았다. 구름에 휘감긴 산등성이는 앞의 그림보다 더 둥글고 풍성했으며 중심에서 비껴난 산의 좌우에는 불규칙한 구덩이들이 드러나 있었다. 붓 자국이 보이지 않도록 붓을 겹쳐 색을 입혔고, 봉우리는 진하게 표현하면서도 산 자체는 연하게 먹을 칠해놓았다. 북송의 산수화가인 곽희郭熙가 즐겨 표현했다는 산수화법과 일맥상통하는 그림이었다.

안견은 달빛이 오래도록 누각 밖에 머물러주길 바라며 반쯤 펼치다 만 병풍으로 다가갔다. 언뜻 비치는 병풍 속 그림은 「소상팔경도瀟湘八景圖」였다. '소상팔경'은 명나라 후난성 동정호 남쪽 소수와 상강이 합수하는 지점의 뛰어난 절경을 여덟 가지로 나누어 그린 그림으로 많은 화가들이 다투어 그렸다고 들었다. 안견은 소상팔경을 주제로 고려조에 이인로와 이규보 등이 제화시題畫詩를 남겼음을 상기하며 병풍을 펼쳤다. 그러나 긴장한 나머지 손에 힘을 주어 병풍이 안쪽으로 접히고 말았다. 병풍은 책자처럼 접히며 뒷벽에 부딪혔다. 그 순간 삐걱, 밖에서 문간방 출입문 열리는 소리가 났다.

'큰일 났구나……'

그제야 안견은 꿈속을 헤어 나오듯 자신이 속한 현실을 인지했다. 발을 딛고 선 곳은 주상전하의 셋째 아들 안평대군의 서재가 아닌가. 더구나 품에 장도를 품고 몰래 침입했으니 붙잡힌다면 죽음을 면치 못할 것이었다. 정신이 들자 안견은 몸을 돌려 재빠르게 누각으로 기었다. 마당을 건너오는 발소리가 문풍지를 울렸다. 잠시 동정을 엿보다가 안견은 분합문을 비집고 난간 아래로 뛰어내렸다. 수상한 소리에 놀라 잠을 깬 안견의 늙은 종 풍쇠가 서재 문을 와락 열어젖힌 것과 거의 동시였다.

안평대군의 가노인 풍쇠는 누구보다 잠귀가 밝았다. 그래서 다른 종들이 땔나무를 하거나 집안의 궂은일을 도맡은 반면 주로 서재를 관리했다. 풍쇠는 주인의 숨소리와 발소리만 기억할 뿐, 허락 없이 누구도 서재에 접근하는 걸 용납하지 않았다. 풍쇠는 안견이 병풍을 넘어뜨리기 전부터 서재에 흐르는 낯선 기류를 감지하고 있었다. 서재에서 무언가 넘어지는 소리가 나자 풍쇠는 사태가 심상치 않음을 깨닫고 자리를 찼다. 침입자는 보이지 않고 누각과 서재를 연결하는 여닫이문만 횅하니 열려 있었다.

"도적이야!"

풍쇠는 소리쳐 다른 종들을 깨우며 누각 밑을 살폈다. 침입자는 사라진 뒤였다. 다행히 훼손되거나 없어진 물건은 없었다. 풍쇠는 젊은 종들에게 담담정 주변 숲속을 잘 살피라 이르고 안평에게 자초지종을 보고했다. 안평은 졸린 눈을 비비며 서재로 들어와 보관돼 있던 작품들을 일일이 확인했다. 풍쇠의 보고대로 서화와 서책들은 무사했다. 안평은 교창을 확인하고 누각 난간을 살폈다. 누각 주변을 살피던 젊은 종이 범인이 흘린 것으로 보이는 대나무 술통을 주워 안평에게 올렸다. 안평은 코로 냄새를 맡아본 뒤 침입자처럼 난간에 매달려 누각으로 올라섰다. 분합문은 칼로 어설프게 잘려 있었다.

안평대군은 종들을 모아놓고 지시했다.

"밤손님은 다시 온다. 밤마다 교대로 번을 서라. 번을 서되 화실문을 활짝 열어놓고 기다려라. 침입자가 있거들랑 몸을 다치지 않게 하여 내게 데리고 오라."

종들이 일제히 부복했다.

"분부대로 따르겠습니다."

달빛이 구름 속으로 숨어들었다.

안견은 흔들리는 불꽃 속에 마음을 고정하려 애썼다. 담담정의 고화들이 눈앞에 아른거렸다. 달빛에 비친 그림들은 난잡하지 않으면서도 호방했고 격식을 벗어났으면서도 준법이 정연했다. 붓질 하나하나에는 기품이 넘쳤으며 먹의 농도는 그린 이의 심중을 반영한 듯 깊이와 가벼움 사이로 흘렀다. 먹의 농담에 약간의 채색이 더해졌을 뿐임에도 산수는 사계절의 특성이 두드러져 각 풍경마다 비와 바람이, 백사장을 뛰어다니는 햇살이, 숲의 향기가, 새 우짖는 소리가 그대로 느껴지는 것 같았다.

'어찌하여 우리의 옛 그림은 죄다 왕실이나 사대부들의 차지가 되었으며 화공들을 허구한 날 기록화에만 묶어두는가.'

방문이 열리며 불꽃이 한쪽으로 몸을 뉘었다. 장씨가 찻잔을 받쳐 들고 들어왔다. 장씨는 찻잔에 잘 마른 감잎과 꿀 몇 방울을 넣고 뜨거운 물을 부었다. 구수하면서도 단맛이 도는 수증기가 방안에 괸 먹 냄새를 걷어냈다. 찻잔을 앞으로 내미는 장씨의 시선이 구겨진 화선지에 머물렀다. 안견은 잠자코 찻물을 목구멍으로 넘겼다. 혀 뒤에 감기는 뒷맛이 썼다. 출렁이던 등불이 제자리로 돌아오고 찻물이 바닥을 드러냈다. 장씨는 빈 잔에 뜨거운 물을 붓고 구겨진 종이뭉치 하나를 집어 올렸다.

"애써 그린 걸……."

장씨는 그림을 펼치다 말고 안타까워했다.

"그림이 아니라서 그렇소."

"종이 값이 금값인데 이리 버리기엔 너무 아까워요. 버리지 말고 모았다가 뒷면에 붓질 연습이라도 함이 어떨지."

"연습은 이제 필요가 없소."

"그럼 무엇이 문젭니까?"

"나도 그걸 모르겠소."

"자기 문제를 모른다는 게 말이 되나요? 모르는 게 아니라 알지 못함에 접근하는 법을 혹 모르시는 게 아니신지. 아녀자의 사사로운 참견이 법도를 어긋난 것이긴 하나, 행여 도움이 돼드릴지 모르니 속 시원히 마음에 괸 응어릴 털어놓아 보세요."

"그림에 관한 내 문제는 대략 두 가지인 것 같소."

안견은 장씨의 눈을 피하며 감빛이 도는 등불을 보았다.

"첫째는 대상을 표현하는 기법인 준법을 내가 그리고 싶은 그림에 적절히 활용하지 못하겠다는 거요. 다양한 그림을 두루 살펴야 하는데 그럴 기회가 드물기 때문이오. 내 마음대로 그림을 그린다고 그것이 전부 그림이 될 수는 없는 일 아니겠소?"

장씨가 다가앉으며 물었다.

"보기 좋으면 그만이지 어찌 준법을 중요시합니까?"

"아무렇게나 떠가는 구름 한 점을 그려도 준법은 중요하오. 이는 준법이 본래 대상을 표현하는 방법의 문제이기 때문이오. 같은 대상을 한 점의 그림에서 각기 다른 화법으로 그린다고 가정해보시오. 그 난삽함을 어찌 다 말로 표현하겠소?"

"당신은 인정받는 화공이 아닙니까? 한데 무엇이 두렵나요?"

"바로 그 점이 문제란 거요. 무엇이든 자신 있게 그리면 그만인데 내 붓질은 사물과 닿을 때마다 각기 다른 붓질로 자꾸만 어긋나오."

"당신의 붓이 나라의 그림에 길들여졌기 때문이에요."

어쩌면 장씨의 지적이 맞는지도 모른다. 나라의 명을 받아 풍속화를 그리는 일은 사관들처럼 역사를 기록하는 일에 지나지 않는다. 곡식 몇 말을 받고 권신들의 초상화나 눈요깃감을 그리는 일도 궁극적으로 그가 원하는 그림이 아니었다. 안견은 지금껏 누구도 그리지 않은 그림을 그리고 싶었다. 눈에 보이는 풍경이 전부가 아닌, 손에 만져지는 것이 전부가 아닌, 붓의 농담만으로는 결코 표현할 수 없는 그림을 그리고 싶었다. 군왕이 바뀌어도, 그림의 소유자가 바뀌어도, 손에서 손으로 전해지기를 거듭하여 한 시대를 이루던 꿈틀거리는 산맥과 강줄기가 천년만년 뻗어나가기를 바랐다. 우렁찬 폭포가 계곡을 호령하던 소리를, 소나무를 스치던 이름 없는 바람을, 대숲 사이로 움직이던 새들의 그림자와 저녁나절 담장 밖까지 내려와 소곤거리는 별들의 이야기를 먹물 속에 녹여 붓끝에 모으고 싶었다. 그런 다음 종이나 비단에 흘려 영원의 생명을 부여하는 것이다.

짬이 나면 안견은 화구를 챙겨 인왕산과 삼각산(북한산), 백악의 봉우리들을 두루 돌아다니며 풍경과 마주 앉았다. 하지만 늘 머리만 어지러울 뿐 상이 맺히지 않았다. 세속의 그림에 길들여진 붓질은 촌묘 단계를 벗어나지 못했다. 문갑에는 그리다 만 그림들이 먼지를 뒤집어쓴 채 쌓여갔다. 간혹 먹물을 흘리고 채색을 하는 경우도 있었으나 그런 그림들은 곧 불쏘시개로 버려졌다. 산수를 그리되 실경이 아닌, 선험적 영역으로서의 산수경, 인간의 궁극 속에 자리한 어떤 경지가 가물거리듯 흔들렸다. 하지만 그뿐이었다. 무엇을 어디서부터 그려야 할지, 늘상 마음만 저만치 앞서갈 뿐이었다. 전범으로 삼을 만한 작품이 없다는 점도 독학으로 그림을 터득한 안견에겐 치명적인 약점이었다.

안견은 답을 찾기 위해 고려의 그림을 뒤지고 돌아다녔다. 뛰어난 화가가 많았다고 전언될 뿐, 고려의 그림은 맥이 끊어진 지 오래였다. 산수화를 잘 그려 송나라 화원들도 경탄해 마지않았다는 이녕李寧의 그림을 필두로 미점米點을 사용해 산수도를 잘 그렸다는 고연휘, 문인으로서 특별히 그림에 재능을 보인 이제현과 정득공, 그림에 일가견이 있었다는 공민왕과 한생, 노영과 같은 승려 화가들의 그림을 비롯해 몇 점 남지 않은 고려의 그림들은 제화시를 읊조리는 사대부들을 중심으로 은밀히 감상될 뿐이었다. 그것은 대륙의 그림들도 마찬가지였다. 산수화의 출발이라 할 수 있는 수·당대의 그림은 물론 송·원대의 그림들을 안견은 한 점도 소유하지 못했다. 어쩌다 사대부의 화실을 구경할 기회가 생겨 어깨너머로 몇몇 그림을 본 게 전부였다. 고려가 멸망하며 많은 그림들이 불태워졌고 남은 작품들은 신흥사대부들 손에 들어가 사실상 세상과 단절되었기 때문이다.

가끔 시전에서 거래되는 고려의 옛 그림들은 무명인의 그림일뿐더러 보존 상태가 좋지 않은 것이 대부분이었다. 안견은 아쉬운 대로 그 그림들을 통하여 고래의 산수 화법을 익혀나갔다. 전범이 될 만한 옛 그림을 접하지는 못했지만 차츰 최신 기법인 미점도 터득했다. 원근법을 적절히 배치하여 웅장한 산수를 표현한 이곽파李郭派의 산수 기법도, 중심 구도를 아랫부분에 두고 부드럽게 여백을 강조한 마원과 화규의 영향을 받아 형성된 이른바 남송원체 화풍도 전해지는 여러 기록들을 참고하여 홀로 기법을 연마했다. 하지만 안견은 여전히 단 한 장의 그림도 제대로 그릴 수 없었다. 먹을 갈고 붓을 들면 풍경은 쌀뜨물처럼 뿌옇게 흐려지며 먹물 속에 가라앉아 버렸다.

'보이는 대상을 그대로 그린다면 풍경화가 아니고 무엇이랴.'

대륙에서 전해진 화법이란 주로 그림을 그리는 기법과 표현 방식에 따라 파가 나뉘고 추종자들을 중심으로 발전해왔다. 수·당대에 토대가 만들어진 산수화는 송나라에 이르러 화원과 문인들을 중심으로 활기차게 그려졌다. 그 결과 산수화의 중요한 기법들은 고려에도 전해졌고 고려의 화가들은 대륙의 화풍을 발전시켜 그들과 어깨를 겨루고도 남을 정도로 뛰어난 실력을 자랑했다. 안견은 그것을 뛰어넘고 싶었다. 보이는 그대로의 그림이 아닌 다른 세계를 표현해보고 싶었다. 단순히 상상 속의 세계가 아닌, 인간의 내면 깊은 곳에 자리한 절대 고독의 경지, 모든 인간의 이상향이되 결코 인간이 도달할 수 없는 세계, 그러나 안견의 붓질은 늘상 그 언저리를 맴돌 뿐이었다.

"한 번에 두 가지를 어찌 다 만족하며 살 수 있겠어요? 당신은 나라의 녹을 먹는 화공이니 도화서의 일은 피치 못할 것이에요. 또 그 덕에 우리 가족이 삼시 세끼, 굶지 않고 살고 있으니 쉽게 버릴 수 없는 일인데, 당신의 마음이 자꾸 딴 곳에 가 있으니 걱정이 이만저만이 아니에요. 거기다가 조금이라도……."

장씨는 차마 그 말은 하지 못하겠다는 듯 입을 다물었다. 조금이라도 집안에 여유가 생기면 안견은 좋은 붓과 종이, 그림 그릴 비단을 사는 일에 금전을 아끼지 않았던 것이다. 장씨는 자신이 잘못 꺼낸 말을 수습하려는 듯 서둘러 물었다.

"나머지 하나는 뭐예요?"

안견의 대답은 단순했다.

"무엇을 그려야 할지 자꾸 붓이 막힌다는 거요."

"나라 그림이나 세속의 풍경이 아닌, 자연을 그리고 싶은 게 아닙니까?"

"그렇긴 한데 어디서부터 손을 대야 할지 막막하오."

"보이면 보이는 대로 붓을 드세요."

"눈에 보이는 실경을 그대로 옮기는 게 무슨 의미요?"

"보이지 않는 것을 어찌 그린다 합니까?"

안견은 답답한지 미간을 찡그렸다.

"바로 그것이오, 부인. 그래서 붓이 막힌다는 거요."

장씨는 남편과의 부질없는 대화를 끝내고 싶었다.

"때론 단순하게 머리를 비우는 게 도움이 될지도 몰라요."

장씨는 찻잔을 챙겨 일어났다. 등잔 심지에 매달린 불꽃이 요동 쳤다. 벽에 기댔던 그림자가 흔들렸다. 문이 열리고 닫혔다. 문이 열렸을 때 먼 곳에서 인경 소리가 바람에 묻어왔다. 안견은 심지를 손으로 비벼 불을 완전히 껐다. 빛이 사라지자 눈앞의 붓도, 먹도 보이지 않았다. 안견은 자정이 될 때까지 그대로 앉아 있었다.

궁극을 묻다

송림으로 접어들며 안견은 더욱 걸음을 빨리했다. 경강선들끼리 주고받는 징소리가 바로 옆에 강이 있다는 걸 느끼게 해줄 뿐 사위는 어둡고 적막했다. 그 적막 속으로 안견은 한 마리 들짐승처럼 거칠게 숨을 몰아갔다. 정신은 꿈을 꾸듯 아득했고 등줄기로 식은 땀이 흘러 속적삼을 적셨다. 거친 풀포기들이 사정없이 목덜미를 후려쳤다. 쌀쌀해진 날씨 탓인지 뺨이 얼얼하고 손발이 시렸다. 발걸음은 자주 길을 빗나갔다.

담담정 근처에 다다라 안견은 허리띠를 풀고 오줌을 누었다. 나무 밑동에 부딪힌 오줌이 발목으로 튀었다. 안견은 바지를 올리며 몸을 떨었다. 두려움과 설렘이 뒤섞인 복잡한 감정에 몸을 맡긴 채 미친 듯 달려온 밤길이었다. 육조거리를 지날 때 본 형조의 서슬 퍼런 아문이 스치자 뒷골이 아득해지며 금방이라도 등을 돌리고 싶었다. 그러나 달빛 아래 창창히 빛나던 고화들이 스치자 이내 가슴이 환희로 두근거렸다.

담담정 주변을 살피던 안견은 놀라며 몸을 낮추었다. 뜻밖에도 누각 처마에 아직도 등롱이 걸려 있었기 때문이다. 뿐만 아니라 누각과 외부를 연결하는 분합문도 활짝 열려 있었다. 누각에 술상이 차려져 있었으나 사람은 보이지 않았다. 누각과 서재를 연결하는 중간문도 모두 열린 채여서 안에 있는 그림과 서책들이 멀리서도 부분적으로 들여다보였다. 더욱 기이한 것은 서재였다. 서재는 등잔이나 촛불을 켜놓은 것이라곤 믿어지지 않을 정도로 밝아 마치 방안에 달을 들여놓은 것 같았다.

'이상한 일이다. 지난번 외부인의 침입을 눈치 챘을 터인데도 이렇게 관리가 허술하다니. 더구나 방안을 밝혀두기까지 하였으니 의도를 알 수가 없군. 혹시 침입자를 안으로 유도하여 사로잡으려는 속셈은 아닐까? 그렇다면 함정이…….'

안견은 높은 언덕으로 올라가 집 안을 살폈다. 사람의 흔적은 전혀 느껴지지 않았다. 종들이 생활하는 것으로 보이는 맞은편 건물도 빈집처럼 고요했다. 안견은 누각이 내려다보이는 처음의 자리로 돌아와 몸을 낮추고 온 신경을 눈과 귀에 모았다. 시간이 흐르자 함정이 아닐지도 모른다는 일말의 기대감이 마음을 달뜨게 했다. 누각에 차려진 술상은 안평대군이 얼마 전까지 지인들과 술을 마셨음을 의미한다. 술을 마시며 함께 어울려 밤이 깊도록 서재의 그림들을 감상하다가 방으로 들어간 건 아닐까.

'종들은 어찌하여 자리를 정리하지 않을까?'

안견은 돌멩이를 주워 누각으로 던졌다. 추녀 밑, 마루에 돌멩이가 부딪히며 불규칙한 소리를 냈다. 그러나 기척은 없었다. 생전 처음 본 고화들이 눈앞에 아른거려 안견은 견딜 수가 없었다. 대담해진 안견은 돌멩이를 주워 문간방 지붕으로 던졌다. 기와를 타다닥 두드리며 돌멩이가 안마당으로 떨어졌다. 안견은 땅바닥에 주저앉아 갈등했다. 갈등은 길지 않았다. 안견은 발소리를 죽이며 아래로 내려갔다.

등롱에 비친 담담정은 물에 잠긴 듯 푸른빛이 돌았다. 바람이 불자 대문이 삐걱거리며 흔들렸고 주변의 나무들도 바람 소리를 냈다. 안견은 자세를 바싹 낮추고 엉금엉금 서재로 기어갔다. 여닫이문에 기대어 안을 살폈지만 서재 역시 비었긴 마찬가지였다. 특이하게도 서재엔 구석구석 촛불이 타고 있었다. 안평대군이 지인들을 불러 모아 서재를 밝히고 자랑삼아 그림을 내보인 게 틀림없었다.

'안평은 술에 취하였고 기다리던 종들은 잠이 든 게 분명해.'

안견은 좋은 기회를 놓칠세라 과감히 서재로 올라섰다. 촛불이 밝은 게 마음에 걸렸으나 그만큼 그림을 잘 볼 수 있으니 도리어 잘된 일인지도 모른다. 물러간다 해도 길이 없기는 마찬가지였다. 설령 종들에게 들켜 매를 맞거나 옥에 갇히는 한이 있더라도 옛 그림들을 천천히 살펴 준법의 흐름과 그림 한 장에 담긴 화가들의 정신세계를 파악하고, 시대별 그림의 변화와 대륙의 그림이 고려에 미친 영향까지를 꼼꼼히 확인하고 싶었다. 그렇게만 할 수 있다면 답답한 마음에 조금이나마 숨통이 트일 것 같았다.

다섯 줄의 서대를 지나 그림이 보관된 마지막 화대 앞에 섰다.

벽에 걸린, 길게 늘어진 족자나 편액 형태의 그림이 대략 서른 점 가량이었고 병풍이 다섯 개, 화대 위에 보관된 화첩이 스무 개, 역시 화대 위에 놓인, 그림이 담긴 것으로 보이는 궤櫃가 열 개 정도 되었다. 궤나 화첩을 들추는 일은 포기하고 안견은 벽에 걸린 그림과 병풍 중에서 특히 산수화에 집중했다. 지난번에 본 「소상팔경도」 이외에도 다른 화가가 그린 「소상팔경도」가 두 점이나 되었고 「소상팔경도」와 마찬가지로 봄과 여름, 가을, 겨울의 정취를 각각 두 장의 그림으로 표현한 「사시팔경도」도 석 점이 있었다.

　실경을 보고 그린 「소상팔경도」나 「사시팔경도」 이외에도 금강산이나 대동강을 그린 그림이 끼어 있었는데 이는 틀림없는 고려의 그림이었다. 고려 화가들의 그림은 대륙의 그림과 견주어 색채나 구도, 붓질의 섬세함이 조금도 뒤떨어지지 않았다. 특히 고려 후기의 화가로 알려진 고연휘의 서명이 붙은 「하경산수도」는 청산백운을 즐겨 표현한 대륙의 그림과 달리 둥글둥글하고 단조로운 산봉우리를 화면에 옮겨놓았는데 산세를 수평적인 미점을 써서 표현한 게 특색이었다. 반면 근경의 초가집이나 인공적인 구조물은 힘차게 붓을 놀려 진하게 표현했다. 이는 근·원경에 분명한 차이를 준 것으로 역시 대륙의 그림과 달랐다.

　'대륙의 영향을 받았으나 우리 조상들은 전혀 다른 그림을 그렸군.'

　벽에 나란히 걸린 「풍죽도」와 「설죽도」를 거쳐 안견의 눈은 한 점의 「평사낙안도平沙落雁圖」에 머물렀다. '평사낙안'은 '소상팔경'의 한 장면으로 모래톱에 날아와 앉은 기러기를 그린 그림이었다. 고즈넉한 강가에 정자 한 채가 흐르듯 떠 있고 먼데 산빛을 등지고 십여 마리의 기러기가 화폭 가운데로 내려앉고 있었다. 가깝거나 먼 경치는 서로 유기적으로 연결되었고, 흐르는 물과 날갯짓하는 기러기에선 시간의 무상함이 묻어 나왔다. 그림을 보고 있자니 북송대의 수목산수화가 곽희의 「임천고치林泉高致」 한 구절이 스쳤다.

'꽃의 사면四面을 얻으려면 땅속에 꽃을 넣고 위에서 꽃을 내려다보아야 한다.'

곽희는 특히 사계절과 함께 빛에 따라 시시각각 달라지는 풍경의 섬세한 차이를 포착하려 노력한 화가였다. 그는 「임천고치」에 이러한 세계관을 옮겨놓았는데, 산에 드리운 안개나 저녁나절의 푸르스름한 기운은 네 계절 모두 달라 산은 하나지만 수십 수백의 정취를 담고 있다고 적었다. 안견은 그 글을 '산수란 풍경을 그리는 게 아니라 보이지 않은 정신의 세계를 그리는 작업'이라고 이해했다. 그 뒤 곽희의 그림을 보고자 수소문했으나 조선에 송나라 화가인 곽희의 그림이 남아 전해질 리 없어 포기하고 만 기억이 났다.

안견의 발걸음은 「평사낙안도」를 지나 다시 한 점의 산수도 앞으로 옮겨갔다. 어른 키에 맞먹는 긴 화면에 '청산백운'을 그려놓은 아주 오래된 그림이었다. 먼 곳의 구름은 시간과 공간을 초월한 지대처럼 웅장하였고 구름에 가려진 봉우리는 신선이 머무는 듯 고즈넉했다. 봉우리를 가르며 쏟아지는 폭포는 내를 이루며 화면 앞으로 당겨졌는데 물 흐르는 소리가 화면을 박차고 귀를 울릴 것만 같았다. 바위는 구름이 뭉친 듯 둥글면서도 거칠게 표현되었으며 나무는 게의 발톱처럼 날카롭게 사방으로 뻗어 있었다.

안견은 엄지와 인지, 중지를 모아 가상의 붓을 쥐고 부지런히 준법의 세밀한 부분을 모사했다. 너무나 그림에 열중한 나머지 인기척도 듣지 못했다. 촛불이 일제히 한 방향으로 출렁거렸다. 촛불에 일렁이는 그림자를 업고 풍채 늠름한 젊은이가 살며시 방안으로 들어섰다. 젊은이는 팔짱을 낀 채 서대 뒤에 몸을 숨기고 안견을 지켜보았다. 젊은이는 두 식경이나 그대로 낯선 침입자가 용무를 마칠 때까지 기다렸다. 그림에 푹 빠졌던 안견은 뒤늦게 방안 공기가 심상치 않음을 느끼고 고개를 들었다.

"억!"

안견은 벽을 짚으며 비명을 질렀다.

"놀라지 말게."

젊은이가 손을 저으며 다가왔다.

"죽을죄를……."

안견은 머리를 바닥에 박고 엎드려 몸을 떨었다.

"하하하."

젊은이가 재미있다는 듯 호방하게 웃었다.

"그래, 내 소장품을 본 소감이 어떠한가?"

"용서해주십시오, 나리……."

"괜찮으니 고개를 들게. 소감을 묻지 않았는가?"

고개를 들자 학창의 차림의 선비가 안견을 내려다보았다.

"이곳엘 숨어든 걸 보니 목숨이 별로 아깝지 않은 게로군."

안견은 식은땀을 흘렸다.

"그, 그게 아니오라……."

"아니면 그만 일어나게. 손님으로 왔으니 손님 대접을 해야지."

안평대군은 친히 손을 내밀어 안견을 일으켜 세웠다. 그런 다음 서대 안쪽에 놓인 나무상자를 열어 안에 든 그림 한 점을 조심스레 꺼내놓았다. 안견은 조금 거리를 둔 채 안평을 지켜보았다. 안평이 꺼낸 것은 수석이 그려진 목판이었다. 수석의 테두리를 이루는 붓선이 일정하게 살아 있었고 수석 밑에 자란 이끼의 표현도 정교했다.

"이것은 고개지가 그린 「수석도」일세."

안견은 곁에 선 늙은 종의 눈치를 살피며 안절부절 못했다.

"괜찮으니 편히 그림을 감상하게. 오늘 일은 불문에 붙일 테니."

"대군 나리."

안견은 다시 허리 숙여 용서를 빌었다.

"어허, 괜찮다고 하지 않았나. 자넨 고개지를 아는가?"

"고개지라면 천년도 더 지난 동진東晋의……."

안견은 놀라움을 금할 수 없었다. 비록 목판본일망정 풍문으로만 전해 듣던 고개지의 작품을 직접 보게 될 줄은 몰랐다.

"소장 작품들 중 가장 오래된 것이지. 명나라 사신에게 부탁해 어렵게 구한 것일세. 후대에 목판을 복제하여 종이에 찍어낸 것이지만 원래 구도는 그대로라네."

안평은 상자를 닫고 옆에 놓인 비단 두루마기를 펼쳤다.

"이 그림은 당나라 현종 때의 화가 오도자가 그린 부처일세."

붉은색으로 부처를 그려놓은 두 장의 그림은 구도만 다를 뿐 비슷했다. 그림 속 부처는 눈꼬리가 위로 당겨 올라갔고 눈썹이 짙었다. 부드러운 미소가 특색인 고려의 화불과 달리 수행에 몰두하고 있는 듯한, 고뇌가 담긴 표정이었다.

"오도자는 사물을 잘 관찰한 뒤에 머리에 남은 빛의 잔영을 단숨에 그려내는 것으로 유명하였네. 수행 중인 어느 구도자를 표본으로 그렸을 이 부처를 보게나. 원래의 색감은 흐려지고 찢어진 곳도 많지만 부처의 번뇌가 그대로 느껴지지 않는가?"

그림을 천천히 살피니 과연 안평의 말과 다르지 않았다.

곽충서, 이공린, 소식, 문동 등이 그린 송나라 그림들과 조맹부와 이필, 교중의, 장언보가 그린 원나라 그림들을 차례로 설명한 뒤 안평은 병풍 뒤 구석으로 자리를 옮겼다. 그곳엔 십여 점의 그림이 따로 보관돼 있었다. 그림은 대부분 산수도인데 전에 본 「평사낙안도」, 「강천모설도」를 비롯하여 고목을 그린 그림, 비가 내리는 계곡 풍경, 비바람이 몰아치는 그림, 눈이 내리고 바람이 부는 그림 등 다양했다.

"이것은 전부 곽희의……?"

안견은 정신을 차릴 수가 없었다.

"그렇지. 전부 진품일세. 자네는 곽희의 그림을 처음 보는가?"

"「임천고지」를 읽은 바 있으나 그림을 직접 보기는……."

첫 방문 때 눈도장을 찍었으니 처음이랄 수는 없어 말을 얼버무렸다.

"대륙의 산수 그림은 크게 서너 가지로 특징을 나눌 수 있네. 그 첫째는 남송의 화가인 마원과 하규가 즐겨 그린 화풍으로 자연을 신비스럽고 웅장한 경외의 대상으로 보지 않고 주변에서 흔히 볼 수 있는 낮은 산들을 온화하고 부드럽게 표현한 그림들이지. 두 번째는 북송의 문인화가인 미불이 그리기 시작한 '미법산수'일세. 미법은 바림기법을 사용해 전통적인 윤곽선을 버리고 점의 특징을 살려 미점을 가한 게 특색이지."

안평은 닳아 반질반질해진 안견의 옷소매와 눈을 맞추었다.

"다음으로 살펴볼 게 바로 여기 곽희가 즐겨 사용한 화풍일세. 자네도 알겠지만 곽희는 시간의 흐름과 계절의 변화에 따라 변하는 풍경에 특히 주목한 화가라네. 그래선지 곽희의 그림을 보고 있자면 수천 년 세월을 압착해놓는 듯, 변화무쌍한 시간과 공간, 빛의 흐름이 한 폭의 그림에 모두 담겨 있는 듯 착각을 불러일으키곤 하지."

"한 장의 그림 안에 시간의 흐름을 담는 일이 가능한지요?"

"지금 자네 눈으로 보고 있지 않은가? 어디 시간뿐인가? 그림은 모든 것을 다 압축하여 담을 수 있지. 인간이 이룩한 역사와 그들이 꾸었던 꿈과 이상, 거칠고 웅장했거나, 혹은 소박했거나, 혹은 배신과 음모로 얼룩졌던 그 모든 것들까지도."

곽희의 그림들 중 특히 안견의 관심을 끈 것은 게의 앞발처럼 거칠게 표현된 나뭇가지들이었다. 안견은 지금껏 어느 곳에서도 그런 기법을 써서 그린 그림을 보지 못했다. 곽희의 그림들은 거의 예외 없이 나뭇가지나 풀의 모양이 가시가 돋친 듯 삐죽삐죽했다. 입이 둥근 침엽은 제멋대로 바람에 날렸고 바위의 선은 둥글지 않고 모나게 일그러져 있었다. 「청산백운도」처럼 웅장하거나 가슴이 트이는 느낌도 없었고 미법을 쓴 그림들처럼 포근함을 주지도 않았으며 실경처럼 정교하지도 않았다. 그럼에도 그림 안쪽 보이지 않는 계곡 틈바구니에 기화요초를 숨겨놓은 듯 궁금증을 자아냈다.

"이건 해조묘蟹爪描라는 기법일세."

안평이 그림 속, 휘어진 나뭇가지 하나를 손으로 가리켰다.

"이곽이 처음 사용했고 그 뒤 추종자들이 다투어 그린 준법이지. 해조묘에 관심을 두는 걸 보니 자넨 실경보다 피상적인 공간에 더 취미가 있는 게로군."

"대군 나리께선 준법을 어찌 보시는지요?"

안견은 용기를 내어 평소 궁금하던 것을 물었다.

"글쎄, 굳이 비유를 하자면 준법은 학이 아닐까. 우아함을 더하여 붓질을 풍요롭게 하지. 하지만 준법은 준법일 뿐 준법에 갇혀서는 안 되네. 설령 그것이 독창적일지라도 한 가지 붓질로 비슷한 그림만을 계속해서 그린다면 쉽게 세인들의 입방아에 오르내리기는 하겠으나 스스로의 그림에 함몰되어 새로운 그림을 그릴 수 없게 되지. 모름지기 화가라면 단 한 점을 그려도 두 번 다시 같은 그림이 될 수 없는 그림을 그려야지."

안평은 화풍과 기법에만 머물지 않고 화가의 정신과 그림 자체가 품은 고유의 공간, 나아가 배경에까지 관심이 깊었다. 안견도 안평과 크게 다르지 않았다. 준법은 수련으로 모방이 가능하지만 작품 자체가 가지고 있는 고유한 정신세계는 오로지 화가의 몫이다. 수많은 화가들이 똑같은 이름으로 산을 그리고 강을 그려도 작품에 따라 달리 칭송되는 이유는 그들의 세계관이 각기 다른 형태로 그림 속에 녹아 있기 때문일 것이다.

안평은 새벽이 되도록 이백 점 가까운 그림을 하나하나 내보이며 화가의 이름과 필법, 그림의 위상을 설명해주었다. 그림 감상이 끝나자 여종이 누룽지를 끓여 바쳤다. 안평은 서재에 선 채로 안견에게 누룽지를 권하며 자신도 달게 그릇을 비웠다. 수저를 내려놓자 멀리서 닭이 울었다. 닭 울음소리는 영겁의 시간을 건너온 듯 아득했다. 대기하던 여종이 빈 그릇을 거두어 서재를 나갔다. 안평은 기지개를 켜며 밖을 가리켰다.

"한숨 푹 자고 나서 신시쯤 다시 와주게."

안견은 주저했다.

"소인은 곧 등청할 몸인지라……."

"도화서에 사람을 보낼 테니 걱정 말고 이리로 오게."

안평은 밖으로 안견을 배웅하며 다시 와주길 청했다.

"그럼 소인은……."

안견은 구름을 밟듯 몽롱한 상태로 돌아왔다. 어떻게 집에 도착했는지 기억이 나지 않을 정도였다. 골목으로 나와 기다리던 아내 장씨와 소희가 근심하며 안견을 맞았다. 안견은 혼자 실없이 웃으며 쪽방에 들어가 누웠다. 눈을 감자 학창의를 입은 안평이 미소를 띠며 다정하게 손짓했다. 안견은 그대로 잠의 나락으로 빠져들었다.

맑게 빚은 가향주加香酒에선 가을 국화 냄새가 났다. 입안에 감도는 술맛을 혀끝으로 문지르며 안견은 전날의 기억을 더듬었다. 어제 저녁부터 꿈속을 헤매는 기분이었다. 안평이 내미는 술을 모두 받아 마셨지만 정신은 맑았다. 안평대군은 백거이의 「비파행琵琶行」 한 줄을 외운 뒤 피곤한지 난간에 등을 기댔다. 무언無言을 안주 삼아 술을 마시는 게 취미인지 아니면 말이 익길 기다리는지 갈피를 잡을 수 없었다.

"무슨 생각을 하나?"

안평이 침묵을 깨며 자세를 고쳐 앉았다.

"꿈을 꾸고 있는 것 같아 얼얼하기 짝이 없습니다."

안평이 의미심장한 미소를 지으며 물었다.

"그렇겠지. 어젯밤 그림을 본 소감이 어떠한가?"

안견은 딱히 대답할 말을 찾지 못하고 볼을 붉혔다.

"사실 자네가 와주길 노심초사 기다렸네."

"어인 말씀이신지?"

놀이판이 벌어졌는지 멀리서 꽹과리 소리가 바람에 묻어왔다. 강 건너 노들나루 쪽이었다. 쪽빛 명주천을 널어놓은 듯 소나무 사이로 푸른빛이 출렁였다. 바람을 끌어안은 배들이 돛을 부풀린 채 상류로 떠나자 또 그만큼의 배들이 줄지어 내려왔다. 갈대밭엔 새들이 팥알처럼 내려앉았다. 철새들은 늪지로 내려와 민물고기로 배를 채운 뒤 강을 떠났다. 하늘은 높고 맑았고 햇볕은 강물과 언덕, 들판을 가리지 않고 고루 내리비쳤다.

"첫날밤 누군가 술통을 떨어뜨리고 갔더군. 하여 술 좋아하는 화공 중에 대나무 술통을 차고 다니는 자를 은밀히 알아보았지."

"송구합니다."

"내 일찍부터 자네의 그림을 눈여겨보고 있었네. 준법은 거칠지만 행사용 소품을 그리기엔 아까운 인물이라 여겼지. 다행히 이리 만나게 되었으니 실로 하늘의 뜻이 아닌가?"

가슴이 뜨거워져 안견은 말을 잇지 못했다.

"목숨을 걸고 여기까지 왔다면 뭔가 특별한 이유가 있을 것도 같은데 고화를 엿보는 일이 과연 목숨을 걸 만큼 자네에겐 가치 있는 일이었나?"

"그렇습니다……."

안견은 이렇다 할 스승 없이 독학으로 그림을 터득한 일에서부터 도화서 그림에 머물지 않고 자신만의 그림을 그리려 한 이야기, 옛 고화들에 대한 동경, 준법에 대한 고민 등 최근까지 자신이 겪은 심리적 갈등을 솔직하게 털어놓았다.

"그런다 한들 자네 문제가 해결될 것으로 보이는가?"

"길은 모색할 수 있지 않을지."

"어디서부터 길을 찾을 텐가?"

"우선 산수화로부터 출발할까 합니다."

"왜 하필 산수화인가?"

"고려 중·후기만 해도 산수화들이 널리 그려진 것으로 알고 있습니다. 그러나 언제부터인지 더는 산수화가 그려지지 않는 시대가 되었습니다. 전범으로 삼을 만한 옛 그림들은 죄다 숨어버렸고, 그림 그리는 일을 천시 여기는 풍조가 만연하여 재능 있는 화공들이 하나같이 사대부들의 인물화나 화첩을 장식하는 일에 매달리는 실정이지요. 하여 기회가 주어진다면 고려부터 면면히 이어져 내려오던 산수의 전통을 되살려 후대인들에게 대륙의 그림과는 확연이 다른, 우리만의 전범을 세울까 합니다."

자신도 미처 예상하지 못한 말이 술술 흘러나왔다.

"산수의 뿌리는 대륙에 있지 않은가? 다른 나라의 것을 받아들여 우리의 전통을 세우겠다? 비록 고려의 맥을 잇는다 해도 앞선 대륙의 화풍을 전범으로 삼는다면 그건 온전히 자네의 것, 나아가 조선의 것이 아니라 모방이자 아류가 아닌가?"

"비록 산수의 전통이 대륙에서 시작된 것이긴 하나 그것이 어찌 대륙의 것이겠는지요? 붓의 농담에 어찌 국경이 있을 수 있습니까? 출발은 대륙에서 하였으나 조선 땅에서 조선의 것으로 새롭게 뿌리내리면 그것이 곧 조선의 그림이 아니오리까."

안평은 손으로 술상을 가볍게 쳤다.

"그렇지! 바로 그거야. 기다린 보람이 있군. 내가 자네에게 듣고 싶은 말이 바로 그것이었네. 사신을 통해 대륙의 그림을 사서 모으며 조선에도 그에 필적할 그림을 그릴 화공이 나오길 바랐지. 자네 말대로 언제부터인가 기교만 추앙될 뿐, 더는 진짜 그림이 그려지지 않는 시대가 되었으니까. 아랫사람들에게 일러놓을 테니 고화가 필요하면 언제든 내 서재로 와주게. 지금의 그 마음 절대 흔들리지 말아야 하네."

"은혜를 잊지 않겠습니다."

안견은 일어나 절하고 고개를 조아렸다.

"한데, 이보게 안공……."

안견은 화들짝 몸을 움츠렸다.

"안공이라니요. 당치도 않습니다."

"괜찮네. 자넨 인간이 도달해야 할 세상사의 궁극이 무엇이라 보는가?"

좀 뜬금없다 싶은 질문이었다.

"아무런 근심 걱정 없이 살 수 있는 태평성대가 아니오리까."

"자네는 그것이 현실 속에서 가능하다고 보는가?"

"그건……."

"자네는 왜 그림에 매달리는가? 그림에도 궁극이 있는가?"

안견은 지금껏 그 문제를 고민해보지 않았다.

"행위에 대하여 물어보신 거라면……. 송구하오나 그 이유는 저도 자세히 모르겠습니다. 왜 그림을 그리는지, 왜 고민하는지, 굳이 변명하자면…… 하루라도 붓을 잡지 않으면 마음이 편치 않으니 그게 이유라면 이유가 되겠지요."

안평은 호방하게 웃으며 무릎을 쳤다.

"하하하, 이유를 모르겠다? 그게 바로 예인들의 궁극이지!"

이야기가 오가는 동안 해가 기울고 찬바람이 분합문을 흔들었다. 전에 본 늙은 종이 올라와 걸쇠에 거꾸로 매단 분합문을 내리고 등롱에 불을 붙였다. 분합문이 내려지자 밖의 소리들이 차단되고 누각은 강물에 둥둥 떠가듯 고요히 출렁거렸다. 건너편 노들나루에서 울리던 꽹과리 소리도 더는 들리지 않았다. 풍경은 어둠 속으로 몸을 숨겼고 낮에 안평이 읊은 백거이의 시구대로 '달은 망망한 강물에 잠겨' 버렸다.

낯선 사내

찬바람이 칼끝마냥 날을 세우고 사모바위를 넘어왔다. 소나무에
얹혔던 눈들이 바람에 흩어져 바위 주변을 떠다녔다. 바람을 견디
며 멀리 대남문으로 이어진 삼각산 능선은 호랑이 등뼈처럼 단단
하고 굳세었다. 눈에 뒤덮인 능선은 흰빛으로 햇볕을 튕겨냈고 두
귀를 세운 토끼들이 눈에 발목을 빠져가며 먹이를 찾아 능선을 뛰
어다녔다.

 안견은 평평한 바위에 서포를 깔고 화선지를 얹었다. 바람이 헹
가래를 치듯 화선지를 들추었다. 문진으로 화선지 양쪽 귀퉁이를
두른 뒤 목탄을 꺼내 설경을 촌묘해나갔다. 목탄은 아내 장씨가 대
나무를 아궁이에 직접 구워 만든 것이다. 장씨는 이른 봄날, 아침
일찍 이슬에 젖은 대나무를 잘라 종일 햇볕에 말린 뒤 군불을 때고
남은 아궁이에 묻었다. 아침 이슬은 대나무 속에서 함께 익었고 화

선지 위에서 은색으로 녹았다.

비봉에서 바라본 풍경은 그 자체가 하나의 거대한 산수화였다. 높이 솟은 봉우리와 계곡, 백색으로 얼어붙은 시내는 빛과 자연이 빚어낸 가장 완벽한 수묵이었다. 바람은 조화롭게 고루 붓질을 옮겨갔고 햇볕은 먹물의 명암을 대신하며 시시각각 채색을 바꾸었다. 크고 작은 능선들은 북진하는 기마처럼 사나운 기세로 주봉인 백운대로 읍했다. 골짜기마다 서너 채씩 자리한 민가들은 지붕에 눈을 뒤집어쓰고 세월을 잊은 듯 고즈넉했다.

대나무 목탄은 여간해서 숯가루가 손에 묻지 않는다. 끝은 뾰족하게 다듬어졌고 손잡이엔 명주실이 감겨 있었다. 비번 날이면 화구를 챙겨 집을 나서는 안견을 아내는 말없이 전송했다. 그녀는 정육품 돈용교위 장구홍의 서녀로 태어나 스물두 살 되던 해에 다섯 살 어린 안견과 백년가약을 맺었다. 그녀의 아버지는 개경 방어를 맡았던 경군 소속으로 정종 2년(1400) '박포朴苞의 난'*이라 부르는 왕자의 난 때 방간 왕자 편에 섰다는 억울한 누명을 쓰고 죽었다. 그녀가 태어난 지 두 달로 접어들던 어느 봄날의 일이었다.

칼바람이 사납게 마고자를 들추었다. 안견은 손을 비비며 촌묘를 멈추지 않았다. 목탄이 바람을 가르자 눈 덮인 산줄기가 화선지 위로 구불거리며 뻗어나갔다. 산줄기 밑으로 계곡이 피어나고 계

---

*조선 태조의 넷째아들 방간이 왕위를 탐하여 일으킨 '제2차 왕자의 난'으로, 방간이 '제1차 왕자의 난'에 큰 공을 세웠으나 그 논공행상論功行賞에 불만을 품고 있던 박포와 공모하여 방원의 세력을 꺾으려고 일으켰다. 방간과 방원의 군사는 개경開京에서 접전했는데, 결국 방간의 군대는 패하여 방간은 유배되었고, 박포는 처형되었다.

곡 틈으로 잔설이 날렸다. 사모바위를 화면 중앙에 두고 두 장의 촌묘를 마친 뒤 조금 아래 경사지로 옮겨갔다. 날씨가 맑아 목멱산(남산)을 비롯해 한강과 관악산이 손에 잡힐 듯 가까웠다. 얼어붙은 한강은 잔뜩 당겨진 활시위처럼 단단했고 그 너머 눈 덮인 관악산은 화기를 머금은 산답게 겨울에도 붉은빛을 띠었다.

안견은 미끄럽지 않은 곳을 골라 디디며 다리를 주물렀다. 추위에 언 하체가 나무토막처럼 딱딱했다. 몇 장의 촌묘가 끝나자 반대편으로 돌아앉았다. 날씨가 풀리면 사라져버릴 설경이어서 그만큼 욕심이 더했다. 안평대군의 배려로 고화들을 하나하나 섭렵하면서 안견의 붓질은 더욱 정묘해졌다. 혼자 독학하여 난삽했던 준법은 붓을 길게 흘릴 곳과 멈출 곳, 힘주어 누를 곳과 가벼이 들어 올릴 곳, 뉘일 곳과 세울 곳, 가늘게 그을 곳과 덧칠할 곳을 알아 질서 정연했고 붓심은 끝이 살아서 힘찼다.

첫날 안평과 대면하고 나서 안견은 일곱 번이나 더 담담정을 찾았다. 붓이 막히면 고화들의 준법에서 해법을 찾았으며 생각이 막히면 안평과 대화를 나누며 수묵의 세계를 논했다. 안평대군이 뒤를 보살피기 시작한 뒤부터 도화서 내에서의 입지도 한결 자유로워졌다. 질 좋은 재료를 구하는 일도 수월해졌으며 때로는 안평대군에게 진귀한 먹과 종이를 선물받기도 했다. 안견에겐 하루하루가 꿈같은 세월이었다.

"자네는 그림을 무엇이라 여기는가?"

강 근처 갈대밭으로 내려간 저물녘, 안평이 물었다.

"화가의 마음이 아니오리까."

"그렇다면 마음은 무엇이지?"

"생각이 아니온지……."

"생각을 멈추면 어찌 되는지."

"그림도 없겠지요."

"보게, 강에는 한가로이 배들이 떠다니고 들판엔 백성들이 지른 쥐불이 하늘을 녹이고 있네. 풍경은 분명히 저 앞에 있는데 어찌하여 없다 하는가?"

"풍경이란 바라보는 각도에 따라, 혹은 관자의 마음에 따라 천차만별이니, 있되 또한 없다 할 수 있지 않을지요?"

안평은 손바닥을 마주치며 웃었다.

"하하, 자네는 여전히 상상 속의 무언가를 찾아 헤매고 있군. 그렇지! 보이는 게 전부는 아니지. 꿈을 꾸되 보이지 않고 형체가 있되 실체가 없는 봄날 아지랑이 같은 나른하고 어렴풋한 신기루 속에 안공, 자네의 그림이 놓일 자리가 숨어 있는 것 같네. 비록 준법은 고화를 참작했으되 그 길을 더욱 파고들어가 보게."

'보이지 않는 꿈, 형체가 있되 실체가 없는 그림이라.'

안견의 생각은 막혔다. 안견은 목탄을 내려놓고 뒷목을 주물렀다. 삼각산 능선을 따라 까만 점 같은 것이 꼬물거리며 움직였다. 먹이를 찾아 나선 노루나 호랑이, 혹은 독수리 같았다. 까만 점은 문수사에서 승가봉을 거쳐 사모바위 쪽으로 날듯이 뛰어왔다. 안견은 다가오는 물체를 관찰하기 위해 엉거주춤 일어섰다. 그 순간 발이 미끄러지며 바위에 엉덩방아를 찧었다. 안견은 중심을 잃고 눈이 엉겨 붙은 바위 아래로 미끄러졌다. 고즈넉하던 풍경은 한 순간에 지옥이 되어 안견을 아래로 끌어당겼다. 땅과 하늘이 뒤바뀌는가 싶더니 나뭇가지가 눈앞으로 확 지나갔다. 안견은 어린 소나무 줄기를 붙잡고 바위 끝에 매달렸다. 디딜 곳을 찾기 위해 버둥거렸으나 발밑은 끝을 가늠키 힘든 낭떠러지였다.

"살려주시오! 살려주시오!"

안견은 허공에 대고 소리를 질렀다. 점처럼 보이던 물체가 머리맡에 히뜩 모습을 드러냈다. 온몸에 짐승 털가죽을 뒤집어쓴 사냥꾼 차림의 사내였다.

"나무를 꽉 잡고 계시구랴, 금방 구해드릴 테니."

사내는 조금도 지체하지 않고 팔을 쭉 뻗어 안견을 끌어 올렸다.

"엄동설한에 어쩌자고 혼자 산을 올랐수?"

안견은 낭떠러지를 벗어나 간신히 몸의 중심을 잡았다.

"이런 데서 혼자 죽으면 시신은 짐승들 밥이 되고 넋은 넋대로 산천을 떠돌게 되니 그야말로 개죽음이지. 다음부턴 꼭 동행과 함께 다니쇼."

사내는 안견을 평평한 곳으로 부축한 뒤 돌아서서 오줌을 갈겼다.

"고, 고맙네. 하마터면 죽을 뻔했군."

안견은 얼이 빠져 말을 더듬었다.

"산등성이에 웬 짐승이 얼씬거리나 했더니 환쟁이 양반이구만. 원래는 승가사 밑으로 내려갈 참이었는데 갑자기 보이질 않아 급히 달려온 참이유."

안견은 숨을 고르며 눈을 뭉쳐 목을 축였다.

"자네가 아니었으면 황천길 갈 뻔했군. 자넨 사냥꾼인가?"

"사냥꾼이면 빈손으로 돌아다니겠수? 종일 뛰어다녔더니 배가 고파 죽겠구만. 혹시 싸 가지고 온 음식이나 있음 좀 나눠주시구랴."

안견은 사내의 격의 없는 태도가 마음에 들었다.

"찐 고구마가 한 개 남았으니 들게. 한데 어디서 오는 길인가?"

사내는 고구마를 우적우적 씹어 삼켰다.

"천보산과 수락산, 사패산, 도봉산을 거쳐 막 이리로 오는 길이오."

안견은 비로소 천천히 사내를 뜯어보았다. 사내는 노루털로 만든 가죽옷에 머리에는 토끼털 모자를 쓰고 있었다. 키가 크고 조금 마른 듯 보이는 몸매에 광대뼈 위로 쑥 들어간 눈매가 매의 눈처럼 매서웠다. 말투가 거칠었으나 악의가 있어 보이지는 않았다.

"허, 양주군에 있는 천보산 말인가? 천보산이라면 예서 백오십여 리 길이거늘, 눈 덮인 산길을 어찌 한나절 만에 올 수 있단 말인가?"

"지금은 성상의 은혜를 입어 천출을 면했지만, 한때 종살이를 하던 몸이어서 남들 다 자는 야밤에, 새벽에, 잠깐씩 짬을 내어 돌아다니다 보니 이리 걸음이 빨라졌수."

"허허, 참 별난 취미로고."

"홍, 팔자 좋은 소리 하지도 마슈. 취미가 아니라 생업이오."

"하루에 백리 길을 뛰어다니는 게 생업이란 말인가?"

안견은 엉뚱한 소리를 늘어놓는 이 사내가 점점 마음에 들었다.

"난 풍수학이오."

"풍수학이면 대궐이 있어야 할 몸이 아닌가?"

"물론 벼슬은 하지 못했수. 등과할 신분도 아니고."

"잘은 모르지만 풍수라는 게 살기 좋은 땅, 죽어 눕기 편안한 땅을 고르는 일 아닌가? 한데 이 추운 날 어찌하여 험한 산줄기를 헤매고 다니나?"

"기를 살피고 있었습죠. 백두대간을 타고 뻗어 내린 기가 어디로 흘러가는지. 산에 눈이 덮이고 잡풀이 죄다 말라죽은 겨울은 혈맥을 살피기엔 더없이 좋은 계절이니까."

"혈맥을 살펴서 무얼 하려고?"

"자미원을 찾을까 하우."

"허, 그 무슨 전설의 명당 말인가? 그걸 찾아서 무얼 하게?"

"내 부모를 그 자리에 모셔야지."

사내는 먼 산등성이에 시선을 박았다. 사내의 부모는 청주목, 홍덕사 공동묘지에 묻혀 있었다. 좋은 자리를 찾으면 묘를 쓸 계획으로 우선 가묘를 만들었는데 이장은커녕 십 년이 되도록 찾아뵙지조차 못했다. 아직 마음에 드는 명당을 찾지 못해서였다. 죽은 부모를 생각하면 사내는 조급해졌고 그럴수록 악착같이 명당을 찾아다녔다. 기왕 이장이 늦어진 마당이니 빠르고 강하게 발복이 내릴 만한 자리에 모시고 싶었다.

"미안하네. 내가 공연한 걸 물었군."

"괜찮수. 사람 사는 일이 다 그렇지 뭐."

안견은 화구를 챙겨 일어났다.

"이것도 인연인데 우리 통성명이나 하세. 난 도화서 화공 안견일세."

"목효지라 합니다. 기로소 뒤 개천(청계천) 변에 살고 있소."

둘은 이야기를 주고받으며 구텃굴로 내려왔다. 눈이 무릎까지 잠겨 안견은 걷는 데 애를 먹었으나 사내는 안견의 화구를 대신 들고도 전혀 힘들어하지 않았다.

"국밥이라도 한 그릇씩 먹고 가지. 은인을 그냥 보내기가 뭣해서 그럼세."

사내의 입이 헤벌어졌다.

"출출하던 참인데 잘됐군. 박석고개 밑에 주막이 하나 있는데 그리로 가슈."

둘은 주막을 찾아가 언 몸을 녹이며 국밥을 주문했다.

"형님은 어쩌다가 그림을 그리게 되었수?"

주모가 내온 시래기 국밥을 급하게 떠넘기며 사내가 물었다.

"땅을 파먹고 살 팔자가 못 돼서 그렇지. 나야 그렇고 그러는 자네는……."

안견은 꺼낸 말을 거두어들였다. 도화서에서 부리는 관노들을 보더라도 글줄을 아는 자들은 없었다. 이십여 년 전에 언문이 창제되었지만 그마저도 제대로 읽고 쓰는 노비가 드물었다. 노비가 주변의 눈총을 받아가며 풍수 공부를 했고, 그 일로 천출을 면했다면 필경 그럴 만한 사연이 있을 것이었다. 하지만 굳이 그걸 들출 필요는 없었다.

"비록 지금은 이 꼴로 몰락했지만 증조부 때만 해도 육조판서가 부럽지 않은 장군 집안이었답디다. 증조부인 목신우 장군은 진주 방어산에서 왜적을 물리쳐 큰 공을 세운 바 있고 할아버지만 해도 호군 벼슬을 하던 집안이었소."

사내는 히죽, 쓴웃음을 짓고 나서 하던 얘기를 이어나갔다.

"그러다가 모함에 연루되어 집안이 풍비박산 난 게 사십 년 전이우. 할아버지는 사지가 찢겨 죽고 자손들은 죄다 노비 신세가 되었지, 킬킬."

"그래서 글을 알았군. 하면 천출은 어찌 면했나?"

"육 년 전에 나라의 일에 큰 공*을 세운 바 있소."

"풍수로 말인가?"

"그렇수."

딱히 거짓말을 하는 것 같지는 않았다.

"풍수가 업이라니 하나만 물어봄세. 자네는 좋은 땅을 어찌 알아보나?"

사내는 재미있다는 듯 히죽히죽 웃었다.

"좋은 땅은 원래 신기루 같은 것이라 쉽게 보이지 않는 법이지. 그러니 엄동설한에 이리 짐승마냥 돌아다니는 거 아니겠수. 곧 발품이 중요하단 말이오."

"동네 지관들은 매일 땅을 찾지 않는가?"

"먹고살기 위해 양심을 파는 거지. 적당히 잡아주면 곡식 나오고 엽전꾸러미 나오니까. 일반인들이 땅을 뭘 알겠소? 그 땅이 그 땅

---

* 소릉昭陵(현덕왕후의 능) 상소사건을 말한다. 세종 23년(1441) 세자(훗날의 문종)의 부인 현덕왕후 권씨가 아들(훗날의 단종)을 낳고 삼 일 만에 죽자 세종은 세자빈 권씨의 장지를 경기도 안산으로 정한다. 이때 목효지는 소릉의 문제점을 조목조목 적은 상소를 임금에게 직접 올려 이를 반대한다. 만약 그곳에 무덤을 쓰면 후손이 녹아 없어질 거라는 목효지의 주장에 세종은 그의 말은 취할 바가 없으나 그 극진한 마음이 가상하다 하여 상소를 올린 지 3일 만에 목효지를 파격적으로 면천시키고 풍수 공부에 전념케 한다. 결국 현덕왕후의 아들 단종은 죽임을 당해 절손되었고, 세조 3년(1457) 세조는 소릉을 파헤쳐버리니 목효지의 주장이 증명된 셈이다.

인데."

밥을 다 먹자 사내는 갈 곳이 있다며 서둘렀다.

"난 바빠서 그만 가봐야겠소. 몸조심 하시구랴."

"자네도 몸 성히 지내게. 조만간 한번 개천으로 찾아감세."

사내는 손을 번쩍 들어 보인 뒤 총총히 사라졌다.

안견은 마른침을 삼키며 부지런히 하인의 뒤를 쫓았다. 경복궁 뒷길을 돌아 나오자 길은 두 갈래로 갈렸다. 삼각산을 보고 북쪽으로 올라가면 효자골이고 서북으로 나아가면 돈의문과 무악재로 연결되는 큰길이 나온다. 안평대군이 보냈다는 하인은 큰길을 버리고 개울을 건너 인왕산 좁은 숲길로 들어섰다. 이슬에 바지가 축축하게 젖었으나 하인은 걸음을 멈추지 않았다. 소만을 며칠 앞둔 사월 스무날이었다.

하인은 새벽같이 부암골로 달려와 대문을 두드렸다. 안견은 졸린 눈을 비비며 방문을 열었다. 모시고 오라는 제 주인의 명만 전달할 뿐 하인은 다른 말을 하지 않았다. 아직 해가 뜨기 전이어서 푸르스름한 안개가 낮은 싸리나무 울타리를 넘어왔다. 대문 앞에 서 있는 안평의 젊은 시자는 간밤의 꿈을 되밟아온 사람처럼 어렴풋했다. 그는 안견이 의관을 갖추어 댓돌을 내려서자 따라오라는 말도 없이 골목을 빠져나갔다.

하인은 인왕산 옥동 골짜기 입구에 세워진 아담한 기와집으로 안견을 안내했다. 차반을 앞에 놓고 마루에 앉아 기다리던 안평대군이 몸을 일으켜 그를 맞았다. 안견은 고개 숙여 절하고 안평이 따라주는 차를 받았다. 아침 햇살이 소나무 가지를 비집고 내려왔다. 안평은 깊이 팬 눈을 소처럼 끔벅이며 담장 너머로 시선을 옮겨갔다. 연녹색 기와 위로 작은 새들이 날아올랐다.

"어디 편찮으신 데라도……."

안평은 대답 대신 미소를 머금으며 찻잔을 입으로 가져갔다.

"자네를 부른 건 긴히 부탁할 게 있어서네."

안평은 바로 본론을 꺼내지 않고 말을 아꼈다.

"자넨 간밤에 혹여 꿈을 꾸었나?"

"특별히 꿈을 꾸진 않았으나 아직 꿈길을 밟고 있는 듯합니다."

"그럴 테지. 지름길로 빨리 오라 했으니 정신이 없었을 거야."

안평은 물었고 안견은 대답했다.

"그래, 요즘 자네의 작업에는 진전이 좀 있는가?"

"고화의 준법과 화풍은 모두 터득하여 그 이치를 헤아렸으나 아직 붓을 쥐고 자신 있게 그리지 못하니 난망할 따름입니다."

"어찌하여 그런가? 듣기로 자네는 가장 뛰어난 화공의 한 사람일세. 남들은 십수 일씩 걸리는 의궤도나 반차도도 며칠 만에 뚝딱 해치운다는 소리를 들었지."

"그건 나라의 일이오라……."

"단순히 붓을 놀리는 일에 나라의 그림과 자네의 그림에 무슨 차이가 있나? 임금과 백성, 나라를 위해 의궤도와 반차도를 그리듯 자네 자신을 위해 그림을 그리게. 그건 어느 누구의 그림도 아닌 온전히 자네의 그림일세."

"마음이 움직이지 않습니다."

"자네는 이미 최고의 경지에 오른 화가일세. 마음이 움직이지 않는 이유는 혼을 담아낼 대상을 찾지 못했다는 뜻이겠지. 그렇지 않은가?"

안평은 속속들이 마음을 꿰뚫어왔다.

"대상도 대상이려니와 세상의 숱한 그림과 분별이 서지 않을까 두렵습니다. 이미 나와 있는 수많은 그림에 한 장을 더하게 된다면 그것이 과연 가치가 있겠습니까?"

"자네는 이 나라 제일의 화공일세. 두려워하지도 말며 그림의 가치를 우선하지도 말게. 붓을 쥔 자에게 번뇌는 필요 없네! 바람이 이끄는 대로 붓을 놀리게!"

해가 대문을 넘어와 고르게 마당으로 퍼졌다. 붓을 쥔 자에게 번뇌는 필요 없네! 벼락처럼 그 말이 정수리에 내리꽂혔다. 그동안 제대로 그림을 그리지 못한 것은 끊임없이 번지는 이런저런 강박 때문이었다. 어쩔 수 없이 고화를 전범으로 삼아야 한다는 자괴감, 다른 그림들과의 차별성, 실경을 그대로 옮기는 것에 대한 거부감, 나아가 떠오르지 않는 영감들, 붓을 잡을 때마다 꼬인 명주실처럼 번뇌가 얽히지 않았던가.

"하오면 오늘 부르신 이유는?"

"참으로 기이한 꿈을 꾸었네……."

빠끔히 열린 중문 너머로 안채 뒤꼍이 슬쩍 들여다보였다. 바람에 중문이 흔들리는 틈새로 장독대가 보였다가 사라지길 반복했다. 겨우내 묵은 먼지를 씻어낸 밤색 옹기들이 바람에 몸을 말리며 오순도순 키재기를 하고 있었다.

"기이한 꿈이라 하심은……."

"지난밤 옛적 도연명이 보고 왔다는 그 무릉을 나도 다녀왔네."

"꿈속에서 말이옵니까?"

"그렇다네. 지난밤 꿈에 나는 집대성 박팽년과 더불어 말을 타고 처음 보는 산길을 달렸다네. 그러다가 길을 잃었는데 다행히 산사람〔山人〕을 만나게 되었지. 산사람에게 길을 물어 북쪽으로 말을 채찍질해 올라가니 계곡이 깊고 그윽하여 동굴과 기괴한 암석들이 늘어서 있는데 계곡 사이로는 폭포가 층을 이루었네. 말을 내려 안개 자욱한 계곡을 거스르니 시냇물은 굽이굽이 휘어져 사람을 홀리게 하고 형형색색의 새들이 정신없이 귀를 어지럽혔지. 가슴이 뛰고 마음이 어지러워 정신을 차릴 수 없었네."

안견은 잠자코 들었다.

"골짜기 안으로 더 들어가니 넓은 곳에 복숭아나무가 가득하고 계곡은 하늘까지 치솟아 구름과 안개가 더욱 자욱하였네. 계곡 물엔 흰 복숭아 잎들이 둥둥 떠다니고 하늘은 붉게 물들어 있었지. 골짜기 안쪽 높은 곳에는 대숲과 초가집이 지어졌는데 싸리문은 닫혀 있고 토담은 무너졌으며 사람 또한 보이지 않았네. 한가로이 주변을 살펴보니 맑은 시내에 조각배가 떠 있어 물결을 따라 홀로 흔들리니 그 정경이 신선의 마을과 매한가지였다네. 곁에 섰던 박팽년에게 무릉도원이 따로 없다 하였더니 그 역시 고개를 끄덕이며 그러하다 하였네. 바로 그때 인기척이 들려 돌아보니 낯익은 두 사람이 곁으로 다가왔네. 그들은 내가 아끼는 최항과 신숙주였지. 그들과 더불어 경치를 즐기다 잠이 깨었네."

안평은 여전히 꿈을 꾸는 듯했다.

"초가는 비어 있고 빈 배만 출렁거렸다 하시니 「도화원기」의 내용과 비슷하면서도 어딘지 모르게 다르옵니다. 또한 하고많은 학사들 중에 하필이면 집현전 학사 박팽년과 함께 하였으니 그 역시 기이하기 이를 데 없습니다. 함께 하지 않았던 최항과 신숙주가 갑자기 나타난 점도 요상하기 이를 데가 없습니다만……."

안평은 무릎을 쳤다.

"바로 그 점이네. 어디, 내 꿈을 해석해주겠나?"

"제가 어찌 감히 꿈을 해석할 수 있겠습니까?"

"하하하, 자넨 참으로 순진한 면이 있네. 내 꿈을 그려주게."

"꿈을 그리라 하심은?"

"자네의 모든 역량을 다하여 붓으로 내 꿈을 그려보게."

꿈을 그리라니? 안견은 방금 들은 안평의 말을 하나씩 되새겨보았다. 기암절벽과 복숭아나무, 초가와 시냇물에 놓인 빈 조각배, 형형색색의 새들, 붉은 노을과 아무렇게나 뚫린 길과 동굴들, 말을 달리는 안평대군과 박팽년, 뒤에 나타난 집현전 학사 최항과 신숙주……. 잡힐 듯 말 듯 흐릿한 영상이 머리를 스쳤다.

"그건 제 꿈이 아니라 나리의 꿈이 아닙니까?"

"내 몸을 빌었으나 이제부터 꿈은 자네의 것이어야 하네. 특별히 기한에 신경을 쓰지는 말게. 열흘이고 일 년이고 언제라도 좋네. 내 하룻밤 꿈이 온전히 자네의 것이 되었다고 믿게 될 때, 내 마음이 자네의 손끝에 전해질 때, 그때 그리게."

안견은 말끝을 흐렸다.

"그리 해보겠습니다……."

"눈이 아닌 가슴으로 볼 수 있는 그림을 그려주게. 가슴에 새겨진 그림은 천년 세월도 뛰어넘을 수 있지. 자네와 내가 죽어도, 조선이 지고 새 나라가 세워져도, 죽지 않고 영원으로 사는 그림을 그려주게. 그리하여 천년만년 후대인들이, 내가 꾸고 자네가 해몽한 꿈을 기억할 수 있게 해주게. 그게 오늘 자네를 부른 이유일세."

안평은 대문 밖까지 안견을 배웅하며 당부를 잊지 않았다.

'영원으로 사는 그림이라…….'

안견은 숨을 후욱 내쉬며 오솔길을 내려왔다. 겨울의 그림자가 물러간 돼기밭 주변으로 아지랑이가 피어올랐다. 산꿩 한 마리가 푸드덕 날아올랐다. 개울을 건널 때, 안견은 아래로 내려가 소매를 걷어붙이고 맑은 물에 손을 씻었다. 모래자갈 위로 핏기 없는 중년 남자의 얼굴이 비쳤다. 안견은 개울에 이마를 대고 물을 들이켰다. 송사리들이 입술을 간질이며 지나갔다. 안견은 허리를 펴고 오래도록 하늘을 올려다보았다.

안견은 타다 남은 솔가지를 가져와 등잔에 불을 밝혔다. 초저녁 어스름을 밀어내며 상투머리가 천장으로 기우뚱거렸다. 명암을 모두 털어낸 그림자는 채색되지 않은 수묵의 빛을 띠었다. 안견은 먹과 벼루를 끌어당겼다. 거친 호흡이 좀처럼 가라앉지 않았다. 불꽃이 흔들리자 그림자도 함께 흔들렸다. 물에 풀어진 송연묵에서는 그을음 냄새가 났다. 불꽃이 잦아들자 비로소 호흡도 안정되었다. 호흡은 정돈되었으나 생각은 여전히 들끓었다.

화선지를 펼치자 여백 위로 무수히 많은 상像이 들고 일어났다. 약속한 기일에 그림을 대지 못했다며 역정을 내던 전 형조판서 서운과 큰 죄라도 지은 듯 고개를 들지 못하던 소희, 어린 첩을 끼고 앉아 낄낄거리며 춘화도를 감상하던 늙은 고관들과 보릿고개에도 계회를 열어 먹고 마시며 흥청거리던 사대부들의 뻔뻔스러운 면면이 차례로 스쳤다. 그들과 관계된 그림 속엔 어떠한 혼도 들어 있지 않았다.

안견은 소매를 걷고 붓을 골랐다. 붓을 충분히 물에 적셔 빈 접시에 흘렸다. 굳었던 붓끝이 풀어지자 갈아놓은 먹물을 적셨다. 눈앞에서 하나의 상이 흔들렸다. 기괴한 암석과 봉우리들, 곳곳에 암괴처럼 뚫려 있는 동굴들, 계곡을 흐르는 시냇물과 나무처럼 보이지 않는 나무들, 안견은 촌묘도 생략하고 상이 사라지기 전 붓을 놀렸다. 화선지 위로 거친 바위와 계곡이 춤추며 흘러갔다. 먹물은 안에 꼭꼭 숨겨놓은 계곡을 내어놓고 종잇결로 스몄다. 먹이 굳은 곳에서 바위와 나무가, 새들이 돋아났다.

잠시 후 기괴한 암석군으로 가득한 한 장의 그림이 완성되었다. 안견은 종이를 구겨 지체 없이 구석으로 던졌다. '안평의 꿈'과는 너무도 거리가 먼 그림이었기 때문이다. 뒤늦게 후회가 되었다. 꿈을 그려달라는 안평의 요청에 응한 것은 그동안 보여준 정리 때문만은 아니었다. 보이지 않는 꿈을 그려달라는 얘기를 들었을 때, 안견은 비로소 자신의 오랜 소망이 실현될지도 모른다는 기대로 가슴이 달떴다.

안평이 들려준 이야기는 신비로우면서도 상상력을 자극하기에 충분했다. 안견은 가급적 빠른 시일 안에 그림을 그려 안평을 기쁘게 해주고 싶었다. 지금껏 가져보지 못한 마음이었다. 그러나 막상 촌묘 단계로 접어들자 꿈의 내용이 자꾸 마음에 걸렸다. 도원은 도원이되 사람이 살지 않는 도원……. 안견의 상상력은 그 지점에서 막혔다. 안평은 꿈에서 도원을 보았다. 그러나 도원엔 사람이 아무도 살고 있지 않았다. 초당 주변의 담장은 허물어졌고 시냇가엔 빈 배가 매어져 있었을 뿐이다.

'사람이 살지 못할 도원이라면 무슨 의미가 있을까…….'

안견은 집을 나와 개울가를 서성였다. 아름다운 풍경 속에 사람이 없다면 그 도원은 무용지물이지 않은가. 도연명이 지은 「도화원기」에서 어부는 계곡을 거슬러 올라가 신비한 별천지를 발견했다. 그곳 사람들은 세상일을 모른 채 아무런 근심 걱정도 없이 살고 있었다. 「도화원기」는 아름다운 풍경과 사람이 함께 어우러진 진정한 도원을 묘사했지만, 안평이 꿈꾼 도원은 풍경만 있는, 사람이 빠진 반쪽 도원이었다.

'그렇지. 풍수학이라는 그 사내를 만나보자.'

지난겨울, 산에서 우연히 만난 목효지가 떠올랐다.

'그를 만나보면 뭔가 해답을 얻게 될지도 몰라. 대군이 꿈에 본 도원과 풍수에서 말하는 명당은 결국 비슷한 곳일 테니까.'

안견은 집을 나와 사내가 산다던 기로소 뒤 개천으로 갔다. 개천 둑을 따라 드문드문 흙집들이 끝도 없이 늘어선, 빈한한 동네였다. 안견은 그중 한 곳의 거적을 밀치고 들어갔다. 노인이 홀로 짚신을 삼다가 안견을 위아래로 훑어보았다. 안견은 그에게 풍수를 잘 보는 젊은 지관을 아느냐고 물었다. 노인이 밖으로 나와 개천 건너편 흙집을 가리켰다. 그곳으로 가보니 외출을 했는지 목효지는 보이지 않았다. 안견은 집 앞에 서서 오가는 행인들을 구경하다가 도로 짚신 삼는 노인의 집으로 갔다.

"소덕문 밖 주포에서 기다린다 말을 좀 전해주시겠소?"

노인이 육조거리 건너를 가리키며 물었다.

"저쪽, 시체 내가는 소덕문 말인가?"

"그렇습니다."

안견은 들에서 뜯어온 냉이를 파는 노파들을 지나쳐 육조를 가로질렀다. 육조거리는 알록달록한 등불로 장관을 이루었다. 길 좌측의 의정부와 이조, 한성부를 비롯해 우측의 예조와 형조, 사헌부 등 미명에 버티고 선 육조의 여러 전각들은 기가 질릴 정도로 높고 우람했다. 번잡한 거리는 관리들이 퇴청해야 비로소 인적이 뜸해진다.

'어쨌거나 꿈은 현실이 아니지.'

안견은 돌멩이를 걷어차며 좁은 소덕문을 빠져나갔다.

목효지는 안견이 채 술 한 사발을 목구멍으로 다 넘기기도 전에 부리나케 달려왔다. 목효지는 오자마자 욕부터 퍼부었다.

"그러고도 명당 얻길 바라다니, 뱃속에 똥만 가득한 놈들."

안견은 사발을 건네며 술병을 들었다.

"기분 나쁜 일이라도 있었나?"

"묏자리가 좋지 않아 상의를 하자며 사람을 불러놓고 하루 종일 기다리게만 하다가 오늘은 바쁘니 내일 오라질 않겠소. 우라질 잡놈들."

안견은 상대가 누군지 궁금했으나 묻지 않았다.

"그동안 어찌 지냈나?"

"뭐 별일이야 있겠수. 한데, 여긴 공돈 생긴 무뢰배들이나 드나드는 곳 아니우? 명색이 도화서의 화공인데 어찌 이런 데서 술을 들자 하시우?"

목효지가 주인 노파를 히뜩 쳐다보며 군소릴 해댔다.

"이 사람, 술꾼이 술을 마시는데 장소를 가리는가?"

"허허, 말귀를 못 알아들으시네. 한잔 사시려거든 돼지고기 편육이라도 상에 올리는 곳으로 가지 않고, 하필이면 저승길 떠났다가 되돌아온 모양으로 말도 없이 퍼지게 앉아 있는 썩을 노파네서 술을 마시게 하냔 말요, 낄낄."

"하하, 이해해줌세. 내 고민이 생겨 겸사겸사 이리로 왔네."

"고민이라뇨?"

"기이한 꿈을 꾸었는데 그걸 그림으로 그려볼 작정이야."

"꿈속에 누가 죽기라도 했남?"

안견은 안평이 꾸었다던 꿈 얘기를 자신의 것처럼 들려주었다.

"자넨 도원에 사람이 살지 않음을 어찌 생각하는가?"

목효지는 대수롭지 않게 대답했다.

"꿈속에서나 가능한 일이니 그런 것 아니겠수? 실제로 무릉이란 게 있다면 우리가 여기서 이 모양으로 살 아무런 이유가 없지 않소. 주상께서 지난 수십 년간 태평성대를 다졌다고는 하나 우리 밑바닥 인생들이야 나아진 게 뭐 있소?"

말에 모순이 느껴져 안견이 물었다.

"꿈에나 가능하다면 자네는 어쩌자고 현실의 자미원을 찾아다니는가?"

"자미원은 발복이 뛰어난 명당을 뜻합니다. 그 땅의 기를 받아 현실 세계에서 복을 받고자 하는 것이니 양반네들이 꿈꾸는 무릉도원과는 거리가 멀지. 높으신 분들이야 현실이 복에 겨워 도원을 찾을지 모르지만 우리 같은 사람들이야 어디 그렇수? 당장 배 채우고 근심 걱정 없이 살 수만 있다면 그곳이 곧 도원이고 낙원이지."

"자네와 같은 술사들에게 땅이란 도대체 뭔가?"

목효지는 한때 풍수 스승인 기화스님의 말로 답변을 대신했다.

"펄펄 끓는 욕망덩이."

"그걸 알고도 좋은 땅을 찾아다니나?"

"욕망이 없다면 사람도 아니지. 그게 어찌 사람이우?"

목효지는 카악 가래침을 뱉었다.

"명당이란 구체적으로 어떠한 곳인가?"

"명당을 알려면 풍수라는 말부터 이해해야 할 거요. 풍수란 장풍득수藏風得水의 줄임말이외다. 곧 좋은 바람과 물을 얻는다는 뜻이오. 해로운 바람만큼 인간에게 나쁜 게 없고 인간이 생명을 지탱하는 데 물만큼 중요한 게 없으니까."

"명당은 바람과 물이 적당한 땅이겠군."

"바로 보셨소. 좌청룡 우백호가 번듯하여 사방에서 부는 찬바람을 막아주고, 내가 사는 집 앞으로 깨끗한 물이 흘러들어 사철 물 걱정 없이 살 수 있는 곳, 그곳이 바로 살기 좋은 땅 아니겠수. 뭐, 곁에 어여쁜 처자라도 하나 있으면 금상첨화겠고, 낄낄."

"장풍득수라……. 그렇지. 도원도 결국은 그런 땅이겠지."

"우선 마음이 편해야 합죠. 마음이 편치 않으면 아무리 좋은 땅도 명당이 될 수 없소."

기화스님이 수십 번도 더 강조한 게 마음이었다.

"내가 자넬 찾아온 이유가 바로 그걸세. 도원을 꿈꾸고 나서도 마음이 불편하단 말이야. 꿈속 무릉에 사람이 살지 않았던 점도 자꾸 마음에 걸리고."

"꿈과 현실은 다르다니까 그러네."

"자네에게도 꿈이 있나?"

"말이라고 하슈? 예쁜 처자 하나 끼고 경치 좋은 곳에 들어앉아 세상 근심 잊고 한 시절 살고 싶은 마음이 왜 없겠소. 말단 벼슬이라도 한자리 얻으면 더욱 좋고."

"곧 그렇게 되겠지."

"그럼 무얼 더 바라겠소. 한데 형님은 부모님이 모두 건강하슈?"

"뜬금없이 그건 왜?"

"이것도 인연인데 내 이담에 묫자리 하나 확실하게 봐드리지."

"예끼, 아직 살아 계신 분들을 두고 웬 못할 소린가."

"허허, 한 치 앞도 알 수 없는 게 사람 운명인데 알게 뭐유."

"딴엔 그렇군. 자넨 내 목숨을 구해주고 또 부모님 묫자리까지 챙기는데 난 아무것도 해줄 게 없으니 미안하군. 혹 그림이 필요하면 뭐든 말해주게."

"풍수 주제에 그림은 무슨, 시간 날 때 가끔 술이나 사주슈."

"하하, 그거라면 어렵지 않지."

술자리는 이경을 훌쩍 넘긴 뒤에야 끝이 났다. 순라꾼들을 피해 방으로 옮긴 뒤 작은 술독 하나를 다 비운 뒤였다. 노파의 집을 나서자 목효지는 또 보자며 한 마디 툭 던지고 처음 만났을 때처럼 바삐 등을 보였다. 안견은 목적지를 묻지 않았다. 목효지를 보내고 샛길이 뻗어간 도성 동북쪽 관광방으로 부지런히 걸었다. 제법 많이 마신 술이지만 정신은 멀쩡했다. 안평이 꿈에 보았다는 도원을 떠올리자 복사꽃 향기가 바람에 실려오는 듯했다.

달이 밝아 꽃놀이를 하기에 더없이 좋은 밤이었다.

아내와 아들이 잠들길 기다렸다가 안견은 집 뒤 개울로 내려가 옷을 벗었다. 달빛이 잔솔가지를 뚫고 내려와 개울에 발을 담갔다. 달이 비추는 곳마다 시냇물은 노랗게 부풀어 올랐다. 안견은 흐르는 물에 몸을 씻었다. 계곡물은 봄임에도 뼛속까지 얼얼하게 만들었다. 산벚나무 꽃잎 몇 개가 둥둥 떠내려왔다. 안견은 꽃잎을 달빛에 비추어 보았다. 무릉의 어부가 개울에서 보았다던 복사꽃도 필시 이런 것이었으리라.

방으로 돌아온 안견은 특별히 준비해둔 초 두 자루에 불을 켜고 비단을 펼쳤다. 촛불이 일렁이자 비단 바탕에 물결이 일듯 잔상이 남았다. 어제 저녁, 미리 채색해둔 연한 비단 바탕에선 은은한 황금빛이 묻어 나왔다. 안평이 종이 대용으로 내린 비단은 왕궁에서나 쓰는 최상품이었다. 안견은 비단을 접어 정성껏 세로 두 뼘, 가로 다섯 뼘쯤 되는 화면을 만들었다. 준비된 비단을 서포에 얹고 문진으로 양쪽 귀퉁이를 고정시켰다. 자투리만 조금 남았을 뿐 여분의 비단은 없다. 안견은 그것이 무엇을 뜻하는지 안평의 마음을 알 것 같았다.

안평대군이 꿈 이야기를 들려준 지도 이틀이 지나갔다. 어제 저녁, 목효지와 헤어진 뒤 집으로 돌아와 안견은 쉽게 잠들지 못했다. 새벽에 잠깐 잠이 들었다가 아침에 도화서로 등청하여 평소와 다름없는 하루를 보내고 돌아왔다. 집으로 돌아온 뒤에는 저녁 먹는 것도 잊고 잠에 빠져들었다. 깊고도 혼몽한 잠이었다. 안견은 인정人定이 울릴 무렵이 되어서야 겨우 눈을 떴다. 아들의 글 읽는 소리가 어렴풋이 잠을 깨운 것이다.

'천시자아민시 천청자아민청天視自我民視 天聽自我民聽.'

소희가 읽던 글귀가 떠나지 않고 귓가에 자글거렸다. 소희가 읽은 많은 문장 중에서 유독 그 글귀만 기억이 남았다. 소희의 글공부는 이미 제 아비의 학문을 넘어서고 있었다. '天視自我民視 天聽自我民聽'은 『서경書經』「태서중편泰誓中篇」에 실린 글 가운데 하나였다. 백성의 시각이 곧 하늘의 시각이고 백성의 판단이 곧 하늘의 판단이니, 하늘의 뜻을 알고자 한다면 백성의 뜻을 살펴야 한다는 주周 무왕武王의 어록이었다.

'천시자아민시 천청자아민청이라……. 이 또한 하늘의 뜻인가?'

안견은 그 글귀가 마치 최근 나라 안팎의 변화를 대변하는 것 같았다. 주상의 환우가 깊어져 벌써 보름 가까이 용상에 모습을 드러내지 않는다는 설왕설래들, 어의가 혼비백산한 채 급히 뛰어가는 걸

보았다는 풍문, 주상의 두 아들인 수양과 안평을 둘러싸고 흘러나오
는 온갖 괴담들이 궁궐 돌담을 타고 은밀하게 돌아다녔다. 태평했던
한 시대가 저물고 조정은 변화의 폭풍을 눈앞에 두고 있었다.

'안평대군의 꿈이되 또한 나의 꿈이 되어야 한다.'

안견은 눈을 감은 상태에서 죽탄을 손가락 사이에 끼웠다. 안평
의 꿈을 그림으로 옮기려면 온전히 안평의 마음으로 스며서 그가
꾼 꿈을 자신의 것으로 만들어야 한다. 안평의 꿈을 꾸는 듯한 짙
은 속눈썹과 먼 곳을 바라볼 때 꾹 다문 입술, 강인해 보이는 턱선
과 잘 정돈된 턱수염을 하나하나 가슴에 새겨나갔다. 안평은 하룻
밤 꿈속에서 도원을 보고 온 게 아니라 지금도 꿈을 꾸고 있는지도
모른다는 생각이 들었다. 그가 꿈속에서 보았다던 세상은 어쩌면
그가 마음속에 담고 있는 현실이 아닐까.

'그렇다면?'

손끝이 가늘게 떨렸다. 안견은 눈을 뜨고 촛불을 노려보았다. 안
평의 꿈을 그리는 일은 그의 미래를 그리는 일인지도 모른다. 그것
은 나의 꿈이 아니다……. 안견은 죽탄을 내려놓고 방안을 돌아다
녔다. 불길한 예감이 꼬리를 물고 이어졌다. 어찌하여 안평이 발견
한 도원엔 사람이 하나도 보이지 않았을까. 하필이면 그 동행자가
집현전 학자 박팽년일까. 최항과 신숙주가 뒤늦게, 그것도 갑자기
나타난 이유는 무엇일까…….

'붓을 쥔 자에게 번뇌는 필요 없네! 바람이 이끄는 대로 붓을 놀
리게!'

안평대군의 말이 귀를 울렸다.

'말이라고 하슈? 예쁜 처자 하나 끼고 경치 좋은 곳에 들어앉아 세상 근심 잊고 한시절 살고 싶은 마음이 왜 없겠소.'

꿈을 이야기하던 목효지의 간절한 눈빛도.

'그렇다! 풍경이 아니라 꿈을 그리자. 모든 욕망이 제거되고 순수하게 도달해야 할 꿈의 공간, 현실이 아닌 꿈이기에 우리가 간절히 동경할 수 있는 그곳.'

안견은 바닥에 주저앉아 눈을 감았다.

수많은 생각들이 호흡과 함께 들끓었다. 호흡을 가다듬으며 끓어오르는 잡념을 하나하나 지워나갔다. 꿈은 어디까지나 꿈일 뿐이지 않은가. 그림도 그림일 뿐이다. 아무도 그리지 않은 그림을 그려야겠다는 욕망, 도화서 화공이 아닌 한 사람의 화가로서 그림을 그리고 싶다는 생각, 세세토록 남아 전해질 단 한 점의 그림을 그리겠다는 열망까지, 안견은 생각이 떠오르면 떠오르는 대로 그 생각을 물리치며 머리를 비워나갔다.

밖에서 이따금씩 들리던 날짐승 소리도, 마루 기둥을 스치던 바람 소리도, 들리지 않았다. 머리가 비워지고 빈 머릿속으로 꿈속의 전경이 펼쳐졌다. 끝없이 솟은 기암괴석과 바위틈에 뚫린 동굴들, 바위 사이로 뻗은 한 줄기 외길, 계곡을 가르며 흘러내리는 시냇물과 도처에 피어 있는 복사꽃……. 말로 쉽게 설명할 수 없는 신비한 풍경이었다. 사방에 안개가 괴었고 안개 속에서 새와 곤충들이 날아올랐다. 공중에서 내려다보듯 풍경은 하나의 원圓이 되어 빙글빙글 돌다가 선명하게 부각되고 또한 흐릿해졌다.

죽탄을 쥔 채 안견은 구도를 머릿속에 그렸다. 그러나 구도가 잡히지 않았다. 안견은 상상의 화면을 둥글게 말아 끝과 끝을 연결했다. 특별한 구도가 없으나 전체가 하나의 구도로써 균형을 이루는 그림, 하나의 공간이 아닌 다중의 공간, 보이되 보이지 않는 곳까지 포함한, 몽환적이면서도 때론 사실적인, 하나의 정지된 화면이 아니라 시간의 흐름을 압착한, 시작과 끝이 또한 하나로 연결된 그림이 머리에 스쳐갔다. 꿈속이되 또한 꿈이 아니요, 안평의 꿈이되 가난한 세상 백성들의 꿈이기도 한, 일찍이 그려진 바 없는 한 풍경. 그 풍경 속으로 너무도 선명한 길 한 줄기가 꾸불거리며 계곡을 기어올랐다.

'길을 먼저 그려야 한다. 바람을 멈추고 물이 흐르는 장풍득수의 명당을, 그곳으로 향하는 한 줄기 외길. 풍경은 길을 따라 자연스레 열리리라.'

안견은 화면 왼쪽 구석에서 시작하여 오른쪽으로 꿈속의 도원을 촌묘해나갔다. 윤곽이 살짝 보일 정도로만 흐릿하게 그렸다. 그림을 쉬지 않고 단번에 마치기 위해서였다. 먼저 왼쪽 하단에 작은 길을 그리고 주변에 대여섯 그루의 복숭아나무를 배치했다. 안평이 박팽년과 말을 타고 달리다가 산사람을 만난 곳이었다. 길 주변으로 낮은 산과 언덕을 배치했다. 화면 뒤쪽으로는 물안개에 둘러싸인 산의 형상을 가볍게 표시했다. 산 주변으로는 산수화의 특징인 여백의 미를 살리려고 빈 공간을 그대로 남겨두었다.

화면이 중앙으로 이동하면서 낮은 곳에서 시작된 좁은 산길은 구불거리는 계곡을 비집고 올라가 동굴 속으로 사라지게 만들었다. 바위는 여느 바위와 달리 비죽비죽 기괴한 형상으로 윤곽을 잡았고 동굴 뒤편으로 크게 융기시켜 낯선 풍경에 압도당했을 나그네의 마음을 살렸다. 기괴한 바위 밑으로는 계곡물이 굽이쳐 흐르게 해 도원과 현세 사이의 경계로 삼을 작정이었다. 동굴 속으로 사라진 길은 계곡을 건너뛰어 화면 중앙에서 되살아나게 된다. 그리고 꾸불거리는 바위틈을 따라 도원으로 나아갈 것이었다. 계곡 아래로 폭포가 계단을 이루고 고개를 들면 안개 사이로 흐릿하게 도원이 보이는 구도였다.

화면 오른쪽은 꿈속의 나그네가 마침내 도달한 도원을 촌묘했다. 동굴을 통해 들여다보는 효과를 주기 위해 도원을 빙 둘러 석순처럼 솟거나 매달린 바위를 배치했다. 이는 화면 속 여행자의 관점에서 도원을 묘사한 것으로, 동시에 그림을 감상하는 제삼자가 마치 그림 속에 들어가 도원을 여행 중인 듯한 느낌을 주기 위한 장치였다. 또한 동굴이 끝나는 곳에서 비스듬히 올려다볼 수 있도록 골짜기를 따라 복숭아나무들을 그렸고, 복숭아밭이 끝나는 화면 맨 오른쪽 구석에 대나무에 둘러싸인 초당을 그려 넣었다. 복숭아밭 하단에 작은 시내를 만들어 배 한 척을 그려 넣는 것도 잊지 않았다.

촌묘를 마치고 밖으로 나오니 바람이 상쾌했다. 시간은 자정을 지나 축시쯤 된 듯했다. 안견은 뒷짐을 진 채 천천히 집을 한 바퀴 돌았다. 달빛에 잠긴 방 두 칸짜리 초옥은 산수화 속 초당처럼 고즈넉했다. 혼인 전 아내의 패물로 마련한 집이었다. '박포의 난'으로 집안이 풍비박산 나자 아내의 어머니는 딸과 함께 간신히 개경을 빠져나왔고, 이후 모녀는 여러 곳을 옮겨 다니며 살았다. 그러다가 닿은 곳이 안견이 살던 광주목 지곡마을이다. 오랜 떠돌이 생활로 아내의 어머니는 병에 걸려 죽음을 눈앞에 두고 있었다. 그들을 불쌍히 여긴 안견의 아버지가 모녀를 고방에 머물게 하면서 장씨와 인연을 맺게 되었다. 아내의 어머니는 두 달 뒤 죽었다. 그해 가을, 안견은 화학생도가 되어 도화서와 가까운 부암골에 자리를 잡으며 고향을 떠났다. 그로부터 세월은 스무 해 가까이 흘렀다.

안견은 방으로 돌아와 먹을 갈며 본격적인 그림 준비에 들어갔다. 두 개의 벼루에 각각 송연묵과 유연묵을 따로 갈았다. 송연묵은 늙은 소나무의 뿌리를 태울 때 나오는 그을음을 모아 아교로 굳혀 만드는데 구름이나 안개를 표현하기에 좋았다. 유연묵은 참기름을 태울 때 나오는 그을음을 굳혀 만드는데 수풀이나 암석을 그릴 때 효과적이었다. 재료는 그을음이지만 제대로 된 묵을 만드는 것은 불과 바람이었다. 불은 재료를 태워 연기를 만들고 바람은 색色이 되지 못할 연기들만 골라 아궁이 밖으로 밀어낸다. 아궁이 속에서 재로 변한 식물의 씨앗들은 그 정수를 화선지나 비단 위로 옮겨가 태워지기 전의 나무로, 꽃으로, 혹은 바위나 구름으로 되태어났다.

촛대를 가까이 끌어당긴 뒤 안견은 그림의 윤곽을 잡아나갔다. 낭미필을 물에 적셔 붓깃을 정돈하고 먹물에 담갔다. 생견으로 촘촘히 짠 비단 바탕은 화선지와 달리 먹물이 잘 번지지 않는다. 담묵으로 형체를 잡고 끝이 뾰족한 선묘필로 바위와 나무, 길, 폭포와 초당 등을 세밀하게 표현해나가자 실체 없이 몽롱했던 그림이 비로소 하나의 세계로 형체를 잡아나갔다. 붓은 춤을 추듯 붓질 위에 잇대어지고 때론 잘게 끊어지고 삐치며, 강하게 솟았다가 부드럽게 퍼지거나, 혹은 둥글게 번지다가 날카롭게 선과 선이 비단을 짜듯 아래위로 교차하며 화면 위에서 자유자재로 춤을 추었다.

먹물과 어우러진 물은 밝은 곳과 어두운 곳, 삐죽삐죽 솟은 바위와 나뭇가지, 안개와 폭포, 대나무, 나룻배에 깃들인 빛이자 색이었다. 먹의 농담과 색은 서로 맞서지 않는다. 먹은 그 자체로 하나의 색이며 세계였다. 하나의 색이되 또한 농담에 따라 다섯 가지 색으로, 많게는 서른여섯 가지 색을 띤다. 붓을 놀리는 사람에 따라 다섯 가지, 서른여섯 가지, 혹은 백팔가지로 분화되지만 또한 그 기준이 정해져 있지 않은 게 먹의 색이다. 그 모든 색이 한 자루 붓끝에 모이니 이것이 용묵用墨이다. 묵 속에 웅크린 바람이거나 구름, 바위, 나무를 불러내는 것은 아침 이슬을 모아 만든 한 종지 물이다. 물이 색을 만들고 수분이 증발한 곳에서 바람이거나 구름, 바위와 나무, 초옥과 길이 열린다. 그러므로 물은 그림의 길이었다.

안견은 허리를 펴며 밖으로 나왔다. 이제 약간의 채색만 더하면 그림은 끝날 것이었다. 달빛에 물든 초옥 주변은 묵은 된장처럼 곰삭아 있었다. 안평대군의 당부가 시냇물 소리와 섞였다. 눈이 아닌 가슴으로 볼 수 있는 그림, 천년만년 까마득히 세월이 흐른 뒤 후대인들에게 해몽을 맡기겠다던 안평의 말들. 『서경』 「태서중편」을 중얼거리는 아들 소희와 병에 걸려 죽어가던 아내의 어머니, 자미원을 찾아 삼각산 능선을 뛰어다니던 목효지가 차례로 눈가에 스러져갔다. 그들 또한 이 밤, 안평처럼 꿈을 꾸고 있을 것이었다.

안견은 방으로 돌아왔다. 색을 내기 위해 안채顔彩가 담긴 그릇을 배열하고 다시 자세를 바로잡았다. 채색은 최대한 자제하여 농담의 아름다움을 살리되 복사꽃과 도원 주변에 색감을 집중하여 도원의 분위기를 사실감 있게 표현할 계획이었다. 도원 주변의 바위에는 석록石綠과 석청石淸을 연하게 입혔다. 공작석을 갈아 만든 석록은 산을 표현하기에 알맞은 색이다. 남동석에서 얻은 석청은 색이 푸르고 선명하여 산이나 언덕을 표현하기에 제격이었다. 붓끝에서 석록과 석청은 한데 어우러지거나 덧대어지며 도원을 둘러싼 계곡과 우뚝 솟은 바위, 푸른 녹음으로 신비롭게 거듭났다. 여백이 한 칸 한 칸 부풀수록 안평의 꿈도, 목효지의 꿈도, 함께 부푸는 것 같았다.

특히 공을 들인 곳은 복사꽃이었다. 푸른빛과 주황빛이 어우러진 복숭아나무 가지마다 활짝 핀 담홍빛 꽃잎들이 매달렸다. 꽃잎은 진사와 연단演壇을 섞어 채색필로 세밀하게 칠하였고, 꽃술은 연백鉛白을 낮은 온도에서 구워 만든 황단黃丹 소량의 금가루를 섞어 표현했다. 나뭇가지에 매달린 어린잎들은 녹청綠靑과 석청을 써서 그렸다. 복사꽃은 초당으로부터 화면 왼쪽 아래로 불이 번지듯 갈 '지之' 자로 타고 내려와 시냇가 빈 배 위에 꽃잎 몇 개를 떨군 뒤 멈췄다. 담홍빛으로 달아오른 도원은 초당 뒤쪽으로 슬쩍 드러난 붉은 노을과 어우러지게 그렸다.

안견은 붓을 놓았다. 닭 우는 소리가 들린 지도 벌써 한 시진 전, 들창 밖이 희뿌여니 밝아왔다. 밥을 짓는지 부엌에서 달그락거리는 소리가 났다. 안견은 그림을 한쪽으로 밀어놓고 맨바닥에 몸을 뉘었다. 텅 빈 머릿속으로 도원을 향하여 말을 달리는 안평과 박팽년이 스치고 지나갔다. 허깨비처럼 자미원을 찾아다니는 목효지도 있었다. 뼛속까지 불어오는 시린 바람을 뚫고 촌묘를 위해 삼각산을 오르내리던 자신의 모습도.

참을 수 없이 졸음이 쏟아졌다.

안견은 붓질을 계속해나갔다. 먼저 왼쪽 하단에 두 갈래의 길을 그리고 주변에 대여섯 그루의 복숭아나무를 배치했다. 안평이 박팽년과 말을 타고 달리다가 산사람을 만났다는 곳이었다. 길 주변에 낮은 산과 언덕을 배치하고 복숭아나무 몇 그루를 그려 넣었다. 복숭아나무는 안평과 박팽년을 도원으로 안내하는 상징적인 이정표였다. 낮은 구릉 뒤로 희미하게 높은 산들을 그리고 그 사이를 옅은 안개로 채워 몽롱한 효과를 냈다.

안견은 흠칫 놀라며 몸을 뒤로 젖혔다. 화면이 흐물흐물거리더니 눈앞에 돌연 두 줄기 길이 솟았다. 방금 그려놓은 길이 그림 밖으로 쭉 뻗어나갔다. 길이 나뉘는 곳에는 안평대군이 꿈에 보았다던 산사람이 서 있었다. 놀랍게도 패랭이를 쓰고 광목 두루마기를 걸친 산사람은 어제 저녁, 주포에서 만난 목효지였다. 목효지는 한 손에 명아주 지팡이를 들고 선 채 빙긋 웃으며 따라오라는 듯 바위 계곡 뒤편을 손으로 가리켰다. 안견이 뭐라고 입을 열기도 전에 목효지는 험준한 바위 계곡 틈으로 사라져갔다.

안견은 허벅지를 꼬집으며 꿈인지 현실인지 분간하기 위해 애썼다. 그 순간 더 놀라운 일이 벌어졌다. 방금 목효지가 사라진 길을 따라 언제 나타났는지 안평대군과 박팽년이 말을 타고 달려가고 있었던 것이다. 두 사람 모두 처음 보는 핏빛 관복을 입고 있었다. 타고 있던 말도 붉은빛이었다. 뿐만 아니라 황보인, 김종서, 정분,

성삼문, 이개, 하위지, 유성원, 유응부, 김시습, 남효온, 이현로 같
은 집현전 학자들을 비롯한 조정 내 대소 신료 수십 명이 역시 핏
빛 관복을 걸친 채 안평대군을 따라 험난한 산길로 걸어 들어갔다.

　안견은 소스라치며 꿈에서 깨어났다. 정신을 차리고 새벽에 그
려놓은 그림을 찾았다. 들창을 뚫고 들어온 햇볕이 그림 위에 고즈
넉이 머물러 있었다. 안견은 그림 속에 사람을 그려 넣지 않았다는
걸 깨달았다. 말을 탄 낭인이나 초당에 앉은 학인 한두 명을 그려
넣는 건 쉬운 일이다. 관례상, 꿈의 주인을 그려 넣는 게 예의지만
안견은 쉽게 붓을 움직일 수 없었다. 너무도 선명하게 각인된 핏빛
관복 때문이었다.

　안견은 그림을 둘둘 말아 대나무 화통에 집어넣고 집을 나섰다.
햇살이 따갑게 눈을 찔러왔다. 이미 해는 중천에 떠 있었다. 안견
은 눈을 찡그리며 뙈기밭 사이, 비탈길을 내려와 도성 담장을 타고
인왕산 소로로 접어들었다. 꿈속에 본 장면들이 자꾸 눈앞에 아른
거렸다. 안견은 지나치게 예민해진 탓에 그런 꿈을 꾸게 된 것이라
고 스스로를 다독였다. 인간이 쉽게 접근할 수 있는 도원이라면 그
것은 진정한 의미의 도원이 아닐 것이다. 살아서는 결코 다다를 수
없는 곳, 그리하여 꿈에서나 볼 수 있는 곳, 도원은 마땅히 그래야
한다.

　옥동 골짜기, 안평의 집에 도착하니 일전에 본 적이 있는 하인이
문을 열었다.

　"안 그래도 기다렸습죠."

　안견을 보자 그는 대뜸 안장이 얹힌 말 한 필을 끌고 왔다.

"내가 올 줄 알았단 말인가? 그리고 이 말은 무엇인가?"

안견은 말과 하인을 번갈아 보며 기이한 느낌에 사로잡혔다.

"꼭 그런 건 아닙니다만, 대군 나리께서 어제 저녁 집을 나서시며 혹시 내일 아침 화공 나리가 오면 말을 내주어라 이르셨습니다."

"담담정으로 오란 말씀인가?"

"그렇습니다. 조금이라도 빨리 그림을 보시고자 함이 아닐지요."

안견은 말에 올라타고 채찍을 가했다.

'내가 삼 일 만에 그림을 그려 오리란 걸 알았단 말인가?'

말은 먼지를 일으키며 돈의문을 스쳐 와우산을 보고 달렸다. 와우산에서 용산 쪽으로 빠지는 샛길을 탔다. 울창한 송림을 헤치고 담담정으로 말을 달려 올라가다가 안견은 뜻밖의 풍경을 보았다. 정자 근처 소나무 여기저기에 십여 필의 말이 매여 있고 그 옆에는 대여섯 기의 가마가 놓여 있었다. 가마꾼들은 사방으로 흩어져 다리를 죽 편 채 잠을 자거나 휴식을 취하는 중이었고, 그들 중 더러는 쌍륙雙六을 던지며 놀았다. 평소 안평대군과 벗하던 사대부들이 내정해 있는 것 같았다.

늙은 종 풍쇠가 허리를 숙이며 문을 열어주었다. 누각과 서재를 비롯해 집안의 문들이 모두 열려 있고 마루며 방안이며 빼곡히 사람들이 들어차 있었다. 안견은 문간을 넘어갔다. 못 보던 여종들까지 동원되어 음식을 만들고 나르느라 분주했다. 마당으로 들어서며 허리를 굽히자 좌중이 조용해지며 뭇 사람들의 시선이 일제히 안견에게 쏟아졌다. 그들 중에 학창의를 걸친 안평대군이 보이자 안견은 다시금 허리를 숙여 예를 갖추었다.

"하하, 안공이 드디어 일을 끝마친 모양이구려."

안평대군이 호탕하게 웃으며 마당으로 내려왔다.

"송구합니다. 한데 어찌된 일인지……."

"아, 놀랄 것 없네. 오늘 마침 정무를 보지 않는 휴일이라 내 특별히 여러 학자들과 대신들을 초대하여 벗하는 자리를 마련했다네."

안견은 안평의 안내를 받아 마루로 올라서다가 하마터면 악, 하고 비명을 지를 뻔했다. 한 달에 네 번 있는 정기 휴일이니 사람이 모여 있는 게 그다지 이상할 건 없었다. 문제는 그들의 면면이었다. 서너 명씩 앉아 있는 대신과 학인들 가운데 새벽녘 꿈에 본 김종서와 이개, 박팽년을 비롯해 이현로와 성삼문이 모두 앉아 있었던 것이다. 우연의 일치라고 하기엔 너무도 기이한 장면이었다.

안견은 어깨에 메고 온 화통을 풀어 안평에게 건네주고 자리에 앉았다. 흩어져 있던 사람들이 안평을 중심으로 모여 앉았다. 안평대군은 그림을 꺼내기 전 잠시 이현로와 눈을 맞추었다. 그들 사이에 무언의 눈빛이 오고 갔다. 휴일을 핑계 댔지만 조정 신료들을 모아놓고 아침부터 그림을 기다린 데에는 그만한 이유가 있는 게 분명했다.

"허허, 말로만 듣던 도원을 직접 보게 되었구려."

"그러게 말이오. 내 대륙에서 들여온 그림을 여럿 보았지만 이처럼 특이한 그림은 처음 봅니다. 그림이 정지한 게 아니라 왼쪽에서 오른쪽으로 흐르는 듯하니 보면 볼수록 현묘하오. 마치 그림 속에 들어가 함께 도원을 향해 길을 떠나는 느낌이오."

그림이 펼쳐지자 여기저기에서 탄성이 터져 나왔다.

"왼쪽에서 오른쪽으로 시점이 절묘하게 흐르고 있구려. 그런가 하면 밖에서 마치 동굴을 통해 무릉도원을 살짝 엿보는 느낌이 나니, 일찍이 이런 그림은 본 적이 없소."

"산수화의 여러 기법들이 절묘하게 조화를 이루었으니 이 역시 우리 조선에도 걸출한 화공이 한 명 난 듯하오."

한참 동안 그림을 꼼꼼히 살피던 안평이 입을 열었다.

"꿈에 본 도원을 그림으로 확인해보니 참으로 감개무량하오. 세월이 흘러도 변치 말고 천년만년 이대로 훗날에 전해지면 소원이 없겠소."

맞은편에 앉은 집현전 교리 신숙주가 말을 받았다.

"대군께서 꿈에 저를 보았단 이야길 듣고 궁금해하던 차였소. 한데 오늘 이렇게 꿈을 그림으로 보니 깎아지른 절벽에 계곡물이 굽이치며 폭포마다 옥구슬 튀듯 물방울이 흩어지고, 산허리는 깊은 안개에 잠겨 있으니 과연 무릉을 눈앞에서 보는 듯합니다."

신숙주 옆의 집현전 응교 최항이 그림을 치하했다.

"저 역시 대군의 꿈에 함께한 영광을 얻어 새벽길을 달려왔사온데 이렇게 도원을 눈앞에서 보니 현기증이 일며 정신이 아뜩해져 감히 입을 열기가 두렵습니다."

"절재 대감께선 어찌 보십니까?"

안평이 특별히 초대되어 온 우찬성 김종서에게 물었다.

"도원을 꿈속에 가두어두셨다면 그것은 한 개인의 꿈에 불과했겠으나 이렇듯 화공으로 하여금 그림으로 남겼으니 이제 만인의 꿈이 되었습니다."

"만인의 꿈이라고요? 하하하."

이번에는 예조판서 정인지에게 물었다.

"백저께서는 어찌 보셨습니까?"

정인지는 즉각 시로 화답했다.

"도화 사이로 햇살 퍼지니 마음 한가롭고 흐르는 물과 푸른 산은 신선의 세계로다. 벗이여, 속세의 얽매임을 벗어나 평생을 이곳에서 노닐어본들 어떠하리."

이현로가 자리에서 일어나 좌중을 돌아보았다.

"이럴 게 아니라 찬문을 지어 오늘의 만남을 길이 남기지요."

일동은 흔쾌히 동의했다. 하인들이 지필묵을 대령하자 모인 사람들은 저마다 마루며 방 여기저기 흩어져 부지런히 붓을 놀렸다. 찬문을 짓다가 목이 마르면 술을 청해 마시고 더러는 국수를 시켜 먹기도 했다. 초대되어 온 사람은 모두 스물한 명인데 대부분이 집현전 학사이거나 조정 중신이고, 안견이 처음 보는 백발의 스님과 아직 벼슬을 하지 않은 듯 보이는 젊은 선비도 두엇 끼어 있었나.

찬문 짓는 일이 끝나자 일행들은 오후 내내 각자 돌아가며 지은 시를 읊고 혹은 곡을 붙여 노래하며 놀았다. 안견은 그들 틈에 끼지 않고 서재로 들어가 새로이 입고된 책과 그림을 감상하며 시간을 보냈다. 손님들은 저녁이 되어서야 대취한 채 하나둘씩 집으로 돌아갔다. 안평대군은 손님이 떠날 때마다 일일이 밖으로 나가 배웅하기를 마다하지 않았다. 안견이 밖으로 나오자 혼자 남은 이현로가 손짓으로 불렀다.

"사흘 만에 그림을 완성하다니 정말 놀랍기 그지없소."

안견은 혹시나 하여 물었다.

"대군께선 그림을 어찌 보셨답니까?"

"꿈에 본 절경 그대로라 하였소. 딱 한 가지만 빼고."

"한 가지라면?"

"사실 그림을 기다리며 대군 나리와 나는 한 가지 점을 쳤소. 안공이 그려오는 그림 속에 사람이 등장하는가 안 하는가 말이오. 사람이 등장하지 않는다면 역시나 도원은 현실과 동떨어진, 꿈에나 가능한 세계로 인식하고자 했음이고, 그렇지 않다면 힘을 모아 이 땅에 그러한 세상을 한번 만들어보자는 생각을 하게 됐소."

"말씀이 어렵습니다. 이와 같은 태평성대에 무엇을 또……."

키가 작은 이현로가 술을 권하며 대답했다.

"물론 그렇기야 하지요. 말이 그렇다는 것이니 심각할 필요는 없소. 한데 사람을 그려 넣지 않은 이유가 무엇인지 혹 알려줄 수 있겠소?"

이현로는 콧수염도 거의 없고 턱수염은 몇 가닥 되지 않는 사내였다. 턱이 좁고 목젖이 비정상적으로 튀어나왔으나 콧대가 높고 눈매가 깊었다. 벼슬은 집현전 교리에 불과했지만 풍수에 조예가 깊다 했다. 누구는 태조를 도운 무학과 최양선의 뒤를 이은 조선 최고의 술사라고도 추켜세웠고 누구는 허풍쟁이 사기꾼이라며 손가락질하기도 하는, 조정 안팎에서 이중의 평가를 받는 인물이었다.

"꿈은 나리께서 꾸셨지만 저는 꿈을 그리 받아들였습니다."

너털웃음이 터지며 안평대군이 마루로 올라왔다.

"옳거니! 나의 꿈이되 또한 안공의 꿈이로다!"

안평대군이 두루마기를 뒤로 젖히며 자리에 앉았다.

"내가 꿈꾸고 자네가 그린 그림에 오늘 여러 사람이 쓴 찬문을 한데 묶어 하나의 작품으로 후세에 전하고자 하는데 자네의 의향은 어떠한가?"

"기쁜 마음으로 받들겠습니다."

강 건너 노들나루 뒤로 노을이 불붙듯 타올랐다.

"그리고…… 간밤 내 자네를 위해 아호 하나를 생각했네."

안평은 붓과 종이를 끌어당겨 망설임 없이 휘갈겼다.

"현동자玄洞子. 마음에 드는가? 나는 꿈속에서나마 도원을 엿보았고 이제 뭇사람들은 그림으로 도원을 보게 될 것이네. 자네는 진짜 도원을 본 유일한 사람이고, 하하하."

안견은 안평이 써내려간 수수께끼 같은 글자를 들여다보았다.

'현동자라, 어두운 골짜기의 남자를 말함인가?'

안견은 급하게 꾸린 보따리를 들고 가족들과 집을 나섰다. 동생 우牛가 사람을 사서 아버지의 부음을 알려온 건 새벽녘이었다. 안견은 아내와 소희를 먼저 강 남쪽, 지곡으로 떠나보내고 도화서에 들러 제조에게 부친의 죽음을 알렸다. 도화서를 나오는데 소식을 들은 이정화가 밖으로 나와 안견을 위로했다. 안견은 그에게 기로소 뒤쪽 개천 변에 있는 목효지의 흙집을 알려주며 서둘러 지곡으로 와달라는 부탁을 전했다.

이정화와 일별하고 옥동으로 바삐 걸음을 옮겼다. 삼년상을 치르기 전 안평대군에게 작별 인사를 전하기 위해서였다. 안평대군은 뜻밖의 소식에 못내 아쉬워하며 하인을 시켜 결이 고운 비단 두 필과 전라도에서 올라왔다는 한지 한 두름을 내놓았다. 또한 은괴 하나를 안견의 소맷자락에 넣어주더니 그것도 모자라 하인을 불러 자신의 말을 끌어오게 했다. 안견은 말만은 한사코 거절하고 나머지 물건만 받았다. 마구간에 매인 흑색 준마는 평소 안평대군이 무척 아끼는 말이어서 차마 빌어 탈 수 없었다.

"이렇게 가게 돼 참 아쉽군. 따로 도울 일은 없겠는가?"

"우선은 고향으로 가봐야……."

"어려운 일이 생기면 즉시 연락하게."

안평은 숭례문 근처까지 안견을 배웅해주었다.

"대군 나리께서도 몸성히 계시지요."

"내 걱정은 말고 가서도 틈틈이 소식 전하게. 무사히 일을 치르고 돌아와 또 그림을 그려야지. 훗날 조선의 그림을 논한다면 자네가 그 시발점이 되어야 할 게야."

안평대군과 헤어져 안견은 한강으로 갔다. 용산에서 배로 강을 건넌 뒤 말죽거리로 나갔다. 강을 건너자 비로소 아버지의 죽음이 현실로 다가왔다. 지난 세시에 마지막으로 뵈었을 때, 아버지가 동구 밖까지 나와 배웅하던 일이 눈에 선했다. 안견이 화공이 돼 도화서로 떠나자 동생인 우가 부모님을 모시고 농사를 지으며 생활해왔다. 노환에다가 눈까지 어두워 작년부터 아버지는 줄곧 방안에만 틀어박혀 지냈다. 명절이나 돼야 짬을 낼 수 있었던 안견은 이따금씩 서신으로나마 마음을 달랠 도리밖에 없었다.

한양의 관문 가운데 한 곳인 말죽거리에서 지곡은 동쪽으로 빨리 걸으면 한두 시진 거리였다. 안견은 해가 질 무렵 마을로 들어섰다. 뜨거운 폭염이 한풀 꺾였으나 푹푹 찌는 열기는 여전했다. 사립문으로 들어서자 광목 차일 한쪽 끝을 문설주와 연결하던 동생 우가 새빨개진 눈으로 안견을 맞았다. 물지게를 지고 들어오던 소희가 꾸벅 인사를 하며 제 아비 곁을 지나갔다. 먼저 떠난 아내 장씨도 음식을 장만하는지 부엌에서 분주히 움직이다가 치마에 손을 닦으며 밖으로 나왔다.

"병세가 심해지면 연락하라 일렀거늘 어찌 연락하지 않았느냐?"

안견은 임종을 지키지 못한 불효를 그렇게 동생에게 떠넘겼다.

"새, 새벽녘에 갑, 갑자기 돌아가셔서……."

동생은 죄라도 지은 양 말을 얼버무렸다. 세 살 터울인 우는 어릴 때 척수염을 심하게 앓아 말을 자주 더듬었다. 부모님을 모시고 사는 동생을 볼 때마다 안견은 자신이 할 일을 방기하는 것 같아 늘 마음 한구석이 불편했다.

"어머님은?"

우는 대답 대신 안방을 가리켰다. 노모는 시신을 가려놓은 병풍 앞에 넋 나간 사람처럼 앉아 있었다. 안견은 병풍을 젖히고 아버지 머리맡에 고개를 조아렸다. 아버지는 금방이라도 눈을 뜨고 견아, 견아, 어릴 때처럼 큰 소리로 부를 것만 같았다. 어머니를 뒤로하고 안견은 착잡한 심정으로 방을 빠져나왔다. 어머니가 뒤에서 끄윽, 울음을 터뜨렸다. 무더운 날씨 때문인지 벌써부터 희미하게 송장 썩는 냄새가 났다.

밖으로 나오자 낯선 남자가 사립문으로 들어섰다.

"안평대군 나리의 명으로 왔습니다."

백립을 쓴 남자가 고개를 숙이며 안평의 서신을 전했다. 서신에는 상을 당하여 슬픔에 잠긴 상주를 위로하는 글귀와 함께 우선 일

처리가 밝은 시자를 보내니 어려운 일은 시자에게 부탁하라는 내용이 적혀 있었다. 안견을 배웅하고 돌아간 것으로도 모자라 하인들 몇을 물색하여 지곡으로 떠나보낸 게 분명했다. 안견은 가슴이 뭉클해져 편지를 접어 소매에 넣었다. 백립이 안평의 말을 전하며 물었다.

"내일 아침이면 관을 비롯해 염을 하는 데 필요한 물품들이 도착할 예정입니다. 한데 묏자린 마련해두셨는지요? 선산이……."

안견은 고개를 저었다.

"묏자리 봐줄 사람을 오라 했으니 좀 기다려보세. 예부터 살아온 땅이니 어디에 묘를 쓰든 상관할 사람은 없을 테고."

남자는 타고 온 말을 묶어두기 위해 바깥으로 나갔다. 안견은 동생이 미리 준비해둔 굴건을 꺼내 머리에 쓰고 다리에 행전을 둘러 상주의 모습을 갖추었다. 안방 뒷문을 열어 환기를 시키고 어머니를 부축하여 윗방으로 옮긴 뒤 이불을 펴고 눕도록 했다. 마루를 내려오다가 문득 고개를 들어 바라보니 서쪽 하늘로 불이 붙듯 노을이 번지고 있었다. 짚신에 발을 집어넣으며 안견은 그 풍경이 매우 낯익다는 느낌을 받았다. 목효지가 오지 않는다면 저 노을 밑 어딘가에 아버지를 묻어야겠다고 생각했다.

목효지는 다음 날 아침 일찍 돌담 밖에 고개를 내밀었다. 초췌한 모습으로 서 있는 안견을 보자 손을 들어 자신이 왔음을 알리고는 대문 밖 대추나무 밑동에 오줌을 질질 갈겼다. 바삐 뛰어오느라 그랬는지 머리카락이 봉두난발이었다.

"와주어 고맙네. 안 그래도 걱정이 이만저만이 아니었는데."

목효지는 바지 끈을 조이며 컬컬하게 내뱉었다.

"다른 건 몰라도 묏자리는 아무한테나 맡기는 게 아니지."

그는 몇 칸 되지 않는 집 안을 훑어보고 나서 물었다.

"한데, 나라에서 몇 안 간다는 화공 나리 고향집이 왜 이리 초라하슈?"

"화공이 고관대작 벼슬이라도 되는 줄 아는가?"

장씨가 소반에 아침상을 차려가지고 나왔다. 목효지는 마당에 깔아놓은 멍석에 주저앉아 미역국에 밥 한 그릇을 뚝딱 말아먹고 손톱으로 잇새를 쑤시며 넉살좋게 술을 청했다. 목효지가 입가심으로 막걸리 한 사발을 쭉 들이켜는 사이 백립 쓴 남자들이 관을 지게에 지고 마당으로 들어왔다. 목효지는 그들을 의아하게 쳐다보다가 장씨가 찐 계란 서너 알과 주먹밥을 건네주자 소맷자락에 넙죽 받아 넣었다.

"특별히 모시고자 봐둔 곳이 있수?"

사립문을 나서며 목효지가 물었다.

"아직……."

아침 햇살이 눈을 찔러왔다.

"내일 점심까지 돌아올 테니 걱정 말고 기다리슈. 한 바퀴 돌고 나서 꼭 정승 자린 아니더라도 식구들 모두 내내 무탈할 자리로 알아봐 드리리다."

"산 식구들이야 무어 어떻게든 살아가겠지. 그럴 것 없이 볕 잘 들고 바람 드세지 않은 편안한 곳으로만 잡아주게. 골이 너무 깊을 필요도 없고."

"알겠수. 염려는 붙들어 매시고 형님은 나머지 준비나 잘 하슈."

목효지는 집 근처 뒷산으로 올라가 먼저 마을 지형을 유심히 살폈다. 한양을 등지고 인릉산 골짜기에 들어앉은 지곡마을은 전체적으로 회룡은산형回龍隱山形의 터에 얹혀 있었다. 오른쪽으로는 멀리 광교산을 출발한 산맥이 백운산, 바라산을 거쳐 청계산을 이룬 뒤 마을 뒤로 들어와 인릉산을 이루었고, 마을 건너로는 판교의 너른 들을 지나 불곡산이 우뚝 솟아 있었으며, 불곡산은 왼쪽으로 이어져 문형산을 형성하고 성곽이 있는 남한산에 가 닿았다. 마을로 올라오는 입구에는 둘레가 일 리쯤 되는 저수지가 있는데 거기서부터 한두 채씩 드문드문 농가가 계곡 안쪽까지 이어진 사형蛇形 마을이었다.

맨 마지막에 자리한 안견의 고향집은 삼태기처럼 움푹 파인 곳에 지어져 있었다. 한양을 등진 인릉산 줄기가 휘어져 내려와 마치 뱀이 똬리를 틀듯이 집터를 감싸고돌아 내려갔다. 모란이 피지 않고 꽃봉오리를 잔뜩 움켜쥔 형상의 모란미발형牧丹未發形의 터였다. 또한 침종형沈鍾形 집터이기도 했다. 가라앉은 종을 뜻하는 침종형은 전형적인 은둔의 땅이었다. 스승인 기화스님은 이러한 침종형 집터를 가리켜 누가 종을 꺼내어 두드리지 않는 한 평생 스스로 울 수 없는 운명이라고 말했다. 주변의 도움을 받지 않는 한 출세를 할 수 없는 소극적인 운명을 지닌 채 태어나는 것이다.

정오가 될 때까지 목효지는 뒷산 건너 대모산의 크고 작은 구릉들을 살핀 뒤 소매에 넣어 온 계란을 먹고 청계산 골짜기를 훑고 돌아다녔다. 청계산은 전에도 서너 번 들른 적이 있었다. 매번 시간에 쫓겨 큰 능선만 대충대충 살폈던 터라 작심하고 작은 산줄기 하나하나까지 모두 관찰했다. 백두산을 출발하여 반도의 동쪽으로 이천여 리를 달려온 산줄기는 강원도 오대산에서 크게 융기한 뒤 그곳에서 서쪽으로 삼백여 리를 더 뻗어가 경기도 용문산에 혈을 응집시켰다. 용문산을 출발한 기맥은 남한산에 모여 그곳에서 남쪽으로 내달리며 작은 산봉우리를 형성하였고, 그중 한 줄기가 한양을 향해 역으로 틀어 올라오며 형성된 산봉우리가 청계산과 서북의 관악산이었다.

내친김에 목효지는 강북으로 건너가 경기도 마전현, 수락산 북쪽 골짜기까지 진출했다. 해가 기울어 신시쯤 됐을 무렵 목효지는 지친 나머지 능선에 털썩 주저앉았다. 능선 너머 오른쪽으로 멀찌 감치 삼각산이 내려다보이고 왼쪽으로 내려가 능선을 넘으면 동구릉東九陵과 닿게 되는 곳이다. 목효지는 버선을 벗어 흙부스러기를 털어내고 허리춤에서 새 짚신을 꺼내 신었다. 땀을 식힐 겸 풀숲에 누워 다리를 뻗자 졸음이 쏟아졌다. 그 순간 멀리서 끼욱, 끼욱, 처음 들어보는 새 울음소리가 났다.

"무슨 새가 저리 요상하게 우나?"

혼잣말을 중얼거리며 목효지는 고개를 빼고 밑을 내려다보았다. 아직 해가 지지 않았는데도 골짜기 가득 뿌연 물안개가 차올랐다. 햇볕을 받은 물안개가 오색으로 능선을 물들였다. 물안개에 섞여 연한 향냄새가 풍겼다. 목효지는 자리를 차고 일어났다. 끼욱, 끼욱, 새 소리가 점점 가까이서 들렸다. 목효지는 그 자리에서 얼어붙고 말았다. 오색 물안개 사이로 날개를 퍼덕이며 처음 보는 누런 황금빛 새 한 마리가 솟아오르고 있었다. 학을 닮았지만 학보다는 작았고 꼬리가 봉황과 비슷했지만 봉황처럼 화려하지는 않았다.

"그, 금, 금학金鶴이다!"

목효지는 소리를 지르며 눈을 떴다. 꿈이었다. 꿈에 맡았던 향내가 여전히 코끝에 진동했다. 계곡 가득 물안개가 피어오르고 있는 것도 꿈에 본 그대로였다. 목효지는 벗어놓은 단삼에 허둥지둥 팔을 꿰며 꿈에 학이 날아오른 자리로 뛰어 내려갔다. 수락산 한 자락이 완만하고 부드럽게 흘러내려가다가 잠깐 쉬어가겠다는 듯 멈춘 곳에 여인의 젖가슴처럼 봉긋한 혈〔乳穴〕이 맺혀 있었다. 오색빛은 혈 주변에서 고루 번져 나왔다. 제왕지지帝王之地! 목효지는 숨이 막힐 듯했다. 틀림없는 제왕지지였다.

'꿈이 아니었구나.'

동진東晉의 풍수지리박사인 곽박郭璞은 왕이나 제후가 나올 땅을 가리켜 '산들이 병풍처럼 묘 주변을 감싸야 하고, 그 가운데 특히 높이 솟은 능선이 있어 능선 끝 지점에 묘를 쓰면 왕후가 나올 것'이라고 했는데 정확히 그 내용과 일치하는 곳이었다. 능선의 기세를 가리켜 곽박은 또한 '수만 마리의 말이 하늘에서 내려오는 형상'이어야 하며 그 모양은 '파도가 치듯 굳센 기상이 서려야 한다'고 지적했다. 금학이 날아오른 곳을 중심으로 좌우 산 능선이 바로 이와 같았는데, 수만 마리의 말들이 우로는 명당 터를 향하여 굽이치고 좌로는 한양의 넓은 들을 아우르며 내달리는 형국이었다.

　풍수를 가르쳐준 기화스님은 제왕지지를 이렇게 묘사한 적이 있었다.

　'왕이 나올 땅은 구름이 흘러가듯 산줄기가 구불구불하며 날쌘 말이 사납게 뛰어오르는 곳에 혈이 맺혀야 한다. 또한 앞쪽에 너른 들이 놓여야 하는데 이는 곧 만백성을 가리키며 좌청룡 우백호는 혈을 향해 일제히 고개를 숙인 형상이 되어야 하는데 이로써 해당 혈이 신하들의 조회를 받는 형국이 완성되는 것이다.'

　더구나 금학이 날아올랐다는 것은 상서로운 징조였다. 혈이 품 속에 꼭꼭 숨겨두었던 금학을 날려 마침내 터의 주인을 찾아 나선 것이다. 목효지는 소매 한 자락을 찢어 근처 나뭇가지에 표시를 한 뒤 유혈 위에도 둥근 돌멩이 하나를 얹어 혹시나 이곳을 방문하게 될 다른 지관들에게 선행자가 있었음을 표식으로 남겼다. 물론 명당을 먼저 발견했다고 해서 그 땅을 마음대로 쓸 수 있는 것은 아니다. 한번 명당으로 소문이 나면 몰래 뼈를 가져다가 묻거나 주변에 불을 놓아 터를 훼손하는 일이 비일비재했다.

　한 가지 아쉬운 점은 지금껏 찾아다닌 자미원이 아니라는 점이다. 자미원이 되기에는 여러 가지로 부적절했다. 자미원 명당이 되기 위해서는 명당 바로 위에 북극성, 북두칠성이 등잔처럼 걸려 있어야 한다. 산의 정기도 북두칠성의 기를 받아야 하는데 금학이 알려준 현재의 터는 북두칠성과는 거리가 먼 서쪽 방향이었다. 당나라의 유명한 풍수지리학자인 복응천卜應天이 지은 「설심부雪心賦」에는 자미원을 가리켜 혈장이 연꽃처럼 여러 겹으로 둘러싸인 꽃술에 형성된 혈이어야 한다고 하였으나 이와도 거리가 멀었다.

목효지는 근처 동굴 속에서 밤이슬을 피한 뒤 다음 날 새벽, 지곡으로 돌아왔다. 오전 내내 인릉산 주변을 샅샅이 살피다가 정오가 다 되어 묘로 쓰기에 무난한 자리 한 곳을 더 찾아냈다. 묘를 쓰면 그 자손이 전쟁이나 화마, 수해와 같은 피해를 입지 않고 명이 다할 때까지 지복을 누리며 편안히 살 수 있는 터였다. 지곡에서 곧장 능선을 타고 올라오니 상여가 오르기에도 좋았다. 전체적으로 묘를 쓰기엔 손색없는 무난한 자리였다.

목효지는 돌로 광중 팔 곳을 표시하고 산을 내려왔다. 어제 발견한 제왕지지를 두고 따로 집 가까운 곳에 음택을 정한 이유는 범인凡人이 명당을 소화할 수 없다는 풍수학상의 이치 때문이었다. 금학이 날아오른 어제의 땅은 왕이나 제후에 필적할 인물이 묻혀야 할 자리였다. 기가 약한 범인이 그곳에 무덤을 쓰면 몇 년을 못 가 뼈가 녹아 없어지고 그 살기가 고스란히 후손에게 미치게 된다. 기화스님은 이러한 이치를 가리켜 '땅이 사람을 내치기도 하고 또한 받아들이기도 하는 것'이라고 설명했다.

피로가 몰려와 목효지는 집 근처 정자나무 밑에 누웠다. 장례 준비가 한창인 안견의 집을 보며 목효지는 어제 발견한 명당을 떠올렸다. 비로소 명당을 발견했다는 실감이 나기 시작했다. 땅속에 갇혔던 금학이 날아오른 자리, 범인들은 묘를 쓸 수 없지만 제대로 임자를 만나면 제왕을 배출할 땅, 이름하여 제왕지지. 그 땅에 맞는 임자를 찾아주면 어떤 일이 벌어질까. 목효지는 땅의 주인이 될 만한 중신들의 면면을 머리에 그렸다. 딱히 와 닿는 인물은 없었다. 목효지는 하늘을 올려다보며 쓴웃음을 지었다.

'그 땅으로 작은 벼슬이라도 하나 얻는다면 무얼 더 바라리.'

땅속의 기氣는 눈으로 볼 수 있는 게 아니다

눈에 보이지 않으니 물론 그것을 있다 할 순 없다

하지만 눈에 보이지 않는다고 없다 할 순 없지 않느냐?

너는 지금 숲을 흔들고 지나가는 저 바람을 없다 할 수 있느냐?

2부

꿈을 만나다

문종 1년 (1451) ~ 단종즉위년 (1453)

비는 좀처럼 그칠 기미를 보이지 않았다. 빗줄기는 동혈산 골짜기
마다 대여섯 채씩 틀어박힌 초가집 이엉을 타고 대롱대롱 매달리
거나 두엄 더미 위로 푹 스몄다가 도랑을 타고 개울에 섞였다. 언
덕마다 무리지어 핀 개망초와 엉겅퀴, 달개비 위에도 사정없이 비
가 들이쳤다. 산 위에 떨어진 빗줄기는 열매를 움켜쥔 야생 과일나
무 밑동을 스미거나 소나무에 낀 누런 먼지를 두드려 벗겨낸 뒤 다
투어 계곡으로 몰려갔다.

　저녁이 되자 비는 더욱 촘촘해졌다. 어둠 속에서 비는 오로지 소
리로만 왔다. 마을에서 가장 먼 산등성이로부터 천둥이 으르렁거
리며 동혈산을 뒤흔들었다. 비가 그치지 않자 집안 어른들은 겁 많
은 아이들의 이마를 쓰다듬으며 조상 대대로 들어온 쉰질바위 전
설을 들려주었다. 애야, 천둥이 치고 비가 그치지 않는 건 동혈산

이무기가 노했기 때문이란다. 이무기는 비가 오면 쉰질바위에 올라가 승천할 날만을 기다리며 쉬곤 했다지. 한데 어느 날 미친 여자가 바위 꼭대기에 올라가 소변을 보고 말았지 뭐냐. 그러자 벼락이 떨어져 여자는 죽고 바위는 두 동강이 났어. 그래서 하늘로 승천하지 못한 이무기가 비만 오면 산골짜기를 이리저리 헤매며 저리 난리를 치는 거란다…….

자정이 가까워지자 개 짖는 소리마저 뚝 끊기고 바람도 잦아들었다. 먹물을 엎지른 듯 어둠이 동혈산 골짜기마다 흘러들어 음산한 기운을 피워 올렸다. 저녁 내내 줄기차게 동혈산을 두드리던 빗줄기도 잦아들었다. 두런거리던 말소리들이 끊어지고 농가마다 문틈으론 코 고는 소리가 새어 나왔다. 날개가 비에 흠뻑 젖은 부엉이도 슬금슬금 바위굴로 들어가 잠을 청했다. 콸콸거리던 개울물도, 산허리마다 드문드문 둥지를 튼 묘지들도, 비에 젖은 잡목과 바위도 모두 어둠 속으로 모습을 감췄다.

바로 그 시각, 개울을 길 삼아 조용히 상류로 거슬러 오르는 두 남자가 있었다. 저마다 어깨에 두어 개씩 무거운 쇠말뚝을 짊어졌지만 용도는 알 수 없었다. 그들은 별로 지친 기색도 없이 부지런히 개울을 타고 올라갔다. 개울을 벗어나 근처 목화밭으로 스며든 그들은 밭고랑을 지나 소나무 비탈진 언덕으로 바삐 옮겨갔다. 목화밭 밑에 자리한 농가에서 개 한 마리가 오금을 털며 짖어댔지만 비가 다시 거세지면서 빗소리에 묻혔다.

사전 답사를 한 모양인지 컴컴한 어둠 속에서도 그들은 익숙하게 길을 찾았다. 낯선 남자들이 걸음을 멈춘 곳은 혈이 '정丁' 자 형으로 맺힌 동혈산 남단 끝자락의 어느 산등성이였다. 꿈틀거리며 이어져 내려온 산줄기가 숨을 고르는 자리에 무덤 두 기가 조성돼 있었다. 그들은 등에 지고 온 무거운 쇳덩이를 내려놓고 거칠게 숨을 몰아쉬었다. 빗물이 패랭이 끝을 타고 연신 그들의 굵은 팔뚝을 적셨다.

"형님, 비도 오는데 꾸물거릴 것 없이 어서 해치웁시다."

땅딸막한 남자가 손뼉을 맞부딪치며 몸을 일으켰다.

"그게 좋겠군. 빨리 끝내고 공주로 나가 한잔 쭉 마셔야지."

형님으로 불린 남자가 겹바지 끝에 매달린 대님을 조이며 대답했다.

"충청도 계집들은 맛이 좀 어떻수?"

"맛이랄 게 있나. 계집 밑구멍이 다 거기서 거기지."

"에이, 다 같은 밑구멍이면 할매들 밑구멍도 구멍이겠네."

두 남자는 음탕한 애기를 주고받으며 작업을 시작했다.

"그건 그렇고, 남의 무덤에 쇠말뚝은 어쩌자고 박는 거유? 뼈를 부수어버릴 작정이라면 아예 땅을 파헤치고 관을 꺼내면 될 텐데. 도둑고양이처럼 한밤중에 몰래 산으로 기어와 이 짓거릴 하려니 이거 뭐 대체 흥이 나야……."

"어허 그놈 말 많다. 잔말 말고 위에서 시키는 대로만 하면 되지. 복잡하게 머리 쓰는 건 양반네들 일이고 우린 그저 몸으로 때우기만 하면 된다. 조금 고생하면 술 생기고 계집 생기는데 조선팔도에 이보다 좋은 일이 어디 있더냐."

"그건 형님 말이 맞수."

땅딸막한 남자가 쇠말뚝 하나를 들고 봉분으로 올라갔다. 둘레가 한 뼘, 길이가 어른 키 정도 되는 지게작대기 모양의 단단한 쇠말뚝이었다. 형님으로 불린 남자가 도끼를 들고 올라가 조심스럽게 쇠말뚝을 내리쳤다. 쇠말뚝은 비로 질척해진 봉분을 뚫고 쑥쑥 흙 속으로 박혀 들어갔다. 쩡쩡, 쇠와 쇠가 부딪칠 때마다 불꽃이 일며 빗물을 사방으로 튕겨냈다. 쇠말뚝이 봉분 깊이 박히자 그들은 흙을 덮어 말뚝 박은 흔적을 없앴다.

"그나저나 형님!"

"또 뭐냐?"

그들은 옆의 묘로 올라가 같은 작업을 반복했다.

"마뫼골 초야 말이오."

"이놈 봐라, 어디 그 더러운 주둥아리에 초야를 올려?"

"아따, 형님도. 술청 계집한테도 임자가 있답디까?"

초야는 몇 달 전 목멱산 마뫼골 골짜기에 들어와 새로 술청을 연 계집이었다. 미인인 데다가 술청 여자답지 않게 글 솜씨가 뛰어나 그녀를 한번 본 남자들은 열에 아홉, 연심을 품고 허구한 날 엽전 깨나 갖다 바친다는 소문이 자자했다.

"초야는 안 돼!"

"어째서 그러슈? 형님도 그 여잘 맘에 두고 있수?"

"이놈아, 헛소리 집어치우고 말뚝이나 똑바로 잡아라."

두 남자는 남은 말뚝을 거두어 묘 뒤쪽 능선으로 올라갔다. 그들이 멈춘 곳은 무덤에서 오십 보쯤 떨어진 곳이었다. 동혈산 정상으로부터 헤엄치듯 좌·우로 몸을 흔들며 이어져온 산줄기가 무덤에 이르러 혈을 만들기 직전, 강하게 굽이치며 휘어지는 부분이었다. 형님으로 불린 남자는 컴컴한 어둠 속에서도 능숙한 솜씨로 목표물을 찾아냈다. 특별하게도 그 부분만 낙타의 혹처럼 심하게 산줄기가 융기되어 있었다.

"정말, 이해가 안 가네."

땅딸막한 남자가 고개를 갸우뚱거리며 중얼거렸다.

"또 뭔 헛소릴 지껄이려고?"

"군말 없이 시키는 대로만 하는 게 이 바닥의 도리라지만 궁금해서 견딜 수가 있어야지요. 여긴 묘랑 아무 상관도 없는 맨땅이 아닙니까?"

"오냐, 너도 슬슬 오지랖을 넓히고 싶다 이 말이냐?"

"너무 무시하지 마쇼. 내 비록 건달로 한세월 보내지만 이래뵈도 한때 천자문 나부랭이를 외던 시절도 있었수."

"예끼, 주먹 쓰는 놈이 무예를 배워야지. 그걸 자랑이라고!"

형님이란 남자가 키 작은 남자의 머리를 냅다 쥐어박았다.

"아야, 그놈의 손버릇 하고는."

"떠들 시간 없으니 똑바로 잡아."

그들은 융기한 흙을 발로 무너뜨리고 그 자리에 남은 쇠말뚝을 모두 박아 넣었다. 비는 어느덧 멎어 있었다. 바람이 불자 묘지 주변에 늘어선 나무들이 우수수 몸을 흔들었다. 잔가지마다 귀신들이 올라앉아 기분 나쁜 휘파람소리를 내며 두 사람을 주시하는 것 같았다. 땅딸막한 남자가 봉분 주변에 찍힌 발자국을 손으로 눌러 없애는 사이 다른 남자는 들고 있던 도끼를 멀리 산 아래로 집어던지며 오줌을 갈겼다.

"하필 비가 올게 뭐람. 얼른 돌아갑시다. 이러다가 동태 되겠소."

"그렇지. 올 때는 재빨리, 갈 때는 더욱 빨리, 킬킬."

그들은 왔던 길을 더듬어 내려와 쥐새끼마냥 사라졌다.

초
야
네

요갱은 늦은 소세를 마치고 운혜雲鞋에 발을 밀어 넣었다. 구름무
늬가 아로새겨진 운혜는 그녀의 몸을 사뿐히 뒤뜰로 안내했다. 요
갱은 노랗게 익어가는 감들을 훑으며 평상에 앉았다. 심부름하는
아이가 꿀물을 놓고 사라지자 뒤뜰은 정적 속에 잠겼다. 꿀물에선
향긋한 아카시아 향이 풍겼다. 요갱은 두 다리를 뻗고 오후 햇살에
몸을 맡겼다. 본채, 사랑채와 연한 술청 뒤뜰은 온전히 그녀만의
공간이었다. 뒤뜰에선 멀리 궁성은 물론 육조거리를 비롯해 난전
과 그 뒤편 전농시까지 한눈에 들어왔다.

　목멱산 정상 봉수대에서 두 줄기 연기가 피어올랐다. 한 달에 한
두 번씩 행하는 정기적인 봉수 훈련이었다. 연기는 수백 리, 혹은
수천 리를 달려 남해안과 북쪽의 각 진에 닿을 것이었다. 목멱산
중앙봉수를 책임진 봉수군과 오장은 술청의 단골이었다. 그들은

녹봉이 지급되는 날이면 서너 명씩 몰려 내려와 한바탕 떠들썩하게 술을 마신 뒤 자리를 떴다. 봉수를 지휘하는 서른여섯 살의 오장은 상처한 홀아비였다. 그는 영업이 끝난 술청 담장을 넘어왔다가 귀 밝은 중노미들에게 발각되어 줄행랑을 친 경력이 두 번이나 있었다.

요갱은 봉놋방에 군불을 지피던 늙은 중노미와 눈인사를 나누며 술청 대문을 열었다. 사람들은 그녀의 술청을 가리켜 초야네로 불렀다. 초야는 요갱의 어릴 적 아명이다. 관가 부엌에서 허드렛일을 하던 부엌어멈의 딸로 태어난 그녀에게 애초부터 성씨 같은 건 없었다. 아버지가 누군지도 알 수 없었다. 관기 노릇을 하다가 병을 얻어 관청 부엌데기로 전락한 요갱의 어머니는 그녀가 열네 살 되던 해에 죽었다. 어미는 죽는 날까지도 아버지에 대해 함구했다. 어머니가 죽자 요갱은 스스로 글을 깨쳤다. 글을 터득하자 어릴 적 아명 첫 자를 성씨로 취해 초요갱楚腰輕이란 이름을 짓고 사대부들의 연회에 자주 들락거렸다. 그러다가 칠순이 다 된 충청도 목사에게 이쁨을 받아 첩실이 되었다. 목사는 죽기 직전, 가족들 몰래 모아둔 약간의 돈을 요갱에게 물려주었고, 요갱은 목사가 죽자 한양으로 올라와 그 돈으로 마뙤골에 술청을 연 것이다.

요갱은 대문 옆에 세워놓은 장대를 눕히고 깨끗이 빤 새 깃발을 바꾸어 달았다. 불을 때던 늙은 중노미가 달려와 장대를 일으키는 걸 도왔다. 장대 끝엔 술청을 상징하는 '초楚' 자가 적혀 있었다. 마뙤골엔 초야네 말고도 여섯 곳의 술청이 더 있었다. 그 술청들은 모두 금학金鶴이니 명궁明宮, 월야月夜 같은 고상한 이름이 적힌 깃발을 내걸고 힘깨나 쓴다는 사대부와 돈 많은 상인들을 유혹했다. 그중 초야네는 가장 지대가 높은 곳에 자리했다. 남소영南小營*을 지나 봉수대를 바라보고 올라오다가 오른쪽으로 뻗어 내려간 언덕배기였다.

요갱은 방으로 돌아와 분첩을 열었다. 바람이 반쯤 열어놓은 문짝을 흔들자 담장의 빗살무늬와 그 너머 단풍에 물든 산자락이 보이다 안 보이다 했다. 이웃한 운적암에서 종치는 소리가 땅거미에 묻어왔다. 그것을 신호 삼아 몸단장을 끝낸 기생 아이 셋이 종종걸음으로 다가와 치장이 끝났음을 고하고 저희들 방으로 물러갔다. 봉수군 같은 일부 단골을 제외한 뜨내기들은 초야네에 발을 들여놓을 수 없었다. 가려서 손님을 받았기 때문이다. 비록 하루 한두 명일지라도 돈 많은 역관이나 경강상인, 벼슬이 높은 사대부가 은밀히 행차하면 요갱은 그 즉시 대문에 빗장을 질렀다.

해시가 되도록 손님은 들지 않았다. 기생 아이들의 방에선 진작부터 윷가락 던지는 소리가 들렸다. 요갱은 연상을 끌어당겨 벼루와 먹을 꺼냈다. 붓을 잡았지만 시심은 일지 않았다. 요갱은 오래도록 화선지를 들여다보았다. 화선지 속으로 무수한 나무의 결들이 일어났다. 길이 열리고 시간이 빠르게 뒤로 흘러갔다. 색동옷을 입은 다섯 살의 여자아이가 골목을 빠져나왔다. 여자아이는 눈물을 훔치며 정신없이 달렸다. 동네 꼬마들이 뒤를 쫓으며 놀려댔다. 엄마는 기생이래요, 엄마는 기생이래요…….

---

* 조선 시대에 둔 어영청의 분영分營으로, 광희문(남소문) 옆에 있었다.

"아무렴!"

요갱은 붓을 탁자에 올려놓으며 중얼거렸다. 여자아이는 동네 꼬마들에게 쫓겨 개울가로 달아났다. 아이들은 토끼몰이를 하듯 환호성을 질렀다. 여자아이가 나무다리로 올라서자 뒤쫓던 아이들이 돌을 던졌다. 돌을 피하던 여자아이의 몸이 기우뚱하며 냇물로 엎어졌다. 어른 무릎보다 얕은 물속에서 여자아이는 허우적거렸다. 세상이 온통 까매졌다. 놀리는 소리도 들리지 않았다. 정체를 알 수 없는 어둡고 축축한 존재가 막 여자아이의 몸을 거둬가려는데 누군가 손을 내밀었다. 아이는 물을 토해내며 손을 움켜잡았다.

"꽉 잡고 일어서봐. 물은 깊지 않아."

꼴을 베러 가던 소년이었다. 여자아이는 버둥거리며 소년의 손을 잡고 일어섰다. 소년의 말대로 물은 깊지 않았다. 방금 전까지 자신을 놀리던 아이들이 담장 뒤에 숨어 소년과 여자아이를 지켜보았다. 소년은 여자아이를 지게에 태우고 개울을 건너 논두렁으로 올라섰다. 아이들이 보이지 않자 소년은 여자아이의 옷을 벗겨 물을 쥐어짠 뒤 입혀주었다. 여자아이를 논두렁에 앉혀놓고 소년은 부지런히 꼴을 베었다. 발채에 풀이 가득해지자 소년은 지게를 지고 일어났다. 마을로 돌아오며 소년이 물었다.

"난 효지라고 해. 넌 이름이 뭐니?"

등롱을 걸어놓은 대문 쪽에 얼핏 사람 그림자가 비쳤다. 요갱은 화선지를 접고 자리에서 일어났다. 그림자는 안의 동정을 살피는가 싶더니 곧 요갱이 거하는 방으로 다가왔다. 마루에 짚신 치는 소리가 들렸을 때 요갱은 익숙한 살냄새를 맡았다. 사내는 마룻바닥을 울리며 방으로 들어와 거칠게 창호지문을 닫았다. 요갱은 사내에게 방석을 내주었다. 사내는 대추알처럼 검붉은 입술로 씩씩 숨을 내쉬며 자리에 앉았다.

"저녁상을 보라고 할까?"

요갱이 눈치를 살피며 물었다.

"됐다. 시간도 없고……."

사내는 사방으로 뻗은 턱수염을 손으로 쓱 문질렀다.

"그럼 가볍게 술상이라도?"

"좋아. 딱 한 잔만."

요갱은 부엌으로 가 손수 술상을 차려왔다. 사내는 탁주 한 사발을 냉큼 들이켠 뒤 장에 절인 돼지고기 편육을 손가락으로 집어 올렸다.

"부령 영감이 자꾸 숨통을 조이는 통에 죽을 맛이야. 아무래도 그 영감태기가 노망이 난 것 같아. 조금만 늦어도 곤장질을 하겠다며 엄포를 놓아대니."

"좋은 술을 한 병 준비해줄까? 아니면 계집이라도?"

보료 위로 올라온 사내가 요갱의 치마를 걷으며 대답했다.

"그건 위험해. 가뜩이나 계산이 맞지 않는다며 물건이 입고될 때면 시전 상인들의 수결까지 하나하나 챙기는 양반인데 뇌물을 썼다간 엉뚱한 오해를 받을 수 있지."

요갱은 인상을 찌푸리며 몸을 뺴냈다.

"아, 나 이러는 거 정말 싫다."

"젠장, 누군 이러고 싶어서 그러냐? 짬이 나야 말이지. 좀 봐주

라. 한두 해만 시간을 주면 예전처럼 자유로운 몸이 될 수 있으니
까 그땐 뭐든지 너 하자는 대로 다 해준다."

요갱은 짐짓 한쪽으로 돌아누웠다.

"흥, 돈 한푼 없는 노비를 누가 받아준대? 양인이 된다 한들 지
금과 뭐가 달라? 그 나물의 그 밥이지. 난 그렇게 살고 싶지 않아."

사내는 대답하지 않았다. 사내는 요갱의 저고리를 풀어헤치며
체중을 실었다. 요갱은 한숨을 토하며 비스듬히 사내의 몸을 받았
다. 바늘 같은 수염이 젖가슴을 따갑게 찔렀다. 사내는 봉긋한 젖
가슴에 턱을 문대며 두 손으로 요갱의 속바지를 벗겼다. 요갱은 눈
을 감았다. 사내의 손길은 집요하게 요갱의 몸을 더듬었다. 그러면
그럴수록 요갱의 몸은 뻣뻣하게 굳었다. 치마 속에 머리통을 집어
넣으며 사내는 제 바지를 벗었다.

'난 효지라고 해. 넌 이름이 뭐니?'

소년의 목소리가 낭랑하게 귓가에 되살아났다. 요갱은 소년의
듬직한 눈빛을 기억하기 위해 애썼다. 소년이 어떻게 손을 썼는지
그날 이후 동네 꼬마들은 더 이상 여자아이를 놀리지 않았다. 소년
은 청주목사 가택에 소속된 몸종이었다. 소년은 아침저녁으로 청
주목사의 병약한 아들을 수발하며 이따금씩 산에 가서 나무를 하
거나 말먹이 꼴을 베는 것으로 하루를 보냈다. 소년이 지게를 지고
대문을 나서면 담장 밑에 앉아 기다리던 여자아이는 제 어미에게
서 얻은 누룽지를 먹지 않고 보관했다가 소년에게 내밀었다. 돌아
오는 길에 소년은 산에서 주운 밤이나 잣을 여자아이의 손에 쥐여
주었다.

"아득해."

요갱이 꿈속을 헤매듯 중얼거렸다.

"뭐가?"

한참 힘을 쓰던 사내가 물었다.

"청주에서 보내던 시절……."

사내가 움직임을 멈추고 짜증을 냈다.

"쓸데없는 소리."

소년은 이태 뒤 여자아이의 곁을 떠났다. 목사의 아들이 병을 치료하기 위해 인근 사찰인 흥덕사로 들어갔기 때문이다. 소년이 떠나자 여자아이는 세상을 다 잃은 듯했다. 여자아이는 매일 골목으로 나가 흥덕사 방향을 쳐다보며 서성대다가 날이 어두워지면 집으로 돌아오기를 반복했다. 밥을 먹는 대로 토할 뿐이어서 몸은 쇠꼬챙이처럼 가늘어졌다. 늙은 어미는 회초리를 들어 딸을 사정없이 후려치며 억지로 밥을 먹였다. 그녀의 어미는 딸이 겪고 있는 아픔을 조금도 이해하지 못한 것이다.

소녀는 이듬해 초파일날 다시 소년을 만나게 된다. 어미를 졸라 흥덕사를 찾은 여자아이는 초파일을 맞아 붐비는 사람들을 헤치고 부지런히 소년을 찾아다녔다. 몇 차례의 화재로 비록 규모가 줄었지만 흥덕사는 고려조만 해도 왕명으로 금속활자를 찍어내던 유서 깊은 사찰이었다. 그날, 수백 명의 신도들로 발 디딜 틈조차 없이 웅성거리는 대웅전과 강당, 산신당, 요사채, 장서각과 종루를 샅샅이 훑으며 돌아다니던 여덟 살 여자아이는 대웅전 뒤편에서 나비 떼를 보았다. 수백 마리의 나비 떼가 대웅전 처마를 따라 내려앉았다.

'저게 뭘까?'

나비 떼는 대웅전 단청을 흰색으로 물들였다가 뒷산으로 날아올랐다. 마치 햇살 속으로 흰 무명 보자기가 날아가는 듯했다. 넋 놓고 그 장면을 바라보던 여자아이는 홀린 듯 나비를 쫓아 산등성이를 넘어갔다. 나비 떼는 마치 따라오라는 듯 앞서서 날아갔다. 정신없이 걷던 여자아이는 기진맥진한 채 골짜기 깊은 곳에서 정신을 잃었다. 의식을 잃는 순간 몇 해 전 개울에서 경험했던 검고 축축한 기운이 몸을 감싸는 걸 느꼈다.

그 시각, 소년은 나물을 먹고 급체한 신자가 생겨 흥덕사 주지스님의 명으로 의원을 모시러 갔다 돌아왔다. 일주문에 이르러 소년은 딸을 찾아 미친 듯 사찰 주변을 헤매던 여자아이의 어미를 보았다. 소년은 지푸라기로 짚신을 조이고 뛰기 시작했다. 주지스님에게 풍수를 배우던 때여서 소년은 흥덕사 주변 지형을 잘 알았다. 잡풀에 손발을 베이면서 때론 뛰고 때론 짐승처럼 네 발로 걸으며 산등성이와 골짜기를 구석구석 뒤지던 소년은 샘 근처에 이르러 마침내 쓰러진 여자아이를 발견했다.

"나비 떼가 생각나……."

요갱은 촛불에 일렁이는 사내의 그림자를 쳐다보며 중얼거렸다. 사내는 온몸을 쥐어짜며 마지막 안간힘을 쓰고 있었다.

"그날 하필이면 나비 떼를 쫓아 산으로 들어갔을까?"

일을 마친 사내가 손바닥으로 요갱의 엉덩일 찰싹 때렸다.

"신소리 그만하고 대문이나 걸어 잠가라. 보아하니 오늘도 낚시질은 허탕인 것 같으니."

"흥, 허구한 날 이리 잿밥을 뿌리고 가니 손님이 안 들밖에."

"제깟 놈들이 내가 온 줄 어찌 안다고?"

사내는 돼지고기 한 점을 집어먹으며 입을 실룩거렸다.

"보는 눈이 몇 갠데."

"나라도 왔다 갔다 하니 동네 건달 놈들이 얼씬도 않지."

"누가 기둥서방 해달랬나? 고작 창고나 관리하는 팔자에."

"누가 뭐래도 난 조선팔도에서 제일가는 풍수학이야. 비록 대왕께서 내 능력을 보지 못하고 내치셨지만 언젠가는 다시 쓰실 날이 있을 테니 두고 봐."

요갱은 팔짱을 끼고 돌아앉았다.

"지겨워라 풍수 타령. 그리 잘났는데 제 팔자는 어째 못 바꿀까."

"쯧쯧. 열흘 만에 들렀는데 우리 색시가 이리 타박하는 걸 보니 그간 쌓인 게 많은가 보군. 조금만 더 기다려주시지, 응? 내 언젠가 제대로 사람 구실 할 날이 있을 거다."

사내는 돼지고기를 질겅질겅 씹으며 방문을 열어젖혔다.

"누구 맘대로 색시래?"

"그럼 마누란가?"

"흥, 그러다가 큰 코 다치지. 제대로 한 놈 걸리기만 해봐."

요갱은 힘주어 문을 닫았다.

사내도 지지 않고 맞받았다.

"그런다고 술청 계집이 양반마님 될쏘나?"

목효지는 술집 골목을 빠져나와 남소영으로 질러 내려가는 산길을 탔다. 남소영을 지나 진고개를 넘으면 곧바로 궁성과 잇닿은 운종가였다. 전농시는 국가나 왕실 제사에 쓰이는 곡식과 술, 기타 재료를 담당하고 왕이 직접 농사 시범을 보이는 적전籍田을 관리하는 관청이었다. 목효지는 그곳에서 종오품 부령의 지시를 받으며 다른 노비 둘과 제사에 쓰일 술과 재료의 매입, 농기구 관리 등을 담당했다. 다른 노비들과 달리 글과 셈에 밝은 덕분에 직속상관인 부령의 신임을 얻어 비교적 바깥출입이 자유로웠다.

친구 양정에게 초야의 소식을 들었을 때 목효지는 믿지 않았다. 십수 년 전, 목효지가 청주 흥덕사를 떠나 한양으로 올라올 무렵 초야는 겨우 열두 살의 앳된 소녀에 불과했다. 그런데 눈에 넣어도 아프지 않을 것 같던 꼬마아이가 술청 여자가 되어 나타난 것이다. 그날, 목효지는 곤장을 각오하고 전농시를 빠져나와 초야네 술청으로 달려갔다. 양정의 말은 사실이었다. 다행인지 초야는 자신의 목숨을 두 번이나 구해준 그를 잊지 않고 있었다. 두 사람은 밤새 격하게 서로를 끌어안고 못 다한 이야기들을 나누었다.

"모든 게 너무 변해버렸어."

남소영 근처를 지나며 목효지는 홀로 중얼거렸다. 근무 교대를 하는지 향군들의 군호가 들렸다. 목효지는 빠른 걸음으로 남소문을 내려와 진고개로 내달았다. 하룻밤의 달콤한 만남이 끝나자 너무도 몸서리쳐지는 현실이 안개처럼 두 사람을 에워쌌다. 혼인조차 마음대로 할 수 없는 노비와 기생의 딸로 태어난 천한 술청 여자. 목효지는 사랑하는 여인을 위해 아무것도 할 수 없는 자신의 무능에 회의를 느꼈다. 옛정으로 운우지정을 나누었지만 사랑하는 여인은 이미 뭇 사내들을 품어야 하는 운명이었다.

결국 목효지가 택한 것은 방관이었다. 그것은 어쩔 수 없는 선택이기도 했다. 초야 역시 그 사실을 받아들이는 눈치였다. 언젠가 두 사람 모두 각자 자신의 정해진 길로 가야 하는 운명일 뿐이라고, 그렇게 마음먹으니 오히려 편해졌다. 목효지는 틈이 나면 마뫼골로 올라가 초야를 품었다. 밤에 몰래 숙소를 빠져나온 적도 있었다. 초야는 군소리를 늘어놓으면서도 그를 물리치지 않았다. 초야에 대한 마음이 깊어질수록 목효지는 한 마디 따스한 말보다는 거친 말투로, 다정한 몸짓 대신 동물적인 욕구로 제 마음을 다스렸다.

목효지는 인정 무렵 전농시 숙소에 도착했다. 빗장이 걸려 살며시 담을 타고 넘는데 행랑 문이 비죽 열리며 동갑내기 전농시 노비 규삼이가 밖으로 고개를 내밀었다. 규삼이는 한심하다는 듯 고개를 저으며 손으로 별채를 가리켰다. 창고 옆에 붙어 출입고를 관리하는 별채 창살문 밖으로 불빛이 흐물흐물 비어져 나왔다. 부령 영감의 불호령을 떠올리며 목효지는 규삼이 손에 이끌려 엉거주춤 객사로 들어섰다. 부령 영감은 목효지를 아래위로 쓱 훑어보더니 규삼이에게 나가 있으라는 신호를 보냈다.

"네놈이 정녕 곤장을 맞고 싶어 환장을 한 모양이구나?"

다행히 화가 난 목소리는 아니었다.

"저, 흥인문 밖에서 그만 어릴 적 친구 놈을 만나는 통에……."

목효지는 머리를 긁으며 헤벌쭉이 웃었다.

"하, 이놈 봐라. 세상 참 좋아졌구나. 종놈이 친구도 만나고."

"죽을죄를 지었습니다."

목효지는 고개를 숙여 빌었다.

"그래, 대장간 일은 어찌 되었느냐?"

"시간이 촉박하지만 기일까지 틀림없이 대겠답니다요."

땅이 얼기 전까지 적전 주변의 땅을 개간하여 두 배로 넓히라는 어명이 내려진 터였다. 적전은 임금이 직접 농사 시범을 보이기 위해 관리하는 땅이다. 전농시에서는 임금의 명을 받들기 위해 흥인문 밖 풀무질고개의 한 대장간에 농기구 제작을 의뢰해놓았다. 저녁을 먹고 풀무질고개로 출발한 목효지는 나는 듯이 달려가 대장간에 들른 뒤, 그 길로 곧장 목멱산 골짜기 마뢰골 초야네 술청으로 향한 것이다.

"한 번만 더 멋대로 늦었다가는 치도곤을 면치 못할 줄 알아라. 그간은 함께 일한 정으로 네놈을 감싸주었다만 이제 어렵다."

"명심하겠습니다요, 나리."

"그건 그렇고 너를 만나러 온 사람이 있었다."

부령의 목소리가 아까와 달리 부드럽게 변했다.

"이곳으로 쇤네를 말입니까?"

가슴이 두근거렸지만 목효지는 애써 침착하게 대답했다.

"누가 저같이 천한 것을?"

"그건 알 것 없고, 모레나 글피 들른다 했으니 나돌지 말고 기다려라."

목효지는 깊이 허리를 숙였다.

"여부가 있겠습니까요."

객사를 빠져나오며 목효지는 피가 끓는 것을 느꼈다.

"어이 목효지, 좋은 일이라도 생겼냐? 뼈다귀 문 똥개마냥 히죽 거리게."

밖에서 어슬렁거리던 규삼이가 꼬치꼬치 캐물었다.

"네놈은 알 것 없다."

목효지는 규삼이를 외면하고 행랑채 뒤로 돌아가 바지춤을 내렸다. 회색 구름이 무리지어 서쪽으로 흘러갔다. 천하의 명당을 발견해놓고 마음이 들떴던 몇 해 전의 일이 떠올랐다. 안견이 고향에서 삼년상을 치르는 동안 목효지는 집으로 돌아와 기회를 엿보았다. 기다림은 오래 가지 않았다. 이듬해인 세종 30년(1448), 말년에 이른 세종대왕이 경복궁 내 문소전 서북쪽에 불당을 설치하라 하명하면서 유생들의 격렬한 반대에 부딪히는 일이 벌어졌다. 그 일로 나라의 내놓으라하는 풍수학들이 문소전을 두고 갑론을박했다.

터를 살핀 목효지는 해당 터에 큰 결함이 있음을 발견했다. 이는 세종의 뜻에 배치되는 결과였다. 목효지는 당장 세종의 비위를 맞추기보다는 사실대로 해당 터의 문제점을 조목조목 글로 적어 올렸다. 그럼에도 세종은 뜻을 굽히지 않고 불당 건립을 강행했다. 목효지는 재차 상소를 올려 불당 설치를 만류했다. 크게 노한 세종은 목효지를 다시 전농시 노비로 만들어버렸다. 안견이 삼년상을 치르러 내려간 이듬해 벌어진 일이었다. 목효지는 실망하지 않고 세종이 자신을 다시 불러들일 날만을 기다렸다. 언젠가 임금이 자신의 충정을 헤아려주리라 굳게 믿었지만 세종은 이태 뒤 숨을 거두고 말았다.

'누굴까, 나를 찾아온 그이는…….'

목효지는 새벽이 되도록 잠들지 못했다.

봉수대 쪽에서 밀어닥친 바람이 길 옆 감나무 가지를 툭 분지르고 지나갔다. 바람의 끝마다 향긋한 술 냄새가 묻어 나왔다. 술 냄새를 맡은 유수는 검고 뭉툭한 코를 벌렁거리며 헤벌어진 입을 다물지 못했다. 아직 이른 시간이어서 그런지 마뢰골 술청들은 죄다 대문이 닫혀 있었다. 저만치 초야네 술청이 보이자 양정은 패랭이를 고쳐 쓰며 돌무지에 가래침을 뱉었다. 그 꼴이 영 못마땅했는지 유수가 시비를 걸고 나섰다.

"모자를 고쳐 쓴들 그 낯짝이 어디 가겠소?"

양정은 곧 내려칠 기세로 손바닥을 쳐들었다.

"초저녁부터 이놈이 어쩌자구 통퉁거리는 거야?"

"몰라서 물으슈? 계집 앞에서 신경 쓰는 꼴이 우스워서 그러지."

"누가 신경을 썼다고 그래, 인마! 초야는 친구일 뿐이야."

안면이 있는 늙은 중노미가 대문을 열어주었다.

"그렇다면 잘됐네. 거 맘이 있으면 화끈하게 부딪쳐보든가. 허구한 날 주구장창 얼쩡거리기만 하지 말고. 그럴 바엔 차라리 나한테 넘기슈."

양정의 손이 기어이 유수의 뒤통수를 후려쳤다.

"예끼. 이놈아, 초야가 네놈 따위에 마음을 줄 것 같으냐?"

일찍부터 손님이 들었는지 왁자하게 떠드는 소리가 마당으로 쏟아졌다. 양정은 안채 댓돌 밑에 가지런히 놓인 신발들을 헤아리며 눈을 찡그렸다.

"초야를 불러주게. 내 오늘은 긴히 할 말이 있으니."

양정은 사대부 흉내를 내며 거드름을 피웠다.

"좀 기다리슈. 중요한 손님이 오셔서 오후부터 꼼짝없이 잡혀 있으니."

젊은 중노미의 투박한 대답에 양정은 역정을 냈다.

"어허, 양정일 이리 소홀이 대접하면 섭하지."

그들은 별채의 작은 방으로 안내되었다. 중노미의 언질이 있었는지 술상이 나오기도 전에 초야가 바쁜 걸음으로 문을 밀쳤다. 유수가 초야의 앞가슴을 게슴츠레 더듬는 동안 양정은 공연히 헛기침을 하며 비스듬히 몸을 돌려 앉았다.

초야가 새침하니 눈을 흘겼다.

"와도 꼭 바쁜 날만 골라서 온다니까. 아이들 밑구멍에 거미줄 치고 앉은 날엔 코빼기도 안 보이고. 하긴 와봤자 별 도움도 안 되지만……."

"흥, 누가 애들 보러 왔다냐."

양정은 패랭이를 벗어놓고 광목 두루마기 소매를 걷었다.

"그 말이 그 말이지 않겠수, 오라버니들."

"이래라 저래라 시키는 대로 떠도는 인생인데 어디 내 맘대로 오갈 수가 있어야 멋대로 들락거리지. 그나저나 큰방엔 누가 온 거야?"

"누구라면 아나?"

콧구멍을 벌렁거리던 유수가 끼어들었다.

"배가 등짝으로 숨었으니 어서 밥이나 내오슈. 술은 우선 배부터 채우고 나서 크게 한 상 시키지."

"흥, 툭하면 외상만 하는 처지에 크게는 무슨!"

양정이 깔깔하게 목청을 돋웠다.

"어허, 사람 무시해도 유분수지."

양정은 꿈지럭거리며 허리춤에 손을 넣어 엽전 꾸러미를 꺼냈다.

"옛다. 이거면 됐냐?"

초요갱의 두 눈이 휘둥그레졌다.

"움마. 살다 보면 벼룩도 한 번은 황소 등짝 올라탈 날 있다더니 웬 거래?"

"뭐긴. 그동안 밀린 외상값에 오늘 술값이다. 더 주랴?"

"됐네요, 오라비들. 보아하니 종일 고갯마루 하나 꿰차고 앉았다가 제대로 턴 모양인데 벼룩의 간을 내먹지."

요갱은 내빼듯이 몸을 일으켰다.

"손 씻은 지 오래됐으니 잔말 그만하고 술상이나 내와."

요갱이 나가자 양정은 눈을 흘기며 방바닥을 두드렸다.

"형님, 아무래도 그른 것 같습니다. 대하는 투가 영 시답잖은데요?"

"계집들이란 원래 그런 법이야. 앙탈을 잔뜩 부려서 제 몸값을 높이는 게 타고난 암컷들의 버르장머리지. 마작패처럼 기왕이면 밀고 당기다가 뒤집어야 묘미가 있지 않겠냐?"

엽전의 효력인지 요갱이 직접 상을 차려 들어왔다. 상에는 뜨거운 쌀밥과 보기만 해도 군침이 도는 닭백숙, 제법 귀한 청주 한 병이 올라 있었다.

"우선 이걸로 시장기들 때우고 계시면 제대로 한 상 봐 올리죠."

요갱이 아까와 달리 깍듯하게 대했다.

"흥, 나가봐야 한다는 소리구만."

"알잖아요, 오라비도."

"좋아, 긴히 만날 사람 때문에 온 것이니 오늘은 내 특별히 양보하지."

"만날 사람?"

"그래, 누가 우릴 찾거든 이쪽으로 잘 모시라고 일러놔."

초요갱은 별꼴이라는 듯 입을 삐죽거렸다.

"참, 잠깐만."

양정은 잊은 게 있는지 요갱을 불러 세웠다.

"요즘 효지는 어떻게 지내나?"

"늘 그 모양이지 뭐. 어제 저녁에도 다녀갔소."

양정의 안색이 뻣뻣하게 굳어졌다.

"그놈은 뭐 한다고 여길 뻔질나게 들락거리냐. 재수 없게."

양정은 한때 흥덕사에 머문 인연으로 효지와 친구가 되었다. 아버지와 말다툼을 벌이던 이웃집 남자를 두들겨 패고 흥덕사로 숨어들었을 때였다. 나라 제사에 쓰기 위해 보관해놓은 절의 술독에서 몰래 술을 훔쳐 먹으며 그들은 저녁마다 허물없이 신세 한탄을 늘어놓았다. 목효지는 할아버지가 역적죄로 몰려 죽음을 맞은 뒤 일족이 하루아침에 노비로 전락한 상처를 지니고 있었다. 양정의 출신성분도 별 볼 일 없기는 마찬가지였다. 양정은 어릴 때부터 힘이 장사인 데다가 초급 무관이었던 조부의 영향으로 일찌감치 무예를 익혔으나 조부가 살인사건에 연루되면서 잡과조차 볼 수 없게 되었다.

홍덕사를 떠난 뒤에도 양정은 시장판을 돌아다니며 싸움으로 세월을 보냈다. 하루는 장터에서 자릿세를 뜯던 무뢰배와 싸움이 붙어 발목을 분질러놓은 뒤 한양으로 줄행랑을 놓았다. 마포나루 인근에 정착한 뒤에는 유수와 어울려 지게꾼 노릇을 하다가 난전에 몰래 물건을 대주며 연명하는 처지였다. 초요갱을 만난 것도 물건을 대주던 난전에서였다. 양정은 홍덕사에 있을 때 처음 초야를 만났다. 초야는 효지를 졸졸 따라다니던 열한두 살의 꼬마아이였다. 그로부터 십여 년이 지나 난전에서 재회한 그 아이는 스물 중반의 어엿한 처녀로 자라 있었다. 화장 재료인 분꽃씨를 넘기러 갔다가 마침 백분을 사러 나온 초요갱을 만난 뒤부터 양정은 걸핏하면 초야네를 오르내렸다.

"형님, 보아하니 임자도 있는 모양인데."

유수가 밥 한 그릇을 뚝딱 해치우고 물었다.

"술집 계집이 임자는 무슨."

"그래도 친구의 계집을 넘보면 안 되지."

"잔말 말고 먹기나 해, 인마! 또 한바탕 바삐 움직여야 할 모양인데."

두 사람이 사발을 부딪는데 밖에서 헛기침 소리가 들렸다.

"벌써 온 모양이우."

문이 드르륵 열리고 비단 두루마기에 갓을 쓴 남자가 불쑥 방안으로 들어왔다. 양정과 유수는 자리에서 부리나케 일어나 허리를 굽혔다. 남자는 술상은 거들떠보지도 않고 방석 위에 냉큼 엉덩이를 내려놓았다. 큰 키에 말대가리를 닮아 두상이 길고 귀까지 뾰족한, 우스꽝스러운 외모를 지니고 있었지만 기묘하게 위압감을 주는 사람이었다. 양정과 유수는 남자의 눈치를 보며 술이 든 사발만 만지작거렸다.

"괜찮으니 마시면서 내 말 잘 들어라. 참, 공주에 간 일은 어찌 되었느냐?"

목소리를 낮게 깔고 말대가리 남자가 물었다.

"분부대로 처리했습니다요."

"틀림없겠지?"

"어찌 빗나감이 있겠습니까요?"

양정이 순한 양처럼 고분고분 대답했다.

"자, 이걸 눈여겨보거라."

남자는 소매에서 종이 두루마리를 꺼내 양정에게 던졌다. 양정은 허리를 굴신거리며 종이를 펼쳐 등잔불에 비추었다. 산줄기를 따라 무덤 몇 기가 그려져 있었다. 무덤을 확대해 그려놓은 다른 종이에는 여러 군데 O로 표시가 돼 있었다.

"이곳은 뉘의 무덤입니까요?"

"네놈이 그걸 알아서 무얼 하려고 그러느냐?"

남자가 비웃듯 입꼬리를 쭉 찢어 올렸다.

"그런 게 아니오라……."

"아니면 됐다. 모레 아침 일찍 길을 떠나거라. 시북면 주막에 가서 황씨 성을 가진 노인을 찾으면 길을 안내해줄 것이다. 야밤에 귀신처럼 움직여라. 촌민들에게 띄었다가는 모가지가 성치 못할 것이야."

그는 더 할 말이 남지 않았다는 듯 휑하니 몸을 일으켰다.

"분부대로 행하겠습니다요."

양정과 유수는 이마를 방바닥에 찧었다.

"너희 두 놈, 언제까지 날건달로 한세월 보낼 참이냐?"

문을 열던 남자가 이죽거리며 두 사람을 돌아보았다.

"옛? 당최 무슨 말씀이신지."

"이번 일만 잘 처리하면 훈련원 주부 한 자리씩은 맡게 될 거야. 훈련원 주부뿐인가? 말만 제대로 잘 들으면 당하관도 가능하게 된다. 그러니 입조심들 해."

남자의 거침없는 말에 양정과 유수는 넋을 잃었다.

"들었습니까요? 훈, 훈련원 주부라니?"

남자가 사라지자 유수가 입을 딱 벌렸다.

"흥, 못 될 것도 없지."

양정이 자세를 고쳐 앉으며 거드름을 피웠다.

"벼슬을 하려면 과거를 봐야 하는데 우리 같은 무지렁이가 어떻게 과거를 보고 또 등과를 합니까요?"

"이놈아, 과거를 못 보면 다른 방법을 써야지. 공을 세우면 되잖
겠냐?"

"아따, 이 태평성대에 뭔 용빼는 재주로 공을 세웁니까?"

"이런, 바보 같은 놈!"

양정이 솥뚜껑 같은 손바닥으로 유수를 후려쳤다.

"지금 공을 세우고 있지 않느냐? 저 양반, 생긴 건 말대가리 같
아도 결코 허튼소리 할 사람이 절대 아니야. 그러니 주둥이 함부로
놀리지 말고 기다려봐."

"으하하, 그렇게만 된다면야 뭘 더 바라겠습니까?"

유수는 눈을 찌그리며 너털웃음을 터뜨렸다.

김종서

날이 어둑해지자 집사로 보이는 남자가 은밀히 전농시로 찾아왔다. 목효지는 깨끗이 빨아놓은 옷으로 갈아입고 낯선 방문자를 따라나섰다. 남자는 가타부타 말도 없이 앞장서서 걸었다. 사람들의 눈을 피하려는 듯 큰 길을 두고 골목으로만 돌아갔다. 목효지는 부지런히 뒤를 쫓으며 남자가 가는 방향으로 주의를 기울였다. 남자는 궁궐을 그대로 지나쳐 내수사가 있는 서부 인달방으로 틀었다. 목효지는 실망을 감추지 못하고 고개를 떨어뜨렸다. 내심 궁궐에서 사람을 보내왔길 기대했기 때문이다.

"어디로 가는 길이슈?"

목효지는 반송방에 거주하는 고관들의 면면을 머리에 그렸다.

"곧 알게 될 텐데 그게 그리 중요하냐?"

남자가 책망했다.

"그게 아니라 기왕이면 드릴 말씀을 미리 여쭈놓는 게⋯⋯."

남자는 주변을 살피며 나직이 내뱉었다.

"가보면 안다. 노상에서 어찌 함부로 떠들 수 있겠느냐?"

목효지는 낯을 붉히며 사죄했다.

"용서하십시오. 소인이 생각이 짧아 그만⋯⋯."

"한데 너는 언제 누구에게서 풍수를 배웠느냐?"

내수사 뒷골목으로 접어들자 남자는 걷는 속도를 늦추었다.

"열다섯 살 때 기화스님에게 배웠습니다."

남자가 놀란 듯 물었다.

"기화스님이라면 혹 함허대사를 말함이냐?"

"기화스님을 아시는지요?"

"묻는 말에 먼저 대답하렷다."

남자는 역정을 냈다.

"예, 틀림없습니다요."

남자는 고개를 갸웃거렸다.

"알 수 없는 일이군. 어찌 너같이 미천한 놈이 대사님과 인연을 맺었더냐? 그분이 상하도 없이 풍수학을 전수하시더냐?"

목효지는 치미는 울분을 참으며 공손히 대답했다.

"대사님께서는 배움에 귀천이 없다 하셨습니다."

"허, 그래도 그렇지."

남자는 말을 하려다가 입을 다물었다. 맞은편에서 장옷을 뒤집어쓴 여인네 하나가 그들을 스쳐 지나갔다. 여인네가 사라지자 남자가 목소릴 낮췄다.

"곧 뵙게 될 분은 절재 대감이니라."

"절재 대감님이라면?"

남자가 목소리를 낮추라는 듯 손가락을 입에 댔다.

"그렇다. 집안에 작은 근심거리가 생겨 대감께서 특별히 너를 쓰시려는 모양이다. 함부로 경거망동하지 말고 성심을 다해야 한다."

나는 새도 떨어뜨린다는 김종서 대감이라는 말을 듣자 목효지는 다리에 힘이 솟는 걸 느꼈다. 우는 아이도 울음을 그친다는 김종서였다. 수시로 국경을 넘어와 노략질을 일삼던 수만의 야인을 죄다 두만강 이북으로 몰아내고 돌아와 대호라는 별칭을 얻은 인물, 조정에 든 뒤에는 형조판서와 예조판서, 의정부우찬성을 차례로 거친 뒤 지난해 좌의정에 올라 그 기세가 하늘을 찌르는 권력의 최고 실세, 실세 중의 실세가 아닌가.

숫을대문과 중문을 지나 목효지는 김종서가 머무는 사랑으로 안내되었다. 이름에 걸맞지 않게 김종서 대감의 집은 소박했다. 안채와 사랑채, 행랑을 다 합쳐도 서른 칸이 넘지 않을 성싶었다. 집사가 왔음을 고하자 안에서 들어오라는 소리가 들렸다. 방으로 들어간 목효지는 허리 숙여 절하고 무릎을 꿇었다. 김종서는 일렁이는 등잔불 속에서 잔뜩 웅크린 범처럼 두 눈을 빛내며 목효지를 쏘아 보았다. 체구가 크지는 않았지만 작은 몸에서 뿜어져 나오는 기세는 금방이라도 상대를 눌러버릴 듯 차고 단단했다.

"네가 목효지더냐?"

목소리에 수심이 가득 묻어 나왔다.

"그렇습니다."

"내 듣자 하니 네가 천기를 잘 내다본다더구나. 정말이냐?"

"약간의 술법을 익힌 것은 사실이오나 제가 어찌 천기를 알겠습니까요?"

"겸손해할 것 없다. 내 너에 대해 충분히 듣고 이리 부른 것이니."

"맡겨주신다면 신명을 다하겠습니다. 혹여 좋은 묏자리가 필요하신지요?"

옆에 앉았던 아들 김승규가 끼어들었다.

"아버님, 그 전에……."

김종서가 고개를 끄덕이자 김승규가 물었다.

"사실 나는 풍수를 그다지 신뢰하지 않는다. 그럼에도 조정의 날고 긴다는 여러 풍수학들을 모두 제쳐두고 특별히 너를 부른 이유는 세간의 눈을 피해 조용히 처리할 일이 생겼기 때문이다. 들어줄 수 있겠느냐?"

"맡겨만 주시지요. 절대 발설하지 않겠습니다."

"먼저 두 가지 확인해야 할 것이 있다."

"예, 소인이 아는 것은 무엇이든……."

목효지는 긴장하며 허리를 숙였다.

"소릉 사건을 기억하겠지?"

"물론입니다요."

소릉 사건은 세종대왕이 승하하기 9년 전인 세종 23년(1441)에 일어났다. 며느리인 현덕왕후 권씨가 홍위(훗날의 단종 임금)를 낳고 산고로 죽자 세종은 안산 바닷가에 무덤을 쓰게 한다. 그곳은 당대 최고의 풍수학으로 이름 높던 최양선이 특별히 잡아놓은 자리었다. 목효지는 몰래 달려가 현장을 조목조목 살핀 뒤 임금에게 장문의 상소를 올렸다. 그곳에 묘를 쓰면 훗날 관이 바다에 버려지고 아들이 죽는다는 무시무시한 상소문을 접한 대신들은 국사에 끼어들어 함부로 입을 놀리는 천한 노비를 죽이자고 간언했다.

"그때 네가 한 예언이 지금도 유효하냐?"

턱에 괸 손을 거두며 김종서는 눈두덩을 꿈틀거렸다.

"그러합니다."

"네 목숨이 관련된 일이다."

"변함없습니다."

"어찌하여 그리 보느냐?"

"무릇 땅의 길흉은 조종祖宗으로써 근본을 삼는 것이오니 조산이 고준한 연후에야 생기가 왕성하고 생기가 왕성한 연후에라야 음덕이 후손들에게 전해집니다. 빈궁의 능소가 자리한 안산 고읍은 내룡이 얕고 길이 끊어진 곳이 열 군데나 되옵니다. 『동림조담洞林照膽』*에 이르기를 고읍에 무덤을 쓰면 부녀자의 행실이 흐려지고 산줄기가 약하면 낳은 아이가 녹아버린다고 하였으니 어찌 경계하지 않을 수 있습니까?"

목효지는 자세한 것들은 생략하고 비교적 쉽게 설명했다.

"직접 가서 살폈느냐?"

"그러하옵니다. 비단 산줄기가 끊어진 것만이 아니라 좌향도 맞지 않고 혈도 잘못 짚었으니 반드시 해악이 따를 자리옵니다."

---

* 중국 오대五代의 강남 범월봉范越鳳이 편찬한 풍수지리학에 관한 책.

김종서가 목소리를 낮추고 물었다.

"기이하다. 감히 누가 왕실의 묘를 파헤친단 말이냐? 세자 저하 또한 저리 건강하시거늘 어찌 감히 그런 망발을 입에 담을 수 있단 말이냐?"

"송구합니다요."

"그렇다면 삼 년 전, 불당 상소사건은 어찌된 일이냐?"

소릉 상소사건 때 현덕왕후 권씨는 좌향만 약간 바뀐 채 안산 바닷가에 묻혔다. 비록 상소는 실패했으나 목효지는 세종의 특별한 은혜를 입어 관노에서 해방되었다. 뿐만 아니라 평민의 지위를 얻고 풍수 공부에 전념할 수 있었다. 전농시에 보관돼 있던 종적은 불태워졌고 병역의 의무도, 세금도 면제되었다. 기로소 뒤 개천 근처에 낡은 흙집을 얻고, 풍수 공부에 매진할 수 있었던 것도 다 세종의 은총과 보살핌 때문이었다.

목효지는 풍수 서적을 닥치는 대로 수집했다. 책을 읽다가 의문이 생기면 날을 가리지 않고 현장으로 달려가 답사에 매달렸다. 풍수와 관련된 옛 서책들을 읽으며 목효지는 뜨겁게 피가 끓는 걸 느꼈다. 위나라의 관로나 진나라의 곽박처럼, 수나라의 소길이나 당나라의 이순풍, 송나라의 진희이처럼 한 나라의 흥망까지도 좌지우지하는 조선 최고의 술사가 되리라 야망을 품었다. 그런 목효지에게 불당 상소사건은 또 한 차례의 기회였다.

"그 땅은 절을 지을 터로서는 실로 마땅치 않은 곳이었습니다."

김종서가 눈을 부라렸다.

"하지만 이미 불당이 들어섰지 않느냐?"

조선왕조는 태조 이래 숭유억불 정책을 쓰며 불교를 배척해왔다. 세종도 처음에는 억불정책을 유지했으나 만년에 이르러 불교의 필요성을 느끼고 일정부분 명맥이 유지되도록 배려했다. 경복궁 내 문소전 서북쪽 빈 터에 불당을 짓게 한 것도 그런 이유였다. 불당 건립이 알려지자 집현전 학자들을 비롯한 유생들의 격렬한 반대에 직면했다. 유생들이 국시에 어긋난다는 이유로 불당 설립을 반대한 데 비해 목효지는 단지 풍수적인 이유로 그 터를 문제 삼았다. 그러나 세종은 뜻을 굽히지 않았고 처음 내정한 자리에 불전과 승당, 선실을 포함해 궁궐 내 간이 사찰이라 할 수 있는 불당을 짓게 하고 경찬법회를 열었다.

"이순풍이 말하기를 터에 성이나 길, 개천이 지나가면 반드시 그 땅의 혈이 끊어진다 하였습니다. 또한 『지리신법地理新法』*에는 성을 쌓아 산맥의 혈을 차단하여 망한 진나라와 운하를 파 지맥을 끊었기에 망한 수나라의 예가 나와 있습니다. 문소전은 궁궐의 동북쪽이온데 이곳에 불당이 들어서면 만월형滿月形의 명당 한 귀퉁이가 찌그러져 천지에 충만한 보름달이 기울어지는 것과 같게 되는 이치이지요. 만약 이곳이 허하게 되면 당장은 문제가 드러나지 않으나 왕성했던 왕조의 기운이 점차 기울게 되옵니다. 경복궁 또한 이백 년을 채우지 못하고 동방의 살기로 화마를 입게 될 운명입지요."

"동쪽이라면 왜를 말함이냐?"

"거기까지는……."

---

*중국 송宋나라 때의 음양지리陰陽地理 학자 호순신胡舜臣이 편찬한 책.

"지금도 그 말이 여전히 유효하단 말이렷다!"

김종서의 호령이 사랑채를 울렸다.

"예, 나리. 그러합니다."

김승규가 못마땅하다는 듯 끼어들었다.

"아버님, 어쩌자고 허무맹랑한 이야길 계속 듣고 계십니까?"

김종서가 말을 가로막았다.

"아니다, 목효지는 어서 하던 얘기를 계속해보거라."

"제가 여러 차례에 걸쳐 살펴본 바, 불당이 자리한 문소전의 주산과 경복궁의 주산 모두 크고 작은 샛길과 도랑으로 혈이 죄다 끊어져 있었습니다. 거기에 불당이 들어서면 승려와 궁인들이 노상 들고 나게 되니 지기가 허하게 되는 이치옵지요."

당시 목효지가 올린 상소문에도 이러한 주장이 자세히 언급돼 있었다. 목효지는 만고에 성군으로 이름 높은 세종이 자신의 뜻을 받아들여 큰 상을 내릴 것이라 내심 기대했다. 그러나 상소를 접한 세종은 크게 노하여 양인 자격을 박탈하고 목효지를 다시금 전농시 노비로 내쳤다. 목효지는 낙담한 나머지 죽을 결심을 하고 삼각산으로 들어갔다. 칡넝쿨 줄기를 잘라 소나무에 옭아매고 미련 없이 목을 걸었다. 바람이 소나무 가지를 흔들며 지나갔다. 참새 떼가 바람에 얹혀 날아올랐다. 마지막으로 올려다본 하늘엔 소리개 한 마리가 떠 있었다. 죽음의 냄새를 맡았는지 소리개가 공중을 선회하며 차츰 높이를 낮춰왔다.

목효지는 목에 걸었던 줄을 풀고 나무를 내려왔다. 할아버지처럼 땅에 묻히지도 못하고 갈기갈기 찢겨 죽을 생각을 하자 서글퍼

졌다. 할아버지 목인해는 '박포의 난' 때 이방원을 도와 방간의 군
사와 싸워 공을 세운 뒤 호군 벼슬을 하사받았다. 그러나 8년 뒤
'조대림 역모 사건'의 주동자로 찍혀 사지가 찢기는 형벌을 받았
다. 가족이 노비로 전락하자 목효지의 아버지는 목효지가 아홉 살
되던 해 화병으로 죽었다. 몸이 약했던 아버지는 죽는 날까지도 목
효지에게 글을 가르치며 어떡하든 노비 신분에서 벗어나라고 유언
했다.

  산을 내려온 뒤에도 목효지는 풍수에 전념했다. 전농시 노비로
일하며 틈틈이 풍수에 관련된 책을 찾아 읽고 이름난 인물의 음택
과 양택을 찾아 다녔다. 흥덕사 기화스님에게 배운 기본적인 풍수
의 방법론을 바탕으로 여러 풍수서의 기법들을 종합하고 체계적으
로 정리하여 장단점을 가려냈다. 현장을 돌아다니며 풍수의 술법
과 실제로 땅이 인간의 운명에 끼치는 영향을 비교하는 작업 또한
계속하면서 언젠가 자신에게 다가올 또 한 번의 기회를 기다렸다.
따라서 늦가을 저녁, 은밀히 사람을 보내온 김종서는 목효지에게
꿈을 실현시킬 수 있는 마지막 희망이나 마찬가지였다.

  "네 말이 조금도 거침이 없구나. 언제 그 많은 책들을 읽었더냐?"

  목소리를 누그러뜨리고 김종서가 물었다.

  "지난 신유년(세종 23년, 1441)에 성상의 은혜를 입어 쉬며 독서
할 수 있었습지요."

  문 앞에 앉았던 집사가 거들었다.

  "기화대사님께 풍수를 배웠다 합니다."

  "그분과 어찌 인연을 맺었더냐?"

목효지는 청주목의 관노로 태어나 줄곧 병약한 목사의 아들을 돌본 일이며 흥덕사에서 기화스님을 만나게 된 배경을 소상히 털어놓았다. 함허대사로 불리는 기화스님은 젊은 날 한때 성균관에 입학, 학문 연구에 매달렸으나 스물한 살이 되던 해 친구가 죽자 돌연 인생무상을 느끼고 출가한 인물이다. 이후 나옹선사와 무학대사의 법맥을 이으며 불교 중흥에 힘썼다. 불교를 배척하는 사회적 분위기 속에서도 세종은 그를 가까이 불러 자주 법문을 들었고 한때 김종서도 먼발치에서 대사의 법문을 들은 적이 있었다.

"기화스님에게 풍수를 배웠다 하니 믿고 쓰겠다. 너는 쇠말뚝의 용도를 어찌 보느냐?"

목효지는 김종서의 근심이 조상 무덤에 있음을 간파했다.

"쇠는 생기의 흐름을 끊게 되므로 함부로 산천에 박을 수 없다 하여 예부터 경계하여왔습니다. 혹여 선영에 근심거리라도 있으시옵니까?"

집사가 대답했다.

"선영을 살피러 갔다가 봉분에 몰래 쇠말뚝이 박힌 걸 알게 되었다. 그 뒤부터 사람을 붙여 무덤을 감시해오고 있는데 범인들은 오리무중이야. 필시 누군가 비방을 쓴 듯하여 함부로 쇠말뚝을 뽑지도 못하고 있는 처지다. 어찌하면 좋겠느냐?"

목효지는 집사가 아닌 김종서를 쳐다보며 대답했다.

"현장을 보지 않고 이 자리에서 소인이 뭐라 말씀을 드리긴 곤란합니다만, 누군가 의도적으로 대감의 기를 누르려는 목적 같습니다."

"다들 그리 짐작은 하고 있다만 대체 기를 누른다는 게 무엇이냐? 묘에 쇠말뚝을 박는다고 해서 실제로 산 자의 힘이 눌리는 것이냐?"

"풍수에선 산과 산을 타고 흐르는 생기에 따라 그 땅에 의지한 인간의 운명이 달라진다고 봅지요. 봉분에 쇠말뚝을 박은 이유는 그 생기를 차단하려는 목적입니다."

"어느 놈이……."

탁자를 내려치며 김종서는 입술을 부르르 떨었다.

"그렇다면 네가 이번 일을 알아볼 수 있겠느냐?"

김승규가 은밀하게 물었다.

"그것은 어렵지 않은 일이오나, 대신 한 가지 청이 있사옵니다."

"청이라, 그게 무엇이냐?"

김승규가 좀 맹랑하다는 눈빛으로 물었다.

"이번 일에 공을 세우면 저를 다시 노비 신분에서 풀어주십시오. 그렇게만 해주신다면 대감의 사람이 되어 제가 가진 모든 걸 바치겠습니다."

"모든 걸 바친다?"

목효지가 망설임 없이 대답했다.

"예, 제 목인들 어찌 아까워하겠습니까?"

뒤에 앉았던 집사가 목효지의 등을 후려쳤다.

"이놈아, 헛소리 그만 하고 길 떠날 준비나 해라."

목효지는 허리를 굽힌 채 꿈쩍도 하지 않았다.

"대감께서 직접 확답을 해주셔야……."

"허허, 이놈 보게."

집사를 제지하며 김승규가 대답했다.

"좋다. 잘 생각해볼 터이니 어디 신명을 바쳐봐라. 대신 이번 일이 밖으로 새어 나갈 경우엔 일의 결과와 관계없이 죽음을 면치 못할 줄 알아라."

목효지는 허리를 더욱 깊이 숙였다.

"명심하고 물러가겠습니다."

목효지와 김승규는 아침 일찍 동혈산을 올랐다. 두 사람은 상인으로 위장하고 한양을 떠나 이틀 동안 말을 달렸다. 자정이 다 돼 공주에 도착, 주막에서 하루 묵고 내처 아침 일찍 동혈산으로 올라온 참이었다. 산길이 시작되는 곳, 갈참나무에 말을 묶어두고 김승규가 앞장을 섰다. 안개가 걷히고 아침 햇살이 부드럽게 경사면을 훑었다. 시냇가 자갈들은 모나지 않았고 계곡도 그리 깊어 보이지 않았다. 나무는 키가 높지 않았으며 숲은 무성해 보이되 조화로웠다. 첫 느낌이 전체적으로 편안함을 주는 땅이었다.

선영은 동혈산 남단 능선이었다. 김승규가 미리 준비해 온 술병을 놓고 절을 올리는 동안 목효지는 무덤 뒤로 올라갔다. 주변을 살피던 목효지는 아, 하고 탄성을 질렀다. 터가 장군이 칼을 차고 있는 형국, 곧 장군패검형將軍佩劍形의 명당이었기 때문이다. 무덤 뒤쪽의 산은 영락없이 장군이 쓰는 투구 모양이었고 무덤을 감싼 우측 능선은 장군이 허리에 찬 긴 칼을 닮아 있었다. 무덤 좌측 능선은 여인의 눈썹을 뒤집어놓은 듯 완만하니 이는 곧 말안장이 되었다. 맞은편 산봉우리 아래로는 크고 작은 능선이 수백 개나 되는데 그 모양은 마치 병장기를 든 군졸들이 호위한 형상이었다.

"그러면 그렇지!"

북방을 휘젓던 김종서를 떠올리며 목효지는 고개를 끄덕였다. 비단 무덤의 형국뿐만 아니라 무덤 주변의 형세도 장군지지로 손색이 없었다. 주산의 형태는 토성土星이었고 주산에서 무덤으로 이어지는 산 능선은 마치 용이 살아서 움직이듯 힘이 느껴졌다. 혈장의 크기는 보통이었지만 아늑했고 무덤 주변에 큰 나무가 없어 햇볕이 잘 들 터였다. 흙의 색깔 또한 붉은 황토 빛을 띠어 시신이 썩기 좋으니 넋이 편안할 자리였다.

"좀 어떠하냐?"

김승규가 물었다.

"묘로 쓰기엔 더없이 좋은 자리입니다."

대답이 만족스러운 듯 김승규는 묻지도 않은 이야기를 꺼냈다.

"이래봬도 이름난 고승이 구해준 자리지."

목효지는 허리를 굽신이며 대꾸했다.

"어쩐지 산을 오를 때부터 예사롭지 않은 느낌을 받았습죠."

"젊은 날 조부께서 사냥을 나갔다가 굶주려 쓰러진 스님 한 분을 구한 일이 있었다. 스님을 집으로 모셔와 정성껏 대접을 했는데 며칠 뒤 기운을 차린 스님이 다짜고짜 조부의 손을 잡고 이곳으로 와 무덤을 쓰라고 했다는 거야."

목효지는 쓴웃음을 참으며 진지하게 대답했다.

"스님이 보은을 한 셈이군요?"

스님이 명당을 잡아주었다는 얘기는 풍수가에서 흔하게 퍼진 보은설화에 속했는데 풍수를 믿지 않는 김승규도 철석같이 그 말만은 믿는 듯했다. 대부분의 이름난 명당에는 이런저런 설화들이 마치 사실인 양 구전되어왔다. 하지만 이렇게 후손들의 입으로 구전되는 대개의 설화란 가문에 내려진 음덕을 신성화하기 위해 조작된 설화였다.

"그럼 소인은 우선 몇 가지를 더 확인하겠습니다."

목효지는 무덤 주변을 오르내리며 꼼꼼하게 지세를 살폈다. 물형론과 형세론, 이기론과 같은 풍수의 여러 이론을 다양하게 대입해보아도 어느 곳 하나 명당의 조건에서 빠지지 않았다. 하지만 어딘지 모르게 허전했다. 꼭 갖추어야 할 것이 빠진 느낌이었다. 무덤 주변을 빙빙 돌던 목효지는 좌측 골짜기에 시선을 박았다. 말안장처럼 능선이 흘러내린 곳에서 사나운 살풍이 묘를 겨누었다.

"아니! 이건 살풍이 아닌가?"

목효지는 등을 보인 채 잡초를 뽑고 있는 김승규의 눈치를 살폈다. 다행히 김승규는 목효지가 무심코 한 말을 듣지 못하고 풀 뽑는 일에만 열중했다.

'조상의 발복으로 높은 공을 세웠지만 명당의 운이 다했군.'

계곡에서 묘로 불어오는 찬바람은 혈장의 생기를 빼앗아갈 뿐만 아니라 광중까지 침범하여 뼈를 자극하기 마련이다. 외부의 바람은 잘 발달된 청룡과 백호만으로 충분히 막을 수 있지만 이렇듯 안에서 생기는 바람은 청룡백호가 아무리 좋아도 막을 수 없다. 차라리 무덤 우측에 나무라도 심었더라면 살풍을 막을 수 있겠지만 그마저 없으니 자손들이 반드시 해를 당할 자리였다. 살풍의 강도로 보아 광중에 묻힌 뼈는 이미 새카맣게 변해 녹아버렸거나 녹기 직전일 것이었다. 이는 곧 그 자손이 비명횡사함을 뜻한다.

'주상(문종)의 신임이 금강석처럼 굳거늘 누가 장군을 해친단 말인가. 하긴 알 수 없는 것이 사람의 운명이니 좀 더 지켜볼 일이다.'

김종서를 자극하여 공을 세울 절호의 기회였다. 당장 눈앞의 쇠말뚝보다 더 해로운 것은 묘를 겨눈 계곡의 살풍이었다. 이장을 권하여 묘를 옮기면 살풍을 막을 수 있고 그게 어려우면 나무를 심어서라도 비보하는 게 시급하다. 문제는 김종서를 어떻게 설득하느냐는 점이었다. 주자학이 널리 칭송되자 사대부들은 풍수를 한낱 사술로만 치부하려 들었다. 목숨을 걸고 올린 무진년(세종 30년, 1448)의 불당 상소가 주상에게 먹혀들지 않은 이유도 풍수의 중요성을 조정에서 그만큼 낮게 보았기 때문이다.

"말뚝은 어찌하여 살피지 않느냐? 이곳에 온 이유를 잊었느냐?"

말안장에 시달린 사타구니를 주무르며 김승규가 재촉했다.

"말뚝은 이미 살폈습니다."

"살피다니? 말뚝의 위치를 이미 알고 있단 말인가?"

목효지는 자신만만했다.

"소인을 이곳에 데리고 온 목적이 무엇인지요?"

"그거야 말뚝을 확인하고 범인들을 유추할 근거를 찾기 위함이 아니냐?"

목효지는 우선 쇠말뚝에 집중하기로 마음먹었다. 살풍 문제는 김종서의 신임을 얻고 나서 꺼내는 게 순서일 듯싶었다.

"그것이 전부는 아닌 줄 압니다. 더 중요한 것은 저들이 선영에 가한 모든 흉계를 찾아내 가문에 해가 없도록 방비하는 일이며 범인을 찾는 건 그 이후의 일이 아닙니까?"

"모든 흉계라니? 말뚝 말고 또 뭐가 있다는 말이냐?"

목효지는 봉분을 가리켰다.

"말뚝이 박힌 곳이 이 자리가 아니온지요?"

"맞다."

봉분의 흙은 단단히 성토되어 있었다. 잿빛으로 말라비틀어진 잔디는 잎이 길고 뿌리가 깊었다. 봉분 꼭대기의 흙을 파내자 예상대로 녹슨 쇠말뚝이 보였다. 쇠말뚝은 머리 부분이 까만색을 띠었고 굵기는 어린아이 손목만 했다. 땅속에 박힌 쇠말뚝은 수백 년 묵은 늙은 구렁이처럼 찬 쇠기를 뿜어냈다. 섬뜩한 기운이 그대로 쇠말뚝에 실려 있었다. 길이에 따라 광중을 뚫고 들어가 묻힌 자의 해골을 겨누고도 남았다.

"저 옆 조모님 봉분에도 쇠말뚝이 박혀 있겠지요?"

"그렇다."

"이 두 개뿐인지요?"

"현재로선?"

"말뚝은 몇 개가 더 있을 것입니다."

목효지는 봉분 앞에 서서 능선이 흘러내린 모양을 살폈다.

"저기를 보십시오."

목효지가 오십 보쯤 떨어진 산줄기를 가리켰다.

"아마도 저곳에 말뚝이 다섯 개 더 박혔을 겁니다."

김승규는 못 믿겠다는 듯 눈을 부라렸다.

"그렇게 확신하는 이유는 무엇이냐?"

목효지는 미소를 띠었다.

"우선 가서 확인해보시지요."

목효지가 앞장서고 그 뒤를 김승규가 따랐다. 동혈산 정상에서 물결치듯 이어져 내려온 산줄기가 무덤에 이르러 혈을 만들기 직전 굽이치며 휘어진, 물고기 등뼈쯤에 해당하는 부분이었다. 목효지는 주변을 꼼꼼히 살피고 나서 무릎을 꿇고 앉았다. 손으로 조심스럽게 흙을 파헤치자 과연 쇠말뚝 다섯 개가 한두 뼘 간격으로 촘촘히 박혀 있었다. 김승규는 어이가 없는지 머리를 도리질하며 치를 떨었다.

"대체 우리 가문과 무슨 원한이 있기에 이런 험악한 짓을……."

"다가 아닙지요."

"또 뭐가 있는가?"

"주변 바닥을 좀 보시지요. 자세히 살피면 낙엽 위에 흙이 달라붙어 있습니다. 틀림없이 이 자리에 배꼽 모양의 흙이 솟았었음을 말해주는 것이지요. 혈의 방향이 바뀌는 곳에 생기는 전형적인 흙무더깁니다. 범인들이 흙무지를 허물고 그 자리에 이렇듯 말뚝을 박은 겁니다. 뻗어온 기가 묘로 들어가지 못하도록 막은 거지요."

"기라니? 그것이 죽은 분들과 관계라도 있단 말이냐?"

"풍수에선 땅의 기가 인간의 길흉화복에 영향을 미친다고 봅니다. 일종의 동기감응同氣感應이지요. 조상님 뼈가 편안하면 좋은 기를 발산하여 후손들도 일이 잘 풀리고 누운 자리가 편치 않으면 그 나쁜 기운이 자손에게 감응된다고 보는 겁니다."

"너는 그것을 믿느냐? 이것은 필시 믿는 자들의 소행이로고!"

성균관 유생이기도 한 김승규는 풍수를 별로 신뢰하지 않았다. 김승규에게 풍수는 할 일 없는 자들의 신선놀음일 뿐이었다. 유생들이 불당 반대 상소를 올릴 때 김승규도 반대에 앞장서서 상소를 주도했고 심지어는 풍수학 시험을 폐지하자고 건의한 적도 있었다. 사찰의 중들은 요사스런 말로 백성을 현혹하고 풍수를 보는 자들은 허황된 이론으로 분란을 일으킨다는 것이 평소 김승규의 지론이었다.

"설명드리기 어렵사오나 땅이 인간의 삶에 영향을 미치는 건 사실입니다."

"모를 소리다. 그래서 범인이 누구란 말이냐?"

김승규의 물음에 짜증이 실렸다.

"그것은 제가 알아낼 일이 아닌 줄 압니다. 미천한 소양으로 추측하건대 아마도 장군님 가문을 견제하려는 조정 내의 세력이 아니올지."

"저 북쪽에 사는 야인 놈들이라면 모를까, 아버님께선 특별히 원한 가질 일을 한 적이 없거늘 누가 우리 집안을 견제한단 말이냐?"

"쇠말뚝을 조사해보면 뭔가 단서가 있지 않을지요……."

"네가 쇠를 아느냐?"

"전농시에서 농기구 일을 함께 맡아보는지라……. 우선 전농시의 감역을 면해주시면 한양의 쇠 다루는 자들을 만나보겠습니다."

"음, 그건 아버님께서 결정하실 일이니 내 그리 말씀을 올려보마. 그건 그렇고, 여기 박힌 쇠말뚝은 어찌하면 좋겠느냐?"

"쇠말뚝은 당분간 그대로 두심이 어떠할지. 우선은 저들이 안심하도록 말뚝을 두시고 은밀히 범인을 찾는 게 좋을 듯합니다."

김승규는 다리를 주무르며 안개에 싸인 맞은편 주산을 보았다.

"내 비록 미신을 믿지 않으나 네 말을 들으니 참으로 찜찜하구나. 그밖에 또 단서가 될 만한 게 없느냐?"

"범인은 둘이고 말뚝이 박힌 시기는 늦장마가 한창이던 때가 분명합니다. 한양에서 말뚝을 운반해 왔을 터이니 필시 말을 이용했을 것이고, 사람을 풀어 공주 인근의 주막을 탐문해보시면 또한 단서가 될 만한 게 나오지 않을지요."

"딴엔 그럴듯하다. 하지만 대놓고 탐문을 하다가 오히려 상대에게 우리의 움직임을 눈치 채게 할 염려가 있으니 신중할 일이지 않느냐? 우선 쇠말뚝의 출처를 몰래 조사해보되 공주의 일은 올라가서 아버님과 상의하기로 하자. 한데, 너는 어찌하여 범인이 두 명이라고 단언하느냐? 또 지난 여름철이라 보는 근거는?"

목효지는 슬쩍 웃고 나서 자신만만하게 대답했다.

"쇠말뚝이 일곱 개이니 이는 셋이 운반하기엔 적고 혼자 들기엔 많습니다요. 또 쇠를 박을 때 누군가 붙잡아주는 사람이 필요하니 역시 둘이 적당하옵니다. 말뚝이 박힌 시기를 늦여름으로 본 이유는 그즈음 큰 비가 내렸기 때문입지요. 아까 흙무더기 주변에 흩어진 나뭇잎을 주의 깊게 살폈습니다. 흙탕물이 묻은 채 마른 낙엽이

많았지요. 이는 범인들이 비오는 날 방문했을 가능성이 큼을 말해
주는 증거이옵니다."

김승규는 고개를 끄덕였다.

"네놈 주장이 조금도 빈틈이 없구나. 내 아버님께 일러 전농시
판사에게 따로 사람을 보내라 할 터이니 시간과 신분에 구애받지
말고 마음껏 이번 일을 해결해보거라. 우리 가문에 공을 세운다면
훗날 더 크게 너를 쓸 날이 있을 것이다."

해가 구름을 털어내고 투구 모양의 주산 위로 솟아올랐다. 목효
지는 허리 숙여 부복하고 가지고 온 술병을 챙겼다. 말안장을 닮은
왼쪽 골짜기에서 찬바람이 휑하니 일어났다. 바람은 골짜기의 잡
목들을 뒤흔들며 똑바로 무덤을 겨눠왔다. 김승규가 저만치 내려
갈 때까지 목효지는 머뭇거리며 뒤를 돌아보았다. 스승 기화스님
의 목소리가 뒷덜미를 낚아챘다.

"말은 창을 든 기병이다. 산등성이가 말안장과 비슷하거든 말안
장만 보지 말고 그 위에 앉은 자가 창을 어디로 겨누는지를 살펴야
한다."

"창은 바람입니까?"

"그렇다. 창이 바깥의 적을 겨누지 않고 묘를 향한다면 그 땅의
자손은 반드시 패한다."

"땅의 외형이나 바람이 어찌 산 사람들을 해한단 말입니까?"

스승은 손에 든 지팡이로 효지의 어깨를 후려쳤다.

"미련한 놈! 몇 번을 말해야 알아듣겠느냐? 살풍이 묘를 겨누면
광중의 시신이 녹는다. 시신이 녹는데 어찌 그 자손인들 하는 일이

잘 풀리겠느냐?"

"시신이 녹는 일과 그 자손의 삶이 어찌 같으옵니까?"

목효지가 풍수를 접하며 맞부딪힌 가장 큰 의문이었다.

"인간과 땅은 개별체가 아닌 하나의 커다란 유기체다. 한번 혈연으로 맺어진 핏줄은 죽고 남을 초월하여 자연과 호흡하며 하나의 공동 생명체를 이루는 것이다. 그들, 산 자와 죽은 자들을 이어주는 것이 바로 기다. 그 기의 흐름을 설명하기 위해 물형론, 형세론 따위가 있는 것이니 단어에 집착하지 말고 넓은 숲을 보아라."

"하오면 기란 실제로 흐르는 것입니까? 마음의 작용입니까?"

"기란 마음의 작용이기도 하되 실제로 흐르기도 한다. 빛과 관계없이 보기에 밝은 땅이 있고 어두운 땅이 있다. 또한 불안한 장소가 있고 마음이 편안한 곳도 있다. 이 모든 것이 기의 흐름 때문이다. 벼랑 위에 아슬아슬하게 지어진 집 한 채를 머리에 그려보아라. 그 집에 사는 이의 마음이 어떻겠느냐?"

"불안할 것입니다."

"그렇다. 그 땅은 안 좋은 곳이다. 조상 대대로 우리 기억 속에 그렇게 각인돼 있다. 반대로 산의 형세가 온화하고 주변 산맥이 병풍처럼 혈을 두르되 눈앞에 너른 벌이 있고 물이 흐르면 그 땅에 사는 이의 마음이 어떠하겠느냐? 먹는 데 부족함이 없고 주변 산들이 바람을 막아주니 오장육부가 편할 것이다. 그곳이 명당이 아니고 무엇이겠느냐? 산과 들의 생긴 모양을 사물에 빗대어 설명하는 것도 같은 이치다. 우리가 미처 기억을 들춰내기 이전에 우리 몸은 이미 그 땅의 영향을 경험적으로 알고 있는 것이다."

"어렵습니다."

"붓 모양의 필봉筆峰을 그려보아라. 흔히들 마을 앞 주산이 붓을 닮았으면 그 마을에서 과거 급제자가 많이 나오는 이치도 같은 것이다."

"물형론도 형세론도 다 이치에 맞는다는 말인지요?"

"그렇다."

목효지는 다시 한 번 물었다.

"실제로 땅속에 알 수 없는 기운이 흐르고 있습니까?"

"땅속의 기氣는 눈으로 볼 수 있는 게 아니다. 눈에 보이지 않으니 물론 그것을 있다 할 순 없다. 하지만 눈에 보이지 않는다고 없다 할 순 없지 않느냐? 너는 지금 숲을 흔들고 지나가는 저 바람을 없다 할 수 있느냐?"

"말씀에 모순이 있사옵니다."

"그것이 풍수다."

살풍이 저고리 자락을 흔들며 지나갔다.

"이놈아, 내려오지 않고 게서 무얼 하느냐?"

갈대가 듬성듬성 자란 언덕에 서서 김승규가 손짓을 했다.

"예. 예."

목효지는 스승의 말을 곱씹으며 뛰듯이 김승규를 따라잡았다.

풀무질고개

전농시를 나서며 목효지는 목멱산을 곁눈질했다. 단풍으로 울긋불긋하던 목멱산은 그새 단풍이 지고 살찐 쥐의 엉덩이처럼 잿빛으로 출렁거렸다. 먼 남해와 북방의 진을 향해 달려가는 봉수대의 연기는 꾸역꾸역 구름을 밀어 올렸다. 하늘엔 남쪽으로 이동하는 철새들이 줄지어 날아갔다. 입동이 며칠 남지 않은 늦가을이었다.

광희문에 이를 때까지도 목효지는 마음을 정하지 못했다. 몸은 풀무질고개로 향하면서도 눈은 목멱산을 떠나지 않았다. 마뫼골 술도가는 보이지 않았으나 멀리에서도 초야의 분 냄새가 느껴졌다. 그녀를 떠올리자 밑도 끝도 없는 막연한 불안감이 정신을 어지럽혔다. 작심하고 달리면 한두 식경이면 닿을 수 있는 거리였다. 그렇게 가까이 사랑하는 여인을 두고도 어찌할 수 없음에 늘 가슴이 콱 막힌 듯 답답했다.

광희문에서 동북쪽으로 오 리쯤 떨어진 풀무질고개는 입구부터 매캐한 연기로 불이라도 난 듯 어수선했다. 조선을 창업한 태조가 수도를 개경에서 한성으로 옮겨오기 전, 이곳엔 고려의 예조에 소속된 대장간이 두 개 있었다. 그 뒤 세종 임금이 즉위하여 농사와 관련된 천문 기구들이 속속 제작되고, 발전된 영농기술을 바탕으로 많은 땅이 개간되어 농기구의 수요가 폭발적으로 증가했다. 두 개에 불과하던 대장간은 어느덧 열한 개로 늘어났고 상단과 연계하여 전국에 물건을 대는 큰 대장간만도 세 개나 되었다.

목효지는 길이 아닌 곳으로 잡목을 헤치고 들어가 고개가 한눈에 내려다보이는 널바위로 올라갔다. 고갯마루 왼쪽 산등성이에 박힌 널바위는 전에도 시간이 남을 때면 몰래 잠을 청하기 위해 찾던 곳이다. 어른 키 정도의 수직 경사면을 기어오르면 그 위에 넓고 평평한 바닥이 형성돼 있어 누워 쉬기에 좋았다. 바위를 잘 타지 못하면 여간해서 올라가기 힘든 곳이어서 사람을 타지 않을뿐더러 풀무질고개 좌우에 들어선 대장간 안마당들이 훤히 내려다보여 들고 나는 사람들을 관찰하기에도 적절한 곳이었다.

대장간들은 평상시와 크게 달라 보이지 않았다. 마치 주고받기라도 하듯 땅땅, 쇠 두드리는 소리들이 다투어 고개를 울렸고, 답십리 방향에서 달구지들이 꾸역꾸역 고개를 넘어와 대장간에 장작을 내려놓고 왔던 길을 되돌아갔다. 대장간에서 쓰는 장작은 각 대장간에 소속된 일꾼들이 직접 벌채를 하기도 했지만 대부분은 동소문 밖 무네미(지금의 서울 수유동) 일대에 사는 민간인들이 조달했다. 한성부 주변 산림에 대한 일체 벌채령으로 궁궐은 물론 사대문 안에서 쓸 장작이나 숯의 공급이 어려워지면서 한성으로 향하는 땔감을 가득 실은 우마차 행렬은 어디를 가든 쉽게 볼 수 있는 풍경이 되었다.

풀무질고개의 주요 생산품은 가래와 괭이, 쟁기 같은 무거운 농기구부터 쇠스랑과 낫, 도끼, 칼, 망치, 집을 짓는 데 쓰이는 걸쇠나 문고리 등 다양했다. 특별히 나라의 명령이 없는 한 병장기를 만드는 것은 불법이었는데 아무리 단속해도 병장기 제조가 횡행하여 의금부의 기찰이 잦은 곳이기도 했다. 몰래 만든 칼과 창, 화살촉은 불법 밀매업을 하는 소상들에게 전해져 주로 황해도나 강원도 일대의 군소 도적들에게 건너갔다. 세금 없이 은밀히 직거래되었으므로 소규모 대장간들의 주요 수입원이기도 했다.

인시까지 지켜보았지만 특별한 점은 발견되지 않았다. 목효지는 고갯마루에 덩이쇠를 한가득 실은 마차를 대놓고 잡담에 열중이던 수레꾼들과 너스레를 떨다가 어슬렁거리며 고개를 내려왔다. 그때 저만치서, 풀무를 돌리기 위해 황소를 끌고 마당으로 들어가던 양섭이가 찢어진 눈을 게눈깔처럼 뜨고 손을 흔들었다. 올해 열아홉 살이 된 양섭이는 최가네 종으로 고아로 태어나 풀무질고개에서 살아온 이곳 토박이였다. 고갯마루에서 보자면 세 번째 집에 해당하는 최가네는 규모는 작았지만 일솜씨가 단단하고 야무져 궁중에서 쓰일 솥단지와 아궁이쇠 만드는 일을 자주 도맡았다.

"형님, 또 무슨 일거릴 쥐고 왔소?"

불에 달궈져 붉게 익은 콧잔등을 훔치며 양섭이가 물었다.

"응, 적전에 쓸 호미랑 괭이 주문한 것을 좀 보러 왔네."

"그거라면 거진 준비가 다 됐지요. 나라님이 쓰실 물건이라고 가장 질 좋은 덩이쇠로만 골라 수만 번씩 망치질 하느라 일꾼들이 죄 달아날 지경이오."

양섭이는 코뚜레를 움켜쥔 손을 빼내 손바람을 일으켰다.

"내 자네 노고는 주상전하께 특별히 아뢰겠네."

양섭이가 코웃음을 쳤다.

"언제부터 주상전하께서 전농시 노비에게 보고를 받는 처지가 됐남?"

"이놈아, 싫음 말지 웬 비아냥이냐?"

목효지는 양섭일 밀치고 다짜고짜 대장간으로 발을 디밀었다. 양섭이가 뒤늦게 황소 코뚜레를 쥐고 씩씩거리며 들어와 '십十' 자로 된 풀무막대기 한쪽을 소의 등에 얹었다.

"허락도 없이 어딜 들어와요!"

"숨겨놓은 병장기라도 있남?"

"우리 집은 그런 거 취급 안 한 지 오래 됐수!"

"허, 녹림군자綠林君子*들이 들으면 섭섭할 소리."

"녹림군자가 뭐요?"

"그런 게 있지. 다른 일꾼들은 다 어디로 갔남? 쥔 양반도 안 보이고."

널바위에 앉아 최가와 두 종이 허겁지겁 고개를 넘어 답십리 방향으로 내닫는 걸 보았지만 목효지는 모른 척하고 물었다.

---

*도둑을 미화한 말.

"말이 날뛰는 바람에 마차에 싣고 오던 물건들이 죄다 개울로 떨어져 그거 수습하러 갔는데 어째 소식이 감감이네."

"낄낄! 분명 발정 난 암말인 게로군. 그러기에 손은 뒀다 뭐 했남. 슬슬 문질러줄 것이지."

"쥔 영감 승질 몰라서 그러우? 신소리 하실 거면 얼른 가시우."

밖을 살피던 목효지가 태도를 바꾸면서 은근하게 물었다.

"양섭아, 실은 너한테 특별히 물어볼 게 있어서 왔다."

"왜, 주상전하의 은밀한 하명이라도 받았수?"

"너 쇠말뚝 본 적 있냐?"

"뜬금없이 웬 쇠말뚝? 이거라면 나도 큰 거 하나 가지고 있지. 큭큭."

양섭이가 히죽거리며 제 아랫도리를 주물렀다.

"헛소리 그만! 정말 본 적 없어?"

엽전 몇 개를 쥐여주자 양섭이는 고분고분해졌다.

"다른 집은 모르겠지만 여기선 만든 적이 없소."

"그렇담 부탁 좀 하자. 아래위로 몇 집 정도는 내왕이 있을 테니까. 뉘 집에서 혹시 쇠말뚝을 주조하는지 알아봐."

"쇠말뚝은 왜? 바람난 계집년 밑구멍이라도 틀어막게?"

"쉿! 자세한 건 나중에 알려주지. 중요한 일이니까 절대로 비밀을 지켜야 한다. 특히 물건을 싣고 오가는 달구지를 잘 살펴봐. 틀림없이 쇠말뚝을 실어 나르는 치들이 있을 거야."

잔뜩 긴장한 양섭이가 콧잔등에 땀을 흘리며 고개를 끄덕였다.

"좋아. 그럼 난 며칠 뒤에 또 들르지."

목효지는 최가네를 지나 흔들흔들 풀무질고개를 내려왔다. 가끔 쓸데없이 하늘을 쳐다보기도 하고 코를 킁킁거리며 쇳내를 털어냈지만 주변 구석구석을 예리하게 살피며 일꾼들의 동정을 엿보았다. 전농시에서 발행한 패牌를 지니고 있었으므로 안면을 트고 지내는 일꾼들이 많아 특별히 그를 이상하게 여기는 사람은 없었다. 목효지는 이 집 저 집 들러 갓 두드려낸 농구들을 구경하며 유시가 되도록 풀무질고개 주변의 대장간들을 차례로 기웃거렸다. 특히 목효지가 주의 깊게 살핀 것은 쓰고 버린 거푸집이었다. 그러나 쇠말뚝을 만드는 데 쓰인 거푸집이나 여타 쇠말뚝의 흔적은 찾을 수 없었다.

다리에 기운이 빠져 목효지는 고개 입구에 주저앉았다. 사실 쇠말뚝의 출처를 찾는 일 따위는 크게 중요한 일이 아니었다. 쇠말뚝을 박은 정적은 김종서 자신이 더 잘 알고 있을지도 모르기 때문이다. 중요한 것은 어떡하든 김종서의 마음을 움직여 선영을 이장하도록 만드는 일이었다. 선영을 이장한 이후에 정적들이 제거된다면 목효지로서는 가장 좋은 수를 쥐게 되는 셈이었다. 그러기 위해서는 가장 확실한 증거가 될 수 있는 쇠말뚝의 출처를 파악하는 일이 수순이었다.

쇠말뚝의 출처를 풀무질고개로 한정한 것은 상대가 김종서의 정적인 이상 한성에 그 기반을 두었을 것이라고 여겼기 때문이다. 쇠말뚝은 풍수 술사들 사이에서 묘로 유입되는 기맥을 끊는 가장 확실한 수단으로 인식되었다. 하지만 지방 대장간에서 대량으로 쇠말뚝을 만들어내기란 사실상 불가능하다. 만들기도 어려울뿐더러

비용이 만만치 않아 민간에선 대부분 대나무를 사용했다. 쇠말뚝을 만들어 사용할 정도라면 상대는 상당한 재력가일 것이고 그 밑에 풍수에 조예가 깊은 술사를 거느리고 있는 게 분명했다.

목효지는 오가는 행인들을 살피며 짚신을 벗어 탁탁 털었다. 배가 출출했기에 어디 가서 간단히 요기를 하고 다시 올 참이었다. 허리를 펴고 일어나는데 수풀 안쪽에 보일 듯 말 듯 처박힌 작은 대장간이 눈에 띄었다. 작년 이맘때쯤 황해도에서 내려온 쇳꾼 하나가 대장간을 열었다는 말만 들었을 뿐 한 번도 들른 적이 없는 곳이었다. 목효지는 혹시나 해서 그쪽으로 가보았다. 명색이 대장간인데 연기조차 나지 않았다. 길도 엉성해서 대장간 앞마당에 이를 때까지 행여 독사라도 나오지 않을까 주의를 기울여야 했다.

앞마당에 이르러 살피니 희한하게도 집 뒤로 길이 뚫려 있었다. 집 뒤로 뚫린 길은 최가네 대장간 뒤쪽을 돌아 풀무질고개와 연결돼 있었다. 마당에 장작이 한 무더기 쌓여 있는 것으로 보아 화덕을 아주 멈춘 집은 아닌 듯했다. 앞마당엔 누런 개도 한 마리 엎드려 있었는데 낯선 손님을 보고도 짖지 않았다. 소상들과 결탁한 뒤 은밀히 병장기를 제조하여 풀무질고개 밖으로 운반하기엔 더없이 좋은 장소였다.

"흠흠, 주인장 계슈?"

목효지는 헛기침을 해가며 출입문에 걸린 거적을 들췄다. 그 순간 안에서 억센 손이 거적을 밀치며 밖으로 나오는가 싶더니 장정 하나가 눈을 황소처럼 부릅뜨며 뒤로 물러났다. 두 사람은 상대를 알아보고 동시에 서로의 이름을 불렀다.

"앗! 너는 양정이가 아니냐?"

"효지? 네가 여길 어떻게?"

거적을 들추고 밖으로 고개를 내민 이는 바로 양정이었다. 지난 해 봄, 초야네 술청에서 몇 번 마주친 뒤 둘의 관계는 급속히 소원 해졌다. 양정은 양정대로 초야에게 은근히 마음을 두는 처지여서 목효지가 껄끄러웠고, 목효지로서는 무뢰배나 다름없는 양정과 어울려 득 될 것이 없다고 판단해서 그를 멀리해왔다. 초야의 입을 빌어 가끔 서로의 소식은 들었지만 이런 곳에서의 만남은 둘 모두 예상치 못한 일이었다.

"나야 대장간 방문이 일 아닌가? 한데 너는?"

"마침 나도 심부름을 좀 왔다."

목효지는 친구의 눈에 어린 복잡한 감정 변화를 놓치지 않았다.

"그래, 요즘 어떻게 지내냐?"

"별 수 있나. 늘 그대로지."

"여기서 이럴 게 아니라 어디 가서 저녁이라도 같이 먹을까?"

양정은 덩치에 어울리지 않게 허둥거렸다.

"오늘은 좀 그렇고……. 그게 좋겠군. 언제 초야네서 보는 게 어 떠냐?"

"그럴까? 바쁘지 않을 때 초야에게 날짜를 알려줘라."

인사가 끝나자 양정은 큰길로 성큼성큼 사라져갔다.

'저치가 여긴 웬일일까…….'

양정의 넓은 등판을 바라보다가 목효지는 대장간 거적을 들췄 다. 창을 죄다 가려놓았는지 캄캄해서 안이 잘 보이지 않았다. 눈이 어둠에 익숙해지자 건물 안으로 통하는 작은 문이 뚫린 게 보였다. 건물 뒷마당에 산을 깎아 따로 작업장을 만들어놓은 것 같았다. 안쪽에 매단 또 다른 거적을 들추자 목덜미부터 이마까지 대추처럼 붉은빛이 도는 중늙은이 하나가 고개를 들었다. 흙을 개어 갈라진 화덕 틈을 메우던 그는 누구냐고 퉁명스럽게 물었다. 작업에 열중한 나머지 밖에서 나는 소리를 듣지 못한 모양이었다.

"전농시에서 나왔소."

목효지는 대단한 벼슬이라도 되는 양 패를 흔들었다.

"일이 있으면 밖에서 부를 일이지."

중늙은이는 노골적으로 불쾌해하며 턱으로 밖을 가리켰다. 목효지가 등을 돌리는 찰나 중늙은이가 옆에 있던 가마니를 들어 재빨리 화덕 옆 나무상자를 가렸다. 나무상자에는 얼핏 보기에도 분명한 쇠말뚝이 수십 개나 가지런히 놓여 있었다. 목효지는 못 본 척 고개를 돌리고 나서 먼지 가득한 대장간을 빠져나왔다.

'이곳이었군. 한데 양정이가 설마……'

마포나루에 정착한 양정이 지게꾼 노릇을 하다가 난전에 몰래 물건 대는 일로 연명한다는 걸 목효지는 초요갱에게 들어 알고 있었다. 지난여름, 형조에서 대대적으로 밀거래 단속을 하자 일시 손을 털고 낙성을 개축하는 일에 동원되어 품을 파는 눈치였으나 이후에는 소식을 듣지 못했다. 그러다가 느닷없이 풀무질고개에 모습을 드러낸 것이다. 가능한 추측은 두 가지였다. 양정이 중간상인이 되어 모처에 쇠말뚝을 공급하고 있거나 아니면 모처의 하수인이 되어 직접 쇠말뚝 박는 일에 나서고 있거나. 그게 아니라고 해도 어떤 식으로든 쇠말뚝을 제조하는 대장간과 양정이 연결돼 있는 건 분명했다.

"일을 맡기러 온 건 아닐 테고, 전농시에서 여긴 어쩐 일로?"

중늙은이가 밖으로 따라 나와 물었다.

"얼마 전 다른 집에서 만든 호미가 죄다 녹슬어 판사 나리의 상심이 이만저만이 아닙니다. 하여 이 집에선 어느 지역의 덩이쇠를 쓰는지 거래를 트고자 온 건데 첫 거래를 하기도 전에 야박하게 박대를 하니 일이 궁하지 않은 모양이오?"

목효지가 은근슬쩍 묻자 중늙은이는 황급히 손을 저었다.

"일이 궁하지 않을 까닭이 있나? 다만 화덕이 고장 나서 며칠째 작업을 멈췄을 뿐이라네. 나라에서 일감을 준다면야……."

"그 일은 아직 급하지 않으니 차차 알아보기로 하고……."

목효지는 내친김에 은근슬쩍 상대를 떠보았다.

"그건 그렇고 방금 전 무뢰배가 여길 드나들던데 혹시 아는 사람이슈?"

중늙은이가 관자놀이에 핏줄을 돋으며 대답했다.

"글쎄, 나도 처음 보는 사람일세. 가래를 하나 만들어달라고 찾아왔기에 화덕이 고장 났다고 돌려보내던 참이지."

'곧 겨울이 닥칠 텐데 가래라고?'

목효지는 속으로 코웃음을 치며 외딴집을 빠져나왔다.

저녁 짓는 연기가 쌀뜨물처럼 뿌옇게 산자락을 물들였다. 사대문 안은 숯을 사용하는 집이 많았지만 사대문 밖은 대부분 가난한 백성들의 집이어서 저녁이면 굴뚝마다 연기를 꾸역꾸역 피워 올렸다. 연기는 이웃집 연기와 섞이고 바람에 섞였다가 인왕산과 그 너머에 웅크린 어둠과 하나가 되었다. 어둠은 골목마다 왔고 기와집과 초가집을 가리지 않고 왔다. 인왕산을 집어 삼키고 대궐을 아우르고 육조거리를 지나 사대문을 넘은 뒤 목멱산에 부딪혀 하늘로 뻗었다. 그 틈새를 비집고 꽃이 피듯 별들이 돋았다.

초요갱은 뜰을 벗어나 안마당으로 나섰다. 건너편 산등성이에서 운적암 승려가 저녁 종을 치기 시작했다. 바람에 실려온 종소리가 귀를 아리게 했다. 바람이 불자 대문 밖 등롱을 매단 장대가 휘어질 듯 지붕으로 늘어졌다. 서북쪽 하늘에 돋은 별들이 등롱 주변으로 몰려들었다. 등롱은 초저녁부터 취한 듯 바람에 널을 뛰었고 별들은 엷은 구름 속에 숨어 술청의 낮은 담 위로 기웃거렸다. 종소리가 서른세 번을 끝으로 들리지 않게 되자 요갱은 별채 작은방 댓돌에 가지런히 신발을 벗어놓고 안으로 들어갔다.

"흥, 초야는 내가 싫은가 보지?"

혼자 술을 마시던 남자가 볼멘소리를 내뱉었다.

"아휴, 싫기는. 장사 준비해야 될 때인 거 몰라서 그러시나……."

"바쁘긴 뭐가 바쁘다구! 효지 놈 기다리느라 내 눈치 보는 거 다 알고 있다. 목숨 한번 구해준 게 뭐 대수라고 그깐 놈한테 미련을 두고 그러냐?"

"오라버니도 참, 술청 계집이 임자가 어디 있다고."

양정의 입이 헤벌어졌다.

"헤헤, 정말이냐?"

"정말이긴 한데 무뢰배들은 상대하지 않는다우."

"허, 그래도 꼴에 갓끈 자락이라도 붙잡고 싶은 모양이지. 관둬라, 첩살이 들어간다 한들 뱃속에 서출밖에 더 들어앉히겠느냐?"

"서출이든 반푼이든 무뢰배 자식보단 낫지."

"그래서 종살이하는 놈한텐 마음을 주나?"

"누가 마음을 줬다고 그래요?"

요갱은 토라진 표정으로 옷고름을 잡고 일어났다.

"어허, 성질은 여전하군. 그러지 말고 앉아 내 술 한잔 받아."

요갱은 못 이기는 척 술을 받았다.

"효지 이놈은 어째서 안 오는 거야?"

열흘 전의 우연한 만남을 떠올리며 양정은 인상을 구겼다. 그날, 양정은 새로 주조를 마친 쇠말뚝의 상태를 확인하기 위해 해주영감으로 불리는 중늙은이를 찾아간 참이었다. 해주영감은 쇠말뚝 조달을 위해 말대가리가 은밀히 지정해준 대장장이였다. 지난해 봄부터 해주영감은 다른 일을 모두 접고 오직 말뚝 만드는 일에만 전념해왔다. 그렇게 질 좋은 쇠말뚝이 백여 개 가까이 만들어졌고 양정은 유수와 더불어 말대가리가 시킨 대로 사방팔방 전국 각지로 돌아다니며 영문도 모른 채 쇠말뚝 박는 일에 매달려왔다.

"이상하네. 술시 전까지 틀림없이 온다고 했는데."

요갱은 방문을 쳐다보며 약간 조바심을 냈다.

"안 오면 그만이지. 그 녀석 기다릴 것 없이 나랑 만리장성이나 쌓자구나."

너스레를 떨었지만 양정은 누구보다 목효지를 기다리는 처지였다. 만에 하나 목효지가 낌새라도 챘다면 목숨을 보장할 수 없는 일이었다. 말대가리는 비밀이 새어 나갈 경우 목숨을 내놓아야 한다고 엄포를 놓았다. 양정은 일이 어떻게 돌아가는지 알 수 없었다. 사실 양정이나 유수는 말대가리의 정체조차 알지 못했다. 말뚝을 박는 이유도, 일을 시킨 자의 정체도 몰랐으니 엄밀히 따지자면 목숨을 바칠 이유도 없었다.

목효지는 두 식경쯤 지나 방으로 들어섰다. 그는 가까이 붙어 앉아 시시덕거리던 요갱과 양정을 곁눈질하며 한쪽에 털썩 주저앉았다. 입고 있던 무명 두루마기에선 초겨울 찬바람이 묻어 나왔다. 초요갱은 술상을 다시 봐 오겠다는 핑계를 대고 자리를 피했다. 양정이 먼저 술을 사발 가득 부어 건네자 목효지는 잠자코 술을 들이켜고 나서 사발을 양정에게 내밀었다. 무거운 침묵이 두 사람을 훑고 지나갔다.

침묵은 요갱이 새로이 상을 차려 들어올 때까지 계속됐다.

"지난번에 말야."

말을 꺼내놓고 양정은 잠시 고민에 빠졌다. 성질 같아서는 아예 탁 까놓고 해주영감 대장간에 기웃거린 이유를 물어보고 싶었으나 목효지가 솔직히 대답할지 의문이었다. 전농시 일 때문에 왔다고 둘러댔다지만 그 말을 액면 그대로 믿을 순 없었다. 목효지가 다녀간 뒤 불안감을 느낀 양정은 쇠말뚝 제조와 관련된 일체의 일을 동료인 유수에게 맡기고 돌아가는 상황을 가만히 지켜보는 중이었다.

"야, 우리가 그런 곳에서 만날 줄은 꿈에도 몰랐다."

양정이 우선 상대의 반응을 살필 겸 물었다.

"하는 일이 풀무질고개 방문이니……."

목효지 역시 고민이 되기는 마찬가지였다. 지난 며칠 사이, 목효지는 김종서 댁 하인들과 더불어 매일 풀무질고개 주변을 염탐했고 몇몇 사내들이 해주영감 대장간에서 은밀히 쇠말뚝을 운반하여 풀무질고개 너머 폐가에 숨겨놓는 걸 낱낱이 지켜보았다. 풀무질고개가 쇠말뚝 제조처임을 확인하게 된 것은 다행이지만 그 일에 친구인 양정이 개입돼 있다는 건 불행이었다. 만약 김종서 장군의 선영에 박힌 쇠말뚝과 양정이 무슨 관계라도 있다는 게 밝혀지면 양정은 목숨을 내놓아야 한다. 그 세력이 어떤 것이든 주상전하가 아니라면 작금 한양에서 김종서를 대적할 적수는 존재하지 않았다.

"그건 그렇고, 요즘은 뭘 해서 먹고 사냐?"

양정이 과장되게 웃으며 대답했다.

"하하, 나야 뭐 요즘 돈 버는 재미에 정신이 없지."

"밀거래를 하는군?"

"그래. 얼마 전 명나라 사신이 다녀갔을 때 함께 들어온 되놈 가마꾼한테서 진귀한 사향 한 첩을 사들였지 않겠냐. 그걸 콩알 크기로 나누어 열 배가 넘는 가격으로 되팔고 있다."

양정은 눈에 보이는 거짓말을 그럴듯하게 늘어놓았다.

"그런 게 있다면 이 초야에게 먼저 하나 줄 일이지. 인정머리하곤……."

초요갱이 호들갑스럽게 끼어들었다.

"그게 좀 비싼 거라서 말이다."

양정은 짐짓 딴청을 피웠다.

"한데 넌 요즘도 풍수 공부 계속 하고 다니냐?"

"그건 왜?"

양정의 물음에 목효지의 눈초리가 예민해졌다.

"아니, 너 옛날 흥덕사 있을 때 풍수 배운다며 스님 졸졸 쫓아다니던 일이 생각나서. 친구 덕에 겸사겸사 명당 덕 좀 봤으면 하는 소망도 있고."

목효지는 건성으로 대답했다.

"노비가 땅 좀 본다 한들 누가 알아주나?"

분위기가 어색해지자 요갱이 옛일을 끄집어냈다.

"참 기억들 하시나? 나 때문에 두 오라비 싸운 일."

"헛헛, 기억하구 말구."

양정은 입맛을 다시며 안색을 붉혔다.

"그래, 젖가슴도 안 나온 꼬맹일 뭐 볼 게 있다고 그리 엿보셨수?"

요갱은 열두 살이 되던 해 다시 흥덕사를 찾았다. 폐창을 앓던 어머니는 쌀을 안치거나 나물을 무치며 자주 피를 넘겼다. 그 일로 어머니는 관아에서 쫓겨났고 기화스님에게 띄어 요갱과 함께 흥덕사로 거처를 옮긴 것이다. 양정이 이웃집 남자를 흠씬 두들겨 패고 흥덕사로 몸을 숨긴 것과 비슷한 시기의 일이었다. 보름에 한 번씩, 스님들 저녁 공양이 끝나면 요갱의 어머니는 가마솥에 물을 끓였고, 문을 걸어 잠그고 딸과 목욕을 했다. 하루는 그 사실을 알게 된 양정이 목욕하는 걸 훔쳐보다가 목효지에게 발각되었다. 둘은 스님들이 몰려나와 뜯어말릴 때까지 입술이 터지도록 치고받았다.

"야, 이렇게 둘을 함께 보니까 좋다. 역시 남자들이란 많고 볼 일이야."

"무뢰배들하곤 안 어울린담서?"

양정의 말에 요갱이 새침하니 대답했다.

"그러긴 하지만 오늘은 내 특별히 두 오라버니만 모시기로 했다우."

"젠장, 황송하다 못해 가슴이 떨려 죽겠네. 우리 초야는 언제까지 이렇게 곱게만 늙어갈 작정인감. 변변한 임자도 없이."

"임자가 없긴!"

"임자가? 설마 앞에 앉은 저 불한당은 아닐 테고."

양정은 친근한 척 목효지를 걸고 넘어갔다.

"이건 비밀이오……."

출입문을 살피고 나서 요갱이 목소릴 낮췄다.

"요즘 평원대군이 자주 다녀가고 있다우."

"평, 평원대군이라면 주상전하의 여섯째 아우님이 아니신가?"

"쉿! 목소릴 낮추라니까요."

잠자코 앉았던 목효지의 얼굴에 그늘이 드리웠다.

"그래, 어디까지 진행됐어?"

"아직 손목 한번 허락한 적 없지만 자꾸 들이민다면야……."

탁, 목효지는 들고 있던 사발을 거칠게 내려놓고 먼저 몸을 일으켰다.

"이봐, 모처럼 만났는데 벌써 가기야?"

목효지는 들은 척도 않고 출입문을 와락 열어젖혔다.

"어허, 사내자식이 질투하고는."

양정은 씨근덕거리며 인상을 구겼다.

"제가 불러올게요."

초요갱은 마루로 나와 멀어지는 목효지를 불렀다. 목효지는 돌아보지 않았다. 요갱은 당황해하며 대문으로 나가보았다. 목효지는 이미 사라진 뒤였다. 요갱은 기다리는 양정도 잊고 한동안 문 앞에 서 있었다. 찬바람이 모질게 속살을 비집고 들어왔다. 장대에 매단 등롱이 활대처럼 몸을 늘어뜨렸다. 목효지는 끝내 돌아오지 않았다.

양정은 비틀거리며 술청을 나섰다. 관자놀이의 맥이 불끈불끈 뛰고 정신이 어질어질했다. 생각 같아서는 죽이 되든 밥이 되든 술청 방바닥에 비비고 누워 밤을 보낼 작심이었지만 먼저 일어난 목효지가 자꾸 마음에 걸렸다. 아울러 아침 일찍 강화로 출발해야 하는 점도 적잖은 부담이었다. 어제 저녁, 묘 위치가 그려진 새 지도를 내밀며 말대가리는 일이 거의 다 끝나간다고 귀띔했다. 양정은 날아갈 듯 기분이 좋았다.

"흥, 내 언젠가 네년 속곳을 벗기고 밤새 운우지정을 쌓으리라."

양정은 흔들흔들 거들먹거리며 술청 골목을 내려갔다. 지난겨울

에 말대가리가 패거리들과 함께 거할 숙소로 마련해준 집은 광희
문 근처에 있었다. 패거리는 모두 넷인데 양정과 유수가 한 패가
되고, 홍달손과 임운이 한 패가 되어 말대가리의 지시를 받았다.
양정과 유수는 주로 쇠말뚝 박는 일에 관여하였고, 홍달손과 임운
은 다른 일을 하는 눈치였다. 그들은 눈인사만 나눌 뿐 서로의 일
에 대해 일절 묻지 않았다.

　술청을 벗어나 작은 저수지를 낀 오솔길로 접어들었다. 저수지
건너편 마을에서 개들이 짖어댔다. 양정은 요의를 느끼고 바지 끈
을 풀었다. 인기척에 놀란 귀뚜라미들이 발밑으로 튀어 올랐다. 오
줌을 누고 나서 양정은 돌멩이 하나를 주워 저수지로 던졌다. 저수
지에 비친 달빛은 차가웠다. 제법 쌀쌀한 바람이 속옷을 비집고 들
어왔다. 양정은 달빛에 드러난 숲길을 헤치며 큰길로 걸음을 재촉
했다. 저수지로 길게 그림자 하나가 드리웠다. 양정은 뒤를 돌아보
았다. 누군가 수풀 속으로 몸을 움츠렸다.

　‘미행이……’

　술이 확 깨는 기분이었다. 양정은 짚신이 벗겨진 줄도 모르고 뛰
기 시작했다. 수풀이 우수수 바람에 쓸리는 소리가 났다. 양정은
광희문 밖 숙소를 버리고 남소영과 이어진 샛길을 탔다. 등 뒤에서
상대의 집요한 눈길이 느껴졌다. 숙소가 노출된다면 모든 게 끝장
이었다. 돌담이 보이자 민가의 담을 타넘은 뒤 부엌으로 숨어들었
다. 돌담까지 따라오던 발걸음이 우뚝 멈췄다. 양정은 숨을 죽이고
기다렸다. 발소리는 돌담을 돌아 남소영 아래로 멀어졌다. 양정은
참았던 숨을 내쉬며 후다닥 민가를 빠져나왔다.

사람이 살지 않아서인지 폐가는 귀신이라도 나올 듯 으스스했다. 부엌과 잇닿은 초가지붕은 반 넘어 가라앉았고 안마당엔 지난해 웃자란 잡초의 흔적이 여실했다. 오랫동안 사람의 손길이 닿지 않은 지붕에는 쭈그러든 박들이 그대로 널려 있었다. 풀무질고개를 반대 방향으로 넘어 내려와 왼쪽 산길을 타고 이 리쯤 들어간 외진 골짜기였다. 길은 끊어졌고 마을과도 동떨어져 남의 눈에 노출될 염려가 없는 곳이었다.

목효지는 산밤나무 가지에 걸터앉아 끈질기게 기다렸다. 지난달부터 김종서 대감댁 하인들과 더불어 이곳을 감시해왔다. 폐가는 양정 일당이 해주영감네서 제작한 쇠말뚝을 옮겨와 숨겨놓은 장소였다. 쇠말뚝 여분이 남았다는 건 아직 저들의 작업이 다 끝나지 않았음을 의미했다. 양정은 어디까지나 하수인에 불과하다고 목효지는 생각했다. 언젠가 양정 일당은 숨겨놓은 쇠말뚝에 손을 댈 것이고 그들을 몰래 추적하다 보면 뒤에서 일을 사주하는 실체로까지 접근해 들어갈 수 있을 것이었다.

쇠말뚝의 출처를 밝히는 일은 답보상태에 빠져 있었다. 미행을 눈치 챈 뒤부터 양정 일당은 여간해서 꼬리를 보이지 않았다. 폐가에 숨겨놓은 쇠말뚝은 찾아오는 이 없이 그대로 방치되었고 해주영감도 전혀 움직임이 없었다. 해주영감 대장간 근처에도 감시자가 붙어 있지만 특별한 상황은 벌어지지 않았다. 초야네를 다녀간 이후 양정도 자취를 감추었다. 해주영감을 잡아다 족치면 될 일이지만 김종서는 그것을 원하지 않았다. 해주영감이 입을 다문다면 뾰족한 방법이 없었기 때문이다. 김종서와 김승규는 좀 더 확실한 물증을 잡고 싶어 했다. 어쩌면 그들은 상대를 짐작하고 있는지도 모를 일이었다.

오후가 되자 계곡 전체가 물에 젖은 목화솜처럼 가라앉았다. 목효지는 바싹 긴장하며 폐가에 집중했다. 눈송이가 하나둘씩 날릴 무렵, 무명 마고자를 두른 건장한 남자 두 명이 마른 갈대 줄기를 헤치며 계곡을 밟아 들어왔다. 모두 처음 보는 자들인데 둘 다 등에는 지게를 지고 있었다. 두 남자는 주변을 살피며 조심스럽게 접근했고, 조금이라도 이상한 낌새가 있으면 몸을 웅크리고 앉아 여간해서 움직이지 않았다.

일단 폐가 앞까지 오자 두 남자는 빠른 솜씨로 무너진 부엌 서까래를 들췄다. 그곳에는 해주영감네서 옮겨다놓은 쇠말뚝 스무 개가 보관돼 있었다. 그들은 쇠말뚝을 지게에 나누어 지고 왔던 방향으로 움직였다. 눈송이가 촘촘해져 두 남자의 뒷모습을 지워갈 무렵 목효지는 밤나무에서 훌쩍 뛰어내렸다. 그들은 길을 버리고 계속해서 산길을 더듬어나갔다. 두 남자가 워낙 조심을 하는 탓에 목효지는 추적에 애를 먹었다.

우거진 잣나무 숲을 막 빠져나왔을 때였다. 가까운 곳에서 부엉이 우는 소리가 서너 차례 들렸다. 부엉이 소리를 듣자 갑자기 남자들의 발걸음이 빨라졌다. 그들은 약속이나 한 듯 서로 반대 방향으로 나누어 사라졌다. 목효지는 뒤늦게 자신을 살피는 역추적자가 있다는 것을 깨닫고 숲으로 몸을 숨겼다. 방금 지나친 잣나무 사이로 사람 그림자 하나가 설핏 비쳤다가 사라졌다. 목효지는 몸을 낮추고 기어갔다. 그림자는 보이지 않았다. 지게를 진 남자들도 어디로 내달았는지 시야에서 사라져버렸다.

양정은 말대가리의 명령을 어겨가며 강화행을 포기하고 기다렸다. 수상쩍은 움직임을 보이고 있는 목효지 때문이었다. 상황은 예상보다 심각했다. 전농시의 종이라던 목효지는 마치 자유인이 된 듯 한양 주변을 멋대로 활보하고 다녔다. 양정은 불안했다. 말대가리의 지시를 이행하기 위해서는 폐가에 숨겨놓은 쇠말뚝이 필요했는데 미행이 두려워 좀처럼 꺼내 올 엄두를 내지 못한 것이다. 아니나 다를까, 폐가에 접근하자 미행이 붙었다. 뒤에서 지게꾼을 쫓는 인물은 틀림없이 목효지였다.

지게꾼을 산개시키고 양정은 산을 내려왔다. 광희문 바깥 성벽을 따라 좁은 둑길을 한참 올라가자 한적한 곳에 버드나무가 나왔고 그 옆에 초가 한 채가 있었다. 굵어진 눈송이들이 초가집을 뒤덮은 가운데 집주인 남자가 조랑말 위에 뭔가를 싣다가 곁눈으로 양정을 맞았다. 그는 지금도 꾸준히 거래를 트고 있는 장물아비였다. 양정은 남자의 귀에 대고 소곤거렸다. 그는 이내 말을 알아듣고 조랑말을 몰아 초가를 빠져나갔다. 양정은 건넌방으로 기어들어가 피곤에 지친 두 다리를 쭉 뻗었다.

"팔자가 늘어졌군. 강화의 일은 어찌 되었느냐?"

깜빡 잠이 들었는가 싶었는데 말대가리가 문을 열고 들어왔다.

"송구합니다. 종일 돌아다니다 보니……."

양정은 몸을 일으키며 머리를 푹 숙였다.

"비상 장소로 부른 걸 보니 변고가 생긴 모양이로군."

"강화로는 아직 출발하지 못했습니다, 나리."

"어째서?"

목소리가 칼날처럼 와 박혔다.

"실은 미행이 붙었습니다."

양정은 최근에 일어난 일들을 더듬더듬 들려주었다. 말대가리는 입을 꾹 다문 채 한동안 허공을 주시했다. 양정은 지레 겁을 집어먹고 한 마디 더 보탰다.

"모든 게 소인의 불찰입니다……."

"할 수 없다!"

"네?"

말대가리의 대답은 명쾌했다.

"그만하면 충분하다. 꼬리를 자를 때가 됐다는 얘기다. 이제 두 번째 단계에 돌입할 차례다. 지게를 지고 간 홍가와 임운이는 어찌 되었느냐?"

"산 속에 몸을 숨겼다가 밤에 숙소로 오라 일렀습니다."

"잘했다. 오늘부터 쇠말뚝에서는 완전히 손을 뗀다. 남은 쇠말뚝 은 모두 땅에 묻고 별도의 지시가 있을 때까지 숙소에서 한 발짝도 움직이지 마라."

크게 문책을 당하리라 여긴 양정은 감복했다.

"해주영감은 어쩔깝쇼?"

"입을 막을 것이다. 너흰 노출이 되었으니 다른 아이들을 보내겠다."

말대가리는 허리춤에서 은괴 네 개를 꺼내 바닥에 내던졌다.

"가지고 가서 하나씩 나누어라. 경거망동하지 말고 행동에 특별히 신경을 써야 한다. 곧 나라를 위해 큰일을 할 몸들이니까……."

"나, 나라를 위한다굽쇼?"

양정은 어안이 벙벙할 뿐이었다.

"봄에 정식으로 어른을 뵙게 할 것이다. 그러니 부지런히 몸을 만들어라. 특히 네가 개중 가장 나이가 많으니 패거리들을 잘 단속해야 한다."

"어, 어른이라 하심은?"

"묻는 말에만 대답해라. 입을 봉하고 시키면 시키는 대로, 그것이 너희들의 할 일이란 걸 잊었느냐? 참고 기다리면 곧 크게 쓰일 일이 있을 것이다. 크게 쓰인 뒤 마음껏 떵떵거리며 한시절 원 없이 살아보거라."

말대가리는 초가를 나서 성긴 눈발 속으로 사라졌다.

장침에 왼쪽 팔꿈치를 기대고 앉아 김종서는 시름에 잠겼다. 한동
안 쇠말뚝을 들고 설치던 적들은 수면 아래로 숨어버렸다. 지난 몇
달 동안 알아낸 것이라곤 쇠말뚝을 제조하던 중늙은이와 말뚝 운
반에 관계된 무뢰배 몇 명이 전부였다. 그마저도 며칠 전부터 약속
이나 한 듯 모두 자취를 감추어버렸다. 해주영감은 하룻밤 사이에
흔적도 없이 사라졌고, 무뢰배들은 풀무질고개 주변에 얼씬도 하
지 않았다.

　김종서는 자리에서 일어나 벽에 걸어놓은 뽕나무 활을 잡았다.
줄을 잡아당겨 보이지 않는 적을 겨누었다. 벽면으로 육조에 버티
고 선 조정 대신들의 면면이 스쳤다. 팽팽해진 활시위가 파공음 속
에 손을 떠났다. 뽕나무 활은 육진개척 당시 알목하斡木河 근처의
오도리 부족에게서 노획한 것이었다. 오도리 부족과 우디거 부족

의 내전을 틈타 김종서는 모든 병력을 회령에 집중했고, 그해 가을 마침내 진을 설치하며 국경을 오십여 리나 확장했다. 군사를 기르며 침착하게 기회를 엿본 결과였다.

하지만 이번엔 달랐다. 적은 보이지 않는 곳에서 끝없이 활을 겨누었다. 조상의 묘를 훼손한 것은 인륜을 저버린 가장 파렴치한 범죄였다. 그런 방법을 동원하면서까지 상대가 얻고자 하는 것이 무엇인지 하루하루 김종서의 고민은 깊었다. 목효지의 보고대로라면 쇠말뚝은 백 개 이상 제조되었고 다른 가문의 묘역에도 사용된 게 분명하다. 쇠말뚝을 박는 행위는 그들이 계획한 일의 아주 작은 부분, 시작에 불과한 것인지도 모른다. 상대는 오래전부터 치밀하게 일을 진행해오고 있는 것이다.

"아버님, 불러 계십니까?"

아들 김승규가 문을 열고 들어왔다.

"앉거라. 사람은 보냈느냐?"

"예, 지금쯤 전농시에 도착했을 것입니다."

"그래, 너는 이번 일을 어찌 처리하면 좋겠느냐?"

김종서는 아들에게 방석을 내주고 보료에 앉았다. 김승규는 손을 비비며 제 아비의 입을 주시했다. 냉기로 엉덩이가 시렸으나 불편한 기운을 겉으로 드러내지는 않았다. 김종서는 특별히 춥지 않으면 겨울에도 방에 불을 들이지 않았다. 구들장이 달아오르면 몸이 나른해지고 정신도 흐려진다는 이유 때문이었다.

"쇠말뚝은 계획적으로 치밀하게 사용되었습니다. 누구인지는 모르지만 풍수를 맹신하는 세력이 분명하며 특별하고도 흉악한 목적이 있는 것 같습니다."

"흉악한 목적이라? 설마 그럴 리 있느냐?"

"사람 일을 어찌 알겠습니까? 더구나 주상전하가 저리 허약하시니……."

"쉿! 큰일 날 소리. 말을 낮추어라."

"세 가지로 가정하여 대비할 필요가 있습니다. 첫째는 아버님이 실권을 쥐게 될 것을 염려한 조정 내 중신 세력이며, 둘째는 왕실 일가, 셋째는 정치와는 무관하게 사적으로 우리 가문에 원한을 가진 자들의 소행입니다."

김승규는 오랜 세월 전장을 누빈 아버지보다 사리에 밝았다.

"음, 설마 조정에 무슨 일이 있기야 하겠느냐?"

"아버님은 추악했던 두 번의 난을 잊으셨습니까?"

왕자의 난으로 기록된 그 사건은 태조 7년(1398)에 처음 일어났다. 조선을 연 태조가 계비 강씨 소생의 방석을 세자로 책봉하자 정부인인 한씨 소생의 방원이 군사를 일으켜 방석을 살해하고 방석을 옹위하던 정도전 일파를 제거한 사건이었다. 이 년 뒤 같은 한씨 소생의 넷째 아들 방간이 군사를 일으켜 동생인 방원에게 대항했다. 방원은 형을 사로잡아 유배 보내고 실제적으로 권력을 장악했으며, 위협을 느낀 정종은 방원을 세제世弟로 삼은 뒤 경진년(정종 2년, 1400) 겨울에 왕위를 넘겨주었다. 김승규는 세종의 강성한 여러 아들을 떠올릴 때마다 국초에 벌어진 두 번의 살육전이 그려져 몸서리쳤다.

"혹, 심중에 두고 있는 인물이라도 있느냐?"

"목효지의 말에 의하면 제조된 쇠말뚝이 백 개 이상이라 합니다. 이는 상대가 우리 가문만을 노리고 있는 게 아니라는 이야기가 아 닙니까?"

"그렇지. 나도 그리 생각 중이다."

"모르긴 하되 다른 대신들의 선영에도 말뚝이 박혔을 테지요. 말 뚝이 박힌 묘와 박히지 않은 묘를 가린다면 범인의 윤곽이 잡힐 수 도 있지 않습니까?"

"하지만 그 많은 대신들의 선영을 어찌 다 알고 돌아보느냐?"

"바로 그 점이 심히 두렵고 떨리는 일입니다. 상대는 많은 쇠말 뚝을 주조해 사용할 정도로 힘을 가진 자일 뿐만 아니라, 사방에 흩어진 묘역의 위치까지 알고 있으니 부리는 자들의 신통함이 우 리가 상상할 수 있는 범위를 넘어선 듯합니다. 이는 필시…… 범인 은 대군 중의 한 분이 아닐까 합니다. 대신들도 몇은 관여를 했을 것으로……."

김종서의 얼굴이 벌겋게 달아올랐다.

"대군이라면 누구? 수양과 안평을 말함이냐?"

"그러합니다."

김종서는 머리가 하얗게 비워지는 것 같았다. 경오년(세종 32년, 1450)에 승하하신 세종께서는 슬하에 스물 두 명의 자녀를 남겼으 며 그중 대군만도 여덟이나 되었다. 특히 수양대군과 안평대군은 기 개가 남다르고 성격이 호방하여 따르는 무리가 많았다. 엄연히 책봉 된 세자를 두고 왕실 세력이 나라의 정사에 나서는 일은 재앙이나 다름없었다.

"전하는 와병 중이시고 동궁은 나이가 어리시니 그리 추측할 만
도 하다. 하지만 있을 수 없는 일이다. 어찌 그들이 정치에 관여한
단 말이냐."

"세상일은 모르는 것이지요."

"두 대군 중 특히 짚이는 사람이라도 있느냐?"

"아직은……."

"네 말대로 아직은 모르는 일이다. 단, 모든 가능성을 열어두고
계속해서 비밀리에 이번 일의 배후를 캐 들어가 보도록 하자."

"목효지는 어찌 합니까?"

"입단속을 시키되 차후 쓸 일이 있을 테니 우선은 본업으로 보내
는 게 좋겠다."

발소리가 들리며 집사가 밖에서 기척을 했다.

"데리고 왔습니다, 나리."

"들어오라."

목효지가 집사와 함께 들어와 절했다.

"지난 몇 달간 수고가 많았다. 밝혀진 것은 없지만 너의 노고를
충분히 들어 알고 있으니 당분간 전농시 일에 전력을 다하며 별도
의 명을 기다려라."

김승규의 말에 목효지가 꿇어 엎드려 대답했다.

"시간을 주신다면 무뢰배들을 탐문하여 반드시 배후를 밝히겠습
니다. 그러니 방금 하신 말씀을 거두어주십시오."

목효지는 지푸라기라도 잡고 싶은 심정이었다. 본업에 전력하라
는 말은 사실상 이번 일이 끝났음을 의미했기 때문이다. 별다른 소

득이 없었으니 노비를 면해주겠다는 약속을 지켜달라 청할 수도 없는 노릇이었다.

"아니다. 짐작한 바가 있으니 당분간 꼼짝 말고 기다려라. 서툴게 움직였다간 오히려 꼬리가 잡혀 화를 부르게 됨을 명심하라."

"무뢰배 중의 하나는 분명히 낯이 익은 자였습니다."

"낯이 익은 자라?"

"밀수꾼들이 출몰하는 시전을 뒤지면 반드시 놈의 거처를 알아낼 수 있을 겁니다. 놈을 찾아내 뒤를 캐낼 수 있도록 해주십시오."

김종서가 대뜸 목청을 높였다.

"그만 물러가라. 당분간 기다리라 하지 않았느냐?"

목효지는 엎드린 채 꼼짝도 하지 않았다.

"이놈! 어서 일어나지 못하겠느냐?"

집사가 목효지의 어깨를 낚아챘다.

"대감마님, 그 일은 그 일이옵고 실은 드릴 말씀이 있습니다."

목효지가 핏발선 눈으로 김종서를 보았다. 목소리에 비장함이 실렸다. 집사가 처분을 기다리며 김종서와 김승규를 번갈아 보았다. 김승규가 고개를 끄덕였다.

"허튼 소릴 하면 용서치 않을 것이다."

집사가 뒤로 물러났다.

"그동안 대감의 은혜를 입어 자유로이 돌아다니며 또 한편으론 그 은혜를 갚을 길을 찾고자 대감의 선영과 집터를 유심히 살피게 되었습니다."

김종서는 서안을 앞으로 당기며 미간을 좁혔다.

"집터? 네가 지금 우리 집안을 한가로이 요술로 평가할 참이냐?"

"그리 말씀하시면 할 말이 없사오나 시급을 다투는 일이라 감히 여쭙고자 하옵니다."

"시급을 다툰다? 헛소리라면 목숨을 부지하지 못한다."

목효지가 추호의 망설임도 없이 대답했다.

"지난가을, 쇠말뚝 일로 공주에 갔을 때 선영을 유심히 살피게 되었습니다. 풍수적으로 보건대 공주의 선영은 영락없는 장군패검 형의 명당입니다."

김승규가 물었다.

"그래, 네놈 입으로 그렇게 떠들지 않았느냐?"

"당시는 감히 말씀드리지 못했으나 선영에는 큰 흠이 있습니다."

"흠이라니?"

"무덤 우측 골짜기에서 불어온 살풍이 그대로 묘를 때리니 이는 지극히 상서롭지 못한 일입니다. 찬바람이 혈의 생기를 빼앗아갈 뿐만 아니라 광중까지 침범하여 뼈를 자극하니 자손에게 반드시 큰 액운이 내려질 조짐입니다. 하여……"

"닥치거라!"

김종서가 주먹으로 서안을 쾅 내리쳤다.

"살풍이라니? 어느 놈이 감히 이 백두산 호랑이를 해한단 말이냐?"

"외부의 바람은 청룡백호로 막을 수 있지만 골짜기 안에서 생기는 바람은 청룡백호가 아무리 좋아도 막을 수 없는 게 땅의 이치입니다. 무덤 근처에 나무를 심는다면 피해를 줄일 수 있으나 또한 임시방편이오니 살펴주십시오. 살풍을 피하려면 묘를 다른 곳으로 옮기는 길만이 유일한 대안이옵니다."

"그리 중요한 걸 어찌하여 이제 말하느냐?"

김승규가 침착하게 물었다.

"그땐 당장 쇠말뚝 문제를 해결하는 일이 급했기에……."

"무덤은 그렇다 치고 집터는?"

"풍수란 죽은 자의 공간인 음택과 산 자가 거하는 양택의 위치를 고루 살피는 학문입니다. 조상님의 유골이 산천의 기와 반응하며 그 좋고 나쁜 기운을 자손에게 미치듯이 집터 역시 좋고 나쁜 기운을 그 터에 거하는 인간에게 미치옵니다."

"풍수 강의 들을 시간이 없다. 그래서 이 집이 어떻다는 거냐?"

"대감의 집터를 보건대 집 뒤의 주산은 종 모양으로 편안하고 일신을 떨칠 기운을 품고 있으나 좌청룡이 벌어져 선영과 마찬가지로 살풍을 고스란히 받고 있는 형국입니다. 우선 왼편 담장 바깥에 소나무를 심어 살풍을 막으심이 좋을 듯합니다."

김종서가 버럭 소리를 질렀다.

"해괴한 소리다. 도대체 땅과 인간이 무언 관계가 있단 말이냐? 허튼소리 들을 시간 없다. 당장 저놈을 밖으로 끌어내라."

목효지는 휘청거리며 자리에서 일어났다. 빛이 사라진 자리에 검은 수렁이 입을 벌렸다. 그 수렁 속으로 끝도 없이 떨어져 내리는 기분이었다. 목숨을 걸고 이장 얘기를 꺼낸 건 앞날을 위한 최후의 승부수나 다름없었다. 목효지에게 김종서는 자신을 깊은 수렁에서 구원해줄 수 있는 유일한 끄나풀이었다. 풍수로 공을 세워 노비 신분을 벗고 힘차게 날아오르기 위해서는 김종서가 반드시 필요했고, 그러려면 우선 살풍에 노출된 선영을 이장하여 김종서의 목숨을 구하는 것이 시급한 일이라 여긴 것이다.

김종서는 화가 풀리지 않는지 눈썹을 꿈틀거렸다.

"삼 년 전, 세종께서 저놈을 다시 노비로 내친 이유를 이제야 알겠다. 가는 곳마다 허튼소리로 상대를 조롱하려 드니 저러고도 어찌 목숨을 부지하겠느냐. 당장 전농시로 사람을 보내야겠다."

김승규가 아비를 말리고 나섰다.

"소자 역시 풍수를 맹신하지는 않사오나 목효지가 특별히 우리 집안에 해악을 끼칠 목적으로 그런 말을 꺼낸 것은 아니니 참으시지요."

"방금 헛소리를 듣고도 그러느냐?"

"비록 공을 세워 제 일신의 영달을 꾀하려는 마음은 있었을 것이로되, 목숨을 걸고 저리 조언을 하니 용서해주시지요. 더구나 전농시 노비를 사사로이 썼으니 원한을 품게 하기보단 달래어 보내는 게 옳은 줄 압니다."

김승규가 눈치를 주자 집사가 목효지를 쫓아 얼른 밖으로 나갔다.

"그래서 네 뜻은 어떠하냐?"

"다른 풍수학을 선임하여 의견을 물으면 어떠할지요?"

"선영을 훼손할 정도라면 상대는 결코 만만한 존재가 아니다. 우리가 이번 일에 전농시 노비를 끌어들인 건 최대한 비밀을 유지하고자 함이 아니었느냐? 기존 풍수학인들 가운데 누군가는 반드시 이번 일에 개입돼 있을 것인데 어찌 함부로 부른단 말이냐?"

"이현로를 부르면 어떠할지요."

"이현로는 안평대군의 사람이란 소문이 자자하더구나."

"바로 그 점을 역으로 이용하자는 겁니다. 만약 이번 일에 당대 최고의 풍수학으로 알려진 이현로가 개입돼 있다면 떳떳이 부름에 응하지 못할 것입니다. 쇠말뚝 일을 떠보기도 할 겸 그를 불러 선영과 집터를 향해 분다는 살풍인지 삭풍인지에 의견을 구하시지요. 이번 일은 가문의 앞날에 매우 중요한 거래가 될 것입니다."

"어찌하여 그렇다는 거냐?"

"만약 안평대군이 이번 일과 관련이 없는 것으로 드러난다면 이현로를 매개로 하여 적극 관계를 트십시오. 안평을 얻는다면 어느 세력도 아버님을 가벼이 여기지 못할 것입니다."

"안평대군과는 한 차례 술자리를 같이 한 일이 있느니라. 지난 정묘년(세종 29년, 1447)에 안견이라는 화공이 그림 한 점을 완성하여 함께 시회를 연 적이 있었지. 그 뒤 다시 북방을 오가느라 관계가 소원해졌다만."

"이제부터라도 가깝게 지내시지요."

김종서는 흰 속눈썹을 움찔거렸다.

"허허, 정치가 전장의 일보다 더 어렵구나. 쇠말뚝은 어찌 하면 되겠느냐?"

"제가 아랫것들을 데리고 내려가 뽑아오겠습니다."

"그리 해라."

김승규는 절하고 김종서의 방을 물러났다.

"이현로를 아느냐?"

마주 오는 가마를 피하며 집사가 물었다.

"조선 최고의 술사라는 양반을 왜 모르겠수."

목효지가 퉁명스럽게 받았다.

"그자의 술법은 어떠냐?"

"땅을 보는 방법이 서로 달라 할 말이 없수다."

"무엇이 다르다는 거냐?"

김종서가 보낸 집사는 풍수에 관심을 보이며 꼬치꼬치 캐물었다.

"그걸 어찌 다 말로 설명하겠수."

목효지는 대답하기 귀찮다는 듯 성큼성큼 앞서서 골목을 빠져나갔다.

"이놈, 좋은 정보를 귀띔하려 했더니 되레 성을 내는구나."

목효지가 걷다 말고 물었다.

"답답하게 그러지 말고 얘기해보슈."

"이현로가 올 모양이다. 정신 똑바로 차리고 대거리하거라."

"흥, 그런 소인배는 스무 명이 온다 해도 끄떡없소."

"뭘 믿고 헛소리냐?"

"땅은 정직하기 때문이오. 땅은 거짓말을 하지 않소이다."

목효지는 무진년(세종 30년, 1448) 불당 상소사건 때 그와 대면한 적이 있었다.

목효지의 반대가 마음에 걸렸던지 세종은 조정 내 다른 풍수학을 지정하여 불당 터를 지리적으로 따져보라 일렀다. 그때 지목된 인물이 바로 이현로였다. 세종의 진노를 사 의금부 옥사에 갇힌 목효지는 그 소식을 듣고 내심 기뻐했다. 이현로라면 소문이 어떠하든 땅을 제대로 볼 줄 아는 당대 최고의 풍수통이었다. 불당이 들어설 문소전 자리가 풍수적으로 안고 있는 제반 문제들을 그대로 주상께 상언할 것이었다. 그렇게만 된다면 주상도 자신을 내친 어명을 거두어들일 것이라 믿은 것이다.

이현로는 치기 어린 노비 풍수의 믿음을 허무하게 배반했다. 풍수를 배운 자라면 당연히 문소전의 풍수적 문제들을 솔직히 상언해야 함에도 지극히 간사한 언질로 세종께 그 땅이 아무런 문제도 없다고 상고했다. 곤장을 맞고 풀려난 목효지는 그 길로 달려가 퇴궐하는 이현로를 막아섰다. 목효지는 문소전 능선 곳곳에 샛길이 생겨 혈이 끊어지고 북쪽에서 살풍까지 부는데 어찌 그 땅이 성한 곳이냐고 따져 물었다.

"네놈은 땅만으로 풍수를 보느냐?"

이현로는 땅바닥에 침을 찍 뱉고 돌아서버렸다. 노비 출신에 풍수를 배웠다고 거들먹거리던 목효지를 이현로가 곱게 볼 리 없었다. 비단 이현로뿐만 아니라 궁궐 내 풍수학인들에게 목효지는 처음부터 눈엣가시였다. 반대 상소를 접한 세종이 화를 내며 목효지에 대한 치죄를 명했을 때 누구도 나서서 변호하지 않은 것만 보아도 알 수 있다. 그날, 이현로의 입가에 서린 비웃음과 멸시의 눈빛은 목효지에게 잊을 수 없는 화인이 되었다. 땅이 아닌 다른 것으로도 풍수를 말하는 자, 그를 다시 대면하게 된 것이다.

겨우내 언 땅이 녹아 질펙거리는 곳을 피해 김종서 대감 댁 앞에 도착하니 하인들 서너 명이 지게로 져 온 모래를 삽으로 떠 대문 앞에 뿌리고 있었다. 버석거리는 모래를 밟고 솟을대문을 넘자 먼저 도착한 이현로가 마루에 앉아 갓신을 털다가 의아해하며 입을 딱 벌렸다. 목효지는 그를 무시하고 먼저 안으로 들어가 김종서에게 절했다. 뒤따라 들어온 이현로가 노골적으로 불쾌함을 표시했다.

"아니 저자는 전농시의 종놈이 아닙니까? 어찌 저런 자와……."

옆에 앉은 김승규가 웃으며 대답했다.

"어서 오시오, 이 정랑. 안 그래도 그 일로 청한 것입니다."

"그 일이라니요?"

"실은 조상님 무덤에 변고가 생겼습니다."

"변고라니요?"

"누군가 선영에 은밀히 쇠말뚝을 박았는데 치밀하기가 이를 데 없으니 도대체 저들의 속셈을 모르겠습니다."

김승규는 지난해 가을, 하인들과 벌초를 하다가 선영에서 쇠말뚝을 발견하게 된 일이며 공연한 구설수를 피하기 위해 풍수학인이 아닌 목효지를 끌어들인 이야기, 풀무질고개를 염탐하여 말뚝 제조처를 알아낸 것과 목효지가 이장을 권유한 일련의 과정을 하나도 빠짐없이 이현로에게 들려주었다. 얘기가 끝나자 이현로가 대뜸 목효지에게 물었다.

"대감이 쇠말뚝을 조사하라 일렀거늘 너는 어찌하여 겁도 없이 묘의 이장을 운운하였느냐? 네놈의 음흉한 속셈부터 듣고 넘어가야겠다."

목효지는 못 들은 척하고 차분히 마음을 가라앉혔다. 어차피 치러야 할 싸움이었다. 이현로를 넘지 못한다면 평생을 구차한 전농시 노비로 썩어갈 판이었다. 이현로를 딛고, 풍수를 등한시하는 대신들을 넘어서서, 주상과 마주서야 한다. 신분의 사슬 따위는 가볍게 끊어버리고, 일국의 토대를 세운 도선이나 무학처럼 아득히 신화가 되고 싶었다.

"이 지관께선 무엇으로 풍수를 보십니까?"

"뭣이? 이 지관……."

뜻밖의 반격에 이현로는 목덜미까지 시뻘겋게 달아올랐다.

"지관을 지관이라 부르는데 무엇이 문제겠소?"

"이놈, 종놈 주제에 글깨나 읽었다고 뵈는 게 없구나."

"음흉한 속셈을 듣고 싶다 하지 않았소? 그 답을 구하기 위해 무엇으로 풍수를 보느냐 물었는데 대답은 하지 않고 어이 신분만 들먹이시오? 이 자리에 나를 부른 건 앞에 앉으신 대감께서 신분의 고저를 떠나 의견을 묻고자 함이실 텐데 무례를 저지르지 마시오."

김종서와 김승규는 말리지도 않고 두 사람의 논쟁을 흥미롭게 지켜보았다. 사실 이현로가 허점을 보일수록 유리한 쪽은 김종서였다. 이현로가 쇠말뚝에 관련되었다면 목효지와 논쟁하는 과정에서 실수를 범하거나 엉뚱한 답을 내놓을 확률이 높았다. 반대로 쇠말뚝과 관련이 없다면 애초의 목적대로 목효지가 제기한 이장 문제에 자문을 구하고, 더불어 안평대군과 관계를 틀 수 있는 좋은 기회였다.

"무엇으로 풍수를 보냐니! 정녕 몰라서 묻느냐? 풍수학인이라면 으레 산줄기를 살피고, 그다음 안산과 청룡백호를 꼼꼼하게 따져 보고 나서 물이 흘러들고 나가는 모양을 보고, 거기에 망자의 사주를 더하면 금상첨화가 아니겠느냐?"

"망자의 사주라굽쇼? 어허, 땅만으로 풍수를 보지 않는다 하여 비장의 무기라도 지닌 줄 알았더니 사주라……. 사주가 묏자리와 무슨 관련이 있다고! 죽은 자도 사주를 본답디까?"

땅을 보는 방법은 크게 세 가지로 나뉘었다. 첫째가 산과 산 주변의 형세를 보고 기의 흐름으로 땅을 파악하는 것으로 풍수에선 이를 형세론이라고 불렀다. 둘째는 지형의 외형적 특징을 사물의 생김에 빗대어 그 특징에 따라 분류하니 곧 물형론이다. 이현로가 언급한 사주는 세 번째 방법인 이기론의 일종으로 지리의 특성에 좌향을 더해 음양오행의 흐름을 살피고 나아가 땅 주인의 사주까지 집어넣어 복잡하게 따지는 것으로, 글귀나 읽었다며 거들먹거리는 풍수학인들이 많이 쓰는 수법이었다.

"그렇다면 네놈은 무엇으로 땅을 본단 말이냐?"

"나는 여기 박힌 두 눈깔로 보오."

이현로는 모욕감을 참지 못하고 몸을 부들부들 떨었다. 거기에 더욱 이현로를 당황하게 만든 것은 김종서와 김승규의 이해 못할 태도였다. 목효지의 계속되는 빈정거림에도 김종서나 김승규는 별 반응을 보이지 않고 두 사람의 논쟁을 지켜보았다. 한술 더 떠 문간에 앉은 늙은 집사까지도 입을 헤벌리고 재미있다는 듯 웃었다.

"대감, 어찌 막돼먹은 자를 불러 저를 희롱하도록 두십니까? 저자가 뉘인지 정녕 모르신단 말입니까? 저자는 십여 년 전에 노비의 본분도 잊고 감히 현덕왕후 마마의 산릉 작업에 참견하여 주상의 용안을 흐리게 하였다가 뒤늦게 주상께서 그 사악함을 알아보시고 곤장을 쳐 다시 노비로 내친 자가 아닙니까?"

그제야 김종서가 끓어오르는 가래를 삼키며 목효지를 나무랐다.

"음, 내 가만히 듣자 하니 네놈 말투가 참으로 요사스럽다. 이 정랑이 바쁜 와중에도 청을 뿌리치지 못하고 버선을 적셔가며 달려왔으니 속히 이장을 권한 이유나 말하거라!"

또한 이현로를 달랬다.

"저놈의 방자함은 죄로 물을 터이니 이 정랑도 그만 화를 가라앉히게."

목효지는 고개를 숙이고 고분고분 대답했다.

"소인이 감히 이장을 권한 이유는 선영 왼쪽 골짜기에서 불어오는 골바람이 예사롭지 않았기 때문입니다. 골바람은 살풍이 되어 지기를 흩어지게 하고 땅에 묻힌 뼈를 녹게 하니 그 기가 자손에 영향을 주어 반드시 화를 부르는 이치입니다."

이현로는 목효지를 거들떠보지도 않은 채 김종서에게 물었다.

"혹시 선영을 그려놓은 게 있는지요?"

김승규가 문갑을 열고 두루마리를 꺼냈다. 지난번 공주로 쇠말뚝을 뽑으러 내려갔다가 혹시나 하여 붓으로 거칠게나마 그려 온 묘역도였다.

"이자의 말대로 살풍이 분다면 그 강도에 따라 이장을 고려할 수도 있음은 사실입니다. 허나 묘 근처에 나무를 심어 비보하거나 골짜기에 나무를 심어 살풍을 차단하는 방법이 있으니 묘를 옮기는 일만이 능사는 아닌 줄 압니다."

그림을 천천히 뜯어보고 난 이현로가 신중하게 대답했다.

"어허, 공연히 호들갑을 떨 뻔했군. 그렇다면 쇠말뚝은 어찌 된 건가? 점으로 표시된 지점에 일곱 개의 쇠말뚝이 박혀 있었네."

이현로는 묘역도를 눈앞으로 끌어당겼다.

"선영이 혹시 북쪽을 향해 있지 않습니까?"

"바로 보았네."

"범인들은 묘역이 북두칠성의 정기를 받지 못하도록 일곱 개의 쇠말뚝을 박은 것입니다. 쇠말뚝이 무덤 오십 보 상방에 집중된 이유는 그곳에서 혈이 꺾이기 때문이지요."

목효지의 지적과 크게 다르지 않은 대답이었다.

"자넨 가보지 않고도 훤히 보는 듯하이. 한데 자네는 누가 쇠말뚝을 박았다고 보는가? 내 자네를 믿고 이리 불렀으니 짐작되는 게 있으면 말해보게."

김종서는 붓끝처럼 뾰족한 수염을 아래로 쓸어내렸다.

"소인이 보기에는……."

이현로는 고뇌에 잠겼다. 겉으로 표현은 안 했지만 김종서와 김승규는 초조하게 이현로의 대답을 기다렸다. 아직 이현로에 대하여 드러난 것은 아무것도 없었다.

"누군가 대감의 세력을 견제하려 함이 아니올지요?"

이현로는 속내를 꺼내지 않고 한발 물러앉았다.

"자넨 수양과 안평, 두 대군의 집에 가본 적이 있는가?"

내친 김에 김종서는 칼을 빼 들었다.

"가, 가보다니요……."

이현로는 당황하며 말을 얼버무렸다.

"허허, 놀라긴. 두 대군의 집터가 풍수적으로 어떠하냔 말일세."

"아……."

이현로는 곧 냉정을 되찾았다. 순간이었지만 김종서가 쇠말뚝의 배후로 왕실을 염두에 두고 있다는 것을 이현로는 눈치 챘다. 그가 안평대군의 사람임을 모를 김종서가 아니었다. 김종서는 직접적으로 쇠말뚝과 안평, 나아가 이현로 자신의 관련 여부를 묻고 있는 것이다. 상대는 물었고 어떡하든 답을 내놓아야 한다. 김종서는 성격이 급해 기다릴 줄 모르는 자였고 또한 직선적이었으며 협작을 몰랐다. 세종이 그토록 김종서를 아낀 것도 김종서의 우직한 성정을 일찍이 간파한 때문이었다.

"안평대군 나리가 거하시는 인왕산 옥동 계곡의 집터를 보건대 좌우 산줄기가 드세지 않아 편안하고 주산인 목멱산은 높지 않으면서도 거리가 멀어 그 사이에 백성들의 흙담이 즐비하니 이는 권력과 물욕을 버리고 음악과 시를 벗하며 한평생 고요하실 자리입니다."

김종서는 곧 그 말을 알아들었다.

"그렇다면 수양대군은 어떠한가?"

"외람되오나 아직 수양 나리의 집터는 살필 기회를 얻지 못했습니다."

이현로는 너무도 태연하게 위기를 넘겼다.

'과연 구렁이처럼 속을 알 수 없는 자라는 소문 그대로다.'

말문이 막힌 김종서는 잠자코 있던 목효지에게 물었다.

"네놈이 보기엔 두 대군의 집터가 어떠하냐?"

모처럼의 미끼를 목효지는 놓치지 않았다.

"안평 나리의 집터는 이 정랑의 의견과 같사오나 한 가지가 다르옵니다."

"오호, 무엇이?"

"소인이 언젠가 인왕산에 올라가 멀리서 안평 나리의 집터를 내려다봤사온데 외형상 그 터는 복사꽃이 활짝 핀 형상, 곧 도화만개형桃花滿開形의 명당에 얹혀 있었습니다. 꽃이 활짝 피었으니 벌과 나비가 날아드는 것은 당연한 이치이온지라 안평대군 나리께서 예를 사랑하시고 널리 시인 묵객과 교류하시는 이유가 여기에 있습지요."

김종서는 무릎을 쳤다.

"하하, 도화만개형이라……. 땅의 외형과 실제 사물의 특성을 연결하다니. 듣기에 따라서는 제법 그럴듯하다. 한데 그게 과연 말이 되는 것이냐?"

"땅을 보는 방법은 형세론이 첫째이온데 지기가 아름답게 흘러드는 모양을 살피는 방법이옵고, 그다음 땅이 생긴 형국을 사물에 잇대어 살피니 풍수에서는 이를 물형론이라 하옵니다. 이 두 가지에 술사의 직관을 더해 땅과 땅 주인과 후손의 운명을 보옵니다."

이현로가 눈을 부릅뜨며 목효지를 나무랐다.

"이놈, 가만히 듣고 있자니 말이 가관이구나. 도대체 땅의 외형이 사물의 특성과 어떻게 관련이 있다는 말이냐? 어디서 그 따위 헛소리를 나불거리느냐?"

형세론은 대부분의 술사들이 뜻을 같이했으나 물형론은 신뢰하지 않는 술사들이 많았다. 명나라 서적으로 풍수를 공부한 이현로는 특히 물형론이라면 고개를 저었다.

"허허, 그러지 말고 좀 더 들어보지. 계속 말해보거라."

김종서가 한쪽 눈을 끔벅하며 이현로를 달랬다.

"집터가 분명 편안하고 여유로운 자리이긴 하나 활짝 핀 꽃은 곧 시드는 법이옵니다. 이는 때가 되면 이우는 보름달과 같은 현상입지요. 더구나 날씨가 맑은 날이면 관악산의 화기가 측면에서 강렬하게 집터를 내리 쏘는지라 이는 가까운 장래에……."

이현로가 노하여 소리를 질렀다.

"저런 쳐 죽일 놈, 어디서 그런 망발을……. 책임질 수 있겠느냐?"

"땅은 거짓말을 하지 않으니 책임을 지라면 못 질 것도 없지요."

"어허, 저런 고얀 놈."

김종서는 이현로의 반응을 살필 겸 계속 질문을 던졌다.

"그럼 수양대군의 집터는 어떠하냐?"

"한양의 중추에 자리한 수양대군 나리의 집터는 좌·우 끝으로 뻗어내린 무악(안산)과 인왕의 두 줄기가 게의 집게발처럼 집터를 호위하는 형국이니 그 위세가 사뭇 당당하고 인왕산에서 생가까지 이어지는 지세의 흐름이 오므린 손바닥 모양을 하고 있으니 이를 풍수 용어로는 '와혈窩穴'이라 하여 대단히 귀히 여기는 곳입니다. 하루는 소인이 목멱산 중턱에 올라가 집터를 살펴보니 주변 지형보다 볼록하게 솟은 곳에 집이 들어앉았고 생긴 모양이 영락없이 밤송이를 닮은 율방형栗房形 명당이었사옵니다."

"와혈도 모자라 율방형이라? 하하, 밤 가시 말이냐? 그것 참 재미있다."

"날카로운 가시로 무장한 밤송이 속의 밤알은 언젠가 밖으로 나와야 하는 운명입니다. 밤송이가 벌어지면 필연적으로 주변 사물은 가시에 찔리게 되지요."

순간 방안의 공기는 차갑게 얼어붙었다. 김종서도, 김승규도, 객으로 초대받아 온 이현로도 그 말이 무엇을 뜻하는지 모르지 않았다.

"너는 그 많은 곳을 언제 다 살피고 다녔느냐?"

김종서가 애써 화제를 다른 곳으로 돌렸다.

"무릇 풍수를 공부한다면 왕실의 집터를 살피는 건 기본이라 여깁니다."

이현로의 얼굴이 붉으락푸르락해졌다.

"그만하면 됐으니 너는 돌아가거라."

목효지가 나가자 김종서가 이현로에게 은밀히 중얼거렸다.

"아랫것들이 후원에 술상을 봐두었으니 자리를 옮겨 더 이야길 나누세."

이현로는 김종서를 따라 후원으로 나섰다. 목효지에게 당한 수모로 기분이 언짢았으나 김종서가 자신을 부른 이유가 다른 데 있다는 것을 알았기에 그나마 위안이 되었다. 목효지가 수양대군 집터에 대한 해석을 내놓았을 때 이현로는 치기 어린 노비 풍수의 말에 가소로움을 느꼈다. 그 자신, 이미 오래전부터 수양대군의 집터

를 은밀히 살펴온 바였다. 수양의 집터는 목효지의 말처럼 염려할
만한 땅이 아니었다. 설령 수양의 기운이 일시 흥한다 해도 그쯤은
풍수적으로 얼마든지 제압할 자신이 있었다.

"노비는 노비다워야 노비인 게지."

이현로는 쓸쓸히 웃으며 황사로 뒤덮인 하늘을 올려다보았다.

구텃굴

한양을 등진 구텃굴에도 어느덧 봄이 왔다. 백운대 깊은 골짜기에서 흘러내린 시냇물은 산벚꽃잎으로 한껏 멋을 낸 채 졸졸거리며 한강으로 흘러나갔다. 크고 작은 언덕에는 진달래와 철쭉이 군락을 이루었다. 비봉 중턱 승가사 승려들이나 탁발을 하러 이따금씩 오갈 뿐인 오솔길은 봄비가 한 차례 지나간 뒤부터 갓 돋아난 어린 싹들이 점령해버렸다. 겨우내 눈을 이기지 못하고 부러진 나뭇가지 위로는 다람쥐들이 뛰어다녔고, 알을 낳아 예민해진 꿩들은 작은 소리에도 푸드덕 날아올랐다.

　양정은 말에 박차를 가하며 들고 있던 창을 던졌다. 창은 이십 보 가량을 날아가 나무 과녁에 꽂혔다. 동시에 양정은 등에 메고 있던 환도를 꺼내 열 보 간격으로 세워진 볏짚들을 베었다. 나무에 엎힌 볏단이 바람을 일으키며 동강났다. 양정이 자리로 돌아오자 이번에는 유수가 뒤를 따랐다. 유수가 말을 타고 한 바퀴 달려오자 홍달손과 임운, 그밖에 새로 가세한 십오륙 인의 무뢰배들이 같은 동작을 연출하며 산비탈에 마련된 훈련장을 빙빙 돌았다. 뻐꾹새 우는 소리가 간간이 들려올 뿐 입을 여는 사람은 없었다.

한바탕 무예가 끝나자 장정들은 항아리로 몰려가 땀을 닦으며 물을 마셨다. 양정 일당은 말대가리의 명으로 약 한 달 전부터 이 곳에 머물며 무예를 연습해왔다. 처음엔 네 명에 불과했으나 이런저런 무뢰배들이 합류하면서 어느덧 그 인원은 스무 명에 육박했다. 구텃굴 입구에 자리한 무예훈련장은 고려 때 한양 북쪽을 방어하던 수비대가 사용했던 곳으로 마장과 활터가 함께 갖추어져 여러 무예를 한 번에 연습하기에 제격이었다. 또한 사방이 뽕나무로 가려져 안이 잘 들여다보이지도 않았다.

휴식을 마친 장정들은 교관으로 보이는 사내의 신호에 따라 일사분란하게 말에 올라탔다. 이번에는 두 명씩 짝을 이루어 마상에서 목검을 들고 검술 대결을 펼쳤다. 군사훈련을 시작한 지는 얼마 되지 않았으나 본래 싸움질로 잔뼈가 굵은 자들이어서 실력은 하루가 다르게 발전했다. 삼시 세끼 밥상에는 고기가 끊이지 않았고 이따금씩 도성 근처로 내려가 주막 하나를 통째로 빌려 술까지 퍼먹이니 비록 힘든 훈련이지만 누구 하나 불만을 가진 자는 없었다. 말대가리가 그들에게 주문한 것은 딱 두 가지뿐이었다.

'입을 다물어라. 명령에만 귀를 기울여라.'

말대가리는 이삼 일에 한 번 꼴로 나타나 훈련 상황을 살피고 돌아갔다. 그가 어디로 가는지, 왜 싸움 연습을 시키는지, 자고 나면 늘어나는 무뢰배들은 어디서 끌어들이는지, 양정과 유수는 궁금해 미칠 지경이었지만 그럭저럭 잘 참아냈다. 말만 잘 들으면 당하관도 가능하다는 말대가리의 언질은 그들에게 인내할 힘을 주었다. 오직 말만 잘 들으면 훈련원 주부도 되고 당하관도 되는 것이다.

검술 대결이 끝나자 이번에는 수박 겨루기가 펼쳐졌다.

"저기 교관 노릇을 하는 자는 누군가?"

뽕나무 틈새로 훈련장을 엿보던 수양대군이 물었다.

"사복시에서 말을 관리하던 홍윤성이란 자입니다. 재작년에 문과에 급제했으나 무예가 출중하여 문무를 겸비한 자로 무지렁이들을 훈련시키기엔 그만입죠."

말대가리가 허리를 굽신하며 소리를 낮췄다.

"저들의 존재가 세인들 입방아에 올라서는 안 되니 특별히 주의하게."

"실수 없도록 하겠습니다."

그들은 말을 묶어놓은 곳으로 걸어 내려왔다.

"요즈음 천기는 어떠한가?"

"일 년 안에 사단이 있을 겁니다."

"형님 건강을 말함인가?"

"그렇습니다."

"그다음은 어찌 되겠는가?"

"최후의 승자는 나리가 될 것입니다. 비록 김종서나 황보인에 대한 조정의 신임이 두텁다고는 해도 제대로 손 한번 쓰지 못하고 다

할 운입니다. 집현전 학자들도 마찬가지지요. 말씀드리기 송구하오나 안평대군이나 영흥대군도 힘을 쓰지 못하도록 다 방비를 해두었습지요. 온 강토의 정기가 나리를 향해 모이고 있습니다. 비단 풍수 차원의 비보뿐만 아니라, 방금 보셨다시피 감투라면 목숨을 기꺼이 내놓을 무뢰배들도 모아두었습니다. 안평대군과 교류하며 지내는 인사가 수백 인이라고는 하나 계집 허리나 움켜쥐고 시 나부랭이나 읊을 줄 아는 그들이 난국에 무슨 소용이며, 김종서의 수하들이 변방에서 수만의 군대를 이끌고 있다고는 하나 장수가 없을진대 오합지졸이 아니오리까?"

"음……."

수양은 묵묵히 말에 올랐다.

'정작 무서운 자는 내 아우나 김종서가 아니라 저 한명회다.'

집현전 교리 권남이 말대가리로 불리는 한명회를 소개했을 때만 해도 일이 이렇게까지 커질 거라고는 짐작하지 못했다. 개경에서 다 허물어져가는 궁터를 지키던 한명회는 한양으로 오자마자 외모만큼이나 기이한 일들을 하나씩 벌이기 시작했다. 풍수비보를 한답시고 백 개도 넘는 쇠말뚝을 주조해 은밀히 날랐고, 한양 주변의 산신들을 미리 달랜다며 중들을 불러 모아 돼지 잡고 소 잡아 삼각산과 목멱산, 관악산에서부터 멀리로는 강화도 마니산, 강원도 태백산으로 제사를 지내러 다녀오기도 했다.

수양이 그를 믿고 신임하는 이유는 누구도 따를 수 없는 신통한 능력 때문이었다. 한명회는 가까운 장래에 일어날 일을 정확히 예측하는 놀라운 재주를 지녔다. 천기를 물어본 이유도 그 때문이었다. 한명회가 수양대군 집에 출입한 지 며칠 되지 않은 어느 날, 목멱산 봉수대가 일제히 다섯 줄기의 연기를 피워 올린 적이 있었다. 이는 곧 변방에 적이 침략했음을 의미하므로 한양 전체가 하루 종일 들끓었다. 그 전날, 한명회는 저녁 문안 자리에서 내일 벌어질 일을 예견하고 이렇게 수양을 안심시켰다.

"하늘을 보니 자미성 주변에 붉은 기운이 들끓어 내일 반드시 북방에서 변고가 일어날 것입니다. 하지만 별 일 아니니 괘념치 마십시오."

실제로 그날, 여진족 부족 간에 전쟁이 벌어졌고 도망치던 무리 수백 명이 일시적으로 두만강을 넘었다가 조선 군사에 쫓겨 되돌아간 일이 있었다. 그 사건 이후 수양은 한명회를 더욱 신임하게 되었는데, 한명회는 해몽에도 뛰어나 수양이 불길한 꿈을 꾸는 날이면 미리 진퇴를 알려주었다. 만약 이를 어기면 반드시 크고 작은 우환이 따랐다. 불과 일 년이 조금 지났을 뿐인데 한명회는 수양에게 없어서는 안 될 손발이 된 것이다. 더불어 가슴 저 밑바닥에 꼭꼭 담아둔 꿈도 점점 현실이 되어가는 듯했다.

마지막 승부수

목효지는 등목을 마치고 돌아와 옷을 갈아입었다.

"쥐새끼처럼 또 어딜 가려고? 걸리면 나 책임 못 진다."

벽에 기대앉아 하품하던 규삼이가 황소 눈깔을 하고 물었다.

"절재 대감이 불러서 나갔다고 해."

"지난해 좌의정이 되신 김종서 대감 말이냐? 이놈이 돌아도 단단히 돈 모양이군. 몇 번 불려갔다 오더니 아예 눈에 뵈는 게 없나 보네. 인마, 종놈이면 종놈답게 굴어라. 밤마다 이슬 맞고 돌아다니는 거 보기도 이제 역겹다."

목효지는 코를 실룩하며 비웃었다.

"흥, 네놈은 늙어 죽을 때까지 종놈질이나 실컷 해라. 난 그리 못한다."

"나가면 뭔 뽀족한 수가 있다냐."

목효지는 잠자코 밖으로 나와 숙소 밖 담장을 타넘었다. 사람 왕래가 뜸한 전농시 북쪽 담장으로 늘 넘던 자리였다. 기왓장 하나가 무게를 이기지 못하고 담장 안쪽으로 떨어졌다. 자세를 낮추었지만 나와 보는 사람은 없었다. 숙직하는 관원 한 명과 말단관리들 서너 명을 제외하면 유시부터 다음 날 아침까지 전농시는 종들의 세상이나 마찬가지였다. 개국 초만 해도 수백 명에 달했던 전농시 노비는 세종 임금이 흥인문 밖 동적전을 주변 농민들에게 맡기는 조치를 취하면서 지금은 수가 스무 명 안팎으로 줄어들었다.

목효지는 반송방을 먼발치에 두고 북촌을 지나 지름길로 뛰었다. 등목을 하고 나왔는데도 초여름 열기가 목덜미를 달구었다. 오늘은 방법을 불문하고 꼭 김종서를 만나 마지막 승부수를 던질 참이었다. 지난 두어 달 동안, 목효지는 세 번이나 김종서를 찾아갔으나 번번이 만나지 못하고 돌아왔다. 두 번은 김종서가 집에 없었고 세 번째 방문에서는 김종서를 기다렸다가 재빨리 대문으로 따라 들어갔으나 집사에게 목덜미가 잡혀 밖으로 내처지고 말았다. 왈짜하게 소란을 피웠지만 김종서는 거들떠보지 않았다.

봄부터 전농시로 복귀했지만 좀처럼 일이 손에 잡히지 않았다. 김종서가 손을 떼게 한 건 상대방이 누군지 짐작을 했기 때문일 것이었다. 물론 목효지도 어렴풋이 그 세력을 짐작할 수 있었다. 그러나 풍수를 떠난 정치적인 일이기에 관여할 일이 아니었다. 김종서에게 자신 있게 이장을 권유한 이유는 경기도 마전현에 보아둔 제왕지지 명당 때문이었다. 자미원은 아니지만 장차 닥쳐올 액운을 면할 수 있는 자리이며 김종서라면 그 터가 지닌 강한 기운을 능히 견뎌내고도 남을 만한 곳이었다.

목효지는 사랑채에 불이 꺼진 것을 확인하고 골목에 서서 기다렸다. 두 식경쯤 지나자 발소리가 울리며 골목 입구가 소란해졌다. 누런 초립에 때에 전 청색 중치막을 입은 가마꾼들이 등롱잡이를 앞세우고 부리나케 골목으로 들어섰다. 대문이 가까워지자 뒤에 섰던 집사가 뛰어나오고 뒤이어 대문이 끼이익 열리며 가마가 쏟아지듯이 솟을대문을 넘어갔다. 목효지는 어수선한 틈을 타 묻어가듯 가마 뒤로 따라붙었다.

가마가 일각문에 이르자 집사가 날카롭게 소리쳤다.

"멈추어라!"

등롱 불빛 아래 작고 단단한 체구의 김종서가 모습을 드러냈다. 붉은색 홍철릭과 등롱 불빛이 한데 아우러져 가마 주변을 붉게 물들였다. 김종서는 기다리던 아들 김승규와 몇 마디 귓속말을 나누더니 가죽신을 벗고 마루로 올라섰다.

"대감, 긴히 할 말이 있습니다."

목효지는 기회를 놓치지 않고 튀어나가 마루 밑에 무릎을 꿇었다.

"아니, 이, 이놈이……."

집사를 비롯해 부복해 있던 종들이 놀라 달려들었다.

"대감, 말씀을 들으시오. 소인이 한양 동북쪽 경기도 땅에 기막힌 명당을 보아두었습니다. 제발, 잠깐만 시간을 내어 제 말을 귀담아 들어주시오."

김종서는 뒤도 돌아보지 않고 방으로 들어가버렸다.

"이놈이 기어이 실성을 한 모양이구나."

종들이 달려들어 발길질과 몽둥이세례를 퍼부었다. 입술이 터지고 피가 목구멍으로 넘어가는 가운데에도 묵효지는 발악을 멈추지 않았다. 김종서는 끝내 나와보지 않았다. 종들은 목효지를 질질 끌어다가 대문 밖에 패대기쳤다. 목효지는 정신을 잃었다가 종들이 물을 끼얹는 통에 눈을 떴다. 기다리던 집사가 애써 타일렀다.

"자네도 참 딱하구만. 벌써 몇 번짼가? 잘못하면 쥐도 새도 모르게 죽는 수가 있어. 내 말 깊이 새겨듣고 이쪽에 얼씬도 하지 말게. 자네가 필요하면 그때 어련히 알아서 부르시지 않겠는가? 공을 세우고 싶거든 가서 잠자코 때를 기다려야지."

집사는 엽전 꾸러미를 던져주고 대문 안으로 사라졌다.

목효지는 다리를 절며 초야네로 올라갔다. 삭신이 쑤시고 입술에선 아직도 피가 흘렀다. 견디기 힘든 패배감으로 보낸 지난 몇 달을 생각하면 그래도 속은 후련했다. 앞으로의 일은 김종서가 감당해야 할 몫이었다. 선친의 묘를 그대로 두면 김종서는 죽는다. 직관은 시간이 지날수록 확신이 되었다. 이런 직관은 지금껏 빗나간 적이 없었다. 기화스님의 가르침대로 지리적인 요인들은 하나의 도구에 불과한지도 모른다는 생각이 들었다. 풍수의 형세론과 물형론, 이기론을 넘어서기 위해서는 누구도 넘볼 수 없는 직관을 지녀야 한다고 기화스님은 틈나는 대로 강조했다.

목효지는 있는 힘을 다해 초야네 대문을 두드렸다. 문이 열리고 늙은 중노미가 고개를 내밀었다. 목효지는 대문을 잡고 가까스로 버티며 악착같이 들고 온 엽전 꾸러미를 중노미 가슴팍에 안겼다.

목효지를 안으로 부축하며 중노미는 능숙한 솜씨로 대문을 닫아걸었다. 젊은 중노미가 웬 일인가 싶어 눈을 비비며 마당으로 내려왔다. 둘은 낑낑거리며 목효지를 뒤채 작은방으로 데려다 눕히고 아궁이에 불을 지폈다. 따뜻한 아랫목에 눕혀지자 목효지는 까마득히 정신을 놓았다.

목효지는 아침이 다 되어 눈을 떴다. 서리나 차비군들이 등청할 시간이어서 목효지는 아픈 걸 참고 몸을 일으켰다. 발길질에 채인 오른쪽 허벅지가 끊어질 듯 결렸다. 목도 돌아가지 않았고 정강이 뼈도 욱신거렸다. 누군가 손을 뻗어 어루만지는 손길에 목효지는 잠자코 몸을 맡겼다. 코에 익은 분 냄새가 맡아졌다. 목효지는 와락 여인을 껴안았다. 어제의 일을 떠올리자 비통한 감정에 주체할 수 없이 눈물이 흘렀다. 여인은 뿌리치지 않고 목효지를 안아주었다. 목효지는 여인의 볼을 매만지며 중얼거렸다.

"흥, 두고 보자!"

젖은 천으로 상처를 닦아주고 나서 초요갱은 윗목에 둔 약통을 끌어당겼다. 백반 가루가 입술에 닿자 목효지는 통증을 참지 못하고 끙끙댔다.

"아침을 준비하라 일렀어요……."

목효지는 불안한 듯 눈을 내리깔았다.

"늦었어. 숙소를 벗어난 걸 알면 멍석말이를 당할 거야."

"누룽지라도 챙겨줄까요?"

때 긴 단삼에 팔을 집어넣으며 목효지는 고개를 끄덕였다.

"참, 요즘도 양정이놈이 얼쩡거리나?"

초요갱은 고개를 저었다.

"그놈을 찾아야 해. 놈이 오면 어디서 무얼 하는지 좀 알아봐줘."

요갱은 밖으로 나갔다가 누룽지를 챙겨 들어왔다.

"몸이 상하면 한세상 잘 살아보겠다는 열망도 다 헛수고예요."

"때리면 맞아야지. 별 수 있나?"

"싸운 게 아니고?"

"싸우긴 누가 싸웠다고 그러냐."

방을 나가려다 말고 목효지는 엉거주춤 선 초요갱의 어깨를 잡았다.

"초야, 난 이곳 한양이 지긋지긋해졌다."

"……?"

"술청 정리하고 나랑 멀리 도망가자. 금강산이든 오대산이든 사람이 살지 않는 깊은 골짜기로 들어가자. 나랑 거기서 한평생 살아보지 않을래?"

초요갱은 대답하지 않았다.

"일간 다시 올 테니 대답은 그때 듣기로 하지."

목효지는 쏘듯이 내뱉고 뒤채를 빠져나갔다.

목효지는 한 달 뒤 시간을 내 마뫼골을 찾았다. 술청 골목은 국상國喪 중이라 그런지 절집처럼 조용했다. 지난해 술청이 두 개 더 들어서서 마뢰골은 그럭저럭 한양의 신흥 술도가로 자리를 잡아가는 중이었다. 사대문을 제외하면 인정을 친 뒤에도 통행 제한이 느슨하여 밤이 늦어도 샛길만 꿰고 있으면 어디든 가는 데 지장이 없었다. 행여 순라꾼에게 걸리더라도 엽전 한두 개면 육모방망이 세례를 면할 수 있고 그마저도 세도가들은 이런저런 핑계를 대며 빠져나가 근래 들어 마뢰골을 찾는 손님들이 부쩍 늘어났다.

세종의 뒤를 이어 왕위에 오른 문종 임금이 재위 삼 년 만에 승하한 것은 지난 달 중순이었다. 이틀 뒤, 조정에서는 황보인, 김종서, 정분을 산릉도감山陵都監과 국장도감國葬都監 제조로 삼아 왕릉 조성 작업에 들어갔다. 제향에 쓸 곡식과 술은 물론 돼지나 소의 도축에까지 관여하는 전농시도 덩달아 바빠졌다. 생과방生果房에서 파견 나온 궁중 나인들과 더불어 제사에 쓸 술을 빚고 술독을 관리하던 목효지는 틈나는 대로 궁궐 주변을 어슬렁거리며 돌아가는 상황을 염탐해왔다.

초야네는 깃발도 내려졌고 등롱도 꺼져 있었다. 사람이 아주 없지는 않은 듯 숙소로 쓰는 뒤채와 종들이 쓰는 문간채, 손님을 받는 안채 모두 희미하게 불빛이 새어 나왔다. 뒤채 한지문에 여자의 그림자가 어른거렸으므로 목효지는 몸을 낮추고 한동안 동정을 살폈다. 이번에는 까르르 여자의 웃음소리가 흘러나왔다. 술에 취해 기분이 좋을 때면 이따금씩 흘리는 초야의 웃음소리를 듣자 목효지는 피가 거꾸로 솟는 것 같았다.

'혹시?'

언뜻 양정의 산적 같은 상판이 떠올랐다.

"이런 쳐 죽일 연놈들!"

목효지는 담장을 타고 넘어가 도둑고양이처럼 뒤채 앞으로 기어
갔다. 초야의 것이 분명한 여인의 교성이 규칙적으로 문풍지를 울
렸다. 목효지는 고개를 숙이고 손으로 마루 밑을 더듬었다. 주먹만
한 돌멩이가 잡히자 냉큼 꺼내 들고 마루로 발을 올려놓았다. 그때
후다닥, 이불 젖히는 소리가 났다. 목효지는 몸을 숙이고 도로 마
루 밑으로 기어 들어갔다. 문이 열렸다 닫혔다. 안에서 주고받는
말소리가 들렸다.

"밖에서 소리가 난 것 같은데."

"아무도 없어……."

다행히 양정의 목소리는 아니었다. 두 남녀는 재차 교합에 열중
했다. 초야의 교성은 시간이 흐를수록 점점 끈적끈적해졌다. 목효
지는 마루 밑을 기어 나와 담장을 넘었다. 잎이 무성한 감나무 위
로 올라가 안의 동정을 살피며 기다렸다. 지난해, 김종서 장군 댁
에 들렀다가 몰매를 맞고 찾아온 뒤부터 요갱은 조금씩 태도가 변
했다. 모멸감을 느끼면서도 목효지는 습관처럼 마뇌골로 스며들었
다. 초야의 몸을 탐하고 있는 낯선 남자의 존재를 제외하면, 오늘
도 그런 많은 날들 가운데 하나일 뿐이었다.

서글퍼진 목효지는 나무에서 내려왔다.

'돌아가자. 부질없는 짓이다.'

그때 슬머시 문이 열렸다. 목효지는 몸을 낮추고 마루를 살폈다.
흰 두루마기를 걸친 몸이 비대한 남자가 밖으로 나왔다. 초요갱이
갓을 건네주며 웃음을 흘렸다. 남자는 아쉬움이 남는지 요갱의 허

리에 손을 두르고 입을 맞추었다. 피부가 희고 목이 짧은 남자였다. 기척을 들었는지 문간방에 불이 오르더니 등롱을 든 중노미가 나와 대문을 소리 나지 않게 열었다. 일행으로 보이는 하인이 등롱을 들고 양반을 술청 밖으로 안내했다. 그들이 사라지는 걸 확인하며 목효지는 뒤채 담을 넘었다.

"에구머니나!"

목효지를 보자 요갱은 비명을 지르며 주저앉았다. 요갱은 몸을 떨며 목효지를 노려보았다. 목효지는 둘둘 말린 이불을 보며 배를 쓰다듬었다.

"내가 때를 잘못 맞춘 모양이군. 괘념치 말고 술이나 한 사발 줘."

요갱은 잠자코 밖으로 나가 술상을 차려왔다.

"누구야?"

목효지는 술 두 사발을 거푸 넘기고 나서 물었다.

"전에 얘기한 평원대군 나리."

요갱은 순순히 대답했다. 그러면 목효지의 포기도 빠를 것이었다.

"어쩐지 차림새가 반듯하고 개기름이 흐른다더니만. 세상 말세로다. 다른 이도 아니고 제 형이 죽어 온 나라가 슬픔에 잠겼는데 계집 사타구니나 핥고 다니다니."

"보름도 더 지난 일인데 뭘."

"그래도 한 달은 안 넘었지. 국상 기간은 여섯 달이고."

요갱은 사발을 제 앞으로 끌어당겨 술을 부었다.

"이제부터 내 일에 나서지 말아줘……."

"오라, 드디어 든든한 끄나풀 하나 잡았다는 건가?"

"국상이 끝나면 정식 첩으로 삼는다고 했어."

"니미럴, 정식은 또 뭐야? 첩에도 정식과 부식이 있나?"

요갱은 무릎을 꿇었다.

"부탁이야. 이렇게 빌 테니까. 제발."

목효지는 술잔을 패대기치듯 내려놓았다.

"알았다 알았어. 나도 맘 떠난 여자에게 억지 부리긴 싫다."

목효지는 문을 열고 마루로 나왔다. 요갱은 따라 나오지 않았다. 목효지는 날아드는 풀벌레 한 마리를 손으로 때려잡으며 쓴웃음을 지었다. 밤바람이 시원하게 목덜미를 훑고 지나갔다. 골짜기에서 부엉이가 울었다. 짚신에 발을 꿰며 어둠에 잠긴 도성을 내려다보았다. 지금쯤 평원대군은 산을 거의 다 내려갔을 것이었다.

'평원대군의 기첩이 된다……. 그래, 나쁠 것도 없지. 가만!'

목효지는 짚신을 벗어던지고 방으로 뛰어들었다.

"평, 평원대군이 틀림없다고 했냐?"

요갱은 뜨악하니 목효지를 쳐다보았다.

"네 뜻대로 다 해줄 테니, 마지막으로 부탁 하나만 들어주라. 그러면 모든 게 끝이야. 여기 기웃거릴 일도 없다. 이렇게 약속하지."

목효지는 횡설수설하며 목청을 높였다.

"부탁이라니?"

"자세한 건 이따가 얘기할 테니 붓이랑 벼루부터 줘."

요갱이 문갑에서 붓과 벼루, 종이를 꺼내자 목효지는 급하게 먹을 갈았다.

"뭘 또 꾸미려고?"

"그치 언제 또 오지? 평원대군 말야."

"글피쯤 들른다고 했어."

"마침 잘됐군. 하늘이 나를 버리지 않았음이야."

목효지는 실성한 듯 중얼거리며 화선지에 글을 써내려갔다.

기화 스님

머리를 풀어헤친 망나니가 히뜩 웃으며 목효지를 노려보았다. 목
효지는 손이 뒤로 묶인 채 고개를 들었다. 서산 뒤로 노을이 끓고
있었다. 잎이 죄다 떨어진 감나무 위에 대여섯 마리쯤 되는 까마귀
들이 앉아 까악, 까악, 진저리가 처지도록 시끄럽게 울어댔다. 저
물어가는 석양이 망나니의 칼끝에 반사되어 무지개를 뿌렸다. 망
나니의 거친 숨결이 바로 코앞으로 지나갔다. 요도가 열리며 바지
춤으로 오줌이 쏟아졌다. 늘어서서 구경하던 아이들이 손가락질을
하며 깔깔거리고 웃었다. 까악, 까악, 까악…….

목효지는 땀을 흘리며 잠에서 깨어났다. 땀 냄새 가득한 좁은 방
안엔 평소처럼 코 고는 소리만이 울렸다. 잠든 사람들을 피해 목효
지는 문을 열고 밖으로 나왔다. 손톱 같은 초승달이 창고 건물 망
와望瓦*에 걸려 있었다. 어둠 속에 우뚝 선 망와는 머리를 풀어헤

친 망나니의 상반신과 비슷했다. 목효지는 오줌을 누고 방으로 돌아와 누웠다. 날이 밝기까지 눈을 더 붙여야 했지만 좀처럼 잠이 오지 않았다. 아직도 까마귀 울음소리가 들리는 듯했다. 불길한 예감이 그치지 않고 잠을 방해했다.

평원대군이 초요갱과 약속한 날짜에 찾아왔다면 지금쯤 서신은 이미 주상(단종)에게 전달되었을 것이었다. 목효지가 초요갱의 방을 나서다가 되돌아 들어간 이유는 초요갱에게 푹 빠진 평원대군을 적절히 이용하기 위해서였다. 그날, 목효지가 쓴 글은 어린 주상에게 올리는 비밀 서신이었다. 초요갱에게 눈이 먼 평원대군으로 하여금 편지를 몰래 궁궐로 가지고 가 조카인 주상을 배알하는 자리에서 보여주도록 부탁한 것이다. 평원대군은 수양이나 안평에 비해 상대적으로 권력의 중심에서 멀리 있었고, 그러기에 활동도 자유로웠다.

서신에는 문종 임금이 묻힐 자리가 흉한 땅이니 다른 곳으로 옮겨야 한다는 내용이 담겨 있었다. 목효지로서는 사실상 목숨을 건 승부수를 던진 셈이다. 목효지는 풍수적으로 능히 자신의 주장을 뒷받침할 자신이 있었다. 문제는 그 주장에 귀를 기울여줄 조정 중신들이 과연 몇이나 될까 하는 점이다. 한두 사람이라도 그 주장에 동조하면 산릉 작업은 중단된다. 만약 새 땅을 알아보는 쪽으로 의견이 모아지면 목효지는 오래전 소릉 상소를 올려 노비를 면했듯이 이번에도 큰 공을 세우는 것이다.

---

* 지붕의 마루 끝에 세우는, 와당이 달린 암막새.

'만약, 아무도 동조하지 않는다면…….'

그건 끔찍한 일이었다. 노비가 정식 절차를 두고 주상에게 몰래 서신을 보낸 예는 동서고금에 없거니와 용서를 받는다 해도 엉덩이가 흐믈거리도록 곤장을 맞을 만한 사안이었다. 서슬 퍼런 수양대군을 떠올리자 목효지는 그만 맥이 탁 풀리고 말았다. 만약 수양대군이 나서기라도 한다면 목숨을 부지하지 못할 수도 있었다. 수양대군은 소릉 상소 때에도 길길이 날뛰며 노비의 말을 들어선 안 된다고 떠들고 돌아다녔다.

활을 아주 잘 쏘았다던 할아버지가 역모 사건에 엮이지만 않았어도……. 수천 번도 더 들었던 부질없는 생각이 마음을 아리게 했다. 죽어가면서도 아들에게 글을 가르친 아버지는 평생 잊을 수 없는 상처가 되었다. 아버지가 죽고 자포자기하며 살던 나날들, 그러나 열다섯 살, 흥덕사에 들어가 기화스님을 만나면서 한 가닥 희망이 생겼다. 짬 날 때마다 책을 붙잡고 있던 목효지를 하루는 기화스님이 방으로 불렀다.

"글을 읽어서 무얼 하려고 그러느냐?"

목효지는 솔직히 대답했다.

"벼슬을 하고 싶습니다."

"하하하, 벼슬?"

기화스님은 서안을 내려치며 크게 웃었다.

"도대체 네게 글을 가르쳐준 한심한 작자가 누구더냐?"

차마 아버지를 욕되게 할 수 없어 침묵했다.

"못난 놈……."

기화스님은 뜰에 핀 목련을 힐끗 쳐다보았다. 송장나비 한 마리가 요사채 마루에 앉았다가 날개를 펄럭이며 방안으로 날아 들어왔다.

"방법이 영 없는 것은 아니다."

"그게 정말입니까?"

"내 오늘 너를 천천히 살피니 뼈가 굵고 키가 커 완력이 보통 소년들과 다르다는 걸 알겠더구나. 하니……. 당장 손에서 책을 내려놓고 무예를 익혀라. 나무를 깎아 창술과 검법을 연마하고 말 타는 법을 배워라."

"스님께서 어찌 제게 싸움을 배우라 하십니까?"

"무예란 해치기 위해서가 아니라 지키기 위해서 배우는 거다. 무예를 배워 재주가 출중해지면 가병을 기르는 집으로 들어가 공을 세워라. 나라에 도적이 들끓으니 전쟁터에 나가 공을 세우는 것도 좋은 방법이다. 그러면 천한 노비를 면할 길이 열리리라."

목효지는 가슴에 담아둔 이야기를 꺼냈다.

"무예를 배우기는 싫습니다."

여섯 살 때부터 목효지는 동네 꼬마들과 어울려 전쟁놀이를 즐겼다. 나무를 깎아 칼을 만들고 대나무에 명주실을 꿰어 활을 만들었다. 수수깡 끝에 돌촉을 박아 화살도 만들었다. 여덟 살이 되던 해, 목효지는 아버지에게서 무기를 잘 다루어 싸움판마다 쫓아다녔다는 할아버지 이야기를 들었다. 그 때문에 일족이 노비로 전락했고 할아버지는 네 마리 말이 끄는 수레에 사지가 찢겨 처참하게 죽었다. 그날 이후, 목효지는 나무로 깎은 무기들을 아궁이에 집어넣었고 아버지와 함께 밤마다 글을 배웠다.

"하면, 풍수를 한번 배워봄이 어떻겠느냐?"

기화스님은 책장을 열고 책 몇 권을 꺼냈다.

"이 책들은 조정의 지리학 시험과목이기도 한 『청오경靑烏經』과 『금낭경錦囊經』, 『호순신胡舜申』, 『명산론明山論』, 『동림조담洞林照膽』이다. 우선 이 책들부터 달달 외우되 외우지만 말고 그 뜻을 헤아릴 것이며, 뜻을 헤아리게 되면 나와 함께 산으로 올라가 실제로 땅 보는 법을 알아보자꾸나. 할 수 있겠느냐?"

목효지는 고민 끝에 물었다.

"예, 스님. 한데 풍수가 도대체 무엇입니까?"

"하늘이 아버지라면 땅은 생명을 잉태하는 어머니니라. 네가 어디서 나왔느냐? 어머니 뱃속이 아니더냐? 땅도 좋은 땅과 나쁜 땅이 있을 것이다. 좋은 땅과 나쁜 땅을 판별하여 집을 짓고 마을을 일구고, 또 사람이 죽으면 묻을 땅을 찾는 것, 그것이 풍수의 기본이다. 하지만 풍수를 알기 전에 먼저 우주의 원리를 깨달아야 한다. 땅에 사는 인간에게 가장 큰 영향을 미치는 것은 산과 물이다. 땅은 움직이지 않으니 음이요, 물은 끝없이 흐르니 양이다. 모든 만물은 음과 양의 조화 속에 질서를 부여받는다. 인간이 발을 딛고 선 땅에는 저마다 지기地氣가 흐르고 지기가 모인 곳이 바로 좋은 땅이 되는 것이다. 혈이 모인 곳에 집을 짓거나 무덤을 쓰면 좋은 기의 영향을 받게 되고, 혈이 파한 곳에 집을 짓거나 무덤을 쓰면 흉한 일이 잦고 후손들에게도 피해가 간다. 땅속으로 흘러가는 지기는 바람의 영향을 받는데 이것을 다스리는 것이 곧 장풍이다."

"이 책을 모두 외면 풍수를 알 수 있습니까?"

"그렇지 않다. 책의 저자들은 대부분 대륙인들이다. 풍수는 자연 지형의 영향을 받는 만큼 조선의 풍수와 대륙의 풍수는 엄연히 다르다. 그러니 참고만 하되 직접 들로, 산으로 나가 우리 땅 구석구석을 누비며 실험하고 비교해보아야 한다."

목효지는 일 년이 채 안 돼 십여 권의 풍수 서적을 달달 외웠다. 다음 해부터 기화스님과 청주목 인근을 샅샅이 누비고 다니며 비법을 전수받았다. 기화스님은 형세론과 물형론을 두루 풍수에 적용했지만 특히 산이나 터의 외형을 사물에 빗대어 그 사물의 특성과 인간의 운명을 연결하는 물형론에 비중을 두었다. 그것은 풍수를 배우던 목효지에게 풀 수 없는 수수께끼였다. 한양으로 올라와 홀로 풍수 공부를 하면서, 땅의 속성을 파악하고 그 속성이 거짓말처럼 들어맞는 걸 보면서 목효지는 끊임없이 자문했다.

'사물과 사물을 빼닮은 땅이 어떻게 같은 특성을 띠는 것일까.'

그것은 영원히 도달할 수 없는 수수게끼였다. 영전되어 중앙으로 가는 청주목사를 따라 한양으로 올라오게 되었을 때, 목효지는 스승을 찾아가 마지막으로 사물의 특성과 그것이 인간에 미치는 영향에 대하여 물었다. 그날, 스승은 오히려 되물었다.

"그렇다면 너는 실제 땅속으로 기가 흘러 인간의 명운을 관장한다고 보느냐?"

"그러합니다. 아니, 그리 배웠습니다."

"허허, 보이지 않는 기는 믿고 어찌 보이는 물형론엔 의문을 두느냐?"

"하지만 사물의 외형 속에 인간의 운명적 특성이 들어 있다는 것은……."

"껄껄, 네가 넘어서야 할 마지막 관문에 이르렀구나."

스승은 목효지를 데리고 홍덕사가 내려다보이는 언덕으로 올라갔다.

"자연과 인간은 본시 하나이니라. 인간의 마음에 거짓이 없는 상태, 욕망이 제거된 그대로의 마음 상태에 이를 때, 인간은 비로소 자연과 완전히 합일된 물아일체의 경지에 도달하게 되는 것이다. 자연과 내가 둘이 아닌데 너는 어찌하여 사물의 외형과 인간의 운명이 다르거나 같음을 고민하느냐?"

"말씀이 어렵습니다……."

목효지는 스승의 말을 제대로 이해할 수 없었다.

"땅을 보는 지관이 갖추어야 할 최종 덕목은 바로 직관이다. 직관은 마음에 번뇌가 없고 고요하여 사물과 자아가 하나가 될 때 발현되는 것이다. 풍수는 인간의 운명을 들여다보는 하나의 수단일 뿐이다. 풍수도, 주역도, 혹은 무당들이 점을 치는 행위도, 결국은 인간의 마음을 꿰뚫는 하나의 방법에 지나지 않는다. 어떠한 것에도 정답은 없다. 해석은 구만 가지요, 방법도 구만 가지다. 풍수도 마찬가지, 만약 신통력을 얻는다면 그것은 풍수가 아닌 네 지극한 마음의 문제다. 한양으로 올라가면 더 연구해보거라."

"그렇다면 풍수의 궁극은 무엇입니까?"

"사람이다."

"사람이라뇨? 땅이 아니고 사람이란 말입니까……."

"너는 지금껏 내게서 무엇을 배웠느냐?"

"좋은 땅을 보는 법을 배우지 않았습니까?"

"아니다, 나는 네게 풍수를 가르치지 않았다."

"예? 하오면……."

기화스님은 대답 대신 뒷짐을 지고 일주문까지 느리게 걸었다.

"너의 관상을 보니 지금처럼 앞만 보고 정진하면 일에 반드시 성함이 있을 것이로되 욕심을 부린다면 크게 패할 운명이다. 어떠한 경우에도 순리를 좇아야 한다."

'순리를 좇아야 한다……'

스님의 마지막 말이 귀에 맴돌았다. 순리란 도대체 무엇일까. 정해진 운명을 담담히 감내하며 살아가는 것? 아닐 것이다. 가만히 서서 운명의 지게를 받아 지고 언제 끝날지도 알 수 없는 진흙탕을 걸어갈 수는 없는 노릇이다. 길이 없다면 길을 만들어야 한다. 지게에 얹힌 무거운 운명의 짐을 조금씩이라도 덜어낼 수 있는 길, 그 방법을 찾아 풍수를 배우고 남의 묏자리를 뒤지며 뛰어다닌 세월이었다. 이제 적어도 조선팔도에서는 누구도 자신을 따라올 수 없을 만큼 술법을 갖추었다고 목효지는 믿었다. 문제는 누가 귀를 기울여주고, 옆에서 든든한 힘이 돼주느냐는 것이다.

"여봐라, 아무도 없느냐!"

쾅쾅! 거칠게 대문 두드리는 소리가 났다. 아무렇게나 누워 코를 골던 노비들이 하나둘 짜증을 내며 일어났다. 여기저기서 군소리가 들렸으나 누구도 문을 열고 밖으로 나갈 엄두는 내지 못했다. 목효지는 벽에 걸어둔 광목 두루마기를 걸치며 밖으로 나섰다. 횃불 때문에 대문 밖이 환했다. 목효지는 떨리는 마음을 진정시키며 대문을 열었다. 험상궂게 생긴 포도부장이 나졸 십여 명을 이끌고 마당으로 몰려들어왔다. 포도부장이 나졸의 손에서 횃불을 빼앗아 앞으로 내밀며 버럭 고함을 질렀다.

"목효지라는 상노를 아느냐? 그놈 자는 곳이 어디냐?"

목효지는 무릎이 꿇린 자세로 고개를 숙였다. 조계청의 청기와가 햇빛에 반사되어 눈을 시리게 했다. 양쪽 기와 모서리는 봉황의 꼬리를 닮은 듯했고 추녀를 따라 촘촘히 칠해진 울긋불긋한 단청은 새순을 피워 올린 건물 뒤편 단풍나무들과 어우러져 바람이 불 때마다 마치 건물 전체가 살아 흔들리는 것 같았다. 돌계단 위에는 막 도착한 대신들과 미리 자리를 잡고 앉았던 대신들이 인사를 주고받느라 떠들썩했다.

"죄인은 고개를 들라!"

주상이라도 되는 양 상석을 점령한 수양이 종이를 꺼내 펼쳤다.

"이 종이가 네 것이 분명하냐?"

"제 것이 틀림없습니다요."

목효지는 온몸 가득 밀려오는 절망감을 억누르며 대답했다.

"전농시의 종 목효지는 들어라. 너는 일찍이 성상의 은혜를 입었다가 간사한 흉계를 꾸며 관노로 내쳐진 자이거늘, 어찌하여 죄를 뉘우치지 않고 또 망동을 일삼느냐?"

목효지는 최대한 뜸을 들였다가 대답했다.

"절차를 거치지 않고 주상전하께 서신을 전한 것은 잘못이오나 산릉 조성 작업은 시급을 다투는 일이기에 무리수를 두었습니다."

수양의 가신인 이조참판 강맹경이 나섰다.

"흥, 종놈 오지랖이 참 넓기도 하구나. 만에 하나 헛된 수작임이 드러나면 그땐 죽음을 면치 못할 줄 알아라."

수양이 물었다.

"현재의 자리가 좋지 않다는 근거를 구체적으로 말해보거라."

"왕릉 작업이 진행 중인 경기도 양주의 터는 산줄기가 힘차게 뻗어가는 형상이 아니라 나는 듯한 봉우리에 거꾸로 매달린 다리〔倒脚〕의 형상이니 심히 불길하옵니다. 다리가 들판을 버리고 산으로 가니 길이 막혀 무덤 주인은 숨이 막히고, 수맥은 동쪽을 향해 등져 흐르니 혈은 굽었고 꽃이 피지 않아 새들 또한 비켜갈 땅입니다."

수양이 나무라듯 꾸짖었다.

"조정의 대소 신료들과 풍수학들이 고심 끝에 땅의 이치를 두루 살펴 잡은 자리이거늘 너는 어찌하여 홀로 가화假花의 땅이라 주장하느냐?"

강맹경이 자리를 박차고 일어났다.

"당장 저놈을 내치시지요. 이번 산릉은 여러 사람이 특별히 의논하여 정하였는데 공을 세우려는 천한 노비의 간사한 말을 들을 필요가 무에 있겠습니까?"

영의정 황보인이 만류하고 나섰다.

"저자가 비록 노비이기는 하나 한때는 세종께서 아끼시던 풍수학이니 조금 더 변명을 듣고 내쳐도 무리는 없을 듯하네."

강맹경이 중신들을 둘러보며 목청을 돋웠다.

"아무리 세상의 법도가 무너졌다고는 하나 일개 종놈이 감히 한 나라의 주상전하께 사사로이 글을 보낸다는 게 말이나 되는 일입니까?"

돌계단 아래 엎어져 있던 목효지가 고개를 들었다.

"말이 되지 않는 일들은 도처에 널렸나이다."

수양이 낯을 일그러뜨리며 목효지를 노려보았다.

"방자하구나. 함부로 입을 놀렸다간 죽음을 면치 못할 것이야."

"국사를 위해 바른 말을 할진대 죽일 생각부터 한다면 누가 바른 말을 하겠습니까? 또한 그 일이 대군 나리께 준 피해도 없거늘 어째서 이리 저를 박대하시는지요?"

"뭐, 뭐라고?"

수양은 기가 차는지 말을 잇지 못했다.

"이놈, 잘못했다고 빌어도 죄를 면키 힘든데 정녕 살고 싶지 않은 모양이구나."

보다 못한 김종서가 얼른 잘못을 시인하라며 타일렀다. 김종서는 산릉 작업과 관련된 중요한 회의가 있다는 연락을 받고 점심도 거른 채 허겁지겁 조계청으로 가마를 몰아온 참이었다. 조계청 돌계단을 오를 때까지도 마당에 엎드린 사내가 목효지일 줄은 꿈에도 몰랐다. 죄인이 목효지임을 알자 김종서는 당황했다. 목효지를 사사로이 부린 일로 꼬투리가 잡힌 게 아닌지 걱정이 되었기 때문이다. 목효지가 혼자 엉뚱한 일을 벌인 걸 알게 된 이후에도 마음이 불편한 건 어쩔 수 없었다.

"저는 살고 싶습니다."

목효지는 반가운 낯을 숨기지 않았다.

"못난 놈, 한데 어찌 죽을 소리만 지껄이느냐?"

"소인에겐 이 길이 곧 살고자 하는 길입니다."

수양대군이 밖을 향해 소리를 질렀다.

"안 되겠다. 거기 아무도 없느냐? 당장 저 무뢰배를 끌어내라."

건물 양옆에 섰던 겸사복 별장 두 명이 환도를 출렁거리며 달려왔다.

"잠깐, 기다려라!"

한구석에 꼼짝없이 앉았던 안평대군이 별장들을 제지했다. 키가 크고 어깨가 벌어진 젊은 별장들은 이러지도 저러지도 못한 채 두 명의 왕자를 번갈아 쳐다보았다. 바깥 날씨와는 아랑곳없이 조계청의 공기는 차갑게 얼어붙었다. 세간의 주목을 받고 있는 두 대군이 바야흐로 공식 석상에서 이견을 보이며 부딪칠 찰나였기 때문이다. 이러한 분위기를 인식했는지 안평대군은 양해를 구한다는 듯 목소리를 낮췄다.

"가만히 들으니 비록 미물과 다름없는 상놈이긴 하나 저자의 말에도 일리는 있는 것 같습니다. 나라를 사랑하고 종묘사직을 위하는 길에 어찌 상놈의 말이 따로 있고 중신들의 말이 따로 있을 수가 있습니까? 그러지 말고 저자의 의견을 더 들어보고 취할 것은 취하고 버릴 것은 버리는 것이 좋으리라 여겨집니다만……."

감정을 추스르지 못하고 흥분한 수양대군과는 달리 격이 느껴지는 말투였다. 조계청 안에 모여 있던 십여 명의 군신들은 누구 하나 입을 열지 않고 오직 수양의 다음 반응만을 기다렸다. 목효지 또한 마찬가지였다. 밖으로 끌려 나가 엉덩이가 문드러지도록 치도곤을 당하게 된 순간, 김종서도 아닌 처음 보는 안평대군이 자신을 두둔하고 나섰기 때문이다. 목효지로서는 지옥에서 한 줄기 소생의 빛을 본 것 같았다.

수양대군 역시 복잡한 계산을 하고 있었다. 애초에 수양으로서는 목효지를 바깥으로 내쳐 왕실의 위엄을 보이며 대신들 앞에서 자신의 권위를 세울 생각이었다. 어린 주상은 평원대군이 건넨 목효지의 비밀 서간을 풍수에 조예가 깊은 강맹경에게 내밀었고, 강맹경은 종이를 보자마자 소매에 넣어 눈썹을 휘날리며 수양대군에게 달려왔다. 그런데 느닷없이 동생인 안평대군이 산통을 깨고 나선 것이다. 수양은 곧 자신의 언행을 후회했다. 삼사는 물론 육조의 주요 대신들이 모인 자리였다. 주도적으로 일을 처리하기보다는 대신들의 의견을 듣고 자연스럽게 죄인을 밖으로 내쳐도 늦지 않을 일이었다.

"듣고 보니 내 아우의 말이 맞다."

수양대군이 태도를 누그러뜨리고 목효지에게 물었다.

"그렇다면 네가 주장하는 좋은 땅이란 과연 어디란 말이냐?"

목효지가 기다렸다는 듯 대답했다.

"소인이 지난 정묘년(세종 29년, 1447)에 광주 지곡으로 친한 벗의 부친 묏자리를 잡아주러 갔다가 내친 김에 강을 건너 양주 마전현까지 올라간 일이 있습니다. 그곳 산등성이를 헤매다가 몸이 노곤하여 잠깐 잠이 들었는데 황금빛 학 한 마리가 날아오르는 꿈을 꾸고 능히 제왕이 묻힐 만한 땅 한 곳을 발견하게 되었습지요. 계방癸方을 등지고 정방丁方을 바라보는 자리이온데 수백 마리의 용들이 살아서 꿈틀거리듯 산맥이 고준하고, 봉우리마다 주산을 향해 머리를 숙이니 지금껏 보아온 어느 땅도 그에 견줄 만한 곳이 없었습니다."

강맹경이 물었다.

"금학을 꿈에 보았다고 하질 않나 그 주장이 허황되어 믿지 못하겠고, 제왕지지라는 말 역시 너의 사견일 뿐이니 증명할 방법 또한 없지 않느냐?"

"쇤네와 함께 그곳을 가보시면……."

"이놈, 끝까지 조정을 능멸하려 드는구나. 너 같은 비천한 자들의 말을 일일이 좇는다면 어느 세월에 국사를 다 처리하겠느냐?"

안평과 수양이 잠자코 있자 강맹경은 그들 맞은편에 앉은 영의정 황보인과 좌의정 김종서에게 동의를 구했다. 두 정승은 강맹경에게 처리를 맡기겠다는 듯 고개만 끄덕끄덕 할 뿐이었다. 강맹경은 안평의 눈치를 살피며 조심스럽게 운을 뗐다.

"목효지는 세종께서 이미 내치신 자인데 노비의 소임도 잊고 함부로 산릉 작업을 염탐하였을 뿐만 아니라, 감히 주상전하께 서신을 보내 상달했으니 그 죄가 차마 말로 다 형용할 수 없습니다. 이는 국가를 위한다는 핑계로 제 공을 자랑하여 천인을 면코자 한 것이니 마땅히 형조로 이관, 국문하여 죄를 논하도록 하시지요."

형조로 넘기자는 말에 이견을 다는 사람은 없었다.

"그럼 그렇게 하기로 하고 이만 끝냅시다."

황보인의 말에 다들 고개를 끄덕였다.

"그럼 먼저 자리를 일어나야겠소."

수양대군이 헛기침을 하며 마당으로 내려서자 강맹경이 뒤를 쫓았다. 김종서 역시 목효지에게 눈길 한번 주지 않고 조계청을 빠져나갔다. 대신들이 자리를 비우자 형조의 아장들이 달려와 목효지를 끌어냈다. 중신들이 다 빠져나간 뒤에도 안평대군만이 홀로 조계청에 앉아 침묵을 지켰다. 목효지는 대문 밖으로 팽개쳐질 때까지도 억울하다는 듯 안평대군에게 구원의 눈길을 보냈다. 그러나 안평은 끝내 입을 열지 않았다.

형조로 끌려간 목효지는 삼 일 밤낮 취조를 당한 끝에 곤장 백대를 맞고 황해도 안성참安城站 관노로 유배 조치되었다. 한양을 떠나며 목효지는 오히려 마음이 홀가분했다. 몸이 고달픈 것을 제외하면 역노나 관노나 크게 달라질 것 없는 삶이었다. 비록 마지막 승부수인 산릉 작업을 뒤집지는 못했으나 목숨을 걸고 주장을 펼쳤으니 그 또한 여한이 없었다. 무악재를 넘어가며 목효지는 마지막으로 정든 목멱산을 눈에 담았다. 봉수대 밑으로, 골짜기마다 피어난 흰 꽃들이 눈을 아리게 만들었다.

안견은 비를 맞으며 걸었다

도롱이를 적시며 봄비가 소리 없이 풍경을 지워나갔다

고갯마루로 올라서자 희뿌연 비구름이 앞을 막아섰다

안견은 비구름 속으로 발을 들여놓았다

비가 그치고 바람이 불고 꽃들이 피어났다

안견은 보이지 않았다

3부

꿈을 거닐다

단종즉위년 (1453) ~ 단종 2년 (1454)

성긴 빗줄기를 뿌리며 검은 구름들이 맞은편 산자락으로 꾸역꾸역
넘어갔다. 엷어진 하늘이 쑥색 자미사를 펼치듯 담장을 넘어 팔작
지붕을 감싸왔다. 때 맞춰 건물 뒤편 소나무 숲에서 한 줄기 바람
이 슬며시 몸을 일으켰다. 솔잎들이 켜켜이 곤두서며 수만 개의 붓
끝이 일시에 한 방향으로 스러졌다. 그 틈을 비집고 담묵으로 흐려
진 무계동 골짜기를 따라 안개가 늙은 용처럼 똬리를 틀며 올라왔
다. 담장 기와 틈에 웅크리고 앉았던 박새 한 마리가 화들짝 놀라
안개 속으로 곤두박질쳤다.

　골짜기를 굽어보던 안평이 문득 중얼거렸다.

　"하늘은 맑았다 흐리기가 예고가 없고 인생도 하루 앞을 알 수
없네. 누가 세월을 기다린다고 말하던가. 세월은 흘러가는 것, 속
절없이 늙어감을 어이하리오."

마주 앉은 이현로가 답시를 한 줄 지었다.

"밝은 날은 어느 때나 올꼬. 유유悠悠하다 늙는 것을 어이하리."

안평이 맞받아 읊었다.

"구름 속에 아름다운 빛이 숨었으나 광채는 보이지 않네."

"세월이 가도 장부의 이름은 남는다 했거늘, 뜻 세울 길 없이 술로 마음을 달래나니 이름은 남지 않고 세월만 하릴없구나."

"때로 지극한 사람이 있으나, 온 세상에 도都라 유兪라 할 이 없네. 정히 향기로운 난초 뿌리가, 부질없이 초당 모퉁이에서 늙는 것 같구나. 황천이 만물을 내었으니, 어찌 궁도窮途에서 마르게 하랴."

시 읊기를 끝내고 이현로가 술을 따랐다.

"가뭄에 비를 보니 좋기가 이를 데 없습니다."

"그러게. 기우제를 지낸다 어쩐다 말들이 많더니 마침 하늘이 그 얘기를 들은 것 같으이. 이렇게 새악시 웃음처럼 적당히 내려주니 말일세."

"한데 시구는 어찌 마냥 우중충하기만 하십니까?"

"그렇게 느꼈나? 하하하."

"뜻이 올곧다면 하늘도 우리 편일 겝니다."

"그렇지! 이래도 한 시절, 저래도 한 시절이겠지."

"어제는 작정하고 시전을 돌아다녀보았습죠."

"그래? 요즘 저자의 인심이 어떠한가?"

"무계정사를 지은 뒤부터 민심이 나리를 향해 몰리고 있습니다."

"내게 민심이 모아지고 있다?"

안평이 부암골에 무계정사를 지은 것은 이태 전 봄이었다. 세종

29년(1447), 꿈에 무릉도원을 본 뒤 안평은 안견에게 그림을 그리게 하는 것으로도 모자라 꿈속의 경치를 잊지 못하고 비슷한 전경을 물색하고 다녔다. 그러다가 발견한 곳이 자하문 밖 서쪽, 인왕산과 백악 사이에 긴 이곳 무계동 골짜기였다. 본가와도 지척이어서 선공감 소속인 부정副正 이명민에게 부탁하여 정자를 짓고 담담정과 매한가지로 수시로 오가며 벗들을 불러 시를 짓고 때론 악공을 불러 음악을 청해 듣기를 자주 해왔다.

"일찍이 김보명이가 궁을 백악산 뒤에 짓지 않으면 정룡이 쇠하고 방룡이 일어난다 하지 않았습니까? 또 보현봉 아래에 집을 지으면 장손이 이롭다는 말도 있으니 세간의 관심이 이곳 무계동으로 모이는 것은 당연한 이치이지요."

이곳에 무계정사를 지으라고 강력히 주장한 이현로였다.

"입 조심하게. 주상께서 비록 어리다고는 하나 총명하여 나라에 큰 근심이 없거늘 어찌 실없는 소리를 하는가? 나는 단지 어린 주상을 곁에서 보필하여 선왕들이 누대로 닦아놓은 태평성대의 꿈을 좇고자 함일 뿐이네."

"어찌 제가 크신 뜻을 모르겠습니까? 다만 어린 주상께서 보위에 오른 뒤로 위로는 대소 신료들로부터 아래로는 저자의 짚신장수에 이르기까지 어르신과 수양, 두 분 대군을 두고 이러쿵저러쿵 말이 많으니 세상의 인심이 그렇다는 것이지요."

"……."

"일전에 말씀드린 김종서 대감댁의 쇠말뚝 사건을 곰곰이 생각해보시지요. 아니 땐 굴뚝에 연기가 나겠습니까? 몇 해 전부터 수양 나리가 시중 무뢰배들을 모으고 은밀히 세력을 키우고 있다는 건 토굴에 은거하는 산속 중들도 다 아는 사실입니다. 나리께서 꽃 피는 도원을 좇아 이곳에 정자를 지었다고 해도 시중잡배들의 해석이 다른 이유는 여기에 있습지요. 이 모든 행위가 결국은 팽팽한 기 싸움이 아니고 무엇이겠습니까? 균형이 비슷할 때 먼저 칼을 들고 줄을 끊어내는 자가 이기는 건 자명한 이치옵고……."

"별 걱정을, 형님이 설마 극단적인 선택을 하시겠는가?"

"단지 주상전하를 곁에서 대리청정하실 작정이라면 무뢰배들이 다 무엇입니까? 듣자 하니 비단 무뢰배들뿐만 아니라 이간질에 능한 모리배들과 술사 나부랭이들, 심지어는 집현전의 일부 학자들까지도 은밀히 수양대군 거처를 출입한다 합니다."

"형님이 저 어린 주상을 해할까, 동생인 나를 해할까."

"한 치 앞이 저 짙은 비구름과 같음을 잊지 마시지요."

안평은 한숨을 내쉬었다. 몸이 허약하여 자주 병석에 누웠던 큰형님 문종과 달리 둘째인 수양대군은 어려서부터 강골인 데다가 말을 타고 사냥하는 일을 즐겼다. 특히 활쏘기를 좋아하여 항상 활을 몸에 지니고 다녔으며 매를 길러 사냥에 이용하기도 했다. 세종 17년(1435), 경기도 북쪽에서 사냥 대회가 열렸을 때 화살 열여섯 발을 쏘아 사슴 열여섯 마리를 죽이고 피투성이가 되어 홀로 말을 타고 돌아온 적도 있었다. 늙은 무인들이 이를 보고 하나같이 입을 모아 돌아가신 태조대왕이 현신한 것 같다고 말할 정도였다.

"골라 들을 것과 버릴 것을 분별할 것이니 자네의 뜻을 더 말해 보게."

"우선 나리께서 하셔야 될 일은 크게 네 가지입니다. 첫째는 풍류객들이 아닌, 진정으로 힘이 되어줄 수 있는 사람들을 가까이 두셔야 합니다. 김종서 대감과의 교분을 더 두터이 하시지요. 김종서에게는 손발이나 다름없는 이징옥이 있고, 이징옥에겐 몇 만의 잘 훈련된 군사가 있습니다. 둘째는 은밀히 하인들을 시켜 수양 나리의 처소를 감시, 출입하는 자들의 면면을 알아두어야 큰 일이 생겼을 때 적절히 대처할 수 있을 것입니다. 셋째로 승하하신 문종대왕님을 모실 산릉 작업에 적극 참여하시어 충의를 만천하에 보이시옵고, 넷째로 고명사은사를 자처하셔서 반드시 명나라에 다녀오도록 하십시오."

"사은사라니? 나보고 사절단을 이끌라는 얘긴가?"

새 국왕이 들어서면 형식적이나마 명나라의 허락을 받아야 했고 조선에서 요청하면 명나라는 고명顧命과 금인金印을 내리는 전통이 있었다.

"그렇습니다. 승하하신 선왕의 산릉 작업이 마무리되면 지난번 고명에 대한 답례로 명나라에 사신을 보내는 절차가 따를 것입니다. 나리께서 명나라에 다녀오시면 조정은 물론 세간의 민심은 완전히 나리에게 쏠리겠지요. 그래야 수양 나리의 힘을……."

"으음……."

돌연 빗발이 굵어지며 골짜기가 눈앞에서 푹 꺼져버렸다.

"이런 날엔 무릉의 도화도 견디지 못하겠군."

안평은 풍쇠를 시켜 「몽유도원도」를 가져오라 일렀다.

"보면 볼수록 기묘한 절경이로다. 강흥, 자네는 안공이 어찌하여 그림 속에 사람을 그려 넣지 않았다고 보는가?"

"그거야 꿈속이기 때문이 아니오리까."

"아니야, 다른 뜻이 있을 걸세……. 안공은 다른 걸 본 거야."

"다른 것이라뇨?"

"글쎄, 그건 화공만이 알겠지. 화공만이……."

안견이 도화서를 비운 지도 만 오 년이 흘렀다. 부친의 삼년상을 치르는 와중에 모친상을 당해 산소 옆 초막을 허물지 못하고 거푸 삼년상을 치른다는 이야기를 전해들은 게 벌써 두 해 전이었다. 시자들을 보내 이따금씩 서신을 주고받으며 그 편에 곡식을 보내주기도 했다. 그의 부인과 아들 소희도 자주 사람을 보내 보살폈다.

"무엇을 생각하시는지요?"

"발밑 아래 저 세상."

습한 물안개가 취한 듯 초당을 감싸왔다.

"가볍게 내릴 비가 아닌 모양입니다. 그렇게 가뭄이 들더니만."

"하늘은 때때로 인간을 희롱하기도 하지……."

"그렇담 희롱당하지 말아야겠지요!"

"안공이 돌아올 때가 되었는데. 조만간 서신을 내야겠네."

안평은 추녀 끝으로 조각난 하늘을 올려다보았다. 비는 그칠 기미를 보이지 않고 있었다. 빗물에 흙이 파여 추녀를 따라 흙탕물 고랑이 졌다. 도롱이를 뒤집어쓴 젊은 하인이 삽을 들고 담장 밑 개구멍에 쌓인 흙을 퍼냈다. 빗줄기는 짚으로 엮은 하인의 도롱이 끝을 줄기차게 잡고 늘어졌다. 참새 한 마리가 빗물에도 아랑곳하지 않고 마당으로 뛰어내렸다가 기왓장으로 날아올랐다. 시심이

인 안평은 먹을 갈기 시작했고 이현로는 패를 꺼내 주역의 괘를 뽑
았다. 글을 짓던 안평이 하인에게 소리쳤다.

"이놈아, 됐으니 그만 하렷다. 옷이 다 젖지 않느냐."

하인이 빗물을 튀기며 대답했다.

"배수로를 치지 않으면 마당에 물이 차옵니다, 나리."

"괜찮다, 괜찮아. 설마 무계동이 어떻게 되기야 하겠느냐……."

해후

소나기가 지나간 산자락은 석청을 엎질러놓은 듯 수만 가지 푸른 색으로 빛났다. 푸른빛은 푸른빛 속에 숨어 푸른빛을 만들고 푸른 빛과 어우러져 또 다른 푸른빛을 낳았다. 햇살은 구름을 피해가며 산비탈을 연한 녹색으로 물들였고, 바람은 부지런히 계곡을 오르 내리며 나무에 얹힌 빛들을 뒤집었다. 나뭇가지마다 푸른빛을 밀 어 올려 가지 끝에 매달자 새들은 수풀 속에 몸을 웅크린 채 소리 로만 날아다녔다.

안견은 묘소에 세 번 절했다. 오 년여에 걸친 시묘가 끝나는 순 간이었다. 안견은 무덤 옆에 세워둔 움막을 헐고 버릴 것과 지니고 갈 것을 구분했다. 비록 누추한 움막이나 오 년의 시묘살이는 그럭 저럭 견딜 만했다. 목효지가 잡아준 산소 자리는 바람을 타지 않아 겨울 추위를 견딜 만했고 여름이면 들고 나는 공기가 적당히 어우러져 한낮을 제외하면 더위를 크게 느끼지 못했다. 계곡물은 차고 시원하여 마시기에 적당했으며 산소 주변에 과일나무들이 어우러져 매년 입이 심심하지 않았다.

안견은 산을 내려와 멀리 한양을 보고 논둑길을 가로질렀다. 세상과 담을 쌓고 살았으나 가끔씩 들리는 풍문은 흉흉했다. 몇 해 사이 거짓말처럼 임금이 두 번이나 바뀌었다. 조만간 새 임금이 등극할 것이란 소문도 돌았다. 소문은 소문을 낳고 꼬리에 꼬리를 물며 방방곡곡 전염병처럼 떠돌았다. 안평은 잊을 만하면 서신을 보내왔다. 서신에 소문의 흔적 같은 건 묻어 있지 않았다. 안평의 문장은 몽롱했고 꿈속을 헤매듯 아련했다.

산 그림자가 들판을 덮으며 몸을 뉘었다.

안견은 돌아서서 방금 자신이 내려온 산줄기를 올려다보았다.

안견은 정오가 되어 눈을 떴다. 잠은 맑았다. 길고도 깊은 잠이었다. 꿈 한 조각 꾸지 않았다. 눈을 뜨자 지곡에서 보낸 몇 년이 마치 꿈속의 일처럼 아득하게 밀려왔다. 안견은 헛기침을 하며 물이 든 사발을 끌어당겼다. 물은 미지근했다. 방안 가득 끈적끈적한 열기가 떠다녔다. 겨드랑이와 사타구니로 땀이 흘렀다. 뒷문을 열고 바람 냄새를 맡았다. 소나기가 내리려는지 뒷문 밖 하늘은 먹물이 번진 듯 우중충했다.

기척을 느꼈는지 장씨가 상을 차려가지고 들어왔다. 고봉으로 담긴 하얀 쌀밥과 콩나물무침, 바삭하게 구워진 꽁치, 돼지고기를 듬성듬성 썰어 넣은 무국이 맛깔스러웠다. 안견은 수저를 들다 말고 아내의 손등을 멀거니 내려다보았다. 장씨가 눈치를 살피며 부채를 들어 바람을 일으켰다. 안견은 다시 수저를 들었다. 멀리서 뻐꾸기가 울었다. 안견은 밥을 덜어내어 반 그릇만 남기고 무국에 말아 훌훌 떠넘겼다.

"그동안은 안평대군 나리께서 가끔씩 쌀과 고기를 보내주셨기에……."

닭 한 마리가 뒤뚱거리며 마당을 질러왔다.

"이제 당신도 돌아왔으니 더 이상은 받지 않을 작정이에요. 임금이 승하하신 뒤로 나라꼴 돌아가는 것도 영 심상치 않고……."

닭이 날개를 치며 기어이 마루로 뛰어올랐다.

"수양대군이 군사를 기른다는 소문이 파다해요. 당신도 웬만하면……."

장씨가 부채를 던져 닭을 쫓았다.

"비라도 좀 쏟아지려나. 더워서 살 수가 없네."

장씨는 혼잣말을 중얼거리며 방으로 들어갔다.

안견은 부인이 내준 새옷으로 갈아입었다. 도화서에 들러 복직 신고를 마친 뒤 종6품 선화善畵로 승진한 이정화와도 반갑게 손을 잡았다. 몇 년 사이 화원의 수가 많이 줄었고 제조도 네 번이나 바뀌었다며 이정화는 도화서의 어수선한 분위기를 전했다. 세종의 뒤를 이은 문종이 불과 삼 년 만에 돌아가시자 심지어는 도화서의

격을 낮추고 화원의 수도 절반으로 줄이자는 무리까지 생겼다고
한다. 이는 비단 도화서뿐만 아니라 관습도감처럼 예악을 담당하
는 다른 관청들도 마찬가지라는 것이었다.

저녁 때 집으로 들르겠다는 이정화를 두고 경복궁 담장을 빠져
나왔다. 궁궐 수비를 담당하는 금군들을 제외하면 골목은 한적했
다. 건춘문을 지날 무렵 방울소리가 울리며 마차 한 대가 바삐 곁
을 스쳐 지나갔다. 잠시나마 차가운 기운이 팔목을 서늘하게 했다.
사옹원에서 쓸 얼음을 운반하는 서빙고의 빙부들이었다. 얼음 녹
은 물이 마차를 따라 띄엄띄엄 흙바닥에 흔적을 남겼다.

북쪽 성문인 창의문을 나서자 공기가 한결 시원해졌다. 고갯길
주변을 살피며 내려가자 맞은편 산자락에 틀어박힌 무계정사가 눈
에 들어왔다. 왼쪽으로 인왕산 바위절벽을 머리에 이고 아래로는
백악의 깊은 골짜기를 껴안은 곳이었다. 설핏 비치는 삼각의 능선
은 용이 날아오르듯 힘차게 흘러갔고 고개를 들면 곧바로 백악이
었다. 무계정사 주변은 안평대군이 서신에 적어 보낸 대로 수백 그
루는 될 법한 복숭아나무들이 무질서하게 산자락을 따라 자라고
있었다. 그럭저럭 꿈에 보았다던 도원과 비슷한 지형이었다.

늙은 종 풍쇠가 반기며 문을 열어주었다. 풍쇠가 안으로 들어간
지 얼마 안 돼 마룻장을 울리며 안평대군이 버선발로 달려 나왔다.
안견은 땅에 무릎을 꿇고 절했다. 안평대군은 손을 잡아 일으키며
안견을 방으로 이끌었다.

"자자, 여기를 보시오, 누가 왔는지."

이현로와 전농시 소윤 정자양이 자리에서 일어났다.

"안공이 돌아오셨구려."

정자양이 손을 내밀며 살갑게 아는 척을 했다. 정자양은 둥글둥글한 외모에 코가 작고 눈매가 가늘어 꾀가 많아 보이는 자였다. 궁궐에서 두어 번 마주쳤을 뿐이어서 따로 인사는 처음이었다.

"한 번도 아니고 내처 시묘살이를 하느라 참으로 고생이 많았소."

이현로가 주전자에 담긴 차를 따라주며 실답게 웃었다.

"나는 안공이 행여나 돌아오지 않을까 내심 걱정하였는데, 이렇게 만나게 되니 다 하늘의 뜻이 아니고 무엇이겠소?"

안평대군은 기쁜 마음을 숨기지 않고 밖을 향해 소리쳤다.

"여봐라, 무엇 하느냐? 어서 술상을 들이지 않고!"

술상이 들어오자 안평은 주거니 받거니 권하여 마시며 묘는 어디에 썼는지, 묘 주변의 산세가 어떠한지, 생전의 부모님은 어떤 분들이었는지 조금도 쉴 틈을 주지 않고 물었다. 안견은 우선 대군의 보살핌으로 가족들이 편안히 지냈음에 고마움을 전한 뒤, 목효지라는 친구를 두어 묏자리를 잡은 일이며, 그 자리가 좋아 비록 움막살이일지언정 지내기가 좋았다고 대답했다. 얘기를 듣고 있던 정자양이 물었다.

"가만, 목효지라면 얼마 전까지 제 밑에 있던 아이가 아닙니까?"

고개를 끄덕이며 이현로가 시큰둥하니 한 마디 했다.

"흠, 공연히 나서기 좋아하더니 제 무덤을 판 게지."

"그자가 비록 죄를 짓긴 하였으나 묏자리 보는 눈은 탁월하더이다."

"저자에서 주워 배운 사술로 임금을 속이려 했으니 경거망동도 유분수지."

목효지의 근황이 궁금했으나 안건은 묻지 않았다.

"참, 산릉 작업은 어찌 됐습니까?"

비록 풍수는 보지 못했으나 정자양은 역학에 조예가 깊었다.

"그냥 쓰기로 결정이 내려진 모양이더군. 며칠 전 주상전하의 명으로 예조의 풍수학들과 재차 자리를 살피고 왔네만 딱히 문제점은 발견하지 못했네."

안건을 곁눈질하고 나서 이현로가 안평에게 물었다.

"참, 그 노비는 어찌하실 작정입니까?"

안평이 방침에 팔을 괴며 대답했다.

"자칫 형님과 대결이라도 하는 듯한 인상을 주게 될까 봐 형조의 조치를 지켜보며 난 잠자코 빠져 있었네. 산릉 작업 역시 비록 노비의 주장이 마음에 걸리기는 하나, 다른 풍수학들이 두루 살펴 결정한 일이니 이제 와서 뒤집을 이유도 없고."

"적당히 끝내길 잘하셨습니다. 산릉 작업을 두고 수양 나리와 맞섰다면 득보다는 실이 많았을 테니까요."

정자양이 끼어들었다.

"하지만 너무 저자세로 나갈 필요도 없지 않습니까? 안평 나리께서 중요한 일일수록 목소리를 내야 중신은 물론 백성들의 신임도 두터워지지 않겠습니까?"

이현로가 말했다.

"물론 자네 말에도 일리는 있네. 허나 진짜 승부처는 따로 있지."

"승부처라면?"

"고명사은사!"

"사, 사은사?"

"해가 가기 전에 사은사가 꾸려질 전망이네. 나리가 나서야 할 때는 그때지!"

둘의 진지한 대화에도 안평은 별다른 반응을 보이지 않았다.

"나리가 사은사로 명나라에만 다녀오면 수양이 수천 가병을 길러도 소용없는 일이지."

"그래도 군사력을 무시하면 안 되겠지요."

"물론 그렇지. 그것도 방법을 고민하고 있네."

날이 저물었으므로 안견은 약속이 있다며 먼저 일어났다. 안평이 저녁을 먹고 가라고 붙잡았으나 안견은 몸이 편치 않다며 사양했다. 이정화와 한 약속이 걸리기도 했고 시국을 논하는 대화에 끼고 싶지도 않아서였다. 이현로와 정자양이 갑론을박을 계속하는 동안 안평은 친히 대문 밖까지 안견을 배웅했다.

"그럼 못 다한 회포는 조만간 만나 풀기로 하세. 그리고……."

안평은 저물어가는 인왕산 북벽을 힐끗 올려다보았다.

"아닐세. 내 자네에게 긴히 부탁할 게 있었네만 다음에 꺼내기로 하지."

안견은 고개를 숙였다.

"말씀을 해보시지요. 급하신 거라면 오늘 밤이라도……."

안평은 특유의 너털웃음을 터뜨렸다.

"하하하, 아니야. 날이 늦었으니 어서 돌아가게."

안평과 작별한 뒤 안견은 느릿느릿 고갯길을 넘었다. 별들이 백

악의 동쪽 능선을 찌르며 내려왔다. 안견은 집으로 가지 않고 전농
시로 방향을 잡았다. 목효지가 전농시를 그만두었다는 말을 들었
으므로 근황을 알아보기 위해서였다. 이현로와 정자양의 대화로
미루어볼 때 목효지가 모종의 죄를 지은 게 분명했다. 다행히 전농
시 출입문 앞에서 주부와 함께 외근을 나갔다가 돌아오는 노비를
만날 수 있었다.

"효지 그놈은 왜 찾으슈?"

전농시 종 규삼이가 위아래로 안견을 살피며 뜨악하니 물었다.

"일전에 묏자리 잡아준 일로 사례를 할 겸 왔네."

규삼이가 문간을 넘어가는 주부의 눈치를 보며 대답했다.

"세상일에 깜깜하신 분이시군요. 효지 놈은 주상전하께 서신을
잘못 보낸 죄로 곤장을 쳐 맞고 황해도 안성참 역노로 끌려갔수.
제 분수를 모르고 여기저기 나서길 좋아하더니, 아마 지금쯤 잔뜩
후회하고 있겠지."

"그게 언제인가?"

"지난달 일이오. 일시로 받은 형이니까 운 좋으면 돌아올 수도
있답디다."

노비는 손바닥을 비비며 대문으로 들어갔다.

황해도 안성참

목효지는 저녁노을을 밟으며 서쪽 언덕으로 올라갔다. 산모롱이 안쪽에 삼태기처럼 푹 파묻힌 역참이 내려다보이는 곳이었다. 빛이 물러간 산허리는 점차 검은빛을 띠었고 산 너머 하늘은 붉은빛으로 산 그림자를 털어냈다. 목효지는 뒤꿈치를 들고 내와 강이 흘러가는 모양새를 주밀히 살폈다. 한양으로 가는 산맥은 겹치고 더해지기가 끝이 보이질 않았다. 노을의 깊이 또한 그 끝을 알 수 없었다. 노을이 물러가자 하늘엔 별빛이 하나둘 걸렸고 역참과 개울 건너 마을엔 호롱불이 돋아났다.

안성참은 명나라로 가는 서로역참 가운데 한 곳으로 목효지는 관할 역전驛田에서 농사를 짓도록 조치되었다. 이는 전농시에서 역전을 관리하던 경험을 그대로 살리도록 한 역장의 배려였다. 안성참은 서쪽으로 서흥과 용천, 봉산, 검수, 중화 역참을 지나 평양으

로 뻗어갔고 남쪽으로는 총수령을 넘어 보산, 평산, 김암, 홍의, 금
교, 파주를 지나 한양으로 이어졌다. 다섯 마리의 건장한 말들과
십여 인의 역리가 말에 편자를 갈아 끼운 채 궁궐로 오가는 서신과
진상품을 실어 날랐고, 객관을 겸한 참站에는 서북으로 파송되어
떠나는 말단 관리들과 또 한양으로 돌아오는 관리들, 어명을 받든
선전관들과 직책을 숨긴 감찰어사들이 수시로 들러 잠을 청하고
떠났다.

들판 한가운데서 불길이 치솟았다. 불길은 논두렁을 타고 뻗어
가다가 얼마 후 잠잠해졌다. 목효지는 언덕을 내려왔다. 역마가 돌
아오는지 총수령 고갯길 쪽에서 말발굽 소리가 바람에 실려왔다.
안성참에서 한양은 대략 이백 리 거리였다. 맘먹고 달린다면 하루
밤낮이면 닿을 수 있는 곳이다. 그러나 형조의 나졸들에 이끌려 이
곳으로 오던 날, 목효지는 한양과 그곳에서의 일들을 잊기로 결심
했다. 한때는 노비를 벗어나 벼슬자리에 앉는 꿈을 꾸기도 했다.
그러나 그 꿈은 너무나 아득해서 닿을 수도 없었고 만질 수도 없었
다. 평원대군의 품에 안긴 요갱의 웃음소리를 듣던 날, 목효지는
긴 잠에서 깨어나 자신을 보았다. 한양은, 그곳의 사람들은, 반짝
이는 뭇별처럼 너무 멀었다.

"이놈, 효지야, 효지는 어디서 무얼 하느냐?"

늙은 역장이 등롱을 좌우로 비춰가며 목효지를 찾았다.

"예, 갑니다요."

목효지는 마당으로 뛰어 내려갔다.

"두고 온 계집이라도 그리워하느냐? 저녁마다 어딜 그리 빠져나

가느냐?"

"아닙니다요. 노을이 하도 아름다워서 그만……."

"주제넘게 시라도 읊을 참이었더냐?"

"소인은 시를 짓지 못합니다."

역장의 목소리가 부드러워졌다.

"그래, 저녁은 먹었느냐?"

"예……."

"참, 듣자 하니 네가 묏자리를 제법 본다던데 사실이냐?"

"예……."

"그것 참 잘됐구나. 빙부어른이 돌아가셨는데 마땅한 지관이 없어 수소문하던 차에 평양으로 가는 선전관을 만나 네 얘기를 들었다. 네가 묏자리를 좀 봐줄 수 있느냐?"

목효지는 머리를 긁으며 대답했다.

"시간을 주신다면 어렵지 않은 일입지요."

"마침 잘됐구나. 아침 일찍 출발할 터이니 오늘은 그만 들어가서 쉬어라."

목효지는 역장에게 절하고 객관에 딸린 봉놋방으로 물러났다.

고명사은사

근정전 그늘이 사정문을 지나 담장을 타고 동궁으로 겹쳐들었다. 해 그림자를 눈으로 좇다가 안평은 담장에 그려진 십장생도와 눈을 맞췄다. 토공들이 황토 벽돌에 새겨놓은 십장생은 화면에 꽉 차서 갇힌 듯 답답했다. 상상으로 빚어놓은 불로초의 열매는 포도송이를 닮았으되 줄기는 백일홍 같았고 잎은 대나무 잎처럼 뾰족했다. 긴 목을 뒤로 향한 학은 부리로 힘껏 곤충을 물었는데 사슴, 거북과 더불어 머리는 소나무를 향했다.

"안평 아우, 잠깐만 멈추게."

문으로 들어서는데 낯익은 목소리가 들렸다.

"이제 오십니까?"

"그래, 속히 입궐하라는 주상전하의 어명을 받았지."

수양대군이 집현전 교리 권남을 대동한 채 바삐 다가왔다.

"자네까지 부른 걸 보니 주상전하가 사은사 문제를 오늘 매듭지을 모양이로군."

안평은 권남을 힐끗 보고 나서 노골적으로 불쾌감을 표시했다.

"권 교리도 이번 일과 관련이 있습니까?"

권남이 수양과 가깝게 지낸다는 건 이미 세상 사람이 다 아는 일이었다. 권남은 고려 말 대학자 권근의 손자로 아버지는 우찬성을 지낸 권제다. 삼대에 걸쳐 일가를 이룬 학자 집안답게 따르는 선비들이 많았는데, 수양대군은 권남을 통해 집현전 출신의 정인지와 신숙주를 막후로 끌어들일 계획이었다. 이러한 계책을 간파한 안평은 침전에 들어가 사은사 문제를 논의하기 전에 기선을 잡고자 권남을 거론하고 나선 것이다.

"권 교리를 사은사에 대동할까 하네만."

수양대군은 눈 하나 깜빡하지 않고 대답했다. 권남을 사은사에 대동한다는 건 수양 자신이 사은사로 가겠다는 의지를 나타낸 것이기도 했다. 안평은 본격적으로 사은사 얘기를 꺼내기도 전에 제대로 한 방 먹은 셈이었다.

"사은사 일이라면 의정부에서 처리할 일인데 어찌 형님께서 나서십니까? 가뜩이나 왕실종친들이 종사에 관여한다고 불만이 많은데 이럴 때일수록 신중을 기하시지요."

선수를 칠 작정이었던 안평은 한 발 물러설 수밖에 없었다.

"왕실이 나서지 않으면 중신들이 가야 하는데 황보인은 북경에 다녀온 지 얼마 되지 않았고, 김종서는 나이가 많으며, 남지는 병이 들어 종사를 수행할 수 없네. 그렇다고 격을 낮추어 보내면 명나라에서 조선을 어찌 보겠는가? 내가 나서고자 하는 건 바로 이 나라를 위함일세. 종친이라고 거들먹거리며 곡식을 축내왔으니 이럴 때 그 은혜를 갚아야지."

논리 정연한 대답이었다. 예상은 했지만 수양이 직접 나서서 사은사를 입에 올리자 안평은 자신과 다른 꿈을 꾸고 있는 형의 야심이 더욱 분명하게 느껴졌다. 이현로의 말대로 수양은 단지 어린 주상을 보필하는 대리청정 역할에 만족할 인물이 아니었다. 진짜 싸움은 이제부터라고 마음을 다잡으며 안평은 정색을 했다.

"그래도 우선 주상전하의 윤허를 받고 중신들의 의견도 들어야지요."

수양이 껄껄 웃으며 안평의 어깨를 툭 쳤다.

"물론 그렇지. 그래서 이리 달려오지 않았는가."

수양은 특유의 팔자걸음으로 먼저 사정문을 빠져나갔다. 장마가 끝난 뒤 백토白土로 마당을 다져서인지 사정문 밖으로 얼핏 비치는 침전 안마당이 해를 품은 듯 환했다. 안평은 애써 불쾌함을 감추고 수양의 뒤를 따라 편전으로 올라섰다. 편전에는 주상전하를 비롯해 이미 삼사의 중신들과 당상관 이상 육조의 관헌들이 대부분 모여 있었다. 수양과 안평은 엎드려 주상에게 절하고 김종서와 황보인 맞은편에 자리를 잡았다.

열세 살, 어린 주상이 책을 읽듯 무뚝뚝하게 말을 꺼냈다.

"두 분 숙부님이 오셨으니 논의를 마저 하셔서 사은사를 결정하세요."

김종서에게 의미심장한 눈짓을 보내고 나서 안평대군이 아뢰었다.

"예부터 고명사은사는 으레 삼정승이 가는 것이 나라의 법도인 줄 압니다. 따라서 이번 일은 김종서 대감에게 맡기는 게 어떨지요."

주상의 대답이 없자 김종서가 말을 받았다.

"마땅한 말씀이오나 소신이 오랫동안 북방에 머물며 야인들과 원한을 맺어, 가는 길에 혹여 변고가 있지 않을까 심히 우려됩니다. 이 한 몸 어찌되든 상관없으나 주상전하를 곁에서 보필하는 중책을 맡고 있으니 마땅히 헤아려주십시오."

안평이 황보인에게 물었다.

"황보인 대감은 어떻소?"

"소인의 몸이 노쇠하여 사은길에 실수라도 있을까 염려됩니다."

주상이 고개를 끄덕이며 물었다.

"그렇다면 누가 가는 게 좋은가요?"

황보인이 고개를 조아리며 대답했다.

"신 등이 늙어 사은사의 임무를 수행하지 못하니 심히 부끄럽습니다. 다행히 왕실의 여러 대군들이 젊고 또한 학문에 능통하니 이들로 하여금 사은사를 삼으소서."

"누굴 보내면 좋겠습니까?"

계속해서 황보인이 대답했다.

"신이 보건대 안평대군이 어떨지요? 대군은 용모가 수려하고 시문과 서화에 두루 능통하며 박식하니 한 나라를 대표하기에 조금도 흠이 없는 줄 아룁니다."

앞에 앉은 수양이 헛기침을 하며 황보인을 노려보았다. 반면 안평으로서는 천군만마를 얻은 기분이었다. 며칠 전부터 이현로를 발이 닳도록 삼정승 집으로 보내 사은사로 갈 뜻이 있음을 미리 알린 결과였다. 이현로는 자신이 극구 사은사로 가겠다고 나서는 김종서에게 수양을 견제하기 위해서는 이번 기회에 안평대군을 보내야 한다고 적극적으로 설득했다. 황보인 또한 그런 취지에 공감하고 있었다.

"그건 아니 될 말이오."

수양대군이 강경한 어조로 황보인의 말을 가로막고 나섰다.

"세 정승 모두 나이가 들어 먼 길 떠나기가 어려우니 소신이 이번 임무를 수행하여 누조의 은혜를 갚을까 합니다. 다들 믿고 맡겨주시지요."

"숙부님이요?"

"그렇습니다. 부디 허락하여주십시오."

당황한 김종서가 나섰다.

"대군께서는 이 나라 종실의 어른이 아닙니까? 나라에 큰 일이 닥치면 왕실을 이끌어야 할 분인데 행여 변고라도 생기면 어쩌려고 그러십니까?"

수양대군은 굽히지 않았다.

"여러 아우들이 건강한데 왕실을 걱정할 이유가 무에 있습니까? 또한 북경이 비록 멀다고는 하나 두어 달이면 능히 다녀올 수 있으니 크게 걱정할 이유가 없지 않습니까?"

주상은 무심히 천장의 우물 무늬를 보았다.

"숙부님과 정승들께선 중요한 일을 앞두고 어찌하여 서로 다투십니까?"

"송구합니다, 전하."

수양과 김종서, 황보인이 동시에 고개 숙였다.

"이 몸이 결정을 하면 되는 것입니까?"

방안의 공기가 팽팽해졌다.

"그토록 원하시니 수양 숙부님께서 다녀오도록 하세요. 차례를 지켜 안평 숙부님은 다음번에 다녀오시면 되지 않습니까?"

어린 주상다운 결정이었다.

"성심을 다해 받들겠습니다."

득의에 찬 수양의 대답만이 우렁차게 편전을 울렸다.

신
신
의
땅

목효지는 초저녁 어둠을 뒤로하고 안성참을 나섰다. 역장이 총수령을 넘을 때 쓰라며 등롱 하나를 건네주었지만 받지 않았다. 역장은 목효지가 산길, 밤길을 가리지 않고 하루에 이백 리를 능히 간다는 걸 알지 못했다. 역노들은 별반 달라질 것 없는 생활임에도 한양으로 떠나게 된 목효지를 부러워했다. 노모가 한양에 산다는 한 참리는 엽전 두 개를 쥐여주며 서신을 전해달라고 부탁하기도 했다.

점심 직후 마구간을 돌며 거름을 쳐내는데 보산역 역졸이 먼지를 일으키며 헐레벌떡 달려와 이틀 전 한양에서 보낸 공문을 전했다. 정역을 해제하니 전농시로 복귀하라는 느닷없는 명령이었다. 영속永續이 아닌 정역定役이므로 언젠가 본소로 돌아가게 되리라 막연히 기대는 했지만, 채 넉 달이 못 되어 소식이 오리라곤 예상치 못했다.

목효지는 보폭을 빨리하며 조금씩 속도를 냈다. 구름에 달이 숨고 나올 때마다 달빛 속으로 길은 지워지고 다시 뻗었다. 총수령은 높고 절벽이 많았으나 수레가 다닐 만큼 길이 잘 닦여 걷는 데 큰 지장이 없었다. 여러 달 동안 꼼짝없이 안성참에 갇혀 있던 목효지는 뛰다가 걸으며 한 시진 만에 총수령을 넘어 산 밑 보산역에 닿았다. 거기서 이십 리를 달려 평산역에 닿자 비로소 등줄기에 땀이 돋았다.

목효지는 처음 풍수를 배울 때 외운 『청오경』을 떠올리며 지루함을 달랬다. 구름에 가려 앞서거니 뒤서거니 따라오는 노란 달과 한 여인의 상이 겹쳤다. 여인의 환영은 떨치려고 할수록 더 집요하게 달라붙었다. 가슴속에 새로운 희망이 싹트는 것도 같았다. 넉 달 만에 정역에서 풀려난 예는 일찍이 듣지 못했다. 누군가 힘을 쓴 거라면, 누군가 아직 내 능력을 필요로 한다면, 그에게 원 없이 모든 걸 바치고 싶었다.

'혹시 안평대군이 아닐까?'

수양대군이 사은사로 가게 되었다는 풍문이 들린 게 벌써 보름 전이다. 현재 왕실에서 수양대군과 맞설 수 있는 인물은 오직 안평대군뿐이라는 게 세간의 중론이었다. 수양의 힘을 꺾고 안평이 권력을 잡는다면 목효지에겐 새로운 기회였다. 하지만 수양이 권력의 중심이 되면 꿈은 물거품이 되고 만다. 수양대군이 시퍼렇게 살아 있는 한, 그리하여 그가 옛 소릉의 예언을 실현시킨다면 그건 목효지에게 죽음을 의미했다. 수양이 오래전 천기를 누설한 목효지를 살려둘 리 만무하기 때문이다.

목효지는 다음 날 오후 늦게 한양에 도착했다. 돈의문을 지나자 저도 모르게 발걸음이 목멱산으로 옮겨갔다. 목효지는 날이 완전히 저물길 기다렸다가 남소영 뒤쪽 약수터에 들러 웃옷을 벗고 몸을 씻었다. 찬물을 거푸 들이켜자 정신이 들며 비로소 한양에 와 있다는 게 실감이 났다. 잔가지를 흔들며 불어 내려온 바람결에 요갱의 분 냄새가 스민 것 같아 목효지는 실없이 코를 벌렁거렸다.

목효지는 수풀을 헤치고 초야네로 올라갔다. 초저녁인데도 초야네 술청은 삼경의 절집처럼 조용했다. 불빛 하나 새 나오지 않았다. 다른 술청들이 대나무를 각양각색으로 엮어 만든 화려한 등들을 내걸고 손님을 맞는 것과 사뭇 대조적인 풍경이었다. 담장 밖에서 한동안 동정을 살폈지만 인기척은 들리지 않았다. 대문도 잠겨 있었다. 담장을 타넘어 요갱이 쓰던 뒤채 마루로 올라섰다. 뒤채 역시 못질이 돼 있었다.

목효지는 밖으로 나와 골목 아래 다른 술청으로 들어갔다.

"저 윗집은 어찌 문이 잠겼수?"

대문을 지키던 떡대 좋은 중노미가 목효지를 위아래로 뜯어보았다.

"그건 왜 물어보는가?"

"대감마님께서 보내신 서신을 가지고 왔소. 저 댁 주인여자한테 말이오."

목효지는 참리에게 받은 엽전을 꺼내 떡대에게 쥐여주었다.

"흠, 거 보아하니 옛정을 못 잊어 찾아온 모양인데……."

떡대가 목소리를 낮추더니 어둠에 묻힌 궁성 주변을 가리켰다.

"수진방에 있는 각황사를 아쇼? 각황사 뒷길로 올라가면 기와집이 한 채 나오는데 거기가 바로 평원대군의 집이오. 거길 가보슈. 두 달 전에 평원대군이 다른 사람을 시켜 초야네를 통째로 사버리고 종들까지 싹 그리로 데려갔다는 소문이오."

목효지는 떡대의 말이 끝나기도 전에 몸을 돌려 언덕을 뛰어 내려갔다. 돌담길 모롱이마다 귀뚜라미 울음소리가 들렸다. 목효지는 자주 발을 헛디디며 휘청거렸다. 쇠를 매단 듯 다리가 무거웠다. 이백 리를 달려오며 가슴에 모아둔 희망이 덧없이 무너져 내렸다. 느닷없는 복귀 명령만큼이나 요갱의 이사는 예상치 못한 일이었다. 평원대군의 집으로 거처를 옮겼다면 소원대로 그의 첩실이 되었음을 의미한다. 이제 그녀를 만질 수도, 입을 맞출 수도, 이름조차 부를 수도 없게 돼버린 것이다.

각황사 근처에 이르자 저녁 종소리가 더욱 쓸쓸하게 마음을 흔들고 지나갔다. 절 뒤로 올라가자 오래지 않아 향나무에 둘러싸인 기와집이 나왔다. 담장이 높아 목효지는 굵은 향나무를 택해 버둥거리며 기어 올라갔다. 우물 '정井' 자 구조의 평범한 집이었다. 저녁 뒤치다꺼리를 하는지 여종들이 부지런히 우물과 부엌을 오갔다. 사내 종 하나가 문간방에서 나와 안채와 사랑채, 행랑채, 별채를 고루 오가며 아궁이를 단속하더니 대문 밖에 걸어놓은 등롱을 거두어들이고 문을 잠갔다.

날이 저물자 여종들도 하나둘 방으로 들어갔다. 목효지는 나무에 엉덩이를 걸치고 앉아 배가 고픈 것도 잊고 기다렸다. 해시쯤 되자 창호지문마다 일렁이던 등불이 꺼졌다. 목효지는 나무에서 내려와 안채 주변을 기웃거리며 살폈다. 평원대군이 새로 초요갱과 혼인을 했는지, 그가 본래부터 살던 집인지, 알 수 있는 것은 아무것도 없었다. 혼인을 했다면 요갱은 안채가 아닌 다른 곳에 거주할 확률이 높았다. 반면 이곳이 평원대군의 본가가 아닌 안가라면 요갱은 안채에 머물러 있을 것이었다.

자정이 가까워진 시각, 안채에서 여자 하나가 밖으로 나왔다. 걸음걸이나 뒤태로 보아 요갱이 분명했다. 목효지는 뒤뜰로 뛰어내렸다. 요갱은 안채를 빠져나와 사랑채로 걸어갔다. 따르는 여종은 없었다. 목효지는 다리에 힘을 주며 요갱을 따라잡았다. 막 이름을 부르려는데 사랑채 문이 열리며 전에 본 통통한 평원대군이 마루로 나왔다. 목효지는 건물 모서리에 몸을 숨겼다가 담장을 넘어 집 안을 빠져나왔다.

목효지는 담장 밖을 서성이며 기다렸다. 집 안의 모든 불이 꺼지고 산짐승 우는 소리만 이따금씩 들려올 뿐이었다. 한 시진쯤 흐르자 요갱이 다시 밖으로 나왔다. 요갱은 중문 옆에 붙은 변소로 사라졌다. 목효지는 담을 넘었다. 볼일을 마친 요갱이 변소를 나오자 그녀가 놀라지 않게 천천히 앞을 막아섰다. 요갱은 사내가 목효지임을 알아보고 안절부절 못했다. 묘효지는 요갱의 팔을 잡아끌며 뒷간을 돌아갔다.

"아예 살림 차렸냐?"

"흥, 이렇게 될 줄 몰랐나?"

"누군 곤장 쳐 맞고 황해도까지 끌려갔는데 해도 너무하는군."

목소릴 낮추라며 요갱이 손가락으로 입을 막았다.

"걸리면 멍석말이 되는 거 몰라? 이제 가줘."

목효지가 땅바닥에 무릎을 꿇었다.

"그러지 말고 나랑 오늘 밤 이 지랄 같은 세상 확 떠버리자. 전에도 말했지만 강원도로 들어가면 사람이 살지 않는 깊은 골짜기가 많다더라. 염소랑 돼지랑 짐승 몇 마리씩 데리고 들어가 아들 딸 낳고 누구의 눈치도 보지 말고 마음껏 살아보자."

요갱은 차갑게 고개를 저었다.

"난 그렇게 살고 싶지 않으니 어서 돌아가!"

"그러지 말고……."

손을 잡는데 사랑채에서 부르는 소리가 들렸다.

"밖에서 무얼 하느냐? 어서 들어오잖구!"

요갱은 몸을 돌리며 손을 홱 뿌리쳤다.

"전농시로 돌아왔으니까 마음이 바뀌면 언제라도……."

요갱은 대답하지 않았다. 목효지는 중문으로 사라지는 요갱의 뒷모습을 멍하니 좇았다. 마루로 올라서는 발소리에 이어 방문이 열렸다 닫혔다. 목효지는 담장을 뛰어넘었다. 바람이 향나무 잔가지들을 흔들었다. 목효지는 어깨를 움츠리고 각황사 옆길을 돌아 내려왔다. 대웅전 맞은편, 종루에 매달린 목어가 바람에 아랫배를 맡기며 울었다. 팔작지붕 처마 끝의, 풍경 속 물고기들이 제 이마를 부딪쳐 종을 울렸다.

골목을 돌고 돌아 정처 없이 걷다 보니 어느덧 소덕문 근처였다. 소덕문은 잠겨 있고, 문지기 둘은 창을 어깨에 기댄 채 잠에 빠져 있었다. 목효지는 허술한 곳을 골라 성곽을 넘어갔다. 주포로 가서 술이나 얻어 마실까 해서였다. 주포는 사람이 살지 않는지 굳게 문이 잠겨 있었다. 마루로 올라가 노파를 불러보았지만 주포 문은 열리지 않았다. 몇 차례나 문고리를 잡고 흔들며 노파를 불렀지만 반응이 없었다.

마루에 앉아 숨을 고르는데 끼익, 소덕문이 열렸다. 목효지는 얼른 구석에 몸을 숨겼다. 앞뒤에서 들것을 든 사내 두 명이 소덕문을 빠져나왔다. 들것 위에 팔을 아무렇게나 늘어뜨린 시신 한 구가 얹혀 있었다. 목효지는 거리를 둔 채 두 사내의 뒤를 따라갔다. 사내들은 인가가 뜸한 와우산으로 들어가더니 시신을 언덕에 내던지고 사라졌다. 목효지는 시신이 버려진 언덕 밑으로 내려가 보았다. 병에 걸려 죽은 듯 얼굴이며 목덜미가 검게 변한 젊은 처녀였다. 목효지는 혀를 차며 고개를 돌렸다.

'사람이나 짐승이나 다를 게 없군…….'

유성 하나가 동쪽에서 북쪽으로 길게 꼬리를 그으며 사그라졌다.

별들도 죽고 태어나는구나. 죽은 별들은 모두 어디로 갈까. 별들에게도 제 어미아비가 있을까. 흥덕사에 묻고 온 부모 때문에 목효지는 마음이 울적해졌다. 그동안 무엇을 위해 이 산 저 산 뛰어다녔을까. 묻힐 곳조차 얻지 못하고 버려지는 시신이 널렸는데. 나는 그간 사람을 보지 못하고 땅만 좇은 게야. 가난한 이들에게 필요한 것은 한 평도 안 되는 양지쯤이거늘, 명당이 다 무엇이며 땅속의 기가 무슨 소용인가.

목효지는 손가락을 갈퀴처럼 구부려 땅을 파기 시작했다. 손톱이 갈라지고 피가 맺혔다. 등이 땀으로 흠뻑 젖어들 때까지도 땅

파는 걸 멈추지 않았다. 한 시진이 지나서야 겨우 사람 하나가 들어갈 구덩이가 파였다. 목효지는 시신을 묻고 근처의 흙을 퍼 올려 봉분을 만들었다. 풍수의 궁극은 땅이 아닌 사람이라던 기화스님의 말이 생각났다. 오랫동안 수수께끼처럼 여겨졌던 그 말의 실체를 이제 조금은 알 것도 같은 밤이었다.

목효지는 순라꾼들을 피해 부암골로 길을 더듬었다. 흙을 팠기 때문인지 배가 고팠다. 술 생각도 간절했다. 시간이 늦었기에 여차하면 돌아 나올 생각이었으나 다행히 윗방 문틈으로 불빛이 비쳤다. 창호지에 어린 사람 그림자를 엿보며 목효지는 망설였다. 시간을 재촉해 온 덕에 아직 복귀 연한은 하루가 남아 있었다. 예전 같으면 당장이라도 마뫼골로 달려가 초야부터 품었을 테지만 그럴수도 없게 되었다. 평원대군의 품에 안긴 요갱의 웃음이 들려오는 듯하여 목효지는 입술을 깨물며 카악 침을 뱉었다.

"밖에 뉘신지요?"

기척을 느꼈는지 안방 문이 삐거덕 열렸다.

"목효지라고 합니다, 형수님."

목효지는 마당으로 들어가 꾸벅 허리를 숙였다.

"아니, 자넨 효지가 아닌가."

안견이 반갑게 달려 나왔다.

"밤, 밤늦게 송구합니다."

와락 눈물이 쏟아져 목효지는 말을 더듬었다.

"괜찮으니 어서 올라오세요."

장씨가 따뜻하게 대답하자 걷잡을 수 없이 감정이 격해졌다.

"여보, 이 사람 꼴이 말이 아닐세. 우선 더운 물이라도 끓여 안으로 들여주게. 며칠 굶은 것 같으니 상도 좀 차려주고."

안견은 목효지를 부축하여 윗방으로 들였다. 목효지는 장씨가 데워 온 물로 손발을 씻고 수건에 물을 적셔 땀을 닦았다. 한사코 거절하는데도 안견은 자신의 여벌 바지와 저고리를 꺼내주었다. 옷을 갈아입고 자리에 앉자 피로가 걷잡을 수 없이 몰려왔다. 목효지는 꾸벅꾸벅 졸다시피 하며 장씨가 소반에 얹어 온 무국과 나물 반찬을 받았다.

"우선 한숨 자고 내일 얘기하는 게 좋겠군."

안견은 이불을 펴주고 안방으로 건너가려 했다.

"형님, 가지 말고 곁에 있어주쇼."

대님을 잡아당기며 목효지가 안견에게 부탁했다.

"피곤한데 혼자 푹 자는 게 좋지 않겠는가?"

"아뇨, 잠들기 전까지라도 좋으니 옆에 좀 계시우……."

안견은 장씨가 상을 치우자 등잔불을 끄고 목효지 옆에 누웠다.

"안성참으로 갔단 얘길 들었는데 어째 거지꼴을 해가지고?"

"어쩌다 보니 그렇게 됐수."

목효지는 평원대군을 이용해 주상전하에게 서신을 보냈다가 취조를 당한 일이며 황해도까지 끌려갔다가 영문도 모른 채 복귀 명령을 받아 전농시로 돌아오게 된 사연을 전했다. 그러나 오는 길에 평원대군 집에 들른 이야기는 하지 않았다.

"주상전하께 상달이라니? 아무래도 자네가 무리를 한 것 같네."

“정역을 풀고 불러들인 건 또 무슨 해괴한 징좁니까?”

“글쎄……. 나 역시 한양에 온 지 얼마 안 돼 돌아가는 상황을 모르겠네.”

잠시 후 목효지가 뜬금없이 물었다.

“형님은 안평대군과 수양대군을 어찌 보슈?”

“그 두 사람은 왜?”

“열두 해 전에 땅을 본 일이 있수다……. 안산에 있는 현덕왕후 권씨 마마의 능인데 광중이 파헤쳐지고 관이 꺼내질 불길한 자리였소. 그런 게 있지 않겠수? 풍수쟁이의 직감 같은 것 말요. 묘소에 딱 들어서는 순간, 처절히 울부짖는 현덕왕후 마마의 현신이 허깨비처럼 눈앞을 스쳤습죠. 그래서 상소를 올린 건데 좌향만 조금 바꾸어 결국 그 자리에 묻히고 말았소. 한데 십 년도 넘은 그 일이 요즘 서서히 윤곽이 잡히는 것 같으우.”

“목소릴 낮추게. 현덕왕후의 능은 별 일 없이 잘 모셔져 있지 않은가.”

“그리길 바라야겠죠. 아무튼 형님도 몸조심 하슈…….”

코를 고는가 싶더니 목효지가 다시 물었다.

“형님, 주무슈?”

“아니.”

“난 그동안 세상을 잘못 산 것 같소.”

거적에 싸여 소덕문을 빠져나가던 시신이 아른거렸다. 눈물이 볼을 적셨다. 뒤도 돌아보지 않고 차갑게 종종걸음을 치던 요갱의 뒷모습이, 천하의 명당을 찾기 위해 미친 듯 산을 헤매고 다니던 한 사내의 거친 숨소리가 잠결과 함께 가물거렸다.

"누구나 세상을 잘못 살아간다네. 후회하는 게 인생이지."

"그런 형님은 무엇을 위해 그림을 그리슈?"

"……"

목효지는 대답을 듣기도 전에 코를 골았다.

안견은 이불을 여며주고 안방으로 건너갔다.

김종서가 보낸 집사는 날이 저물어 봉놋방을 두드렸다. 예전의 좋지 않은 감정이 되살아나 목효지는 시큰둥하니 집사를 맞았다. 안성참에서 돌아온 뒤 닷새째 되던 날이었다. 이로써 정역에서 풀려나게 된 이유는 명백해졌다. 수양대군의 분노를 사 안성참으로 쫓겨 갔지만, 수양이 사은사로 내정되어 준비에 몰두하는 동안 김종서가 힘을 쓴 게 분명하다고 목효지는 확신했다. 그렇다면 아직 할 일이 남았다는 얘기가 되었다.

"쇠말뚝의 배후는 어찌 됐습니까?"

대문을 나서며 목효지가 물었다.

"짐작을 하신 모양이다. 섣불리 맞설 수 없어 지켜보는 중이지."

"저도 그리 예상은 했습죠. 어려운 싸움이……"

목효지는 승산 없는 싸움이라고 말하려다가 그만두었다. 승산이 없든 있든 이제 김종서와 뜻을 같이해야 한다. 포악한 수양대군과 맞설 수 있다면, 그 길에 어떤 위험이 따르더라도 끝까지 운명을 같이할 참이었다.

"길고 짧은 건 대봐야 알겠지."

집사는 서부 반송방으로 가지 않고 창의문으로 방향을 잡았다. 계곡물 흐르는 소리가 풀벌레 소리와 섞여 귀를 따갑게 했다. 경복궁과 한양을 살피기 위해 수십 번도 더 오르내린 길이어서 목효지에게는 북쪽 길이 낯설지 않았다. 달빛이 밝아 등불 없이도 주변 지세가 눈에 훤했다. 창의문 뒤로 올라가면 곧장 경복궁의 주산인 백악에 닿게 된다. 창의문 왼쪽 산줄기는 인왕산으로 이어졌고, 창의문을 지나 내려가면 만나게 되는 움푹 파인 골짜기는 복숭아나무가 많아 예부터 도원동으로 불리는 곳이다.

'아니!'

창의문을 나서다가 목효지는 이상한 예감에 물었다.

"대감 댁은 반송방인데 이리로 가는 이유가 뭐요?"

"그놈 말 많은 건 여전하군. 널 부르신 분은 김종서 대감이 아니시다."

"그렇다면 뉘슈?"

"안평대군이시다."

"안, 안평대군 나리!"

"저 위 도원동 안평 나리의 별장에 다들 모여 계신다."

"이런."

목효지는 탄식했다.

"왜 그러느냐?"

"아무것도 아니오."

김종서의 집사가 안평의 부름을 전하러 왔다는 것은 김종서가 안평과 손을 잡았음을 의미한다. 두 사람이 손을 잡았다면 이는 수양대군과 맞서기 위한 전략일 것이다. 호시탐탐 주상의 자리를 위협하고 있는 제일왕숙 수양대군을 무력화하기 위해 반대편에 선 세력들이 도원동 안평대군의 별장에 모여 대책을 강구하면서, 그동안 수양대군과 맞서온 목효지를 부른 것이다. 목효지가 탄식한 이유는 바로 도원동 때문이었다.

"안평 나리의 별장이 어디 있다는 거요?"

"다 왔다. 바로 저기니라."

집사가 천여 보쯤 떨어진 인왕산 골짜기를 가리켰다.

'하필 이런 곳에 모여 대책을 의논하다니!'

목효지는 절망으로 탄식했다. 도원동은 경치가 수려하고 아름다우나 땅이 푹 꺼져 황천살黃泉煞이 낀 곳이었다. 땅이 함몰된 황천살은 곧 죽음을 의미하므로 풍수에서 꺼리는 지형이다. 더구나 인왕산 암반이 마치 치마폭처럼 도원동을 감싸고 있으니 음기가 강하여 남자들이 거주하기엔 적절치 못했다. 반면 물이 맑고 주변 풍경이 지극히 아름다워 사람은 살 수 없되 신들이 노닐 만한 곳이다. 신들의 땅에 별장을 짓고 안평이 사람들을 불러 모았다는 얘기가 되었다.

별장으로 들어서자 불길한 예감은 현실이 되었다. 집사가 안내하는 대로 좁은 돌계단을 따라 올라가자 넓은 누각을 앞으로 내민 기와집이 나왔다. 누각 위에 열서너 명 되는 사람들이 앉았는데 관복을 벗은 평범한 중치막 차림이었으나 안평대군과 친분이 깊은 조정의 대소 신료들이 분명했다. 그들 중에는 김종서와 이현로는 물론 일전에 조계청에서 대면한 적이 있는 여러 대신이 끼어 있었다.

'아니, 저이는 안견이 아닌가?'

목효지는 주춤 그 자리에 굳어버렸다. 이현로 옆자리에 앉은 안견이 반가움과 놀라움이 뒤섞인 눈으로 목효지를 쳐다보고 있었다.

"잘 왔다. 네가 목효지로구나?"

상석에 앉은 안평대군이 그윽하게 물었다.

"그러합니다, 나리."

목효지는 앞으로 나가 절하고 무릎을 꿇었다.

"신의 눈을 가졌다지?"

"소인은 그저 땅과 물의 흐름을 살피는 데 조금 재주가 있을 뿐입지요."

"너를 버려 나라를 지킬 수 있겠느냐?"

"옛? 말씀이……."

"네 소원이 무엇이냐?"

"소인은 그저……."

"받아라!"

목효지는 안평이 내미는 술을 받아들고 옆으로 물러나 앉았다.

"자, 이 아이는 곧 돌아가야 할 테니 준비한 걸 먼저 보여주게."

집사가 미리 준비한 종이 두루마리를 목효지에게 건넸다.

"이것이 무엇입니까?"

"펼쳐보아라."

가로 세로 각 한 치쯤 되는 종이에 세밀하게 그려진 양택도陽宅
圖였다. 솟을대문을 시작으로 행랑채와 사랑채가 마주보며 놓였고
그 뒤쪽으로 안채가 배치되었으며 오른쪽엔 별채와 광, 장독대가
나란히 들어선 사오십 칸쯤 되는 전형적인 양반 가옥이었다. 집의
구조뿐만 아니라 대문에서 큰길까지의 거리, 주산을 비롯한 좌청
룡 우백호, 개울이 뻗어나간 방향과 집 주변의 크고 작은 바위까지
오밀조밀하게 그려져 있었다.

'수양대군의 집이로군.'

목효지는 그림을 촛불에 비추어보며 확신했다.

"어떠하냐?"

이현로가 시답잖은 듯 물었다.

"무엇이 말인지요?"

"그 터가 네 눈엔 어찌 보이냐? 땅 주인의 운명이 어떠하겠느냐?"

"그림을 보고는 정확한 판단을 할 수 없습지요."

김종서가 가래 끓는 소리를 내며 물었다.

"그래도 성심껏 대답해보아라. 땅 주인이 죽겠느냐, 살겠느냐?"

순간적이나마 김종서의 눈엔 살기가 서렸다.

'수양을 해치려는 모양이군.'

목효지는 차분히 그림을 뜯어보았다. 언젠가 마뫼골에 올라 먼
발치에서 살핀 수양의 집과 그림이 한데 겹쳐졌다. 수양 집터의 좌
청룡이라 할 수 있는, 백악산에서 한양 방면으로 흘러내린 산줄기
는 크게 세 개였다. 그중 한 줄기는 경복궁 뒤를 지나 종묘를 향한
채 멈추었고, 두 번째 줄기는 창덕궁 담장과 닿아 있었다. 세 번째

줄기는 낙산과 닿았는데 세 줄기가 모두 경복궁에 등을 돌린 형국이어서 조선이 개국할 때부터 설왕설래가 많았다는 이야기를 들은 적이 있었다.

수양의 집은 백악을 왼쪽에 두고 인왕산이 남동으로 끝까지 흘러내린 손톱 지점에 정확히 자리해 있었다. 틀림없이 지리의 술을 아는 자가 관여해 집터를 골랐을 것이었다. 인왕산이 주상이 계신 곳을 외면하고 앞발을 뻗어 수양의 사저로 절을 올리니 이는 틀림없는 반역의 터였다. 무악의 우측 능선은 자연스럽게 우백호가 되었고 목멱산이 주산이 되는 형국이었다. 그나마 다행스러운 점은 좌측이 그대로 열려 있어 종묘의 강렬한 기운을 막아줄 언덕이나 방어물이 존재하지 않는다는 점이다. 종묘는 귀신들이 노니는 곳이다. 곧 귀신이 노하게 되면 집주인의 자손에게 해악이 미칠 자리였다.

"자세한 것은 답사해보아야 알겠으나 집주인이 흥할 터입니다."

"어허."

좌중에서 탄식이 흘러나왔다.

"아니 대감들은 어찌하여 이따위 노비의 말을 믿습니까?"

이현로가 재빨리 진화를 하고 나섰다.

"자네가 보기엔 그렇지 않다는 얘긴가?"

"방비를 하면 그다지 문제될 것 없는 터지요."

다른 대신이 목효지에게 물었다.

"네 주장이 그렇다면 풍수적으로 집주인을 누를 방법을 아느냐?"

"아무래도 현장을 직접 가보고 말씀을 올리는 게……."

김종서가 목소리를 낮추고 당부했다.

"조만간 분부가 있을 터이니 그만 나가보거라. 너를 다시 불러올린 이유를 뼛속까지 새겨 함부로 입을 나불대서는 아니 된다. 알겠느냐?"

"명심하겠습니다요."

목효지는 김종서와 안평에게 연이어 절하고 별장을 빠져나왔다. 하늘엔 별이 가득했다. 무계정사를 둘러싼 인왕산 바위벽이 달빛을 받아 투구처럼 빛났다. 무거운 바위들이 금방이라도 굴러 내려와 사방에서 별장을 덮칠 기세였다. 목효지는 교만한 태도로 앉았던 이현로의 면상을 떠올리며 욕지거리를 내뱉었다.

"흥, 온갖 아는 척을 다 하더니 제 주군의 별장을 사지에 올려놓았군."

해시가 되자 모인 사람들이 하나둘씩 자리를 떴다. 수양이 고명사은사로 내정되면서 대책을 마련하고자 김종서가 주선한 모임이었다. 육조의 문신들을 비롯해 무인과 환관, 집현전 학사들까지 참가한 대대적인 모임이었다. 안평과 친분이 두터운 인근 고을의 수령들도 참가했다. 비밀이 새 나갈 것에 대비, 참석자들은 이현로의 제안에 따라 연판장을 작성하여 생사를 함께하기로 결의한 뒤 발길을 흩었다.

끝까지 남은 사람은 이현로와 정자양, 안견뿐이었다.

"그러니까……."

이현로가 열을 올리며 하던 애기를 계속했다.

"비록 사은사를 놓쳤으나 이번 기회를 전화위복으로 삼아야 합니다. 사은사가 명나라에 들어가기 위해 마지막으로 머무는 곳이 의주 아닙니까? 함길도절제사인 이징옥을 시켜 날랜 병사들을 도적으로 분장시킨 뒤 사은사를 치도록 하십시오."

정자양이 손을 내저었다.

"의주라니요? 큰일 날 소리를 하십니다. 패수(압록강)를 건너야 합니다. 복장도 조선인이 아닌 대륙의 화적 복장을 해야지요. 패수를 건너면 호산인데 우리 조상들이 고구려 때 쌓은 작은 산성이 하나 있지요. 듣자 하니 강을 건넌 사은사가 잠깐 쉬어가는 곳이라 합니다. 호산 근처 적당한 곳을 골라 군사를 숨기시면 일이 수월할 것입니다."

이현로가 무릎을 쳤다.

"그렇지! 자네의 계책이 한 수 위로군. 화적에게 사은사가 습격을 받았다고 하면 누구도 의심하지 않을 테니까. 더구나 명나라 지경이 아닌가."

이현로는 단호한 어조로 안평에게 청했다.

"속히 이징옥에게 사람을 보내시지요."

안평은 대답을 망설이며 술잔을 입으로 가져갔다.

"먼저 선수를 치지 않으면 우리 모두가 죽습니다."

안평의 흔들리는 눈빛을 보자 이현로는 답답했다.

"조금 더 지켜보는 게 어떻겠나?"

"조선이 죽고, 사직이 죽습니다. 수양대군이 어린 주상을 몰아내고 권좌에 오르면 어찌하시렵니까? 그래도 참으시렵니까?"

"설마 형님이 딴마음을 품기야 하겠는가?"

"권력에 눈이 멀면 아무것도 보이지 않는 법이지요."

"아하, 지하에 계신 아버님이 피눈물을 흘리시겠구나……."

안평의 눈에 물기가 어렸다.

"이보게 현동자, 내가 어찌하면 좋겠나?"

"……."

초대를 받았다가 엉겁결에 연판장에 이름을 올린 안견이었다.

"혼자 있고 싶으니 다들 돌아가게. 취하지 않고 어찌 이 밤을 견디리."

안평은 술상을 끌어당기며 벽에 비스듬히 기댔다. 안견은 절하고 방을 나왔다. 뒤이어 이현로와 정자양이 따라 나왔다. 정자양을 먼저 보낸 이현로가 안견을 손짓으로 불렀다.

"이보게 안공, 나랑 우리 집에 가서 한잔 더 하지 않겠나?"

"시간이 늦어서 오늘은 돌아갈까 합니다."

"그러시군. 긴히 할 말이 있는데 걸으면서 얘기를 하지."

둘은 무계정사를 내려와 창의문에 이르는 언덕길을 올라갔다.

"그림을 좀 그려주게. 내 부탁이 아닌 대군 나리의 청이라 여겨주게."

"그림이라니요?"

"쉿, 목소릴 낮추게. 내일부터 비밀리에 사대문 안팎의 크고 작은 길과 주요 조정 대신들, 왕실 인물들과 일가친척들이 사는 집을 남김없이 표시하여 지도를 그려주게. 지도가 완성되면 같은 그림을 여러 장 만들어 봄이 되기 전에 전해주게."

가부의 대답을 하기도 전에 이현로가 재촉했다.

"시일이 넉넉지 않으니 서둘러야 할 것이네. 내년엔 결코 피해 갈 수 없는 싸움이 한바탕 벌어질 테니까. 그 누구도 막을 수 없는. 우리가 움직이지 않으면 상대가 먼저 움직인다는 걸 명심하게."

이현로는 제 할 말만 해놓고 반송방 쪽으로 총총히 멀어졌다.

'결국 이렇게 될 일이었군.'

안견은 어깨를 늘어뜨린 채 경복궁 뒷담을 돌아 내려갔다. 언젠가 연회장에서 본 수양과 꿈을 꾸듯 취한 안평의 얼굴이 겹쳤다. 누각으로 올라서며 놀라 눈을 부릅뜨던 목효지와 그를 향해 쏟아지던 질문들……. 수양의 집터가 흉한 곳이라는 목효지의 말도, 나라를 구하겠다는 이현로의 말도 모두가 허무맹랑하게만 들렸다.

'내가 죽으면 그림은 어찌 될까.'

안견은 복잡한 일에 휘말려든 것 같아 착잡했다.

양정은 단잠을 설치며 눈을 떴다. 바깥마당은 새벽부터 말들의 콧김 소리, 하인들의 고함소리로 떠들썩했다. 잠이 깬 뒤에도 양정은 이불과 뒤엉켜 비비적거렸다. 아침에 새로 군불을 넣었는지 방바닥이 뜨겁게 끓었다. 양정은 천장을 쳐다보고 누워 나흘 전의 일을 눈에 그려보았다. 한동안 고개를 내밀지 않다가 모처럼 구텃굴로 찾아온 말대가리는 가타부타 말도 없이 무뢰배들 가운데 일곱 명을 추려 수양대군 집으로 몰아왔다.

명나라로 가게 되었다는 걸 알게 된 것은 어제 저녁이었다.

"일어나셨습니까?"

발소리가 문 앞으로 다가왔다.

"웬 놈이냐?"

양정은 옆에 누운 유수와 패거리를 발로 후려 차며 물었다.

"자준 어른께서 찾으십니다."

"늦잠을 푹 자라 하지 않았더냐?"

"벌써 진시가 다 된 걸입쇼."

"나 혼자만 가면 되겠냐?"

"예."

양정은 두루마기를 껴입고 마루로 나섰다. 동이 트는지 낙산 위로 푸르스름한 빛이 거미줄처럼 뻗쳐왔다. 아침 바람이 제법 칼칼했다. 양정은 졸린 눈을 비비며 마당을 둘러보았다. 광문이란 광문은 죄다 열려 있고 별채 마당에는 인삼과 종이, 호피와 수달피, 비단과 각종 약재 등 다양한 물건들이 품목별로 쌓여 있었다. 사은사 행렬은 조정에서 해마다 동지에 맞춰 명나라로 보내는 동지사冬至使와 정초에 보내는 정조사正朝使의 역할을 겸했기에 어느 때보다 명나라에 보낼 물건이 많다고 들었다.

"킬킬. 드디어 나도 출세를 해보는구나."

양정은 어깨에 잔뜩 힘을 주며 하인들을 지나쳤다. 사은사로 처음 조선을 떠나게 된 양정으로서는 그저 모든 게 신기할 뿐이었다. 하인들은 마당에 놓인 자루들을 지게에 져 밖으로 나르느라 분주했다. 양정은 거들먹거리며 일각문을 지나 말대가리가 묵고 있는 행랑채로 들어갔다. 말대가리는 화로를 앞에 놓고 앉아 불을 쬐고 있었다.

"잠은 푹 잤느냐?"

말대가리가 눈을 가늘게 뜨고 물었다.

"며칠째 원 없이 먹고 잠만 잤더니 몸이 근질근질합니다요."

양정은 손가락 마디를 꺾으며 우두둑 소리를 냈다.

"그래, 배불리 먹었으니 이제 밥값을 좀 해야지."

"까짓 거 주구장창 걷기만 하면 될 텐데 뭐 어려울 게 있겠습니까? 날씨가 쌀쌀하니 의복이나 여분으로 충분히 내주십쇼."

말대가리가 부지깽이로 화로를 탕 때렸다.

"이제부터 정신을 바짝 차려야 한다. 목숨을 바쳐 모셔야 할 터."

"여부가 있겠습니까? 쇤네들이야 오늘이 오기만 바라고 있었습죠, 헤헤."

"지금부터 내 말을 허투루 듣지 말고 잘 새겨라. 나리의 짐을 싣고 가는 마차 맨 뒤에 나무상자가 하나 실려 있을 것이다. 그 안에는 매우 귀한 어갑魚鉀이 들어 있는데 너는 사행 기간 동안 내가 명한 곳에서 반드시 그 갑옷을 나리께 입혀야 한다."

"아니 무엇이 두려워 나리께 갑옷을 입힌답니까? 게다가 하필이면 무겁기 그지없는 쇠비늘 갑옷을……."

양정이 눈을 비비며 말끝을 흐렸다.

"시키는 대로 하기만 해라. 반드시 그 갑옷을 입혀야 한다. 예사 갑옷이 아니라 나리를 지켜줄 비보 기능을 할 갑옷이니라. 이것을 보아라."

말대가리가 가죽으로 된 지도 하나를 탁 펼쳤다.

"사신 행렬이 지나갈 곳을 표시해놓은 그림이다. 가는 길에 반드시 도적의 내습이 있을 것인데 특히 주의해야 될 곳은 다음 네 곳이다. 임진강을 건널 때는 배를 잘 살피고 사공을 유심히 경계하라. 의주 지경으로 접어들거든 자칫 긴장이 풀릴 수 있으니 더욱 경호에 신경을 써야 한다. 그다음 압록강을 건널 때 역시 배와 사공을 철저히 살피고 강 건너 호산으로 접어들거든 즉시 나리께 갑옷을 입혀드려라. 특히 호산 밑을 지날 때는 마적이나 계곡에 웅크린 산적의 습격을 조심해야 한다. 방패를 갖추어 나리 옆을 지키되 적의 화살 공격에 대비해라. 작은 실수라도 있는 날엔 모든 게 끝장이다."

"아니, 쥐새끼 같은 산적 놈들을 무에 그리 두려워하십니까? 눈에 띄기만 하면 소인이 열이든 백이든 철퇴로 때려잡아 나리 앞에 무릎을 꿇리겠습니다."

"경거망동해서는 안 된다. 병조에서 뽑은 날랜 자들 스무 명이 사은사 길에 동행할 것이며 의주 지경까지는 평안도의 기병 사백 명이 나리를 호송하기로 되어 있다. 그들을 너무 믿지 말고 너희들은 항시 나리 곁을 지켜야 한다. 알겠느냐?"

"걱정 마십시오. 한데 누가 감히 나리께……."

"적이 멀리서 화살을 쏘고 달아나거든 화살을 유심히 살펴라. 화살이 조선의 것이거든 그날 밤 틀림없이 자객이 들 것이니 숙소 주변을 철통같이 경계하라."

"제가 죽는 한이 있어도 나리의 목숨을 지키겠습니다."

두 주먹을 꼭 쥔 양정은 비장했다.

"그래, 너희만 믿겠다. 이번 행차에 우리 모두의 목숨이 걸렸느니라."

말대가리는 그만 가보라는 듯 방문을 가리켰다.

아침 안개를 뚫고 햇살이 솟을대문을 넘어왔다. 양정은 눈을 찡

그리며 별채 마당으로 돌아왔다. 그사이 짐 싣는 일이 모두 끝났는
지 광문이 닫히고 싸리비를 든 종들이 마당을 정리했다. 대문 밖엔
마차 다섯 대가 위풍당당하게 큰길을 향해 늘어서 있었다. 양정은
대기중인 견마꾼들을 쓱 훑어본 뒤 후, 숨을 크게 내쉬었다. 왕복
오천여 리, 가는 데에만 족히 한 달 이상이 걸린다는 사은사가 장
고의 첫 발을 대딛게 된 것이었다.

맹호출림

인왕산의 크고 작은 골짜기마다 어둠이 고이기 시작했다. 정자양이 먼저 몸을 돌려 산을 내려갔고 그 뒤를 이현로가 뒤뚱거리며 따랐다. 목효지는 그들과 일정한 간격을 유지한 채 복잡한 머릿속을 추슬렀다. 수양대군이 명나라로 떠난 지도 어언 나흘이 지났다. 예정대로라면 의주 지경으로 접어들었을 시간이었다. 수양대군의 사저는 대륙을 향해 가는 집주인의 행보를 대변이라도 하듯 밝고 강한 기운을 발산하고 있었다.

'하늘은 진정 수양대군 편인가?'

목효지는 고개를 갸웃거리며 걸음을 빨리했다. 사저 주변은 해가 진 뒤에도 오래도록 오색 기운이 감돌았고 사람들의 발길 또한 끊이지 않았다. 들고 나는 바람은 양순하여 날카로운 기운은 조금도 느낄 수 없었다. 여러 해 부엽토가 쌓여 경복궁 뒤쪽 흙이 검은

색을 띤 것과 달리, 수양의 집 주변은 누런빛을 발하며 땅에서 기름이 흘렀다. 어느 모로 보나 안평대군이 둥지를 튼 무계동과는 기운 자체가 달랐다.

목효지는 몇 발짝 뒤처진 채 무계정사로 들어섰다.

"어서들 오게."

김종서와 은밀히 이야기를 주고받던 안평이 반갑게 고개를 들었다. 안평과 김종서는 그들이 모두 자리에 앉은 뒤에도 심각하게 귓속말을 주고받았다. 마당으로 들어설 때부터 무계정사의 분위기는 어수선하기 이를 데 없었다. 못 보던 가노들이 여럿 눈에 띄었고 말도 다섯 마리나 매어져 있었다. 누각에는 외지에서 온 것으로 보이는 구군복 차림의 장정들 서넛이 저희끼리 떠들며 방안을 흘끔흘끔 곁눈질했다.

"차라도 한 잔씩 하면서 천천히 기다리게."

김종서와 안평은 방을 나가 누각으로 자리를 옮겼다. 이현로도 누각으로 나가 그들의 대화에 합류했다. 정자양은 밖의 눈치를 보아가며 교대로 두 다리를 펴 주물렀다. 이윽고 이야기가 정리되었는지 구군복 장정들이 고개를 숙여 복명하고 자리를 떴다. 안평은 대문 밖으로 나가 말을 타고 떠나는 방문객들을 일일이 전송한 뒤 찬바람을 일으키며 돌아왔다. 안평은 자리에 앉자마자 목효지에게 물었다.

"그래, 그 터가 어떠하더냐?"

목효지는 자신이 느낀 그대로 솔직하게 대답했다.

"오늘 자세히 살핀 바 수양대군의 사저는 외형적으로 맹호출림형猛虎出林形의 길지에 놓인 천하의 명당이옵니다. 배고픈 맹호 한 마리가 눈을 번득이며 숲(인왕산)을 빠져나와 저자를 노려보는 형국이니 그 기세가 하늘을 찌르고 광채가 종일토록 집 주변을 감싸고 있었습지요. 집 주변의 토양은 누런빛을 띠며 찰졌고 높은 담장과 인왕산의 크고 작은 능선에 둘러싸여 사나운 바람에도 터가 편안하였습니다. 뿐만 아니라, 사저 주변의 지형은 전체적으로 한가로이 누워 되새김질을 하는 소와 유사한 와우형臥牛形이온데 놀랍게도 집이 자리한 곳은 소의 자궁에 해당하는 곳이었습니다."

이현로가 비웃듯이 목효지의 말을 받았다.

"허허, 밤 가시니 율방형이니 하는 것도 모자라 이젠 맹호출림에 와우형까지 동원하는구나. 종일 발정 난 망아지마냥 사저 주변을 싸돌아다니더니 겨우 알아낸 게 그것이더냐? 네가 즐겨 쓴다는 물형론의 주장대로 수양의 사저를 맹호출림형이라 해석했다면 맹호의 먹이가 있어야 할 것이 아니냐? 맹호가 숲을 빠져나왔다면 반드시 안산이 조는 개의 형국이어야 하는데, 안산이라 할 수 있는 목멱산은 멀리 있고 왼쪽의 종묘에선 사시사철 귀기가 흐르거늘 맹호가 어쩌고 망발을 일삼느냐? 사저를 감싼 지형을 와우형으로 해석한 것에도 어폐가 있다. 터의 형세가 와우형일 경우 주로 뿔과 코, 꼬리, 젖 주변에 집을 짓거나 묘를 써야 한다는 건 글 한 줄 못 읽는 촌동네 지관도 아는 상식이거늘 어찌 소의 자궁을 들먹이느냐? 이는 억지로 끼워 맞추어 궤변을 늘어놓는 것이 아니더냐?"

목효지가 질세라 대답했다.

"비록 안산이 조는 개의 형상과 거리가 멀기는 하나, 그 앞의 크고 작은 언덕들이 멀리서 보면 토끼가 뛰어노는 듯하니 맹호의 먹이로 손색이 없습지요. 와우형 명당의 경우 기가 가장 왕성한 곳이 자궁이온데 사람들이 머리 주변과 가슴을 선호함은 소가 번식력이 약하여 혹여 그 자리에 터를 잡았다가 자손을 두지 못할까 염려하기 때문 아닙니까?"

"허허, 갈수록 태산이로군. 맹호가 겨우 토끼 따위에 혹해 숲을 나선단 말이냐? 소의 자궁에 집이 위치했다는 말도 그렇다. 소는 예부터 다산과 거리가 먼 동물이니 수양이 그 터의 기운을 받았다면 자식들이 헐해야 마땅하거늘, 제 아비를 닮은 두 아들이 무시로 궁궐을 드나들며 설치는 꼴을 보지 못했느냐?"

"좀 더 두고 보시지요. 소의 자궁에 집을 썼으니 집주인이 응집된 혈의 기운을 받되 그 자손은 하나가 되든 열이 되든 반드시 패할 자립니다."

"오냐, 어디 두고 보자."

방안의 사람들이 재미있다는 듯 둘의 설전에 귀를 기울였다.

"소인을 부르신 건 의견을 듣고자 함이 아닙니까? 한데 의견마다 부정을 하면 어찌 바른 말을 올리리까. 더 말을 해도 되는지 처분을 내려주시지요."

목효지는 이현로를 외면하고 안평과 김종서를 향해 머리를 조아렸다.

"지리의 술이란 게 대부분 허황된 것이긴 하나 또한 무시할 수 없는 게 풍수가 아니더냐. 기왕 갔다 왔으니 어려워 말고 네가 보고 느낀 그대로 마음껏 말해보거라."

안평이 거들고 나서자 목효지가 힘을 받았다.

"소인이 살펴보매 또 한 가지 큰 특징은 좌청룡이라 할 수 있는, 백악의 칠팔 부 능선에 자리한 예사롭지 않은 바위들이었습니다. 백악은 그 품안에 삿갓바위로 불리는 바위를 중심으로 여덟 개의 암석을 숨기고 있으며 그 밑으로 수십, 수백 개의 크고 작은 바위를 품었습니다. 그런데 그 바위들이 일제히 수양대군 사저를 향해 부복한 형국이었습니다."

"그것 참 재미있구나. 그래서?"

"커다란 아홉 개의 바위란 바로 삼정승 육조판서가 아니옵니까? 삼정승 육조판서를 필두로 휘하에 수십, 수백의 관리들을 가슴에 아우르고 있으니 그 터의 속성이 무엇을 뜻하는지는 심히 두렵고 떨리는 일이옵니다……."

정자양이 물었다.

"경복궁이 백악을 주산 삼아 이미 반백 년 이상 터전을 일구었지 않느냐? 한데 너는 어찌 바위들이 경복궁이 아닌 더 남쪽을 보고 있다 판단하느냐?"

"경복궁에서 백악 능선의 바위를 보면 눈을 내리깔고 비웃는 듯한 인상을 풍기옵니다. 산의 외형을 무시하고 억지로 현재의 자리에 궁을 지었으니, 소인이 감히 짐작건대 현재의 경복궁은 일이백 년 안에 반드시 패하여 잡초가 자랄 땅입니다."

이현로가 버럭 소리를 질렀다.

"이놈, 갈수록 가관이구나. 궁에 잡초가 자란다면 전란이 일어나 나라가 망한다는 소리가 아니냐? 나리들, 어찌 이런 망발을 듣고 계십니까?"

김종서가 이현로에게 물었다.

"이 정랑, 자네의 의견을 말해보게."

"크게 걱정할 일은 아니니 염려들 놓으시지요. 두 분 나리께서 왜 천한 노비 풍수를 중히 쓰시는지 알 수 없으나 본래 사가의 술법이란 게 몹시 허황됨은 일찍이 말씀드린 그대롭니다. 우선 경복궁의 주산인 백악의 풍수적 특징부터 말씀을 올리지요. 백악은 백두산을 떠난 한북정맥이 남쪽으로 뻗어오다가 한양 동쪽 양주에 이르러 한 줄기가 서쪽으로 방향을 튼 뒤 도봉산, 삼각산을 만들고 그중 또 한 줄기가 남쪽으로 융기한 곳으로 오행상 하늘을 찌를 듯 목성木星의 형태를 취하고 있습니다. 경복궁의 주산이 목성이오니 나무[木]의 아들인 이李씨가 한양의 주인이 된 것은 당연한 이치였지요."

"딴엔 그럴듯하군."

김종서가 수염을 쓰다듬으며 고개를 끄덕였다.

"또한 형세론적으로 경복궁을 거쳐 광화문, 육조거리로 뻗어 내린 기의 흐름을 분석해보면 수양의 사저는 기의 중심 흐름에서 비껴났으니, 이를 인체에 비유하자면 귀밑에 달린 혹이요 어깨에 자란 사마귀라 즉시 제거해야 마땅합니다. 풍수의 옳고 그름이 경우에 따라서는 이와 같이 신통하옵니다."

"하면, 지금 수양이 저리 흥한 건 어찌 설명할 텐가."

"본시 사마귀란 게 명이 다할수록 더욱 아프게 살을 찌르는 법이지요."

"허허, 듣고 보니 그럴듯하군. 어찌 보십니까?"

안평은 대답하지 않았다. 이현로가 계속 말을 이었다.

"하지만 제가 두 분 나리께 안심을 하시라 이른 이유는 따로 있습니다. 낮에 목효지와 한양 주변을 두루 돌아다니다가 매우 재미있는 사실을 발견했지요."

좌중의 시선이 이현로에게 모였다.

"일찍이 태조대왕께서 나라를 창건하시면서 경복궁과 관악산 사이에 숭례문을 설치하신 이유가 무엇입니까? 이는 관악산이 오방五方상 화火인 남쪽에 위치한 데다가 모양 또한 불꽃 모양의 화형산火形山이기 때문이지요. 이화치화以火治火, 곧 불을 불로 다스리기 위해 불꽃 모양을 닮은 '높이다'는 의미의 '숭崇'에 발음상 오행의 화火에 해당하는 '례禮'를 취하여 문의 이름을 정하고, 관악산의 기세와 겨루도록 현판 또한 세로로 달지 않았습니까? 한데 오늘 백악에 올라 자세히 살펴보니 묘하게도 관악산 주봉과 숭례문, 수양대군 사저의 대문이 거의 일직선상에 놓여 있었습니다. 곧 화기가 숭례문을 지나 그대로 수양의 사저로 빨려 들어가는 형국이니 집주인에게 반드시 화가 미칠 자리지요."

"자네의 주장대로라면 수양의 운이 다했다는 말이 아닌가?"

"그렇지요. 목효지의 일부 주장대로 그 터가 인왕산과 백악의 기를 받고 있는 것은 사실이나 오히려 산의 주변부에 위치한 데다가 관악산의 화기까지 정면으로 쏘이는 형국이니 오래지 않아 주인이 반드시 패할 자리라 보입니다."

"네 의견은 또 어떠하냐?"

김종서의 물음에 목효지는 조목조목 이현로의 주장을 반박했다.

"사방의 지기가 수양대군의 집으로 흘러듦이 눈에 보임에도 억지스럽게 집터와 몸의 사마귀를 연관시키니 도무지 알아듣기 어렵사옵고, 숭례문에 가로막힌 관악산의 화기가 비보로 세워놓은 숭례문은 태우지 않고 대문을 건너뛰어 수양대군 사저로 흘러든다는 주장 또한 따르기 어렵습니다. 풍수란 본래 눈에 보기 좋고 마음이 편안하여 살기 좋은 땅을 찾는 술법이온데, 음양이니 오행이니 복잡한 이론들이 끼어들어 어지럽힘이 이와 같으니 소인은 그저 안타까울 따름입지요."

이현로가 발끈하고 나섰다.

"이놈아, 너는 또 산의 생긴 모양이 어쩌고 저쩌고 그 말도 안 되는 저자의 사술을 지껄일 모양이구나. 네놈 말대로라면 와우형 명당에 집터를 두었으니 수양은 평생 소처럼 일만 하다가 죽어야 할 팔자가 아니냐?"

"감싼 지형은 와우형이되 집터는 맹호출림형입니다. 곧 소 뱃속에 맹호가 들어앉았으니 언젠가 제 어미를 죽여 자궁을 찢고 뛰어나올 운명이 아니겠습니까?"

"사물이란 바라보는 자의 관점에 따라 그 외관이 천차만별이거늘 무슨 근거로 와우형이니, 맹호출림형이니 헛소릴 지껄이느냐?"

"소인은 술사에게 직관이 무엇보다 중요하다 배웠습니다. 저는 제가 본 그대로 묘사할 뿐이며 제 직관이 가리키는 터 주인의 운명을 믿을 뿐입지요."

이현로가 태도를 바꿔 부드럽게 타일렀다.

“풍수란 네 말처럼 그리 단순한 학문이 아니야.”

목효지는 질세라 대들었다.

“일찍이 주자께서는 풍수의 핵심이 오직 산세의 아름답고 추함에 있다고 하였습니다. 한데 이 정랑께서는 어찌하여 자꾸 딴소리를 하십니까?”

일찍이 기화스님이 들려준 적 있는 옛이야기였다. 송나라 황제 영종은 육 년 전에 죽은 효종의 장사를 치르지 못해 쩔쩔맸다. 그 이유는 풍수지리설 때문이었다. 송나라를 세운 태조의 성이 조趙씨인데 조씨는 오행상 목木에 해당하므로 나무가 있으면 반드시 물[水]이 필요했다. 따라서 방위상 나무와 물을 한데 어우를 수 있는 수생목水生木, 곧 북쪽에서 남쪽을 바라보는 산에 명당을 골라야 했는데 마땅한 자리를 찾지 못해 육 년 동안 갑론을박만 계속해왔다. 이때 보다 못한 주자가 황제에게 글을 올려 풍수란 묘 주변의 산줄기와 바람, 흙을 살피는 것이지 황제의 성씨와 묘는 아무런 관련이 없다고 주장하였고, 황제는 주자의 의견을 받아들여 긴 논란에 종지부를 찍었다.

“하, 이놈이 이젠 문자까지 쓰는구나.”

이현로는 기가 막힌지 헛웃음을 흘렸다.

“자, 충분히 들었으니 오늘은 그만들 하는 게 어떻겠나?”

안평대군이 두 사람의 대화를 가로막았다.

“목효지의 주장에도 일견 일리가 있고 이 정랑의 주장도 맞다. 허나 지금은 두 사람이 힘을 합칠 때이니 논쟁일랑 뒤로 미룸이 어떠한가?”

목효지는 넙죽 고개 숙여 절했다.

"송구합니다."

안평은 목효지를 가까이 불러 술을 내렸다.

"오늘부터 전농시의 사역을 임시 면해줄 터이니 네 방식대로 마음껏 재주를 펼쳐 보이거라. 한번 공을 세워보겠느냐?"

목효지는 공손히 일어나 절했다.

"맡겨주신다면 목숨을 다해 따르겠습니다."

대답은 했으나 마음은 바위에 눌린 듯 무거웠다.

화적떼

명나라 황제의 고명에 답례하기 위해 북경으로 가는 사은사 행렬
은 한양을 떠난 지 닷새 만에 파주와 개경, 평양, 영변을 거쳐 의주
에 닿았다. 말을 탄 수양대군이 앞에서 사은사를 이끌었고 그 뒤를
사은부사 예조판서 이사철, 서장관이자 집현전 직제학인 신숙주,
종사관 자격으로 따라나선 김승규와 황보석이 따랐다. 공물을 실
은 수레만도 열두 대가 넘었으며 호위를 맡은 병졸들까지 치면 그
수가 오백 명에 달했다.

　의주 객관에서 하루 묵은 뒤 일행은 압록강을 건넜다. 평안도 관
찰사 휘하의 호위군은 일행이 모두 배에 오르자 본진으로 말을 돌
렸다. 강을 건넌 뒤부터 북경까지는 병조에서 차출한 정군 스무 명
이 사은사를 호위하도록 돼 있었다. 일곱 명의 무뢰배들은 짐꾼으
로 분장한 채 가장 가까운 곳에서 수양대군을 호위했다. 특히 양정

은 유수와 더불어 저녁이면 수양대군의 숙소 앞에 붙어 서서 잠시도 곁을 떠나지 않았고, 아침에 잠깐 눈을 붙였다가 일행이 출발하면 바람처럼 수양대군 옆으로 따라붙었다.

말대가리의 염려와 달리 사은길은 별 불미스런 일 없이 순탄했다. 임진강의 늙은 뱃사공들은 진심으로 사은 행렬을 반기는 기색이었다. 압록강의 뱃사공 역시 노련한 솜씨로 배를 몰 뿐 수양대군 곁에는 얼씬도 하지 않았다. 오히려 걱정해야 할 것은 평양을 떠나면서부터 더욱 쌀쌀해진 날씨였다. 마차를 끌어야 할 말들이 돌풍을 만나 자주 머뭇거리는 통에 행군은 더디기만 했다. 호위하는 병사들과 짐꾼들 중에도 감기에 걸린 자들이 속출하여 의주 객관을 나설 때 두 명이 행렬에서 제외되기도 했다.

강을 건너자 수양대군은 이사철과 신숙주를 시켜 짐을 정리하고 인원을 점고하라 명령했다. 그 자신도 말에서 내려 짐꾼과 견마꾼들, 호위병 사이를 누비며 일일이 행렬을 챙겼다. 안개가 걷히자 누런 흙길이 일행의 시야를 막았다. 먼지가 끓어오르는 가운데 무리를 앞에서 이끌던 선도병이 깃발을 세우고 각角을 한 번 짧게 불었다. 양정은 수양이 말을 매어놓은 곳으로 돌아오자 갑옷을 꺼내 두 손에 받치고 나아갔다. 갑옷을 보자 수양대군은 잠깐 눈을 찌푸리더니 이내 껄껄 웃으며 갑옷을 받았다.

"네놈들이 정말로 내게 갑옷을 입힐 작정이구나."

양정은 허리를 굽히며 대답했다.

"입지 않으시면 소인의 목이 날아갑지요."

"알겠다. 자준이 말이라면 귀찮아도 따라야겠지."

수양은 갑옷을 걸치고 가뿐히 말위에 올랐다.

"아마도 저쯤이 아니겠느냐?"

수양은 폐허가 된 채 방치된 호산 근처 작은 고구려 산성을 가리 켰다.

"예, 소인이 보기에도……."

"어차피 죽을 목숨은 죽고 살 목숨은 사는 법, 가자!"

수양은 말 옆구리를 발로 툭툭 건드렸다. 양정은 견마꾼을 자처해 수양이 탄 말의 고삐를 잡고 앞장섰다. 유수, 홍달손을 위시하여 말대가리가 비밀리에 기른 무사들 여섯이 나무 방패를 든 채 수양을 좌우에서 감쌌다. 호위대장이 이끄는, 창과 활로 무장한 스무 명의 병사들은 열 명씩 나누어 대열의 선두와 후미를 맡았다. 일행이 출발하자 마치 기다렸다는 듯 거센 흙바람이 몰아치며 어지럽게 대열 사이로 지나갔다. 길 주변의 말라비틀어진 갈대들이 한쪽으로 일제히 몸을 누이며 버석버석 소리를 냈다.

사은사 행렬은 점심 무렵 호산에 닿았다. 호산장성의 한쪽 끝은 만리장성과 연결돼 있었는데 어느 곳에도 사람의 기척은 느껴지지 않았다. 일행은 산성 정문 근처에서 여장을 풀고 의주 객관에서 점심으로 마련해준 주먹밥을 먹은 뒤 책문柵門을 거쳐 구련성九連城으로 이어지는 소로를 탔다. 크고 작은 산들이 마치 낟가리를 쌓아놓은 듯 어깨를 맞댄 곳이어서 양정은 더욱 긴장하지 않을 수 없었다. 다행인지 국경 마을인 책문 근처에 이를 때까지도 별다른 징후는 보이지 않았다.

'갑옷을 입혀라, 방패를 갖춰라, 혼자 요란을 떨더니 마적은커녕

쥐새끼 한 마리 보이지 않는구나.'

양정은 산길 주변의 우중충한 수풀을 눈으로 더듬으며 웃었다. 그 순간, 피리 소리가 바람을 가르며 날아왔다. 들을수록 소름이 돋는 소리였다. 양정은 눈을 가늘게 뜨고 신경을 집중했다. 소리가 가까워지더니 픽, 둔탁한 울림이 나며 말이 앞발을 들고 울부짖었다. 말위에 앉았던 수양대군은 미처 손을 쓸 사이도 없이 길로 나뒹굴었다. 양정은 놀라 말고삐를 잡아당겼다. 날뛰는 말의 정수리에 명적鳴鏑을 매단 화살이 꽂혀 있었다.

"무엇 하느냐, 어서 방패를!"

말고삐를 놓친 양정은 몸으로 수양을 감쌌다. 빗나간 화살 두 발이 말의 목과 배에 연이어 꽂혔다. 말은 괴로운 듯 뒷발로 땅을 차다가 길 옆 소나무에 머리를 들이받으며 고꾸라졌다. 뒤늦게 상황을 파악한 유수와 임운이 방패로 수양을 좌우에서 막았고 다른 무뢰배들도 방패를 들고 수양대군을 보호했다. 픽, 픽, 소리를 내며 수십 발의 화살이 방패로 날아와 꽂혔다. 백 보쯤 떨어진 숲 속 바위 뒤에서 털옷을 뒤집어쓴 괴한들 서넛이 연달아 화살을 날리고 있었다. 양정은 호위병들을 향해 악을 썼다.

"바위 뒤쪽을 치지 않고 무얼 하느냐?"

군사를 둘로 나눈 호위대장이 칼을 빼들고 숲으로 뛰어갔다. 그 중 서너 명은 숲으로 들어간 군사들을 엄호하며 적을 향해 마주 활을 쏘았다. 양정은 방패로 수양을 감싼 채 그 자리에서 꼼짝도 하지 않고 군사들이 돌아오길 기다렸다. 짐꾼들을 비롯한 다른 일행들도 각자 자신이 들고 있던 짐을 방패삼아 갈대숲 옆에 납작 엎드렸다. 한 식경쯤 시간이 흐른 뒤 호위대장이 숨을 헐떡이며 달려와 수양대군에게 보고했다.

"적의 걸음이 워낙 빨라 모두 놓치고 말았습니다."

호위대장은 바위 뒤에서 주웠다며 둥근 귀덮개〔耳掩〕 하나를 내밀었다.

"우리네 것은 가운데에 구멍을 뚫었는데 이건 귀 전체를 감싸게 돼 있군."

"그렇습니다. 아마도 지근 마을에 근거지를 둔 화적들이 아니올지요?"

"날이 저물기 전에 구련성에 닿자구나. 서둘러라!"

말을 바꾸어 탄 뒤 수양은 속히 가도록 재촉했다.

"좀 더 살핀 뒤에 가시는 게 좋겠습니다, 나리."

말고삐를 늦추며 양정이 청했다.

"아니다, 한번 실패했으니 놈들은 방법을 바꿀 것이다."

"그렇다면……."

"틀림없다!"

수양은 잔뜩 먹구름이 낀 하늘을 올려다보며 혼잣말을 뱉었다.

"허, 설마 했는데 전혀 어긋남이 없구나. 과연 자준은 무서운 사람이야."

의주에서 구련성까지는 삼십여 리에 불과했으나 작은 내와 산이 많아 걷는 데 제법 오랜 시간이 걸렸다. 말대가리의 예언대로 더 이상은 화적의 습격이 없었다. 중강中江과 방파포方坡浦를 지난 사은사 일행은 날이 완전히 저문 뒤에야 구련성 객관에 도착했다. 구련성 객관은 원래 북경에서 조선으로 들어오는 요동행로의 마지막 역참이었다. 그러나 조선의 개국으로 사신이 빈번히 오가게 되었고, 상주하는 인원이 늘어나면서 차츰 사신들이 묵는 객관으로 기능이 바뀌었다.

많은 인원이 다 들어갈 수 없어 수양과 관리들만 객관에 들고 나머지는 객관 밖에 장막을 치고 노숙 준비를 했다. 초조한 듯 보였던 수양은 일단 객관에 도착하자 태연하게 저녁을 먹고 명나라 역참 관리들과 술을 나누었다. 양정은 도포자락에 철퇴를 숨기고 유수와 더불어 문 앞을 떠나지 않았다. 임운과 홍달손을 객관 출입문에 매복시켜 만일의 사태에 대비했으며 나머지 무뢰배들은 뒷담 주변에 거리를 두고 숨어 있게 했다. 호위대장의 지휘를 받는 정군들은 구역을 정하여 마당과 역관 주변을 지켰다.

자정이 되어도 말대가리가 예언한 자객은 오지 않았다.

"아니, 어쩌자고 술을 이리 드셨습니까?"

자리가 파한 뒤 방으로 들어가는 수양에게 양정이 물었다.

"네놈은 내가 정녕 취한 것으로 보이느냐?"

수양이 정색을 하고 목소릴 낮추었다.

"아, 소인은 미처 거기까지⋯⋯."

"자준의 말대로 놈들이 재차 습격한다면 분명 축시 이후에 올 것이다. 잠깐 눈을 붙였다가 일어나 좌정하고 기다릴 터이니 반드시 놈을 사로잡아 내 앞에 대령해야 한다."

방으로 들어간 수양은 코를 골며 잠에 빠져들었다. 양정은 걱정이 되어 몇 번이나 문을 열고 방안을 살폈다. 인시가 되어도 수양은 일어나지 않았다. 마당을 지키던 정군들은 멍석을 펼치고 두셋씩 모여 앉은 자세로 잠을 청했다. 새벽이 되어도 자객은 오지 않았다. 홍살문에 엉덩이를 기대고 있던 유수가 참지 못하겠는지 꾸벅꾸벅 졸았다. 양정은 유수를 깨우고 혹시나 하여 객관 주변을 한 바퀴 돌았다. 다른 무뢰배들도 졸거나 잠에 빠져 있었다. 양정은 그들을 발길질로 깨우며 수양이 잠든 방문 앞으로 돌아왔다.

긴 밤이 지나고 동쪽 하늘이 희끄무레 밝아왔다. 자객은 오지 않았다. 수양의 코 고는 소리도 여전했다. 양정은 감기는 눈까풀을 어찌하지 못한 채 죽을힘을 다해 버텼다. 유수는 눈을 뜬 채로 드르렁드르렁 코를 골았다. 양정은 잠을 쫓기 위해 기지개를 켜며 마당으로 나섰다. 긴장을 해서인지 아랫도리가 뻣뻣해지며 요의가 밀려왔다. 허리끈을 푼 뒤 대문 귀퉁이에 대고 오줌을 갈겼다. 오줌을 다 누고 나서 진저리를 치는데 큰 새처럼 보이는 시커먼 물체가 대문 위로 휙 지나갔다.

'새벽부터 웬 새란 말인가.'

맹렬한 기세로 마당을 가로질러 가는 검은 물체가 보였다.

"웬 놈이냐! 여봐라, 자객이다!"

양정은 고함을 지르며 철퇴를 빼들었다. 몸을 휙 돌리는 순간 바지가 주르르 흘러내렸다. 양정은 몇 발짝 가지 못해 앙감질을 하며 나뒹굴었다. 고래고래 소리를 질렀지만 유수는 꿈쩍도 하지 않았다. 그사이 자객은 유수를 지나쳐 수양이 잠든 침실로 뛰어 들어갔다. 양정은 한 손으로 바지춤을 잡고 뒤뚱거리며 침실로 향했다.

소란에 놀란 호위대장이 뒤늦게 칼을 빼든 채 마당으로 달려왔고, 졸고 있던 호위병 서넛과 유수도 잠에서 깨어나 무기를 들고 수양의 침실을 막아섰다.

"멈춰라, 이놈!"

침실로 들어선 양정이 철퇴를 휘두르며 소리쳤다. 자객은 칼을 수직으로 세워 수양의 배를 거푸 두 번이나 찔렀다. 비명소리가 들린 것도 같았다. 자객이 치켜든 세 번째 칼을 양정의 철퇴가 막으면서 두 사람은 좁은 방에서 칼과 철퇴를 휘둘렀다. 뒤이어 호위대장과 유수가 가세하여 자객을 모서리로 몰아갔다. 움직임이 둔해진 자객이 병풍을 발로 후려 차며 뒷문 가까이로 몸을 날렸다. 병풍이 넘어짐과 동시에 검은 그림자 하나가 바깥으로 튀었다. 죽은 줄 알았던 수양이었다.

수양대군이 살아 있다는 걸 알자 자객은 다시 칼을 휘둘렀다. 기세에 눌린 세 사람이 주춤하는 사이 자객은 유수의 옆구리를 칼등으로 내리치며 방을 빠져나갔다. 양정은 반사적으로 손에 든 철퇴를 자객의 뒤통수를 겨냥해 던졌다. 철퇴가 발에 걸리며 자객은 쿵 소리와 함께 마당으로 넘어졌다. 밖에서 대기 중이던 군사들이 달려들어 자객을 몸으로 덮쳤다. 자객이 오랏줄에 묶이자 의관을 갖춘 수양대군이 마당으로 나섰다.

"너는 웬 놈이기에 내 목숨을 노리느냐?"

자객은 고개를 숙인 채 꿈쩍도 하지 않았다. 머리카락이 제멋대로 뻗친 스물두어 살의 청년이었다. 몸은 왜소한 편이었으나 눈빛이 타는 듯 살아 있었다.

"바른 대로 대답하면 내 너를 가엾이 여겨 목숨을 살려줄 것이다. 너는 누구냐? 누가 사주하여 이런 일을 벌이게 되었느냐?"

대답이 없자 양정이 손바닥으로 자객의 뺨을 후려쳤다. 입술이 터져 시뻘건 피가 턱을 타고 흘렀다. 청년은 입을 다문 채 수양을 외면했다. 양정은 자객을 무릎 꿇리고 다리 사이에 철퇴를 넣어 무자비하게 짓밟았다. 그러나 청년은 잇새로 신음만 흘릴 뿐 끝내 입을 열지 않았다. 보다 못한 수양이 달래듯 물었다.

"비록 나를 죽이려 했지만 주인에 대한 충의가 실로 대단하구나. 원치 않으면 묻지 않으마. 대신 한 가지는 분명히 밝혀야겠다. 너는 조선 사람이냐, 오랑캐 족속이냐?"

청년은 비로소 고개를 들었다. 객관 지붕을 넘어온 아침 햇살이 청년의 등으로 내리뻗었다. 청년은 하늘을 한 번 올려다본 뒤 끙, 소리를 내며 고개를 꺾었다. 양정이 달려들어 청년의 머리채를 낚아챘다. 청년이 고통스럽게 몸을 좌우로 비틀었다. 선지피가 바닥으로 뚝뚝 떨어졌다. 양정이 머리채를 놓으며 중얼거렸다.

"독한 놈! 혀를 물었습니다, 나리."

수양은 호위대장을 방으로 불러 물었다.

"네가 데리고 온 아이들은 믿을 만한 자들이냐?"

수양대군과 친해질 기회만을 엿보던 호위대장이 대답했다.

"예, 나리. 이 년째 데리고 있는 아이들이라 수족과 같습니다."

"어제 오늘, 연이어 일어난 일은 절대 비밀에 붙여야 한다. 한양에 말이 건너가지 않도록 부하들 입을 철저히 단속하되 명을 어기는 자가 있으면 네게 책임을 물을 것이야."

호위대장이 고개를 숙이며 대답했다.

"받들겠습니다, 나리."

"양정이, 네놈도 무뢰배들 입단속에 만전을 기해야 한다."

"그러문입쇼, 나리."

양정의 대답은 비장했다.

새
똥

목효지는 수양의 사저에서 눈을 떼지 않았다. 주인이 사은사로 자리를 비웠음에도 사저엔 행랑채와 사랑채, 안채 할 것 없이 사람들의 발길이 끊이지 않았다. 음식을 차려 나르는 여종들의 발길도 분주하였고 종들을 부리는 집사의 목소리에도 힘이 넘쳤다. 무부로 보이는 자들은 주로 말을 타고 왔다. 그들의 행선지는 짐작할 수 없었다. 갓끈을 휘날리며 골목으로 들어선 평복 차림의 양반들은 하나같이 바깥주인이 거주하는 행랑채로 들었는데, 주인도 없는 행랑채에서 그들을 맞는 이가 누구인지는 알 수 없었다.

오후가 되자 수양대군의 사저 주변은 마치 해를 품은 듯 붉은빛으로 달아올랐다. 지형이 오목하여 혈이 둥글게 맺힌 와혈窩穴이라는 점을 뺀다면 목효지는 빛이 모여드는 이치를 알지 못했다. 그는 향나무로 깎아 길게 만든 뱀 형상의 목각[木蛇] 다섯 개를 꺼내 그중 한 개를 사저 북쪽 소나무에 매달았다. 혈이 닭의 둥지를 닮았으니 조류의 천적인 뱀을 매달아 혈의 기운을 끊고자 하는 일종의 비보진압이었다. 풍수가의 비전대로 뱀 형상을 매달았으나 실제로 효과가 있을지는 자신할 수 없었다.

날이 저물길 기다렸다가 산을 내려와 사저의 동쪽으로 갔다. 광과 별채가 늘어선 사저 동쪽 담장 밑에 쭈그리고 앉아 미리 준비한 호미로 땅을 파고 나무 뱀을 묻었다. 남쪽 대문 옆, 화단 속에 역시 나무 뱀을 하나 던져 넣고 북악과 맞닿은 서쪽 산기슭으로 옮겨갔다. 남은 나무 조각 두 개 가운데 하나를 사저 중앙의 사랑채 지붕으로 던진 뒤 마지막 하나는 담장 옆에 비죽 솟은 바위 꼭대기에 얹어놓았다. 동서남북 사방과 중앙까지 다섯 방위에서 포위하듯 뱀들이 닭의 둥지를 노리는 형국이었다.

일각문이 삐걱 열리며 갓을 쓰지 않은 남자가 행랑 마당으로 나섰다. 머리가 길쭉하고 귀가 당나귀처럼 위로 솟은, 우스꽝스럽게 생긴 자였다. 남자는 저물어가는 하늘을 쓱 올려다보고는 고개를 빼고 담장 밖을 살폈다. 목효지는 몸을 낮춰 바위 뒤로 숨었다. 불과 열 걸음도 안 되는 거리였다. 목효지는 숨을 죽이며 침착하게 기다렸다. 오줌을 누었는지 남자는 진저리를 치며 사랑채로 등을 보였다.

'바위가 없었다면 걸릴 뻔했군.'

전에 보지 못한 바위들이었다. 바위는 자잘한 것까지 치면 눈에 보이는 것만 얼추 십여 개나 되었다. 굴러다니는 바윗돌이 아니라 뿌리가 땅에 박힌, 전체가 하나의 바위 맥으로 연결된 석맥石脈이었다. 특이하게도 맨 앞쪽의 가장 큰 바위는 그 형상이 꼭 비석을 세워놓은 것 같았다. 석맥 주변엔 줄기만 남은 칡넝쿨이 어지럽게 널려 있었다. 날씨가 추워져 칡잎이 죄다 떨어지자 숨어 있던 바위가 드러난 것이다. 돌아서서 무심코 산을 내려오던 목효지는 퍼뜩 떠오른 생각에 석맥 근처로 뛰어갔다.

"아아, 정녕 하늘의 뜻이란 말인가?"

목효지는 언 손을 비벼가며 바위들을 어루만졌다. 틀림없는 석맥이었고 비석바위였다. 풍수에서는 석맥을 산의 뼈로 해석한다. 이를테면 기가 흘러오는 통로다. 소가 누운 와우형, 그중에서도 자궁에 해당하는 닭둥지 모양의 아늑한 와혈에 집이 지어진 것도 예사롭지 않은 데다가, 높은 곳에서 내려다본 집터의 모양이 알밤을 쏟아내기 직전의 율방형이니 이는 풍수적으로 더 이상 좋을 수 없는 최상의 주거지였다. 또한 옆에서 바라본 형상이 배고픈 맹호 한 마리가 눈을 번득이며 숲을 빠져나와 저자를 노려보는 모양이니 집주인의 기상이 하늘을 찌르고도 남을 형국이 아닌가.

'그것도 모자라 석맥과 비석바위까지 갖추었으니……'

뿐만 아니라 천연적으로 자라난 칡넝쿨이 바위를 숨겨주기까지 하니 일찍이 듣도 보도 못한 신비로운 터였다. 석맥이 땅위로 솟았다는 것은 북악에서 뻗어온 혈이 해당 집터에 이르러 멈추었음을 뜻한다. 집이나 무덤 주변의 석맥은 예부터 금시발복今時發福을 가져다주는 것으로 알려져왔다. 그 기운이 너무 강하여 범인들은 감당하지 못하고 목숨을 잃게 된다. 바위도 보통 바위가 아닌 비석바위다. 비석은 한 인간의 치적을 기록하는 물건으로 이는 터 주인의 이름이 널리 떨치게 됨을 의미하는 것이다.

목효지는 돌출된 석맥을 따라 산으로 들어가보았다. 반원형으로 집터를 감싼 인왕의 산줄기는 북쪽으로 올라가며 하나로 만나 능선을 형성하고 다시 서북쪽으로 비스듬히 올라갔다. 목효지는 방향이 바뀌는 곳마다 호미로 땅을 파보았다. 여지없이 바위가 호미에 부딪혔다. 집터의 기운을 끊어놓기 위해서는 땅을 절개하여 기의 흐름을 막아야 한다. 그런 다음 도끼로 비석바위를 부수어버리면 천하의 수양도 꼼짝 못하게 될 것이라고 목효지는 확신했다. 스승 기화스님도 여러 차례 강조했다.

"대륙을 통일한 진나라가 망한 이유를 아느냐? 바로 만리장성을 쌓으며 수많은 지맥을 잘랐기 때문이니라. 수나라는 또 어떠하냐? 수나라는 대륙 전역을 잇는 운하를 건설한다며 대규모 토목공사를 일으킨 지 채 십 년도 못 돼 역사에서 지워졌다. 임의적으로 맥을 잘랐기 때문이다. 자연의 조화가 이와 같음을 결코 잊지 마라."

목효지는 옛 스승의 말을 되새기며 산을 내려왔다. 땅이 꽁꽁 얼어 있으니 맥을 자르려면 봄이 될 때까지 기다려야 했다. 사은사로 떠난 수양대군이 무사히 임무를 끝내고 북경을 출발했다는 풍문이 들린 게 이틀 전이었다. 이는 수양이 명나라 조정에 신뢰를 쌓아 훗날을 도모할 여건을 마련했음을 의미한다. 또한 역으로 수양을 제거하려던 계획이 실패했음을 말해주었다. 풍수적으로 보자면 이미 그렇게 되게끔 운명 지어진, 너무도 당연한 결과였다. 남은 방법은 한 가지뿐, 무력으로 수양을 제거할 수 없다면 산줄기를 파헤쳐 맥을 끊고 비석바위를 파괴하는 것이다.

"이현로가 듣는다면 펄쩍 뛸 일이지."

목효지는 허공을 향해 힘없이 웃었다.

'속히 봄이 왔으면……'

목효지는 발길을 부암골로 돌렸다. 지난해 겨울, 도원동 무계정사에서 우연히 안견과 마주친 뒤 한동안 그를 만나지 못했다. 지난번의 일도 궁금하였고 설이 지난 지도 얼마 되지 않아 겸사겸사 세밑 인사라도 넣을 참이었다. 사실 그 자리에서 안견을 만났다는 게 목효지에겐 적잖이 충격이었다. 같은 편이 되어 일을 도모하고 있다는 동지의식보다는 친구의 앞날에 대한 걱정이 앞섰다. 목효지는 지리적으로 무계정사가 얹힌 터부터가 마음에 들지 않았다. 구름 위에 앉아 지상의 일들을 도모할 수는 없는 일이기 때문이다.

목효지는 하얀 입김을 토하며 바삐 부암골 언덕을 넘어갔다. 대문을 두드리자 부인 장씨가 싫은 내색 없이 목효지를 맞았다. 그러나 안견은 숙직을 서는 날이어서 집에 없었다. 목효지는 일간 다시 오겠다는 인사를 남기고 대문을 나섰다. 달빛이 시리게 산비탈을 넘어왔다. 목효지는 뒷산으로 올라가 안견의 집터를 살폈다. 집터 뒤편의 산줄기는 완만하게 집터를 감싸 안았고 좌청룡 우백호 사이로 흘러가는 물길〔水口〕 또한 닫혀 있었다. 큰 흠 없이 전체적으로 가족과 후손들이 편안할 자리였다.

이번에는 반대편 고갯마루에 올라가 집터 뒷산을 살폈다. 백악의 한 줄기가 뻗어 내려와 그곳에서 크고 작은 능선을 형성했는데 능선의 모양이 활〔弓〕처럼 팽팽하게 안견의 집터를 감싸 안았다. 안견의 집터는 화살의 깃털 부위에 해당되었다. 공교롭게도 화살이 향하고 있는 곳은 부암골 무계정사 방향이었다. 안견의 집터는 주인을 배반하는 속성을 지닌 전형적인 반궁수反弓水에 얹혀 있었던 것이다.

"일이 잘못되어도 목숨을 건질 팔자구나. 그렇담 잘된 일이지."

목효지는 쓸쓸히 중얼거리며 고갯마루를 벗어났다.

섭나무에 섞어 태우는 말똥 냄새가 코를 매스껍게 했다. 안견은 지니고 온 붓과 벼루, 화선지를 차례로 꺼내 평평한 바위에 얹었다. 사람들의 출입이 금지된 봉수대 아래 팔부 능선쯤 되는 산등성이였다. 목멱산은 긴 잠에서 깨어나 봄기운을 토해내고 있었다. 봄볕을 받은 나무들은 가지 끝마다 새순을 매달았고 새들은 유충이라도 잡는지 소란하였다. 얼었던 땅이 녹으며 곳곳에서 비릿한 흙냄새가 풍겼다.

안견은 먹을 갈며 아지랑이가 피어오르는 한양을 내려다보았다. 사대문과 사소문, 궁궐의 너른 지붕과 크고 작은 집들이 따사로운 햇볕을 골고루 받으며 봄날을 맞고 있었다. 마주 보이는 북악과 그 뒤로 겹겹이 포개어진 삼각산 줄기는 마름질하기 전의 옥양목을 펼쳐놓은 듯 맑았으며, 하늘은 쪽물에 젖은 생견처럼 푸른빛을 뿜었다. 오전임에도 시전 주변은 말과 사람의 왕래로 거뭇거뭇하였고 성곽 주위론 새들이 떼로 날아갔다.

준비가 끝났는데도 안견은 붓을 들지 못했다. 벌써 열 번도 넘게 목멱산과 백악산, 인왕산을 오르내렸지만 늘 같은 날들의 연속이었다. 화선지 위에서 붓은 매번 빗나갔다. 붓을 화선지에 댈 때마다 뾰족한 붓끝이 창날처럼 산 자들의 집을 겨누었다. 안견은 죽이거나 살리거나, 혹은 죽거나 살 사람들의 집을 그릴 자신이 없었다. 시일이 자꾸 지체되자 이현로는 네 번이나 사람을 보내 그림 그리는 일을 독촉했다.

"너무 자세히 그릴 것 없네. 지방에서 올라온 외방의 군사들이 길을 잃지 않도록 동서남북으로 빠지는 큰길과 나루의 위치를 그리려는 것일세. 먼저 길을 우선하되 큰 밑그림이 완성되면 궁궐 주변의 집들을 표기해주게. 구체적인 건 우리가 작업할 터이니."

안견은 끝이 가늘고 뾰족한 선묘필을 들어 종이에 광화문 앞 사거리인 황토현을 먼저 그렸다. 그다음 황토현을 중심으로 동서남북으로 뻗은 도로, 육조거리와 좌우의 관청들을 하나하나 촌묘해 나갔다. 실용적인 면을 강조하는 그림이기에 건물과 도로를 크기에 따라 대중소로 나누어 그렸고 건물과 도로마다 이름을 표기했다. 중심선이 완성되자 성곽을 두르고 주변에 강과 하천의 지류, 외곽을 감싼 산들을 표현했다. 오후가 되자 그럭저럭 큰 그림이 완성되었으나 이현로가 원하는 그림인지는 알 수 없었다.

"최대한 시간을 늦추도록 하세요. 그림을 한 번에 그려 올리지 말고 수정해 그려달란 요청이 오도록 시간을 버세요. 대군 어른께 비록 큰 은혜를 입었다고는 하나 세상 돌아가는 인심이 흉흉하니 우린들 어쩌겠어요. 당신과 우리 가족이 과연 목숨을 버릴 만큼 값

어치 있는 일인지 잘 판단하시길 바랄 뿐이에요……."

장씨는 안견이 화구를 들고 밖으로 나가면 따라 나와 충고했다. 안견은 장씨의 입장을 이해할 수 있을 것 같았다. '박포의 난'에 억울하게 휘말려 집안이 풍비박산 난 아내는 두 번 다시 같은 상황을 겪고 싶지 않은 것뿐이다. 장씨는 안평대군이 권력을 잡는 일에도 관심을 두지 않았다. 누가 권력을 잡든 진흙탕 싸움에 남편이 휘말리지 않기를 바랄 뿐이었고 그 점은 안견도 마찬가지였다. 설령 안평대군이 권력의 중심이 된다 해도 안견은 그가 내리는 벼슬을 받을 마음이 없었다. 생활만 넉넉하다면 당장에라도 도화서를 그만두고 한미한 곳에 들어앉아 그림에 몰두하고 싶은 게 솔직한 심정이었다.

'하지만 어떻게 은혜를 배신한단 말인가.'

안견은 지도를 실물과 대조하며 잘못된 곳을 찾아 덧칠했다. 이런저런 핑계를 대며 겨울을 넘겼지만 더는 늦추거나 망설일 수 없었다. 불과 이틀 전에도 안평은 사람을 보내 쌀과 돼지고기를 전했다. 장씨는 돼지고기를 이웃에 나누어주고 쌀은 손도 대지 않았다. 언제부턴가 장씨는 안평이 보내온 물건들을 그대로 방안 구석에 쌓아두었다. 안견은 따로 이유를 묻지 않았고 장씨도 설명하지 않았다.

서쪽 하늘이 불을 지핀 듯 달아올랐다. 안견은 그림을 바위에 펼쳐 말리며 화구를 정리했다. 한나절이면 끝날 일을 석 달도 넘게 고민한 셈이다. 안견은 무거운 마음으로 옥동과 무계정사 쪽을 내려다보았다. 수십 마리의 기러기들이 울긋불긋 날개를 펄럭이며 목멱산을 동서로 가로질렀다. 순간 희멀건 액체가 애써 그려놓은 그림 위로 픽 떨어졌다. 새똥이었다. 육조거리 한가운데 떨어진 새똥은 그림 전체에 질퍽한 파편을 남겼다.

안견은 종일 그린 그림을 구겨버리고 화구를 챙겨 산을 내려왔다. 소덕문 주포로 향하는 발걸음은 편치 못했다. 술이라도 들이켜지 않으면 견딜 수 없을 것만 같았다. 취하면 모든 근심이 가라앉는다. 술값으로 적잖은 돈을 축내도 장씨가 간섭하지 않는 것은 참으로 고마운 일이었다. 심지어는 이웃의 잔치에 갔다가도 음식 대신 술을 챙겨와 잠들기 전 꺼내놓기도 했다. 그런 날은 안견도 아내에게 부담 없이 술을 권하였고 장씨도 마다하지 않고 술을 받아 마셨다.

안견은 해질 무렵 주포에 닿았다. 늘 저승귀처럼 앉았던 노파는 보이지 않고 주포로 쓰던 마루엔 묵은 먼지만 가득했다. 방문에도 빗장이 걸려 있었다. 안견은 주인댁으로 돌아가 대문을 두드렸으나 집이 비었는지 나와보는 사람이 없었다. 빈 집 감나무 위에서 까마귀들이 을씨년스럽게 울어댔다. 안견은 담장을 따라 백 보쯤 떨어진 소덕문으로 가보았다. 창을 들고 서서 시시덕거리던 수문군 둘에게 노파의 근황을 물었다.

"죽은 지 꽤 됐지. 그 노인넨 왜 찾으슈?"

젊은 청년이 안견을 살피며 물었다.

"왜 오긴 왜 왔겠는가? 술 때문에 왔겠지."

옆에 있던 병졸이 동료에게 면박을 주었다.

"주포가 어찌하여 문을 닫았는가?"

"노인네는 지난겨울에 얼어 죽었는데 시신이 열흘도 더 지나 발견되었다오. 전임 수문장이 사람 몇을 데려가 염을 하고 시신을 묻었다는 소리를 들었소."

비표를 보이고 소덕문을 빠져나오는데 수문군들이 중얼거렸다.

"거 참, 이상하지. 노인네들은 꼭 겨울에 죽는단 말야."

"그러게. 따스할 때 죽으면 좀 좋아."

육조거리에 이르자 안견은 자신이 종일 그린 그림 속으로 들어온 듯한 착각에 빠졌다. 그림 안과 그림 밖의 세계는 따로 구분되지 않았다. 기로소 뒷담을 돌아 건평방 전농시로 향했다. 목효지가 안평대군을 돕고 있다는 사실이 자꾸 마음에 걸렸다. 장씨에게 목효지가 찾아왔다는 얘기를 들었지만 좀처럼 짬을 내지 못했다. 안견은 안타까웠다. 목효지에겐 어떤 선택권도 없을 것이었고 그 점이 안견을 더욱 쓸쓸하게 만들었다.

전농시 대문을 두드려 목효지를 찾았으나 안에 없다는 대답이 돌아왔다. 두어 사람을 더 붙잡고 물은 끝에 김종서 대감 댁으로 가보라는 답변을 들을 수 있었다. 안견은 광화문 앞길로 나오며 마음을 정하지 못하고 주춤거렸다. 어느 집에서 한바탕 굿이라도 하는지 징 치는 소리가 바람에 실려왔다. 지도 그리는 일은 엉망이 되었다. 술에 취하지도 못한 데다가 친구도 만나지 못했으니 이래저래 우울한 날이었다.

황표정사

"나리, 자준입니다."

마루로 올라선 한명회가 겹문을 밀쳤다.

"들어오게."

수양대군은 서안을 끌어당기며 느긋하게 대답했다.

"부르셨습니까?"

"그래, 봄도 한창이고 이제 슬슬 움직여야 할 때가 되지 않았나?"

"물론이지요. 준비를 다 해두었습니다."

"우선 황표정사黃標政事부터 폐지하는 게 순서겠지?"

한명회는 입가의 주름을 끌어당기며 목소릴 낮췄다.

"당연하지요. 마침 대사헌 기건의 상소도 있었으니 이번 기회에 황표정사를 막아 김종서와 황보인의 팔다릴 묶도록 하시지요. 안평대군 역시 암묵적으로 황표정사에 동의해왔으니 황표정사가 혁

파되면 두루 타격이 클 것입니다."

황표정사는 단종의 나이가 어리기에 고안된 제도였다. 관직을 제수할 때 삼사의 우두머리인 김종서, 황보인, 정분이 세 명의 대신들을 추천하고 그중 적임자의 이름 밑에 누런색 표시를 해놓으면 임금이 형식적으로 수결하여 관리를 임명토록 하는 것이다. 사실상 임금의 개입 없이 의정부에서 조정 대신들의 인사 문제를 마음대로 주무를 수 있는 제도였으며 그 결과 김종서와 황보인, 정분은 자신들의 입맛에 따라 관리를 등용해왔다.

그 무렵 대사헌 기건이 상소를 올려 인사제도의 문제를 거론하고 나섰다. 직접적으로 황표정사를 논하지는 않았으나 기건은 상소문을 통해 의정부 관리들이 집행기관인 육조의 판서직을 겸직하는 문제를 비롯, 지방 관리들의 겸직과 그로 인한 문제들을 집중적으로 거론하여 이를 혁파하도록 건의했다. 대신들 스스로가 문제가 있다는 걸 인정했기에 어느 누구도 상소에 반대의 뜻을 표하지는 않았다. 하지만 김종서와 황보인에게 밉보일 것을 염려한 나머지 대놓고 찬성하는 자도 드물었다.

"내가 어찌하면 되겠는가?"

"주상전하를 만나 황표정사 폐지를 강하게 밀어붙이십시오. 기건의 상소문도 있었고 아울러 다른 대신들도 여러 차례 황표정사의 문제점을 건의해놓은 상황이니 주상전하도 이번에는 충분히 수긍하실 줄로 압니다."

"그다음은?"

"『역대병요歷代兵要』의 출간을 마무리하셔야지요."

『역대병요』는 세종대왕이 돌아가시기 직전 정인지, 유효통에게 명하여 역대의 주요 전쟁 사례를 엮어 편찬하라 이르고 직접 '역대병요'란 이름까지 내린 방대한 분량의 전쟁 교본이다. 수양대군은 세종의 명으로 편찬 책임자가 되어 사은사로 떠나기 전까지 책의 편찬에 관여해왔다. 권근의 손자 권남이 수양대군과 가까워진 것도 『역대병요』 편찬을 함께 하면서부터였다. 그 결과 권남이 죽마고우 한명회를 수양대군에게 소개하여 오른팔을 만들었으니 『역대병요』는 이래저래 중요한 의미를 지녔다.

"책을 출간한다는 것은 일종의 정치적 출사표이지요. 이는 곧 두 가지 의미를 지니게 됩니다. 우선 승하하신 세종대왕의 명으로 편찬이 시작된 책을 나리의 손으로 마무리 짓게 되니 내외적으로 선왕의 유지를 받든다는 상징적인 의미가 있지요. 그다음 책이 출간되면 주상전하께 한 질을 올리고 편찬에 관여한 학자들에게 상을 내리게 해달라 청하십시오. 아마 주상전하는 흔쾌히 승낙을 하실 겁니다."

"주상전하를 두고 내가 어찌 직접 상을 내리겠는가?"

"바로 그 점을 노려야지요. 나리가 주상전하를 대신하는 모습을 보여준다면 암묵적으로 민심은 나리에게 기울 것입니다. 우리로서는 이번 기회에 중신들의 속내를 일일이 파악할 수 있는 중요한 계기도 되겠지요."

"그다음을 물어도 되겠는가?"

"이후의 일은 오랜 기다림을 마무리하는 시간이 되겠지요. 후후."

"마무리라니?"

수양은 짐짓 딴전을 피웠다.

"사은 행차에 당하신 바와 같이 저들이 먼저 나리께 칼을 겨누지 않았습니까? 그걸 되갚아 주어야지요. 올해를 넘기면 우리가 지게 돼 있는 싸움입니다. 작은 힘은 우리가 강할지 모르나 큰 힘은 변방의 군사를 낀 저들을 당해내지 못할 테니까요. 안평대군은 함길도와 평안도, 경기도는 물론 충청도의 관찰사, 절제사들과도 사사로이 연결이 돼 있습니다. 능히 삼 만 이상의 군사를 동원할 수 있는 힘을 가지고 있지요. 거기에 비해 우리가 가진 것은 기백이 약간 넘는 무부들뿐입니다. 당연히 먼저 쳐야지요."

"내 동생도 죽여야 하는가?"

"나리, 사사로운 감정은 버리시지요."

"황표를 찍어 주상을 능멸하는 황보인과 김종서는 죽어 마땅하다. 하지만 내 동생을 죽일 수는 없네. 비록 아우가 간신배들의 말만 믿고 경거망동해도 기회는 줘야지."

"당연히 그래야지요……."

"자네라면 내 아우를 설득할 방도를 알고 있으리라 믿네."

"인간의 힘으로 되는 일이 있고 안 되는 일도 있지요."

"그래도 방도를 한번 마련해보게."

"정 그러시다면……. 일간 직접 아우님을 찾아가 설득을 해보시지요. 피는 물보다 진하다 하지 않습니까. 나리께서 뜨거운 속내를 꺼내놓는다면 안평대군 나리도 느끼는 게 있겠지요. 그다음의 일은 하늘에 맡기시옵고."

"직접 찾아가라, 좀 느닷없지 않겠는가?"

"제가 그럴듯한 모양새를 생각해보겠습니다."

한명회는 키득키득 기분 나쁘게 웃었다. 수양은 끙, 앓는 소리를 내며 장침에 가까스로 몸을 기댔다. 머리가 지근지근했다. 한명회라는 기괴한 몰골의 위인을 만나면서 갑자기 일이 엄청나게 확대되었다. 그를 알게 된 이후부터 막연하게만 느껴지던 옥좌가 느닷없이 현실이 되어 손에 잡힐 듯 다가왔다. 필연적으로 누군가의 피를 불러야 하는 자리였다. 마치 그런 상황을 즐기기라도 하듯 한명회는 키득거릴 뿐이었다.

"모든 것이 계획대로 된다면 자네는 무엇을 할 텐가?"

수양이 은근슬쩍 한명회를 떠보았다.

"언젠가 한강 이남의 장자말이란 마을에 간 적이 있지요. 갈대 무성한 강변을 따라 갈매기들이 한가로이 노니는 풍광 좋은 곳이었습니다. 그곳에 압구정狎鷗亭이란 정자를 짓고 님을 그리며 한 시절 보낼까 합니다."

"갈매기와 벗하며 논다……. 옳거니, 그래서 자네 호가 압구정이구만."

"바로 보셨습니다."

"그래, 꼭 그런 날이 오기를 바라겠네."

"물론입지요."

두 사람은 의미심장한 눈빛을 교환했다.

인왕산 깊숙이 자리한 부암골엔 며칠 전부터 은은히 복숭아 향이 떠다녔다. 봄날 골짜기를 메웠던 흰 꽃들이 지자 복숭아나무 가지마다 다투어 탐스러운 열매를 매달았다. 새들은 높은 곳에서 낮은 곳으로 내려와 열매를 쪼았고 열매는 새 부리를 피해가며 뜨거운 햇볕 아래 숨바꼭질했다. 성곽 너머로 바람이 부지런히 과일 향을 퍼 나르는 사이 무계정사를 찾는 문무 관리들의 발걸음도 덩달아 잦아졌다.

안평은 뒷짐을 진 채 무계정사 주변을 오락가락했다. 고명사은사 선정을 필두로 알게 모르게 수양과 부딪쳐보았지만 신경전은 번번이 형의 승리로 끝났다. 고명사은사 결정은 주상전하 앞에서 말 한 번 제대로 꺼내보지도 못했으며 이징옥이 보낸 자객은 소식이 두절되었다. 작년부터 수양대군을 견제해오던 황표정사는 대사헌 기건의 상소 한 장으로 허무하게 폐지되었다. 기건의 상소가 올라오자 수양은 마치 기다리기라도 한 것처럼 궁으로 달려가 주상을 설득, 황표정사 폐지를 관철시키지 않았던가.

김종서와 황보인이 애써 황표정사 폐지를 막아보려 하였으나 역부족이었다. 수양대군은 황보인, 김종서가 윤삼산을 판통례문사로, 박금손을 종묘서승으로 삼은 부분을 강하게 문제 삼고 나섰다. 윤삼산은 황보인의 사돈이고 박금손은 김종서의 사위였다. 일이 이렇게 되자 김종서와 황보인은 당황했다. 그들로서는 황표정사 폐지를 막는 일은 고사하고 잘못을 추궁당하지 않은 걸 다행스러워해야 할 판이었다.

수양대군이 황표정사 폐지라는 뜻밖의 패를 들고 나오자 김종서와 황보인도 반격의 실마리를 찾았다. 그들이 들고 나온 패는 바로 분경奔競을 금하자는 법안이었다. 사실상 이러한 꾀를 내어 김종서를 움직인 인물은 이현로였다. 분경이란 벼슬을 얻지 못한 유생들이나 말단 관리들이 높은 벼슬을 얻기 위해 고관대작이나 왕실 친인척의 집에 사사로이 드나드는 것을 말한다. 분경은 후에 의미가 변질되어 가병을 기르는 방편으로 이용되어왔다. 수양대군이 은밀히 무부들을 모아 훈련시킬 수 있었던 것도 분경 덕이었다.

분경 금지는 당장 수양대군의 손발을 묶을 수 있는 묘안이었다. 법안이 확정되면 개인적으로 사람들을 모을 수 없고 그들과의 접촉도 피해야 한다. 법이 제정된 뒤 수양이 이를 어긴다면 당장 모반의 혐의를 뒤집어씌울 생각이었다. 그러나 수양의 운명이 걸린 분경 금지법은 우여곡절 끝에 분경을 허용하고 대신 종부시〔宗簿寺〕로 하여금 주기적으로 규찰하는 것으로 결론이 나고 말았다. 수양대군이 제일왕숙임을 내세워 주상전하를 등에 업고 여러 대신들을 은근히 협박한 결과였다.

'형님이 기어이…….'

안평은 착잡했다. 스무 살 이후 마음을 터놓고 형과 이야기를 나누어본 기억이 없었다. 안평 자신이 글과 글씨에 몰두해 있는 동안 수양은 언제나 밖으로 나가 사냥을 즐겼고 집에 있는 날보다는 집을 비우는 날이 훨씬 많았다. 한 몸에서 나왔으나 나고 자란 장소도 달랐고, 성균관에 입학하여 함께 수학한 게 잠깐이나마 형제로서 정을 붙인 유일한 시기였다. 수양이 성균관을 그만두면서 그마저도 오래가지 않았다.

안평은 계곡 물에 발을 담그고 작은 바위에 걸터앉았다. 한여름임에도 계곡 물은 뼈가 시릴 만큼 차가웠다. 계곡 물에 못 보던 꽃잎들이 떠내려왔다. 인왕산 바위벽이 손에 잡힐 듯 아스라했다. 계곡은 보이지 않는 다른 세계로 끝없이 이어지는 것만 같았다. 계곡을 오르다 보면 거짓말처럼 바위가 갈라지고, 곡천谷川을 거슬러 올라가면 어부가 무릉도원을 발견했듯 낯설고 신비로운 세계가 펼쳐지지 않을까…….

"나리, 나리…….."

풍쇠가 싸리나무 가지를 헤치며 다가왔다.

"벌써들 모인 모양이군."

"네, 다들 오셨습지요."

안평은 엉덩이를 툭툭 털고 풍쇠의 뒤를 따랐다. 누각에는 김종서와 이현로, 정자양 이외에도 황보인과 그의 아들이 특별히 초대되어 와 있었다. 황표정사 문제가 불거진 이후부터 황보인은 사실상 김종서와 하나로 손발을 맞추어왔다. 윤처공과 조번, 이양, 민신, 조극관, 이명민 등 일찍부터 안평, 김종서, 황보인과 뜻을 같이해온 수양의 반대 세력, 대소 군신들이 모두 자리를 지키며 안평을 기다렸다.

안평은 자신을 따르는 군신들과 최근 벌어진 일련의 일들을 논의했다. 황표정사 문제를 비롯해 분경 금지법안과 수양대군이 『역대병요』를 편찬하고 사사로이 대신들을 상준 일까지 난상토론이 오갔다. 무계정사 건축을 도맡았던 선공감 부정 이명민은 허락만 한다면 당장이라도 달려가 수양대군을 없앨 자신이 있다며 목청을 높였다. 안평은 머리가 아파 속히 자리가 파하길 바랄 뿐이었다. 말들은 장황하였고 거칠었으며 또한 온갖 잡론이 오고갔으나 명쾌한 해답은 나오지 않았다.

황보인과 몇몇 대신들이 먼저 자리를 뜬 뒤 술상을 겸한 저녁상이 나왔다. 안평과 김종서가 같은 상을 받고 나머지는 그 옆에 따로 상을 마련했다. 술을 들이켜던 안평은 풍쇠를 불러 귓속말을 주고받았다. 일찌감치 사람을 보내 목효지를 불러오도록 명령했는데 저녁이 되도록 보이지 않자 영문을 물은 것이다. 김종서 댁에 머물며 무계정사와 전농시를 오가던 목효지는 술시 무렵에야 초췌한 몰골로 안마당에 도착했다. 안평은 우선 목효지에게 저녁을 먹이라 이른 뒤 김종서에게 속삭였다.

"풍문에 의하면 수양 형님에겐 한명회라는 모사가 있다 합니다."

김종서가 대수롭지 않다는 듯 대답했다.

"어디 그자뿐입니까? 별의별 시답잖은 모리배들이 다 모여든다 합니다."

"내가 아는 형님은 무예와 담력이 타의 추종을 불허하나 잔꾀에는 밝지 않은 사람이지요. 형님이 저리 된 건 뒤에서 부추기고 조종하는 무리들 탓일 겝니다."

"그렇겠지요. 문장에 신숙주가 있고 이재에 밝은 정인지도 수양의 사람으로 분류할 수 있습니다. 권근의 손자인 권남이도 모사에

능한 자이지요. 정인지나 권남이는 모르되 신숙주를 수양에게 빼앗긴 건 참으로 분한 일입니다."

"인재를 얻는 것도 덕이니 형님이 덕을 많이 쌓은 모양입니다."

"걱정할 일은 아니지요. 삼정승을 비롯해 각 도의 수장들이 대부분 수양대군의 처사를 탐탁지 않아하고 있습니다."

"걱정하는 게 아니라 난 이런 상황이 견딜 수 없을 뿐이오."

김종서는 멍석에 앉아 밥을 떠넘기는 목효지를 물끄러미 쳐다보았다.

"저 목효지란 종은 어찌 보십니까?"

안평이 콧잔등을 문지르며 대답했다.

"글쎄요, 지리의 술이 밝다고는 하나 이현로만 하겠습니까?"

"저도 같은 생각입니다만, 주장이 허무맹랑하기는 해도 이따금 말을 들어봄직하니 좀 더 일을 맡겨봄이 좋겠습니다."

"그렇게 하지요. 우선 효지의 말을 더 들어봅시다."

식사를 마친 목효지가 두 사람 앞으로 불려왔다.

"그래, 하명한 일은 어찌 되었느냐?"

"예, 나리. 사실은 그게……."

목효지는 누각 밑에 무릎을 꿇고 앉아 말을 더듬으며 진땀을 흘렸다.

"어서 아뢰어라!"

김종서가 차갑게 목청을 높였다.

"실은 정자 지을 터를 닦기 위해 능선을 여섯 곳이나 파헤쳤사온데……."

“그래서?”

김종서와 안평은 두 달 전부터 목효지에게 정자 짓는 작업을 맡겨왔다. 수양의 집을 살피고 온 목효지가 비석바위로 이어지는 석맥을 끊자고 강력히 주장하고 나섰기 때문이다. 수양대군 집터로 이어지는 인왕의 줄기 가운데 혈이 흘러가는 길목을 끊으면 수양의 힘을 무력화시킬 수 있다고 목효지는 확신했다. 맥을 끊기 위해서는 필히 땅을 파헤쳐야 했는데 정자는 외부인의 의심을 사지 않기 위한 일종의 요식행위였다.

“바위가 넓고 두터워 도저히 맥을 끊을 수가 없었습니다……. 인왕산의 봉우리로부터 마치 살아 있는 용처럼 하나의 석맥이 집터까지 쭉 뻗어 내린 것 같습니다.”

김종서가 손으로 누각 바닥을 후려쳤다.

“그게 말이나 되는 소리더냐?”

고소하다는 듯 이현로가 끼어들었다.

“이놈, 그렇다면 진작 보고할 것이지 어찌하여 시간만 쪼갰느냐?”

“그게 아니오라, 지맥을 끊을 방법을 연구하느라…….”

“음…….”

안평대군은 말없이 술잔을 들어올렸다.

“나리, 한낱 노비 풍수의 주장일 뿐이니 무시하시지요. 저자의 주장대로 단맥을 한다면 어느 정도 효과는 있습니다. 하지만 하나의 석맥이 끊이지 않고 집터로 이어졌다는 건 있을 수 없는 일이지요. 괜한 오해를 살 수 있으니 정자 짓는 작업을 당장 중단하시고 다른 방법을 찾는 것이 옳습니다.”

김종서가 물었다.

"다른 방도가 있는가?"

"며칠 전 목효지가 주장하는 비석바위란 것을 몰래 살피고 왔습지요. 비석이란 대개가 죽은 자를 위해 세우는 게 아닙니까? 해당 비석바위는 빛이 탁하고 누래서 영락없이 죽은 자의 것이었습니다. 이것이 무엇을 뜻하는 것이오리까? 굳이 이러한 해석이 아니어도 집터나 묘 주변의 바위는 득보다는 실이 많아 풍수가에서 꺼리는 금기입니다. 바위는 터 주인이 쇠로 죽을 운명, 곧 이금치사以金致死를 암시하는 것이니까요."

"이금치사, 이금치사, 그렇다면?"

김종서는 빈 술잔을 채워 단숨에 털어 넣었다.

"아마 올해 안에 대감께서 계획한 대로 될 것입니다."

이현로는 웃음을 띠며 김종서를 위로했다.

"결코 그렇지 않습니다, 나리."

목효지가 땅을 차고 벌떡 일어났다.

"그 바위는 흉석이 아니라 즉시발복을 주는 바위입니다. 부디 제 주장을 흘려듣지 마십시오, 나리들."

"네 주장이 사실이라면 어찌해야 되겠느냐?"

안평이 물었다.

"장마철이 끝나기 전에, 천둥번개가 치고 폭우가 쏟아지는 밤을 택하여 도끼로 비석바위를 깨뜨려야 합지요. 비석바위를 깨뜨리고 어떡하든 단맥을 하게 되면 수양대군도 심리적으로 큰 타격을 받게 될 게 틀림없습니다요."

"그렇다면 형님도 그 바위의 존재를 알고 있으렷다."

"예, 나리."

이현로가 발끈하고 나섰다.

"네가 정녕 실성한 놈이구나. 만약 바위를 깨뜨리다가 발각되기라도 하면 뒷수습을 어찌 감당하려고 하느냐? 사지가 찢겨 죽고 싶으냐?"

"혀를 깨물고 죽을지언정 나리들의 이름을 올리지 않겠습니다."

"장담할 수 있느냐?"

"예, 나리들. 그러니 비석바위를 꼭 깨뜨리도록 합시지요."

김종서가 턱으로 대문을 가리켰다.

"알았으니 너는 집으로 건너가 있거라."

목효지는 움직이지 않고 하던 말을 계속했다.

"자꾸 뜸을 들이면 패하게 돼 있습지요. 시일을 늦출수록 불리하니 정 거사를 도모하실 요량이라면 머뭇거리지 말고 군사를 일으켜 단번에 제압해야……."

"어허, 뭘 안다고 함부로 거사를 지껄이느냐! 당장 이놈을 끌어내라!"

김종서가 참지 못하고 역정을 냈다.

"나리, 한 가지만 더 말씀드리겠습니다."

목효지는 달려오는 하인들을 피하며 안평대군에게 머리를 조아렸다.

"말을 하라."

"조만간 수양대군께서 반드시 나리를 찾아오실 겁니다. 그땐 이미 모든 준비가 끝났음을 의미합지요. 그 기회를 놓치지 마시지요. 나리의 마음을 얻고자 오는 길이니 필시 단기필마가 될 것입니다. 그러니 집 주변에 군사들을 숨겼다가……."

김종서가 버럭 소리를 질렀다.

"어허, 어디서 헛소릴 지껄이느냐? 수양이 오지 않으면 네 목을 취하겠다."

안평이 눈짓을 해 보이고 물었다.

"너는 무슨 근거로 감히 그런 확신을 하느냐?"

"수양대군의 집은 나리의 옥동 집터를 올려다보는 곳에 자리했습니다. 집주인과는 별개로 터와 터 간에도 위아래가 있는지라 어떤 일을 도모할 때 반드시 윗터의 허락을 받아야 합지요. 수양대군이 나리를 찾아올 수밖에 없는 이치가 이와 같습니다."

안평이 고개를 끄덕이고 나서 하명했다.

"알았으니 너는 그만 돌아가라."

이현로는 모두 들으란 듯 콧방귀를 뀌었다.

"흥, 땅에 윗터와 아랫터가 있다니 참으로 해괴한 망발이로군."

김종서가 물었다.

"아까 자네가 말한 다른 방법이란 구체적으로 무엇인가?"

"굳이 풍수적으로 진압하자면 수양대군 사저 주변의 소나무를 맹독으로 고사시키는 방법이 옳을 줄 압니다. 목효지의 주장대로 집터가 주변의 강한 바위 기운을 받고 있는 것은 어느 정도 사실이나 기에는 보통 생기와 살기가 함께 섞여 있게 마련이지요. 두 기가 함께 흘러내려와 생기는 사저로 흘러드는 반면 살기는 소나무에 부딪혀 소멸되는 이칩니다. 사저 주변의 소나무를 말려 죽이면 살기가 고스란히 집터를 태우지 않겠습니까?"

안평이 딱하다는 듯 이현로를 쳐다보았다.

"이보게 강홍, 풍수는 말 그대로 풍수가 아닌가? 그 일은 목효지에 게 맡기고 자네는 형님의 기세를 꺾을 실질적인 방도나 연구해보게."

무안해진 이현로가 대답했다.

"그렇게 하겠습니다, 나리."

"자자, 이제부터 풍수는 목효지에게 일임하고 우리는 현실적인 방법들을 구체화시켜 나갑시다. 형님이 움직인다면 그 시기는 언 제가 될지, 그 전에 우리가 무엇을 어떻게 해야 할지, 저들을 제압 하기 위해 구체적으로 무엇을 준비해야 하는지를 말이오."

김종서가 말을 받았다.

"대군의 말씀이 맞소. 사은사가 돌아온 지 수개월이 흘렀지만 어 느 누구도 마적을 만났다 말하는 이를 보지 못했소. 수십 발의 화 살을 피하고도 돌아와 내색하지 않는 수양을 보시오. 우리가 쏘아 보낸 화살이 등 뒤로 날아옴을 꿈에도 잊어서는 안 됩니다."

무계정사는 무거운 침묵 속으로 빠져들었다.

햇볕이 잔가지를 비집고 들어와 이마를 찔렀다. 안견은 걷다 쉬기를 반복하며 언덕을 올라갔다. 앞선 풍쇠는 참을성 있게 안견을 기다려주었다. 옥동 골짜기 안평의 본가가 가까워질수록 고뿔에 걸린 것마냥 몸이 후들거렸다. 후텁지근한 날씨임에도 좀처럼 한기가 가시지 않았다. 안견은 제 그림자를 밟으며 안평과의 거리를 가늠했다. 그럴 수만 있다면, 당장에라도 등을 돌려 저 길 아래로 되돌아 내려갈 수만 있다면…….

안평은 쌀을 들려 심부름을 보낸 하인 편에 일간 들려달란 말을 남겼다. 안견은 가지 않았다. 몸이 불편하단 핑계로 며칠째 앓아누웠다. 장씨가 끓여 온 미음을 넘기던 아침, 이번에는 안평의 늙은 종 풍쇠가 직접 안견을 찾아왔다. 풍쇠는 아무런 말도 하지 않고 추녀 밑에 앉아 장씨가 가꾼 맨드라미를 손질했다. 마당에 풀어놓은 수탉이 풍쇠의 엉덩이를 찍었다. 닭의 벼슬과 맨드라미의 붉은 꽃이 함께 섞였다.

"자네 보기가 이렇게 힘들어서야……."

안평은 뜰에 서 있다가 등을 보인 자세로 안견을 맞았다.

"몸이 좋지 않아 근신 중이었습니다."

안견은 고개를 똑바로 들지 못했다.

"마음이 불편한 게 아닌가?"

안견은 안평대군을 따라 묵묵히 방으로 들어갔다.

"이현로에게 듣자 하니 작업을 미루고 있다더군. 해가 바뀐 지도 한참 되었는데 어찌하여 그런가? 행여 마음에 없는 일을 시켰기 때문인가?"

작정한 듯 목소리에 노여움이 묻어 나왔다.

"면목이 없습니다……."

"이제 우리에겐 기다릴 시간이 없네……. 삼도에서 수천 명의 외방 병사들이 들어오게 돼 있어 지도가 반드시 필요하네. 한데 자네는 이리도 무심하니……."

"실은 그게 아니오라……."

안견은 난감해하며 진땀을 흘렸다.

"자네를 이해는 하네. 그림을 그려야 할 화공에게 지도를 부탁했으니 고심이 얼마나 컸겠는가. 내 미처 헤아리지 못했지. 하지만 그만한 이유가 있었네. 내 미몽을 그려준 자네에게 이번에는 꿈이 아닌 현실의 도원을 그려달라 청한 걸세. 자네가 그 첫 단추를 끼워준다면 설령 작은 희생이 따르더라도 선왕이신 아버지 세종대왕과 형님인 문종대왕의 뒤를 이어 두 분이 아직 마무리 짓지 못한 세상, 문화와 예술이 화려하게 꽃피울 세상을 이룩해보고자 했지. 자네가 어찌 해석을 내렸는지는 알 수 없으나 내 진심은 그러하였네. 그러기 위해서는 권좌를 노리는 형의 야욕을 막을 수밖에 없다고 판단했지. 막지 않으면 역사는 백 년 뒤로 후퇴하고 말 테니까. 그게 내 진심이었네."

"송구합니다, 나리."

안견은 나오려는 눈물을 참으며 자신도 모르게 무릎을 꿇었다.

"이게 뭐 하는 짓인가?"

안평이 안견의 손목을 잡아 일으켰다.

'아, 이이는 정말로 화를 낼 줄 모르는 분이구나.'

안견은 안평이 화를 내며 뺨이라도 후려쳐주길 바랐다. 차라리 그렇게 된다면, 종들의 몽둥이 타작을 받고 바깥으로 대던져진다면 속이라도 후련할 것이었다.

"자네는 살아 있는 동안 누구에게도 무릎을 꿇어서는 안 되네. 당당한 자존심과 오만함으로 그림을 그려야지. 누구에게도 꺾이지 않는 그 마음으로 전처럼 그림을 그려주게. 지도 작업은 입이 무거운 다른 화공에게 부탁해보겠네."

"나리, 그게 아니오라……."

"알았으니 걱정 말고 전처럼 변함없이 나를 대해주게. 그림이 보고 싶으면 언제든 찾아오고 필요한 것이 있으면 청하게. 이번 일로 자네를 잃고 싶지 않음이야."

뜨거운 눈물이 안견의 볼을 타고 흘렀다.

"소인을 용서하십시오."

"용서라니? 그 일은 잊어버리라니까."

한동안 침묵이 이어졌다. 누구도 섣불리 말을 꺼내지 않았다. 무겁고 긴 침묵 끝에 안평이 몸을 일으켰다. 마루에 선 안평이 하인을 불러 뭐라고 지시를 내리는 소리가 들렸다. 안평은 작은 나무상자 하나를 손에 들고 돌아왔다.

"이걸 좀 보아주게. 무엇인지 아는가?"

상자에는 작은 먹이 비단에 말린 채 담겨 있었다. 한 마리의 검은 용이 몸을 비틀며 날아오르는 형국으로 용의 모양이 정교하기 이를 데 없었다.

"지난봄, 사은사 일행이 명나라 황제에게 하사품으로 받아온 용매먹[龍煤墨]이라네. 삼백 년 이상 묵은 소나무만을 골라 불에 태운 뒤 그 연기를 아침 이슬에 적셔 굳힌 거라더군. 일 년에 불과 열두어 개만 생산된다는 귀한 것이야."

"한 마리 흑룡을 보는 듯합니다."

안견이 관심을 보이자 안평은 흡족해했다.

"자, 어서 먹을 갈아 붓을 적셔보게. 아무리 먹이 좋다 해도 붓끝에 적셔보지 않고는 그 농담의 깊이를 알 수 없는 일이니까."

안평은 문갑을 열고 화선지와 벼루를 꺼냈다.

"나리, 안에 계시옵니까?"

종이를 펼치는데 밖에서 하인이 불렀다.

"무슨 일이냐?"

"상인이 주문한 물건을 싣고 왔는데 나와보시지요."

안평은 기다려달라 말하고 밖으로 나갔다. 안견은 문틈으로 밖을 내다보았다. 방울을 딸랑거리며 나귀를 끈 상인이 집으로 들어섰다. 거적을 들추어 안에 든 물건을 살핀 안평이 고개를 끄덕이는 게 보였다. 안평과 하인은 당나귀와 상인을 사랑채 옆 광으로 안내했다. 안견은 방금 안평대군이 꺼내놓고 나간 용매먹을 재빨리 소매에 집어넣고 일어섰다. 문틈으로 밖을 살피던 안견은 안평이 등을 보이자 얼른 밖으로 나섰다.

멀리서 안견을 발견한 안평대군이 소리쳐 물었다.

"이보게 안공, 벌써 가려고 그러시나?"

안견이 얼굴을 붉히며 둘러댔다.

"갑자기 배가 아파서……."

"허허, 돌아가면 뒷간일세. 어서 다녀오게."

뒷간으로 들어간 안견은 소매에 넣어둔 용매먹도 잊고 뒷간 흙벽에 머리를 찧었다. 이렇게라도 하지 않으면 영영 안평대군을 배신할 수 없을 것이었다. 옥동이든 무계정사든 그만 발길을 끊는 게 좋을 것 같다던 아내의 말이 안견을 채근했다. 원래는 먹을 감추자마자 살짝 대문을 빠져나와 그대로 줄행랑을 놓을 계획이었다. 그런데 당황한 나머지 이러지도 저러지도 못하고 뒷간에 갇히는 신세가 되고 만 것이다.

방으로 돌아오니 안평이 팔짱을 낀 채 벽을 쳐다보고 서 있었다. 안견은 그만 집으로 돌아가겠노라며 절을 올렸다. 안평대군이 팔을 풀고 안견을 내려다보았다. 안견은 일어서지 못하고 안평이 무슨 말이라도 해주길 기다렸다. 안평은 입을 열지 않았다. 숨소리만

속절없이 오고 갔다. 안견은 몸을 일으켰다. 안평대군을 똑바로 마주 볼 수 없었다. 안견은 허리를 숙여 하직 인사를 올렸다. 그 순간, 소매에 넣어둔 용매먹이 스르르 빠져나왔다. 용매먹은 방바닥에 떨어져 두 동강이 났다.

안평은 거듭 탄식했다.

"자, 자네, 이게 도대체? 자네……."

안평은 원망 섞인 눈을 하고서 말조차 제대로 잇지 못했다.

"안 그래도 선물삼아 줄 생각이었거늘, 어찌 그것을 숨겨 가려 하는가?"

안견은 고개를 숙였다. 눈물이 떨어져 소매를 적셨다.

"보기 싫으니 썩 나가게!"

안견은 밖으로 나왔다. 문이 쾅 닫혔다. 안견은 뜰아래 꿇어 엎드려 절을 올렸다. 풍쇠가 다가와 안견을 부축했다. 방문은 열리지 않았다. 안견은 안평의 집을 나섰다. 눈앞이 뿌예져 길을 가렸다. 안견은 휘청거리며 걸었다. 지금쯤 그도 알 것이었다. 왜 용매먹을 감추어야 했는지. 미루고 미루며 지도를 그리지 못했는지. 큰길로 내려와 안견은 옥동 계곡을 올려다보았다. 상심하고 앉아 있을 안평을 생각하자 가슴이 미어지는 듯했다.

'용서하십시오, 나리. 부디 용서하십시오…….'

안견은 흙바닥에 엎어져 통곡했다.

양보음

"이놈들아, 다 왔으니 힘을 내거라."

가마꾼을 다그치는 자준의 목소리가 송림을 울렸다. 수양은 쪽
창을 열고 밖을 내다보았다. 정신없이 흔들리던 가마가 속도를 늦
췄다. 경사가 급하게 기운 고갯길이었다. 수양은 갓끈을 느슨하게
풀었다. 서두른 탓인지 멀미가 일었다. 말을 두고 굳이 갑갑하게
가마를 타고 길잡이까지 앞세운 이유는 자준의 권고 때문이다. 아
우를 만나러 가는 길에 웬 요식이냐며 고개를 저었지만 한명회는
고집을 꺾지 않았다.

"이리 오너라!"

양정이 우람한 목청으로 냅다 소리쳤다.

"너무 무뢰하지 않느냐?"

수양이 가마를 빠져나오며 나무랐다.

"그냥 두시지요. 아랫것들의 대결도 볼 만하지 않습니까?"

한명회는 뒷짐을 지고 태연히 양정을 지켜보았다.

"허허, 이놈들, 동작이 굼뜨구나! 썩, 문을 열래두!"

몸이 단 양정이 더욱 소리를 높였다.

"아무도 없는 게 아니냐?"

한명회가 초조해하는 수양을 안심시켰다.

"틀림없이 안에 계실 겁니다. 어제 저녁부터 사람을 붙였습지요."

"음, 그러고 보니 문이 열려 있지 않은가?"

빗장이 풀렸는지 닫힌 줄 알았던 대문이 스르르 열렸다.

"열려 있는뎁쇼?"

양정이 멋쩍은지 뒤통수를 긁었다.

"너희들은 밖에서 기다려라!"

수양은 한명회만 대동한 채 안으로 들어갔다. 안평의 가노들과 한바탕 치고받을 생각에 들떴던 양정은 철퇴를 내던지며 철퍼덕 대문 밖에 주저앉았다.

"아무래도 빈 집 같은데……."

대문을 지나자 강안을 바라보고 우뚝 솟은 누각이 나타났다. 누각에는 안평과 이현로가 앉아 태연자약하게 술잔을 기울이고 있었다. 수양은 뒤통수를 맞은 기분이었다.

"어허허, 여기 있는 줄도 모르고……."

수양은 너털웃음을 터뜨렸다.

"어서 오시지요. 연락도 없이 어인 행차십니까?"

안평과 이현로가 황급히 일어나 예를 올렸다. 태연을 가장했지만 안평 또한 내심 당황했다. 남호에서 왕실의 가마 하나가 쏜살같이 달려오고 있다는 보고를 받은 게 불과 반 시진 전이었다. 이현로와 거사 계획에 골몰하던 안평은 허둥거리며 하인들을 불러 모았다. 목효지의 예언이 한 치의 빈틈도 없이 들어맞았기 때문이다. 하지만 하인이라고 해봤자 힘을 쓸 만한 자들은 두엇도 되지 않았다. 급히 하인 하나를 보내 김종서에게 상황을 알리는 한편 태연하게 술상을 차려놓고 수양이 이르기를 기다렸다.

"남호에 들렀다가 문득 아우가 보고 싶어 달려왔네. 어허."

남호 독서당이 지척이어서 수양의 대답은 제법 그럴싸했다.

"한데 어찌 이리 급하십니까?"

"미안하이. 불러도 대답이 없어 아랫것이 발끈한 모양일세."

안평은 수양을 한강이 내려다보이는 바깥 자리로 안내했다. 수양은 누각 안팎을 빠르게 훑은 뒤 동생 앞에 마주 앉았다. 한명회가 옆자리에 앉고 맞은편에 안평과 이현로가 나란히 동석했다. 햇살이 따가운 듯 수양이 눈을 찡그리자 이현로가 일어나 갈대줄기로 만든 차양을 내렸다. 해는 서쪽 하늘로 멀찌감치 물러났다. 돛을 잔뜩 부풀린 배들이 줄지어 오르내렸다. 갈대숲 너머로 새들이 떼를 이루어 모이고 흩어졌다.

"그러고 보니 참으로 천하 절경이로다. 아우는 재주도 좋지. 한양의 좋은 경치는 죄다 아우 차지가 아닌가?"

수양의 뼈 있는 농담을 안평은 웃음으로 넘겼다.

"아버님께서 돌아가신 지도 어언 삼 년이 지났군."

수양은 죽은 부왕 얘기로 화제를 바꾸었다.

"그렇지요. 아버님이 살아 계셨더라면 이 나라가……"

조심스러운 안평의 반격이었다.

"나라가 어떻다고 자책인가? 비록 주상전하의 옥체가 어리시나 적통을 이은 왕숙들이 든든히 버티고 있는데 어느 놈이 왕실을 넘보기라도 한단 말인가? 흠."

"바로 그 점이 문제 아닙니까? 어느 쪽도 도가 넘치면 파장이 생기게 마련이지요. 삼사의 대신들도 그렇고, 왕실도 그렇고."

여종이 술과 안주를 새로 내온 뒤 물러갔다.

"술맛이 향기롭군. 이름이 뭔가?"

수양은 잔을 빙글빙글 돌리며 엄지로 문질렀다.

"이강주梨薑酒 올습니다."

"남도의 술이 아닌가?"

"잘 보셨습니다. 마셔도 쉬이 취하지 않고 뒤끝이 그만이지요."

이현로가 거들자 동석한 한명회가 씩 웃으며 이죽거렸다.

"보릿고개에도 담담정에는 술이 넘친다더니 과연 소문이 사실이군요."

안평이 탁, 소리 내어 술잔을 내려놓았다. 이현로가 반격했다.

"사사로이 여염집 계집을 탐하는 일보다야 낫지 않습니까?"

이는 은근히 수양의 문란한 사생활을 지적하는 언사였다.

"네, 이놈!"

수양이 이현로의 뺨을 칠 기세로 손바닥을 쳐들었다.

"참으시지요. 시비를 건 쪽은 형님 옆에 앉은 저자가 아닙니까?"

수양은 노기를 가라앉히고 술을 비웠다.

"그래, 본론으로 들어가도록 하지. 듣자 하니 작년에 매를 쳐 내친 바 있는 목효지란 종놈이 전농시로 복귀를 했다던데 대체 어찌 된 일이냐?"

그 물음이 의미하는 바를 모르지 않았으나 안평은 모르는 척 넘겼다.

"종놈들의 사사로운 일까지 제가 어찌 알겠습니까? 복귀를 했다면 정역 기간을 채웠기 때문이겠지요."

목효지가 무계정사 출입이 잦은 걸 알면서도 수양은 더 묻지 않았다.

"그래, 그렇겠지. 아, 술이 오르는구나."

술이 몇 순배 돌자 수양은 다리를 쭉 펴며 취한 척했다.

"문득 태종 할아버지의 시 한 수가 떠오르누나. 이런들 어떠하며 저런들 어떠할까. 만수산 드렁칡이 얽힌들 어떠하랴. 우리도 이같이 백년을 누려봄이 어떠한가?"

안평은 형의 잔에 넘치도록 술을 따랐다. 수양은 단숨에 술잔을 비우고 안평에게 내밀었다. 안평도 잔을 비웠다. 석 잔의 술이 쉼 없이 오갔다.

"형님은 제가 화답가를 올리길 바라는지요?"

"당장은 아니야. 시간을 두고 고민해보게……."

안평은 대꾸를 하려다가 그만두었다. 이현로가 옆구리를 잡아당겼기 때문이다. 「하여가」를 읊은 목적은 물어보지 않아도 자명했다. 상대가 마음을 비친 마당에 섣불리 이쪽의 마음을 보여줄 필요가 없다는 게 이현로의 뜻이었다. 반면 한명회는 다른 생각을 하고 있었다. 그는 두 대군이 경쟁자가 아닌 형제의 예로써 마음을 열고 대화를 나누게 되기를 바랐다. 수양을 가마에 태워 헐레벌떡 달려온 이유도 그것이었다.

"어허, 취한다. 이런 날은 그저 시가 제일이라지……."

상대가 반응을 보이지 않자 수양이 한명회의 등을 쳤다.

"이보게, 자준. 어디 자네가 한번 읊어보겠나? 오늘이 아니면 갈대와 석양을 벗하며 아우와 정답게 시를 주고받을 가을날이 언제 또 오겠는가."

"그럼 제가 한 수 읊어보겠습니다. 시작에는 워낙 문외한이라 옛 고시 하나를 들려드릴까 합니다만, 혹 시회의 격식에 어긋나진 않겠는지요?"

한명회가 멋대로 시회를 입에 올리자 안평이 참지 못하고 물었다.

"형님, 도대체 저 말상은 누구요?"

"이런. 진작 자준일 소개했어야 하는데 정신이 없었네. 이 사람은 바로 국초에 태조대왕을 도와 창업에 공을 세우고 예문춘추관 대학사를 지내신 바 있는 문열공 한상질 어른의 손자 되는 한명회라네. 자준인 속히 시를 읊지 않고 무얼 하는가."

한명회가 공손히 일어났다.

"자, 그럼 시작하겠습니다."

"옳거니, 어디 들어보세."

수양의 부추김에 한명회는 한 술 더 떴다.

"나리들, 시를 듣는 건 자유이오나 공짜는 아니 됩니다."

"그럼 엽전 꾸러미라도 던져야 하나?"

이현로가 노골적으로 비아냥거렸다.

"고시를 해석하는 일로 삼가 겨루길 청해볼까 합니다. 그럼 읊겠습니다."

한명회는 이현로를 가볍게 무시하고 시를 중얼거렸다.

"제성을 나서니〔步出齊城門〕 멀리 탕음리가 보이네〔遙望蕩陰里〕, 마을에 무덤 세 개가 있는데〔里中有三墓〕 서로 엇비슷하구나〔累累正相似〕, 뉘의 무덤이냐고 물으니〔問是誰家塚〕 공손접, 전개강, 고야자가 묻혔다 하네〔田疆古冶子〕, 힘이 넘쳐 남산을 들어올리고〔力能排南山〕 문장에도 출중했지만〔文能絶地理〕, 잔꾀에 속아〔一朝被讒言〕 복숭아 두 개에 죽음을 맞았네〔二桃殺參士〕, 누가 음모를 꾸몄는가〔誰能爲此謀〕 제나라 재상 안자였네〔國相齊晏子〕."

한명회가 안평과 이현로를 번갈아보며 눈웃음을 지었다.

"시의 뜻을 아시겠습니까?"

이현로가 분을 참지 못하고 씩씩거렸다.

"감히 대군 나리를 희롱하는 건가? 글귀를 아는 선비치고 정사正史며 『안자춘추晏子春秋』를 한 번이라도 읽지 않은 무지렁이가 어디 있다고……."

한명회가 읊은 글은 촉나라 재상인 제갈공명이 삼고초려로 자신을 찾아온 유비에게 적어 보인 「양보음梁甫吟」이라는 시였다. 제갈공명은 「양보음」을 매개로 유비가 자신을 쓰려거든 곁의 관우와 장비를 먼저 내쳐야 한다는 뜻을 내비친 것이다. 설령 제갈공명이 유비를 따라 나선다 해도 이십 대 중반에 불과한 제갈공명을 전쟁터에서 잔뼈가 굵은 관우와 장비가 호락호락 따를 리 만무했다. 제갈공명은 「양보음」으로 이러한 점을 지적하고 큰 뜻을 이루려거든 소중한 것을 버리라고 충고했다. 유비는 그 뜻을 알아듣고 자신의 보검을 공명에게 내려 관우와 장비로 하여금 보검의 주인을 자신처럼 따르라 일렀다.

제갈공명이 양보음에서 인용한 '안자와 세 장수'의 고사는 춘추시대 제나라 재상을 지낸 안자의 언행을 기록한 『안자춘추』에 나오는 이야기다. 당시 제나라엔 전개강과 고야자, 공손접이라는 세 명의 뛰어난 용사가 있었다. 재상 안자는 사마양저司馬穰苴를 제나라 군사 총책임자로 점찍었는데 왕의 사랑을 받던 세 용사가 걸림돌이었다. 나라를 위해서는 세 명의 장수보다 오직 한 명의 장수가 필요하다고 여긴 안자는 꾀를 내어 세 장수를 불러놓고 복숭아 두 개를 꺼내 무공이 뛰어난 자에게 복숭아를 주겠노라 선언했다. 세 용사는 복숭아 두 개를 놓고 다투다가 뒤늦게 자신들의 탐욕을 부끄러워한 나머지 칼을 꺼내 스스로 자살하고 말았다. 곧 두 개의 복숭아가 세 용사를 죽인 것이다.

"어디 해석을 해보시지요?"

한명회는 누구나 아는 풀이를 두고도 능글맞게 물었다.

'제대로 걸려들었구나.'

이현로는 온몸이 오싹해져 안평의 눈치를 살폈다. 태종의 「하여가」와 마찬가지로 「양보음」은 너무도 노골적인 구애의 시였다. 담담정에 모습을 드러내기 전부터 상대는 철저히 입을 맞추고 온 것이 분명했다. 시로써 수양은 자신을 따를 것인지, 아니면 죽음을 택할 것인지를 명징하게 묻고 있었다. 수양대군이 숨겨 온 칼을 빼

들었는지, 아니면 안평을 떠보기 위해 부러 시 나부랭이를 들고 나타났는지 진심을 알 도리가 없었다. 어쩌면 담담정 밖 송림 속에 무뢰배들을 숨겨놓고 최후통첩을 보내고 있는지도 모른다.

'논쟁을 하는 척하며 시간을 끌어야 한다.'

퍼뜩 정신을 차린 이현로가 대답했다.

"공은 방금 읊조린 시로 큰 것을 위해 작은 것을 버려야 한다고 대군 나리께 묻고 있는 것 같소. 거두절미하고 솔직해집시다. 대체 무엇이 대의며 무엇이 소의요?"

한명회가 눈 하나 깜짝하지 않고 대답했다.

"대의란 더 큰 뜻을 위해 형제나 다름없는 관우와 장비를 버릴 수 있는 유비의 용기이며, 나라를 위해 세 용사도 죽일 수 있는 안자의 선택이오."

이현로는 비록 적이지만 한명회의 지략에 감탄했다. 「양보음」은 지극히 중의적인 의미를 내포한 고시였다. 한명회는 대의를 위해 어린 주상을 내치고 수양을 도와달라고 동생인 안평에게 공개적으로 요청하는 동시에, 말을 듣지 않을 경우 또 다른 대의의 칼로 안자가 내친 세 명의 제나라 용사처럼, 혹은 목적을 위해 관우와 장비까지 버리라 청한 제갈공명처럼 안평을 내치겠다는 무시무시한 뜻을 전하고 있었던 것이다.

"형님."

"왜 그러는가?"

"문득 옛일이 생각납니다."

안평은 두 눈가가 조금씩 젖어들었다.

"성균관에서 잠시 수학할 때 말입니다. 형님은 뒷자리에 앉았다가 매번 자리를 빠져나갔지요. 형님을 찾아내지 못한 훈육감들이 곤장을 맞은 일도 여러 번 있었고요."

수양은 잠자코 들었다.

"그래도 전 형님이 자랑스러웠습니다. 성균관을 넘어가 여염집 아녀자를 겁탈해도, 사냥을 나가 죄 없는 짐승들을 무차별 살상해도, 난 형님이 좋았습니다. 이유를 아시겠습니까?"

"흠, 그래서 하고 싶은 말이 무엇이냐?"

수양이 헛기침을 하며 시선을 피했다.

"그냥, 그냥 형님이 곁에 있다는 사실이 좋았습니다. 돌아가신 큰형님은 몸이 약했으니까요. 튼튼한 둘째형님이, 말도 잘 타고 활솜씨도 좋은, 잘생긴 데다가 언변까지 좋은 형님이 제 옆에 있어서 얼마나 좋았는지 모릅니다."

"그래서?"

"전 형님을 잃고 싶지 않습니다."

"나도 너를 잃고 싶지 않음이야."

"한데, 형님은 무엇을 얻고자 이리 분주하십니까?"

한명회가 재빨리 말을 자르고 나섰다.

"그래서 이렇게 수양 나리께서 찾아오시지 않았습니까? 두 분 왕실 어른께서 힘을 합치시어 어린 주상을 농락하는 저 늙은 대신들을 몰아내고……."

"네 이놈, 어디서 간사한 혀를 함부로 놀리느냐!"

안평이 들었던 술잔으로 한명회의 면상을 내리쳤다. 한명회는 피하지 않았다. 입술이 터지고 피가 흘렀다. 여종들이 다가와 깨진 술잔을 치웠다. 문간에 기대 가물가물 졸음과 싸우던 양정이 철퇴를 들고 문간에 고개를 들이밀었다. 안평의 젊은 종 두 명이 몸으로 양정을 막아섰다. 수양이 먼저 몸을 일으켰고 그 뒤를 한명회가 바람처럼 따랐다. 가죽신에 발을 집어넣던 수양이 이맛살을 좁히며 안평을 타일렀다.

"너와 내가 한 핏줄이란 사실을 잊어서는 아니 된다."

수양은 쓸쓸히 중얼거리며 층계를 내려갔다.

폭풍전야

저녁 어스름이 백악을 타고 인왕산 골짜기로 내려왔다. 어둠은 인
왕산 바위에 서린 노을을 산 너머로 밀어내며 골짜기마다 진치고
앉았다. 날이 저물자 도원동 오른쪽 산줄기, 인왕산 능선을 따라
이어진 북쪽 성곽도 어둠에 잠겼다. 성곽 밑으론 줄기만 남은 구절
초와 도깨비풀들이 뒤엉켰고 그 틈새로 다람쥐들이 들락거렸다.
어둠은 서서히 백성들의 민가로 내려왔고 귀가를 서두르는 발길들
만이 분주히 오갔다.

　달도 없는 밤, 어둠을 뚫고 평복 남자들이 하나둘씩 무계정사로
올라와 새로 지은 별채로 그림자처럼 스며들었다. 늙은 방문객들
가운데 더러는 시자를 앞세우기도 하였으나 대부분 혼자였고 안색
들은 딱딱했다. 술시가 되자 내걸렸던 등롱이 모두 꺼지고 무계정
사 주변은 암흑천지가 되었다. 출입문을 지키는 하인 둘을 빼고 안

평의 다른 가노를 비롯해 방문객의 가노들까지 별채 출입이 모두 제한되었다.

별채의 분위기는 비장하고 무거웠다.

"드디어 움직여야 할 때가 온 것 같소."

안평대군이 결의에 찬 음성으로 한 사람 한 사람 눈을 맞추며 운을 뗐다. 참석자는 영의정 황보인과 좌의정 김종서를 비롯해 그들의 두 아들 김승규와 황보석, 이현로와 정자양, 우찬성 이양, 이조판서 민신, 병조판서 조극관, 군기감 판사 윤처공과 녹사 조번, 선공감 부정 이명민, 진무 원구, 환관 김연 등 이십 여 명이나 되었다. 이외에도 함길도절제사 이징옥과 경성부사 이경유, 평안도관찰사 조수량, 충청도관찰사 안완경 등이 수족처럼 부리는 부하 장수들을 한 사람씩 은밀히 회의에 참석시켰다.

"익히 아시는 바와 같이 수양대군과 그의 가신들인 권남, 신숙주, 정인지 같은 무리들이 오래전부터 은밀히 결탁, 휘하에 온갖 모리배와 무뢰배들을 모으고 비밀리에 군사훈련을 시키며 어린 주상을 위협하여왔소. 형제에게 칼을 겨누는 일이 인륜을 저버리는 행위이긴 하나 나라의 평안과 어린 주상의 옥체를 보전키 위해 반역자들을 제압하고, 주상이 성장하시어 성군으로 종사에 나서게 될 때까지 곁에서 조석으로 보필할 생각이오. 오늘, 여기 모인 분들의 뜻이 이와 같음을 믿어 의심치 않으니 오랫동안 선왕의 유지를 받들어온 여러 대신들의 고견을 경청하여 거사 날짜를 정할까 합니다."

안평의 말이 끝나자 이현로가 구체적인 계획을 조목조목 짚었다.

"시간을 지체할 수 없는 관계로 지금까지 수차에 걸쳐 논의된 것을 간단히 정리하여 참석하신 여러 대신들께 말씀을 올리지요. 우리가 먼저 해야 할 일은 가급적 빠른 시일 내에 북방의 무기들을 한성으로 숨겨 들어오는 것입니다. 한양에서 무기를 모으거나 제조한다면 상대가 금방 눈치를 챌 수 있기 때문이지요. 거사 방법으로는 두 가지가 있는데 첫째는 함길도에서 야인의 대규모 침략을 알리는 거짓 봉화를 올리는 일입니다. 봉화가 오르면 이징옥 장군이 그 핑계를 대고 군사를 모아 한양으로 짓쳐들어올 것이며 김종서, 조극관 대감 등이 한양의 군사를 모아 이징옥 장군을 막는 척하다가 군사를 합세하여 반역 잔당을 토벌하는 방법입니다. 둘째는 거짓 봉화 없이 각 도의 군사가 일시에 한양을 향해 밀고 올라오는 방법이 있습니다. 이징옥 장군과 경성부사, 평안도관찰사, 충청도관찰사가 저마다 미리 추발해놓은 각 도의 정병을 이끌고 한날 한시에 한양으로 들어오면 한양에서는 이명민이 가노와 사병을 동원하여 팔문을 장악하고 군기감에서는 무기고를 활짝 열어 이에 호응할 것입니다. 한양에서 집결할 때 그 암호로 함길도의 군사들은 흰 바탕에 '몽夢'이라는 글자가 쓰인 깃발을, 경성부의 군사들은 '유遊'라는 글자가 쓰인 깃발을, 평안도의 군사들은 '도桃'를, 충청도의 군사들은 '원源'을, 한양의 군사들은 '도圖'라는 깃발을 들고 서로 합치게 될 것입니다. 아울러 한양 구석구석의 길과 산, 포구와 작당의 집들을 자세히 그린 지도를 조만간 각 군으로 보낼 것이니 한 치의 오차 없이 모든 계획에 만전을 기해주시지요."

함길도에서 온 이징옥 휘하의 젊은 군관이 자리에서 일어났다.

"아무래도 첫째 방법은 무리가 따를 것 같습니다. 대규모 군사를 동원하면 백성들이 동요할 우려가 있지요. 야인들이 그 틈을 노려 침략해 오지 않을까도 걱정이 됩니다."

김종서의 뜻도 젊은 군관과 같았다.

"나도 그 말에 동감하네. 설령 조정에 수양과 손을 잡은 무장이 다수 있다손 치더라도 동원할 수 있는 군사는 기껏해야 수백 명 안팎인데 너무 상대를 두려워해 대규모 군사를 동원할 필요는 없을 테니까. 정녕 중요한 것은 각 도의 수장들이 한데 모여 백성들의 뜻이 이와 같음을 만천하에 전하는 것 아니겠소?"

구석에 앉았던 충청도관찰사 안완경 휘하의 군관이 건의했다.

"오래 끌 것 없이 오늘 거사 날짜를 확정하도록 하시지요."

안평대군이 고개를 끄덕이며 좌중에 물었다.

"그래야지. 누가 의견을 내보시오. 언제가 좋겠소?"

병조판서 조극관이 출입문을 곁눈질하며 목소릴 낮췄다.

"늦어도 이번 달 안에는 움직여야 하지 않겠습니까? 저들의 동정이 심상찮으니 자칫 잘못했다간 역으로 우리가 먼저 당할 수도 있는 일입니다."

김종서가 작은 체구를 일으켜 세웠다.

"상황을 보아가며 변동하되 돌아오는 소설小雪을 거사일로 정하는 게 어떻겠소? 날이 더 추워지면 외방의 군사들이 움직이기가 쉽지 않을 테니 말이오. 군사도 각 도마다 날랜 정병만을 가려 뽑아 그 수를 이천 명 이내로 줄이는 게 좋을 것 같소. 외방의 군사들이 한양 성곽을 둘러싸고 시위하며 상대의 조응군을 차단하는 사이

반적을 제거하는 일은 한양의 군사들이 도맡도록 할 것이오."

황보인이 거들고 나섰다.

"소설이라면 대략 보름 뒤군요. 그게 좋겠소이다."

김종서가 하던 말을 이어갔다.

"날짜가 정해졌으니 일은 끝난 것이나 다름없소. 그날 자정을 기해 일제히 사대문을 장악합시다. 치밀히 준비하되 작전이 시작되면 폭풍처럼 휘몰아쳐야 할 것이오. 아울러 일이 미리 발설되지 않도록 각자 부리는 아이들 입단속에도 만전을 기해주시오."

김종서는 누구보다도 수양에 대한 원한이 깊었다. 조상의 영정에 쇠말뚝을 박은 인물이 수양이라는 사실을 알게 됐을 때 김종서는 그 치밀함에 크나큰 두려움을 느꼈다. 여진족의 거듭되는 암살 위협에도 굳건히 북방을 지켜낸 그였다. 수양은 여진족과 달랐다. 수양은 보이지 않는 곳에서 소리 없이 칼날을 겨누어왔다. 궁궐에서 서로 부딪히기라도 하면 태연하게 인사를 건네는 수양이었다. 그러면서 한편으론 분경이라는 구실로 무뢰배들을 모으고 조정의 신료들을 하나둘씩 자기 사람으로 만들어나갔다.

이징옥이 보낸 자객이 실종된 것도 수수께끼였다. 이징옥은 호산 근처의 마적들에게 정보를 흘려 사은사를 습격하게 만들고 자객을 객관으로 침투시켰다. 그러나 자객은 생사여부조차 알 수 없게 되었다. 그 정도 습격이 있었다면 조정이 발칵 뒤집혔을 법도 한데 사은사에서 돌아온 수양은 어떤 내색도 하지 않았다. 심지어는 부리는 자들조차도 무슨 일이 있었냐는 듯 태연했다. 수십 명의 정병으로 일시에 사저를 들이칠 계획도 꾸며보았으나 수양은 생각처럼 호락호락한 상대가 아닐 것이었다. 이미 충분히 방비가 돼 있을 것이었고 마땅한 명분도 없었기에 군사를 동원하는 쪽으로 가닥을 잡은 것이다.

대강 의견이 모아지자 안평대군이 조용히 입을 열었다.

"각 지휘관들은 어떠한 경우에도 무고한 백성들이 다치지 않도록 방비해야 합니다. 백성들이 다친다면 그 어떤 대의도 소용이 없는 일이지요. 반적들이 무력화되면 나는 즉시 주상전하 앞으로 나아가 사건의 전모를 고할 생각이오. 그리고……"

바람이 덜컥이며 출입문을 흔들었다. 안평은 짧은 순간 회한에 잠겼다. 기어이 이렇게 되고 말았구나. 이징옥의 작전이 성공만 했더라도 쉽게 해결될 수 있는 일이 어렵게 꼬여버렸다. 피의 역사로 남은, 두 번에 걸친 저 왕자의 난처럼 형제들끼리 또다시 칼부림을 벌여야 하는 것이다. 피하고 싶지만 자신이 아니면 결코 막을 수 없는 폭풍이었다.

"그날 수양 형님의 집에는 내가 직접 가겠습니다."

모두들 숨을 죽였다.

"내가 가서 내 손으로 형님께 죄를 물을 것이오."

회의는 두 시진 가까이 계속됐다. 말을 받고 넘기며 저마다 이어질 피바람에 몸서리쳤다. 어둠 깊숙한 곳에서 이름 모르는 새들이 간헐적으로 울어댔다. 바람이 출입문을 들치고 지나갈 때 마구간엔 여러 말들이 뒤섞여 늦도록 여물을 먹었다. 종들은 제 주인이 돌아오길 기다리며 봉놋방에 모여 졸음을 쫓았고 별들이 무계동을 넘어와 안마당으로 쏟아졌다.

"역사의 승자가 되느냐, 패자가 되느냐는 우리 모두의 각오에 달려 있소. 각 도의 지휘관들은 보다 세밀한 계획을 세워 중앙군과 호흡을 맞추고 군사 작전에 참여하지 않는 분들은 개별적으로 자신이 해야 할 일들을 여며두시오."

김종서가 자리를 마무리할 때였다. 툭, 밖에서 나무 부러지는 소리가 났다. 이어 와르르 기왓장이 무너져 내렸다. 바람의 소행이라 보기에는 신경이 쓰이는 소리였다. 문 앞을 지키던 김승규가 튕기듯 밖으로 나섰다. 별채 마당엔 아무도 없었다. 찬바람만이 매섭게 옷깃을 쑤셨다. 김승규는 뒤따라 나온 황보석에게 별일 아니라는 신호를 보내고 뒷간을 찾아 중문을 나섰다. 긴장을 한 탓에 참을 수 없이 오줌이 마려웠다.

"아니!"

김승규는 깜짝 놀라 걸음을 멈췄다. 담에 붙어 섰던 시커먼 물체가 자세를 낮추더니 엉금엉금 기다시피 하여 마당을 가로지르는 게 보였다.

"웬 놈이기에 숨어 엿듣느냐?"

김승규가 달려들어 낯선 침입자의 멱살을 움켜잡았다.

"엿들은 게 아니라 드릴 말씀 때문에 왔수."

김승규는 낯익은 목소리에 움찔하며 사내를 뜯어보았다.

"네놈은 목효지? 이 밤중에 왜 여길 기웃거리느냐?"

"안평대군 나리를 만나게 해주시오. 더는 꾸물거릴 시간이 없소."

"아니, 이놈이! 누군 네놈만큼 생각이 없는 줄 아느냐?"

"날짜를 더 지체했다간 이길 수 없는 싸움이오. 오늘이나 내일,

아니 지금 당장 수양의 사저를 기습하여 목을 베야 합니다. 군대를 움직일 틈이 없단 말요."

김승규는 멱살을 풀며 목효지를 타일렀다. 만약 목효지가 거사를 발설하기라도 한다면 모든 게 물거품이 될 터였다.

"네가 참견할 일이 아니다. 우리가 알아서 할 터이니 네놈은 조용히 기다렸다가 시키는 일만 하면 되느니라. 하니 썩 물러가 기다려라."

김승규는 목효지를 중문 밖으로 끌고 나왔다.

"이대로 지체하다간 모두가 죽습니다."

목효지는 막무가내로 손을 뿌리쳤다.

"어허, 한번만 더 불길한 말을 했다간 본보기로 네 목을 베겠다!"

"흥, 베려거든 어디 베보시지!"

목효지가 땅에 엎드려 길게 목을 늘였다.

"이놈이 미쳤나? 베라면 못 벨 줄 아느냐?"

"그러지 말고 부탁이니 내 말을 들어보슈. 오후에 수양의 사저를 살피고 왔는데 그 기운이 심상치 않았습니다. 닭의 둥지가 해를 품은 듯 집 주변이 환하여 눈을 뜰 수가 없었으니 참으로 두려운 조화였소. 알이 부화하여 바깥 해를 보면 모든 게……."

"어허, 어찌 풍수만 믿고 함부로 나불거리느냐?"

목효지는 물러나지 않았다.

"예서 한가롭게 모여 꾸물거릴 때가 아니래두."

김승규는 기가 막혔다.

"여봐라!"

멀찍이서 지켜보던 가노들이 달려와 목효지를 둘러쌌다.

"이놈이 실성을 한 모양이다. 주둥아릴 막고 아침까지 광에 가두어라!"

목효지는 질질 끌려가면서도 고래고래 악을 썼다.

"이대로 작당만 하다간 모두 죽는다니까. 대군! 대군은 어디 계시오!"

가노들은 목효지를 부엌 옆 광으로 끌고 갔다. 광문이 열리자 목효지는 앞에 선 젊은 노비를 이마로 잽싸게 들이받았다. 다른 가노가 목효지의 멱살을 낚아챘다. 목효지는 허리를 비틀어 상대를 마당에 내다꽂은 뒤 재빨리 담장으로 달아났다. 정신을 차린 노비들이 몽둥이를 들고 달려왔다. 목효지는 담장으로 올라선 뒤 씨근덕거렸다.

"흥, 네놈들이 내 말을 무시하고 살아남을 것 같으냐!"

목효지는 비틀거리며 무계동을 내려왔다. 종들은 쫓지 않았다. 목효지는 어둠을 뚫고 평원대군이 사는 수진방 각황사 뒷길로 내달렸다. 담장 주변을 돌며 집안의 기척을 살폈다. 안채에도, 사랑채에도, 행랑채에도, 부엌에도 초요갱은 그림자도 비추지 않았다. 목효지는 돌멩이를 주워 장독대로 던졌다. 요갱은 나오지 않았다. 조금 더 큰 돌멩이를 던졌다. 장독이 깨졌는지 퍽 소리가 났다. 몽둥이를 든 하인들이 집 밖으로 몰려나왔다.

"흥, 잘 먹고 잘 살아라."

목효지는 안견이 사는 부암골로 걸음을 재촉했다.

'늦었구나. 늦었어……'

오후에 수양의 사저를 염탐하고부터 줄곧 드는 생각이었다. 그건 풍수가 특유의 직관이기도 했다. 기화스님은 땅을 볼 때 특히 빛을 중요시 여겼다. 토양이 아닌 땅 주변을 둘러싼 기운을 보는 것으로 기화스님은 이때의 빛을 네 종류로 나누었다. 첫째는 황기黃氣로 누르스름한 빛이 터 주변에 서려 있으면 이는 해당 터의 주인이 과거에 장원급제하거나 졸지에 입신출세할 것을 의미한다. 둘째는 은기銀氣로 이는 해당 터 주인의 앞길이 순탄하게 열리거나 병자의 경우 병이 나을 것을 의미한다. 셋째는 습기濕氣로 이는 터 주인에게 병고가 생겼음을 의미하며 넷째는 연기煙氣로 이는 터 주인에게 좋지 않은 변고가 다가오고 있음을 뜻하는 것이다. 수양의 사저엔 누르스름한 황기가 서려 있었는데 마치 한 마리 황룡이 터 주변을 꿈틀거리며 보호하고 있는 것 같았다. 저녁인데도 스스로 빛을 뿜으며 해처럼 활활 타올라 눈을 뜨기 어려울 지경이었다. 목효지는 두려움에 몸을 떨었다. 해는 일국의 제왕을 상징하니 집터가 빛을 뿜으면 이는 새로운 인물이 등장하였음을 땅이 미리 알려주는 것이라고 기화스님은 여러 차례 강조했다.

"형님, 계시우? 나 목효지요."

사립문을 흔들자 안견이 손수 나와 문을 열어주었다.

"이 밤중에 웬 일인가? 몰골은 또 왜 이 모양인고."

안견이 놀라며 문을 열어주었다.

"술이 얻어 마시고 싶어서 왔수."

"그래도 그렇지, 이 늦은 시간에……."

안견은 아내가 깰세라 목효지를 작은 방으로 이끌었다.

"마침 어머님 제사상에 올리고 남은 술이 있긴 하네만."

안견은 부엌으로 나오는 장씨를 만류하고 손수 술상을 차려왔다.

"설마하니 조정에 무슨 변고라도?"

목효지는 대답 대신 술잔부터 입으로 가져갔다.

"휴, 이제 좀 살 것 같군."

취기가 오르자 목효지는 가쁜 숨을 토했다.

"적당히 마시게. 아침에 보리타작 당하지 않으려거든."

"형님, 답답도 하십니다. 아침이라니요. 아침은 없습니다."

"없다니? 무슨 해괴한 소린가?"

목효지는 오후에 보고 온 수양의 집터에 대하여 설명했다.

"전부터 집터의 밝은 기운이 심상치 않았는데 갑자기 빛을 뿜지 않겠소. 집주인에게 보호막을 치듯이 닭둥지 주변이 황금빛으로 달아오르기 시작했단 말요."

"그럴 리가. 그게 말이나 되는 소린가?"

"아무래도 하늘이 안평 나리 대신 수양을 택한 것 같수. 하늘의 뜻을 꺾으려면 당장 수를 써야 하는데 들은 척도 하지 않으니 형님도 몸조심 하슈."

안견이 착 가라앉은 목소리로 대답했다.

"내 걱정일랑 말게. 오래전부터 안평 나리와의 정을 떼어왔으니."

안견은 지도 그리던 일과 용매먹 이야기를 차근차근 들려주었다.

"아니, 어떻게 안평 나리를 배신할 수가 있수?"

반궁수에 놓인 집터를 생각하며 목효지는 버럭 소리를 질렀다.

"배신이 아니라 어느 쪽 싸움에도 끼고 싶지 않을 뿐이지. 자네

야말로 어찌하여 밤낮 무계동을 오가는가? 출세가 목숨보다 중요
하단 말인가? 속히 전농시로 돌아가게. 그게 신상에 이로울 거야."

"돌아가라구요?"

목효지는 제 가슴을 탁탁 치며 남은 술을 마지막까지 털어 넣었
다. 안견을 찾아온 이유는 이제 마지막이란 위기의식 때문이었다.
시시각각 위험이 조여오고 있는데도 안견은 태연하게 전농시로 복
귀하라고 충고하고 있으니 답답했다. 전농시 소속이나 목효지는
대부분의 시간을 김종서의 집에서 보내왔다. 사실상 김종서의 가
노나 마찬가지였다. 수양에 맞선 이상, 죽든 살든 김종서와 같이해
야 할 운명인 것이다.

"돌아가라니. 형님은 아무래도 사람을 잘못 보신 것 같우. 내 출
세 때문에 안평 나리나 김종서 대감을 돕고 있는 게 아니오."

"아니면?"

목효지는 충혈된 눈을 비비며 벽을 응시했다.

"언젠가 소덕문 밖에 버려지는 죽은 처녀를 본 적이 있습니다.
아무렇게나 들짐승 먹이로 방치된 시신을 보며 죽어 누울 곳조차
없는 가난한 사람들을 생각하였소. 좋은 땅, 나쁜 땅 가리지 않고
그저 죽어 시신이 훼손을 면할 수 있는 땅 한 평, 그들에게 필요한
건 바로 그 손바닥만 한 땅이지 명당이 아니었단 말이오."

"그것과 안평 나리를 돕는 일이 무슨 관계가?"

"내가 일전에 현덕왕후 권씨 마마의 능 이야기를 해준 적이 있지
않수?"

"그랬지. 묘가 파헤쳐지고 아드님이……."

"그 아드님이 지금의 어린 주상전하 아니오? 수양이 권력을 잡
는다면 어찌 되겠소? 능히 전하를 죽이고 그 어머님의 무덤을 파헤
치고도 남을 위인이오. 그렇게 되면 이 나라의 앞날이 또 어찌 되
겠소. 나라꼴이 엉망이면 고통은 고스란히 백성들 몫이오."

"자, 자네……."

안견은 부끄러웠다. 모두들 죽음을 무릅쓰고 사지를 향해 뛰어
가는데 홀로 등을 보인 채 그들로부터 멀어지고 있다는 죄책감 때
문이었다. 육 년 전 삼각산에서의 일이 새삼스러웠다. 명당을 찾겠
다고 거친 산줄기를 짐승처럼 뛰어다니는 한 사내. 풍수를 배워 노
비 신세를 면했다가 다시 노비로 내쳐지고 만 지독히도 운이 없던
그 사내. 그가 이제 명당이 아닌, 가난한 백성을 위한 땅 한 평을
찾겠다고 목숨까지 내놓은 것이다.

"정말로 그를 막을 방도가 없단 말인가?"

"먼저 수양을 죽이면 됩니다. 오늘이라도."

"쉿! 목소릴 낮추게. 정녕 그 길밖에 없겠는가?"

목효지는 문을 열고 추녀 끝의 어둑어둑한 하늘을 눈에 담았다.

"다른 방법이 영 없는 건 아니지. 닭둥지를 태워버리면."

"닭둥지?"

"그렇수. 그렇게만 된다면 하늘의 뜻을 바꿀 수도 있지."

목효지는 뜻 모를 말을 중얼거리며 밖으로 나섰다.

삼경의 부암골은 깊은 정적 속에 잠겨 있었다. 목효지는 헛간으로 들어가 도끼 한 자루를 찾아냈다. 날이 무뎠지만 그럭저럭 쓸 만해 보였다. 뒤늦게 사태를 파악한 안견이 대문을 막아섰지만 목효지는 억센 힘으로 안견을 밀쳐냈다. 나동그라졌던 안견이 필사적으로 목효지의 발목을 붙잡았다. 목효지는 도끼를 내던지고 안견을 부둥켜안았다.

"형님, 보내주시오. 어차피 죽을 목숨이요."

안견이 목효지의 목을 끌어안으며 울부짖었다.

"안 되네. 안 돼!"

"가야 하오."

"기억하는가? 언젠가 삼각산에서 이렇게 서로를 맞잡은 적이 있지. 그때처럼 서로를 놓지 말게나. 이대로 가면 개죽음이야."

"이런다고 달라질 건 없소."

"시간이 해결해줄 것이야. 얼마간 돈을 마련해줄 테니 당분간 어디든 가서 조용히 숨어 지내게. 그러다 시절이 좋아지면 돌아오게."

"말하지 않았수. 내가 왜 이러는지."

"그래도 그렇지. 목숨보다 중한 게 있을까."

"아니오. 목숨보다 더 중요한 건 얼마든지 있소. 이놈은 그 길로 갈 테니 형님일랑 내 몫까지 살아주시구랴. 난 더 이상 삶에 미련이 없소."

목효지는 안견을 뿌리치고 재빨리 도끼를 집어 올렸다. 소희와 장씨가 달려 나왔다. 목효지는 그들을 외면하고 대문을 빠져나왔다. 뒤에서 울음소리가 들렸다. 목효지는 돌아보지 않았다. 앞집 개가 짖기 시작했다. 개 짖는 소리는 메아리처럼 골짜기로 퍼졌다. 개울을 건널 때, 목효지는 아래로 내려가 손을 씻었다. 차가운 물을 한 모금 들이켜자 술이 확 깨며 정신이 맑아졌다. 목효지는 허리를 펴고 컴컴한 하늘을 올려다보았다.

순라꾼들을 피해 지름길로 내달렸다. 낮이면 회백으로 빛나던 백악의 봉우리는 거무튀튀하였고 궁궐의 높은 지붕이며 전각들은 영겁으로 들어가는 문처럼 아득했다. 목효지는 더욱 걸음을 빨리했다. 발을 뗄 때마다 먼 곳에서 부엉이가 규칙적으로 울었다. 가까운 곳에선 낙엽을 긁으며 쥐들이 돌아다녔고 이따금씩 철 지난 모기들이 뒷목으로 엉겨 붙었다. 목효지는 도끼 든 손에 힘을 주며 정신없이 달렸다.

수양대군의 사저는 깊은 잠에 빠져 있었다. 목효지는 허리춤에서 부싯돌을 꺼냈다. 닭의 둥지를 활활 태워버릴 수만 있다면. 현재로선 이보다 더 좋은 방책은 없을 것이었다. 알 낳을 보금자리를 잃게 되면 닭은 다른 둥지로 떠나야 한다. 적어도 한두 달은 시간을 벌게 될 것이었다. 맹호가 제일 무서워하는 것도 불이다. 불이 붙으면 천명을 바꿀 수 있다. 어린 조카를 몰아내고 권좌를 차지하려는 수양의 계획도 끝나게 되는 것이다.

목효지는 덤불을 모아 부싯돌을 당겼다. 밤이슬에 눅눅해진 탓인지 불은 잘 붙지 않았다. 목효지는 거듭 부싯돌을 쳤다. 육조거리에서 찬바람이 몰려왔다. 겨우 불이 붙으려는 찰나 바람이 불꽃을 물고 달아나버렸다. 목효지는 마른 나뭇잎을 긁어모은 뒤 옷고름을 찢었다. 옷고름에서 빼낸 솜으로 심지를 만들고 쎄게 부싯돌을 당겼다. 담장 너머, 가까운 곳에서 아기 울음소리가 들려왔다. 여종들이 머무는 숙사 같았다. 무엇을 잘못 먹기라도 했는지 아기는 울음을 그치지 않고 자지러졌다.

'어린 아이가 무슨 죄가 있으랴…….'

목효지는 부싯돌을 내던지고 비석바위로 기어갔다. 비석바위에 얹어놓은 나무 뱀은 보이지 않았다. 별도 보이지 않았다. 목효지는 도끼를 들어 팔에 체중을 실었다. 돌과 쇠가 부딪치며 불꽃이 튀었다. 한 번, 두 번, 비석바위 모서리가 조금 떨어져 나갔다. 목효지는 작은 바위에 엉덩이를 기대고 몸의 무게중심을 잡았다. 세 번, 네 번, 다섯 번, 바위는 끄떡도 하지 않았다. 여섯 번, 일곱 번, 도끼날이 웽 소리를 내며 빠져버렸다. 목효지는 자루를 끼우고 팔에 힘을 주었다. 여덟 번, 아홉 번…….

"거기 뭐 하는 놈이냐?"

담장 안쪽에서 횃불 하나가 불쑥 솟았다. 목효지는 대답하지 않았다. 열 번, 열한 번, 사내들의 다급한 고함이 들렸다. 행랑채와 별채 주변이 횃불로 활활 타올랐다. 열두 번, 팔에 힘이 빠졌다. 목효지는 숨을 고르며 힘을 모았다. 열세 번, 날카로운 돌조각이 입술로 튀었다. 미지근하면서도 비릿한 피가 혀끝에 느껴졌다. 열네 번, 열다섯 번, 행랑마당 밖이다! 저놈 잡아라! 열여섯 번, 열일곱 번, 열여덟 번……. 힘을 이기지 못하고 도끼 자루가 부러졌다. 목효지는 빈 자루를 내던지고 비석바위 옆에 주저앉았다.

"뭐 하는 놈이냐?"

코앞으로 횃불이 다가왔다.

"이거 완전 피범벅이군. 미친놈 같은데?"

"끌고 가세. 나라가 어수선하니 별 놈들이 다 설치네."

"가만, 바위 옆에 이상한 게 떨어져 있네. 이게 뭐지?"

"이건 나무 자투리가 아닌가?"

"생긴 모양이 꼭 뱀 같은데?"

"얼른 던져버려. 부정 탈라."

목효지는 사내들에게 두들겨 맞으며 별채 마당으로 끌려갔다. 횃불이 대낮처럼 마당을 비추는 가운데 건장한 장정들이 서른 명도 넘게 목효지를 에워쌌다. 목효지는 모든 걸 체념한 채 몸을 늘어뜨렸다. 우락부락한 남자가 앞으로 썩 나오더니 발로 목효지를 툭툭 찼다. 그는 철퇴를 턱 밑으로 집어넣어 목효지의 머리를 들어올렸다.

"어디서 굴러들어온 버러지기에 집 주변을 어슬렁거렸느냐?"

사내가 횃불을 끌어당겨 목효지를 자세히 비추었다.

"음, 이자가 무엇을 하고 있었느냐?"

"집 근처 바위에다가 도끼질을 하고 있었습지요."

"나리께 보고했느냐?"

"예, 내일 보시겠답니다."

"필경 미친 자일 것이니 광에 처넣고 다들 들어가게."

목효지는 개처럼 질질 끌려가 광 속에 내던져졌다. 지키는 하인

두 명만 남게 되자 모습을 감췄던 철퇴 사내가 광문을 열고 들어왔다. 물이 든 바가지를 한쪽에 내려놓으며 철퇴는 물끄러미 목효지를 내려다보았다. 철퇴가 몸을 낮추더니 은밀히 물었다.

"이봐, 목효지. 나 양정일세. 이 꼴이 웬 건가?"

목효지가 퉁퉁 부은 눈으로 양정을 올려다보았다.

"이런 미련한 놈, 지금이 어느 때인데 제 발로 호랑이 굴에 기어 들어……."

양정은 가마니를 끌어다 목효지를 덮어주고 밖으로 나가버렸다.

"이, 이봐. 양정이……."

목효지는 안간힘을 쓰며 양정을 불렀다. 그러나 혀가 꼬여 말이 제대로 나오지 않았다. 무엇에 맞았는지 목이 퉁퉁 부어올라 있었다. 목효지는 엉금엉금 기다시피 광을 빠져나와 멀어지는 양정을 불렀다. 광문 앞에 섰던 사내들이 발로 목효지를 짓눌렀다. 목효지는 머리통을 두어 차례 걷어차이며 광 속으로 내던져졌다. 안심이 되지 않는지 두 사내는 잠시 후 새끼줄을 가지고 들어와 목효지의 몸을 단단하게 결박했다.

'아, 이렇게 끝이 나고 마는가.'

목효지는 부어오른 입술을 혀로 문지르며 자책했다.

'무덤도 없이 사지가 잘려 버려지겠구나. 무덤도 없이…….'

가까운 곳, 마구간의 말들이 뒤척이며 울었다.

돌이켜보니 한 마리 말처럼 정신없이 달려온 세월이었다. 언젠가 기화스님은 목효지를 불러놓고 사주에 말이 세 마리나 들어 있노라고 일러주었다. 말은 오행상 불이다. 말이 세 마리 들어 있으니 그냥 불도 아니고 활활 타는 불이었다. 손가락질을 받아가며 글을 깨우친 것도, 노비의 신분임에도 풍수를 익힌 것도, 조정의 대소사에 끼어들 수 있었던 것도, 신분의 한계를 벗어던지고야 말겠다는 강한 열망이 있었기에 가능했다. 풍수로 치자면 물을 갈구하는 한 마리 말, 곧 전형적인 갈마음수渴馬飮水형의 인생이었다.

하지만 그 와중에도 뇌리를 떠나지 않던 목소리가 있었다. 그것은 땅의 본질을 묻던 기화스님의 일갈이었다. 자연과 인간은 본시 하나라는 말. 인간의 마음에 거짓이 없는 상태, 욕망이 제거된 그대로의 마음 상태에 이를 때, 인간은 비로소 자연과 완전히 합일된 물아일체의 경지에 도달하게 된다는 가르침. 자연과 인간이 둘이 아닌데 사물의 외형과 인간의 운명이 다르거나 같음을 고민하는 이유를 나무라던 스님의 목소리. 그 가르침이 없었다면 명당을 찾는 일의 허망함을 깨우치지 못했을 것이었다. 명당에 대한 미련을 내려놓자 그때부터 사람이 눈에 들어왔다. 죽어 제대로 묻힐 곳조차 없이 버려지는 시신들, 그들 가난한 백성들에게 명당이란 말은 얼마나 호사스러운 단어였나.

목효지는 꿈틀거리며 광문으로 기어갔다. 별을 보기 위해서였다. 다행히 문틈으로 별빛 두어 개가 비쳐들었다. 늦은 밤, 땅을 보러 다닐 때 별자리는 어둠 속에서 든든한 길잡이가 되어주었다. 별을 보고 있자니 평원대군의 품에 안긴 초요갱이 떠올랐다. 목효지는 이제 초요갱을 조금은 이해할 것도 같았다. 목효지에게 자미원이라는 최종 목적지가 있었듯이 초요갱은 평원대군을 통해 어쩌면 그녀가 꿈꾸던 세계로 나아간지도 모른다. 피붙이를 더는 관가나 기생집의 부엌데기로 만들지 않아도 되는 꿈, 돈 몇 푼을 위해 함부로 웃음을 팔지 않아도 되는 꿈, 삼시 세 끼 배 굶지 않을 음식과 비바람을 피할 수 있는 아늑한 잠자리, 너무도 쉽게 느껴지지만 결코 아무나 가질 수 없는 그 꿈의 땅으로.

"한데 하늘은 왜 하필 수양을 택했단 말인가."

허탈감이 몰려왔다. 수양은 이미 김종서와 안평의 일거수일투족을 꿰뚫어보고 있을 것이다. 직감이 분명하다면 수양은 보름 안에 먼저 무부들을 움직일 것이었다. 첫 번째 목표는 김종서가 되지 않을까. 김종서가 죽으면 모든 게 끝이다. 어린 주상을 도와 문화와 예술이 꽃피는 천년 조선의 초석을 마련하겠다는 안평의 꿈도, 일백년 치세의 발판을 다진 성군 세종의 꿈도 물거품이 되고 만다. 어린 주상은 피를 토하며 죽을 것이고 주상의 어머니는 그 묘가 파헤쳐져 넋마저 흩게 된다. 이것이 진정 하늘의 뜻일까.

눈물이 그치지 않고 흘러내렸다.

"이놈들아, 밖에 아무도 없느냐!"

걷잡을 수 없이 슬픔이 몰아쳤다.

"이놈들아, 당장 줄을 풀어라. 나는 목효지다. 나는 목효지다."

막혔던 목구멍이 열리며 뜨거운 응어리들이 터져 나왔다.

"수양을 불러라. 나는 목효지다. 할 말이 있다."

목효지는 몸을 비틀며 머리로 광문을 들이받았다.

"이놈이 완전히 실성을 했구먼."

"다시는 혀를 놀리지 못하게 해주세."

문을 지키던 사내들이 몽둥이로 사정없이 목효지를 내려쳤다.

"흥, 네놈들이 그런다고 내 입을 막을 수 있을 것 같으냐?"

몽둥이와 발길질이 얼굴로 날아왔다. 코가 터지고 입술이 비틀어졌다. 이가 부러지고 귀가 찢어졌다. 이가 부러진 자리마다 죽음의 기운이 음산하게 몸을 조여왔다. 사내들은 지쳤는지 때리고 멈추길 반복했다. 가까운 곳에서 말들이 울고 먼 곳에서 아이가 울음을 터뜨렸다. 바람이 불고 별들이 흘러갔다. 나뭇가지가 부러지고 우물은 윙윙 바람 소리를 냈다. 목효지는 지옥에서 빠져나온 아귀처럼 몸을 축 늘어뜨렸다.

"나리, 준비가 끝났으니 속히 나오시지요."

권남과 한명회가 밖에서 재촉했다.

"알았네."

촛불이 꺼질 듯 한바탕 요동쳤다. 수양은 아내가 꺼내주는 갑옷 위에 두루마기를 겹쳐 입고 마루로 나섰다. 기다리던 권남과 한명회가 고개 숙여 예를 올렸다. 수양은 입술을 깨물며 가죽신에 발을 꿰었다. 안채 마당을 나서며 문득 올려다본 하늘은 멍이 든 것처럼 짙푸르고 거무죽죽했다. 수양은 손을 비비며 서둘러 일각문을 지났다. 입동이 갓 지났을 뿐인데도 찬바람이 코끝을 얼얼하게 만들었다. 별채 마당으로 들어서자 모여 있던 백여 명의 무부들이 일제히 창칼을 치켜 올리며 수양을 맞았다.

"조용히들 하거라."

한명회가 그들을 진정시키는 동안 수양은 마루로 올라갔다.

"모두 배불리 먹었느냐?"

무부들이 일제히 와, 하는 함성으로 대답했다.

"어린 주상이 보위에 오른 뒤로 조정 인심이 날로 흉악해지고 있다. 제 이익만 챙기려는 간신배들로 인해 백성들의 원망이 하늘에 닿았으며, 그것도 모자라 불궤한 짓을 도모하려 하니 나라의 운명이 백척간두에 있다. 오늘, 날이 밝기 전에 이들을 전부 주살하여 종사를 편안히 하고자 하니 죽기를 각오하고 나를 따르라."

무부들이 또 한 번 함성으로 답했다.

"첫 번째 목표는 좌의정 김종서다. 김종서 하나만 죽으면 나머지는 전부 오합지졸에 불과하다. 자, 누가 나를 따라나서겠느냐? 더도 말고 둘만 나서라."

비록 싸움질로 단련된 무뢰배들이지만 상대가 김종서라는 말에는 몸을 사리지 않을 수 없었다. 야인들이 자객을 보내거나 담장 밖에 숨어 화살을 날려도 눈 하나 깜짝하지 않는다는 김종서였다. 수양대군이 비밀리에 군사를 기른 이유도 바로 김종서 때문이 아니었던가. 선뜻 나서는 사람이 없자 수양이 다시 한 번 강조했다.

"종사의 운명이 내 한 몸에 달렸으니 명운을 하늘에 맡기고 간다. 장부는 죽어 오직 이름을 남길 뿐이다. 따를 자는 따르고 갈 자는 가라. 사내대장부란 대의를 위해 목숨을 버릴 줄도 알아야 하는 법, 평생 무뢰배로 썩을 것이냐? 아니면 사람답게 살겠느냐?"

양정이 철퇴에 침을 뱉으며 나섰다.

"기왕 여기까지 온 거 소인이 김종서와 한번 맞장을 떠보겠습니다!"

유수가 어떻게 할까 망설이자 임운이 얼른 양정 곁에 섰다.

"소인도 따라가 김종서를 베겠소."

수양이 흡족해하며 목청을 돋웠다.

"좋다. 내가 먼저 가서 백두산 호랑이를 베고 오겠다. 내가 떠나는 즉시 너희들은 자준의 명을 받들어 조금의 빈틈도 없이 긴밀히 움직여야 한다."

수양은 양정과 임운만을 대동한 채 김종서의 집으로 향했다. 이는 한명회의 꾀였다. 권남은 사실상 단기필마나 다름없는 이 계획을 강하게 반대했다. 하지만 한명회의 계획은 달랐다. 김종서의 집에는 건장한 가노들만도 스무 명이 넘었다. 은밀히 사저 주변을 지키는 가병들까지 치자면 서른 명은 족히 넘는 인원이 하루 종일 철통같이 집을 지키고 있었다. 수양이 무부들을 몰고 들이치면 필연적으로 큰 싸움을 피할 수 없는 상황이었다. 양측의 희생자가 커짐은 물론이고 싸움 도중에 김종서를 놓칠 수도 있었다.

"두렵지 않느냐?"

돈의문을 지나며 수양이 양정과 임운에게 물었다.

"나리가 옆에 계신데 두려울 게 뭐가 있습니까요?"

양정이 어깨를 으쓱했다.

"내가 수염을 만지거든 그때를 놓치지 말고 호랑이를 사냥해라."

"명심하겠습니다, 나리."

찬바람이 목을 핥고 지나갔다. 수양은 인왕산 왼쪽 능선에 걸린 반달을 눈에 담았다. 내년 봄까지 더 지켜보며 기회를 엿볼 계획이었으나 갑자기 일이 급박하게 돌아갔다. 변방을 지켜야 할 군관들이 수시로 무계정사를 오가며 목줄을 죄어왔다. 외방의 군사들이 일거에 한양을 들이친다는 소문도 끊이지 않았다. 누군가는 그 수가 수천이라 했고 또는 수만이라 했다. 그들이 노리는 자는 오직 한 사람, 바로 수양 자신일 터였다.

"후후, 차라리 잘된 일이지요."

소란의 와중에도 한명회는 홀로 태평했다. 그는 오히려 하늘이 내린 기회라며 떠들었다. 외방의 장수들이 사사로이 군사를 움직인다면 이는 곧 반역을 의미한다. 시기가 무르익길 기다렸다가 일시에 잔당을 제거한 뒤 궁궐로 달려가 주상전하를 호종하며 반란 사실을 고하라는 한명회의 계략은 소름이 끼칠 정도였다. 이독제독以毒制毒의 묘수였다. 공개적으로 적을 제거하는 상책이었다. 김종서 일파를 제거하고 그 자리에 가신들을 들어앉힌다면 어린 주상을 몰아내는 일은 식은 죽 먹기나 다름없을 것이다. 문제는 김종서였다. 김종서만 죽는다면 일은 거의 성공이나 다름없었다.

"김종서는 반드시 죽습니다. 그러니 염려 말고 다녀오십시오."

어젯밤, 한명회가 말했다.

"어찌하여 그런가?"

"조상들이 더 이상 그를 돌보지 않기 때문이지요. 한 가지 이유를 더 든다면 변방의 일로 살생을 많이 한 업보가 있겠습니다."

수양은 무슨 말인지 알 듯 말 듯했다.

'내 운명이 이번 행차에 달렸구나.'

수양은 나란히 걷고 있는 양정과 임운의 두툼한 어깨를 내려다보았다. 결국 일의 모든 명운이 양정과 임운에게 달려 있는 셈이

다. 안평의 주변에 사람이 많다 해도 호랑이가 죽으면 일거에 흩어
질 것이었다. 작은 범으로 불리는 이징옥이 비록 날래다고는 하나
김종서를 죽이고 한양을 사수한다면 그도 쉽사리 움직이지 못할
것이었다. 한명회는 그 또한 방비책을 세워놓았으니 걱정하지 말
라며 수양대군을 안심시켰다.

"나리, 다 온 것 같습니다."

임운이 환도를 허리 뒤춤에 감추며 앞을 가리켰다.

"경거망동하지 마라."

솟을대문 양 옆에 두 개의 등롱이 밝혀져 있었다. 대여섯 명의 가
병들이 손에 칼을 든 채 대문 좌우로 늘어서서 시시덕거리며 이야기
를 주고받았다. 거사 일정이 잡힌 뒤부터 김종서는 가병들을 총동원
하여 집 주변을 엄히 지키며 수양대군 일파의 습격에 대비해왔다.
이는 젊은 날부터 야인들과의 전투에서 터득한 생존본능이었다.

"급한 일이 생겨 좌상 대감을 만나러 왔네. 지금 안에 계신가?"

말에서 내린 수양이 가병들에게 물었다.

"뉘시옵니까?"

가병 하나가 물었다.

"수양대군 나리시니라."

양정이 대답했다.

"안에 계십니다만, 잠시만 기다려주시지요."

가병이 안으로 뛰어 들어갔다.

"들어오시랍니다."

조금 있다가 가병이 밖으로 나와 그들을 안으로 안내했다. 수양은

말을 가병들에게 넘겨주고 태연히 마당으로 걸어 들어갔다. 안마당으로 들어서니 김종서의 아들 김승규가 가병 두 명과 서서 얘기를 주고받다가 허리 숙여 수양을 맞았다. 두 가병은 손에 칼을 들었고 김승규는 빈손이었다. 수양은 사랑채를 힐끗 쳐다보고 나서 물었다.

"상의할 게 있는데 아버님은 어디 계신가?"

김승규가 고개를 숙이며 대답했다.

"방에서 기다리고 계시니 안으로 드시지요."

수양은 안으로 들어가면 상황이 불리해질 것이라 판단했다.

"아닐세. 곧 돌아가야 하니 여기서 잠깐 뵙고 가겠네."

김승규가 들어가 고하자 김종서가 물었다.

"옆에 몇 사람이나 데리고 왔더냐?"

"둘입니다."

김종서는 칼을 꺼내 문 뒤에 감춰놓고 밖으로 나와 수양을 맞았다.

"저녁 늦게 어인 일이시오?"

"대감께 보여드릴 문서가 있어 달려왔소."

"문서라니요?"

"반란이오, 반란을 일으킨 자들의 명단을 입수하였소."

김종서는 뜨끔하며 말을 얼버무렸다.

"반란이라. 어느 놈들이 감히……."

수양이 김승규를 돌아보며 청했다.

"자리를 좀 피해주겠나? 아버님께 긴히 할 말이 있네."

김승규는 몇 발짝 뒤로 물러나는 척하더니 꿈쩍도 하지 않았다.

"허허, 참으로 훌륭한 아드님을 두셨습니다. 종사가 시급하여 노복 두 명만을 대동한 채 달려왔거늘 어찌 이리 박대하시는 거요?"

김종서가 눈짓을 하자 김승규는 그제야 가병과 함께 멀찍이 물러났다.

"가지고 온 것을 속히 대감께 보여드려라!"

수양이 약속대로 수염을 쓰다듬으며 양정을 돌아보았다.

"예, 나리."

양정이 손을 품속에 넣으며 김종서 앞으로 다가갔다. 김종서의 신경이 온통 문서에 쏠려 있는 사이 양정은 철퇴를 꺼내 비호처럼 휘둘렀다. 골이 뻐개지는 둔탁한 소리와 함께 김종서가 썩은 나무토막처럼 마당으로 넘어갔다. 떨어져 지켜보던 김승규가 가병들과 함께 소리를 지르며 달려왔다. 칼을 빼든 임운이 김종서의 목을 내리치는 찰나 김승규가 몸으로 칼을 받았다. 김승규는 옆구리로 창자를 쏟으며 아버지 위에 엎어졌다. 두 가병이 정신을 차리고 칼을 휘둘렀으나 철퇴와 칼을 맞고 나뒹굴었다.

"침입자다!"

그사이 십수 명의 가병들이 몰려나와 그들을 포위했다.

"이놈들, 썩 비키지 못할까?"

양정이 눈을 부라리며 그들을 가로막았다.

"놔두어라!"

수양이 양정을 제지하고 가병들 앞으로 걸어갔다.

"나는 이 나라 제일왕숙인 수양대군이다. 누가 감히 나를 벨 것이냐?"

웅성거리며 가병들이 한 걸음 뒤로 물러났다.

"내가 너희 주인을 벤 이유는 황표를 찍어 어린 주상을 능멸한 것도 모자라 사사로이 외방 장수들과 결탁, 반란을 도모했기 때문이다. 이 시간 이후 길을 막는 자가 있다면 모두 반란죄로 다스릴 것이로되 순순히 길을 열어주면 죄를 묻지 않겠다. 자, 누가 함부로 칼을 놀려 역적 명단에 이름을 더하고 삼족의 불행을 자초할 테냐?"

수양은 망설임 없이 가병들을 향해 걸어갔다. 길이 열렸다. 가병들은 뿔뿔이 흩어졌다. 등 뒤에서 여자들의 울음소리가 들렸다. 수양은 돌아보지 않았다. 임운이 말을 끌어와 대문 앞에 대령했다. 수양은 말에 올라 태연히 골목을 빠져나왔다. 태연을 가장했지만 수양은 등골이 오싹했다. 화살 한 대라도 날아오면 모든 게 물거품이었다. 하지만 그런 일은 벌어지지 않았다. 노란 달빛을 타고 큰 길 하나가 경복궁으로 쭉 뻗어갔다. 호랑이는 죽었다. 이제 호랑이굴 주변을 어슬렁거리던 짐승들을 사냥할 시간이었다.

"나리, 어떻게 되었습니까?"

돈의문에 다다르자 한명회가 마중을 나왔다.

"늙은 호랑이를 잡았네."

한명회는 달을 올려다보며 안도의 한숨을 쉬었다.

"일이 뜻대로 되었군요."

"이제 내가 어찌하면 좋겠는가?"

"환궁하셔서 주상전하를 만나셔야지요."

"그러면 내가 할 일은 끝나는가?"

"예, 호랑이를 잡았으니 미꾸라지들은 소인들 차지이지요. 이미 군사를 나누어 여덟 개의 문을 모두 틀어막았습니다. 속히 주상전

하를 만나 뵈옵고 대신들에게 환궁 명령을 내리라 청하십시오. 하
오면……."
　"하면?"
　"벨 자는 베고 들여보낼 자는 들여보내겠습니다."
　"오늘 밤이 참 길 것 같으이."
　문을 빠져나가던 수양이 말을 돌려 한명회 앞으로 돌아왔다.
　"이봐, 자준이……."
　"예, 나리."
　"내 아우도 벨 텐가?"
　"우선은 편안히……."
　수양은 말에 박차를 가하며 집으로 돌아왔다. 양정과 임운은 약
간 거리를 둔 채 부지런히 수양의 뒤를 따랐다. 일단의 무부들이
말을 달려 빠르게 수양을 스쳐 지나갔다. 장정들이 거친 숨을 토하
며 사라진 저편으로 궁궐의 높은 기와집들이 마치 꿈결처럼 펼쳐
졌다. 수양은 침전에 누워 곤히 잠들어 있을 어린 주상을 떠올렸
다. 붕어하기 직전, 손을 잡고 어린 왕을 부탁하던 형 문종의 창백
한 얼굴이, 저항도 못 하고 죽어간 김종서의 부릅뜬 두 눈과 아비
를 위해 칼을 받던 김승규의 마지막 눈빛이…….
　'형님은 무엇을 얻고자 이리 분주하십니까?'
　애원하듯 중얼거리던 안평의 얼굴도.
　"얼마나 더 많은 자들이 죽어야 해가 뜰까……."
　수양은 출렁이는 말위에 앉아 혼잣말을 중얼거렸다.
　아마도 해는 영영 뜨지 않을 성싶었다.

길에는 아직도 첫서리의 흔적이 남아 있었다. 아침 해는 구름에 가려 보이지 않았다. 목효지는 왼쪽 다리를 절룩거리며 길 주변에 늘어선 구경꾼들과 그 너머 연기가 피어나는 지붕들, 낮은 언덕들과 잔뜩 찌푸린 하늘을 무심히 바라보았다. 나장들은 서둘지 않고 천천히 행렬을 종루로 몰아갔다. 바지저고리에 흑반비半臂*를 걸친 나장들의 옷은 추워 보였다. 반비 위엔 흰색 선이 바둑판처럼 수놓여 있었는데 머리에 눌러 쓴 색이 검고 끝이 쇠뿔처럼 뾰족한 고깔 모자는 위압적이라기보다는 오히려 우스꽝스러웠다.

하나둘씩 따르기 시작한 구경꾼들은 종루에 닿을 무렵 수백 명으로 불어났다. 웃고 떠드는 아이들과 핏대를 세우며 말싸움을 벌이는 노인들, 장옷 밖으로 두 눈만 내놓은 여인네와 갈 길이 바쁜지 눈길도 주지 않고 사라지는 장사치들, 그들 모두에게 죽음은 멀리 있는 것 같았다. 사람들은 보름 전에 몰아닥친 일진광풍을 '계유정난'이라 불렀다. 굴비 두름처럼 새끼줄에 손이 묶인 쉰 명도 넘는 사람들은 대개가 정난 당시 현장에서 베임을 당하지 않았거나 혹은 그날 죽은 자들의 삼족, 혹은 가노들이었다.

행렬이 운종가 종루 옆에 닿자 미리 기다리던 회자수劊子手**들이 좌대에 얹어 놓았던 은월도를 꺼내 헝겊으로 닦기 시작했다. 칼

날이 두껍고 무겁게 생긴 은월도는 무시무시하다기보다는 얌전해 보였고, 눈두덩에 시커먼 재를 묻히고 나온 회자수들은 놀이판에 나온 광대들처럼 희극적이었다. 회자수 하나가 시위하듯 칼을 휘두르자 앞에 섰던 아이들이 자지러지며 울음을 터뜨렸다. 목효지는 그 상황이 우스워 견딜 수가 없었다. 터져 나올 듯한 웃음을 눌러 참고 있자니 배가 고팠다. 죽음을 앞두고 밥이라니.

목효지는 참지 못하고 웃음을 터뜨렸다.

"이놈이 지금 제정신인가?"

앞에 섰던 금부 관리가 손바닥으로 목효지의 뒤통수를 후려쳤다.

"이놈아, 목이 달아나게 생겼는데 뭐가 좋다고 웃느냐?"

목효지는 대답하지 않았다.

"아무래도 실성한 듯합니다. 국문을 당할 때는 물론이고 금부에 들어올 때부터 술에 취한 것처럼 마냥 저 모양인뎁쇼."

나장의 참견에 도사가 대답했다.

"그렇다면 차라리 잘되었지."

목효지는 듣는지 마는지 시선을 목멱산으로 옮겨갔다.

"자, 모두들 조용히 해주시오."

의금부의 경력經歷이 죄목을 적은 두루마리를 들고 좌대로 올라갔다.

"군기감 판사 윤처공과 녹사 조번은 밤낮으로 용瑢(안평대군)의 집에 모여서 심복이 되기를 자처한 것으로도 모자라 병장兵仗을 맡아 무기고를 열고 응원을 도모함으로써 거사에 협조했다. 이에 가산을 적몰하고 참형에 다스리는 바이며 그 자손 중 열여섯 살 이상인 자는 영원히 변군 관노에 붙이고, 그 이하인 자와 모녀, 처첩, 형제와 자매, 자식의 처첩은 영구히 외방 관노에 붙이며, 또한 백숙부와 형제의 아들은 외방에 안치한다. 죄인들의 목을 쳐라!"

회자수의 칼이 바람을 가르자 윤처공과 조번의 머리가 나란히 땅으로 굴렀다. 비명 대신 머리가 땅에 떨어지는 소리가 둔탁하게 울렸다. 윤처공의 몸통은 공교롭게도 머리가 떨어진 곳으로 넘어져 몸통과 머리가 도로 붙는 형상이 되었다. 회자수가 짚신발로 머리를 차서 몸과 떨어뜨려 놓았다. 피를 뒤집어쓴 회자수는 지옥에서 뛰쳐나온 아귀 같았다. 몇몇 여자들이 울며 보채는 아이들을 달래며 돌아갔고 노인들 몇도 혀를 차며 등을 돌렸다.

경력은 계속하여 읽었다.

"평안도관찰사 조수량과 충청도관찰사 안완경은 용의 별장에 수시로 사람을 보내 비밀히 심사를 말하였으며 금대金帶 같은 물건을 바치었고, 또한 직접 만나 연회를 열고 마시며 훗날을 도모했다. 이에 가산을 적몰하고 참형에 다스리는 바이며 그 부모와 형제를 삼천리 밖에 안치하고, 친인척 및 처첩을 공신에게 주어 종으로 삼는다. 쳐라!"

조수량과 안완경의 머리가 땅으로 굴렀다.

"환관 김연은 김종서 등과 결탁하여 그의 집과 용의 별장인 무계정사를 밥 먹듯이 출입하며 주상의 동정을 낱낱이 일러바쳤으니 역시 가산을 적몰하고 참형에 처한다. 선공감 부정 이명민은 맡은 바 직위를 남용하여 사사로이 중신들의 집을 수리하고 그것도 모자라 용의 별장을 수시로 출입하며 비밀히 거사를 준비하였으니……"

목효지는 꿈을 꾸듯 경력의 낭문을 들었다. 배가 고픈 데다가 춥기까지 하여 속히 이 불편한 자리가 끝나길 바랄 뿐이었다. 날씨가 흐린 탓에 잿빛 하늘이 길 건너 민가의 지붕 위까지 바싹 내려와 있었다. 굴뚝의 연기는 바람에 모이고 흩어지길 반복했다. 구경꾼들 또한 그러했다. 목효지는 종루를 올려다보았다. 종을 입에 문 용 두 마리가 비웃듯 쳐다보았다. 목효지는 마주 웃어주었다. 종루에 매달린 구리종은 바람이 불 때마다 웅웅 울었다. 동종 표면에 양각된 비천상은 아수라를 건너온 듯 숨이 차 보였다.

"죄인의 목을 쳐라!"

키가 작은 환관 김연과 몸이 다부진 선공감 부정 이명민의 머리가 굴렀다.

'이곳은 꿈속인가. 나는 꿈밖의 저 세상을 언제 거닐었나.'

오밀조밀 늘어선 짚신발들이 눈에 들어왔다.

'저들은 지금 발이 시리겠구나.'

그때 앞쪽에 섰던 호군 복장의 남자가 손짓으로 아는 척을 했다.

"이놈아, 여길 좀 보거라."

남자가 나장의 눈을 피해 한 발짝 가까이 다가왔다.

"쯧쯧, 천기를 누설한다는 놈이 어찌 제 앞가림도 못했는지. 그러니 애초부터 쓸데없이 나다니지 말고 줄이나 잘 설 것이지 누가 그런다고 알아주기나 하냐?"

죄인의 초점 없는 두 눈이 양정을 향했다.

"소원이 있거든 말해보아라. 옛정을 생각해서 묻는 말이니."

목효지는 대꾸하지 않았다.

"당장은 거두기가 힘들겠지만……. 봐둔 터라도 있음 말해봐라."

"……."

"어서 말해라. 그간의 정이 있으니 명당 소원이나 한번 들어주련다."

금부 관원이 읽기를 멈추고 양정을 노려보았다.

"…… 죄인 이현로는 그 성품이 간사하여 아첨하기를 좋아하며 수시로 용의 별장을 드나들었고, 풍수학 제조 시절에 익힌 지리의 술로 방룡소흥지지旁龍所興之地 운운하며 용을 부추기고 또한 그 땅에 무계정사를 지어 용과 함께 반란을 주도하였으니 참형에 처한 뒤에 특별히 오살五殺의 벌을 더한다. 아울러 삼족을 모두 베어……."

이현로의 머리가 땅으로 굴렀다. 떨어진 머리가 목효지 앞으로 굴러왔다. 감기다 만 두 눈이 애처롭게 목효지를 쳐다보았다. 회자수가 달려들어 엎어진 몸통에서 팔과 다리를 따로 베어냈다. 목효지는 눈을 감았다. 검은색 소리개 한 마리가 목멱산을 넘어왔다. 소리개는 종루 주변을 빙빙 돌다가 종탑 위에 날개를 펴고 앉았다. 먹물에 적신 듯 까만 날개가 점점 자라나 종루를 덮었다. 목효지는 비틀거리며 몸을 일으켰다. 깃털을 잡고 소리개의 몸통 위로 기어올랐다. 보이지 않는 곳에서 금부 경력이 읊었다.

"전농시의 종 목효지는 그 출신이 비천한 자임에도 지리의 술을 이용하여 김종서의 가노를 자초한 것도 모자라 사사로이 서간으로 어린 주상전하를 능멸했으며……."

소리개가 날개를 펼치고 종루로 날아올랐다. 몸이 가벼워지며 두둥실 허공에 얹혔다. 목멱산 위로 해가 솟았다. 목효지는 해를 향해 손을 뻗었다. 해는 피처럼 붉었다. 소리개는 해를 향해 똑바로 날아갔다. 무수한 빛의 알갱이들이 사방으로 뻗치거나 혹은 소용돌이치며 온몸으로 부딪쳐왔다. 빛의 알갱이 속으로 낯익은 사내의 뒷모습이 보였다. 소리개는 사내를 지나쳐 이글이글 타오르는 태양의 중심으로 날갯짓을 계속했다.

"쳐라!"

눈을 부릅뜬 머리통이 땅으로 굴렀다. 양정은 차마 보지 못하고 고개를 돌렸다. 구름이 걷히며 목멱산 위로 핏빛 해가 솟았다. 양정은 허기를 느꼈다. 길고 긴 싸움이 끝났다는 생각에 쫓기듯 종루를 빠져나왔다. 정난이 지난 지 보름, 세상은 완전히 뒤바뀌어 있었다. 김종서와 황보인이 나누어 가졌던 의정부의 권한은 수양대군의 손으로 옮겨갔다. 양정은 정난이등 공신에 책정되었고 지병조사라는 듣도 보도 못한 직책에 임명되었다. 한명회는 몇 개월 뒤 병조참의로 승진시켜주겠다며 볼 때마다 허파에 바람을 불어넣었다.

"내가 네놈 몫까지 한세상 자알 살아주마…….암."

양정은 수양대군의 사저를 향해 총총히 걸음을 옮겨갔다.

해가 구름에 가리며 찬바람이 불었다. 눈이라도 내릴 기세였다.

세 명의 종지기가 큰길을 따라 걸어왔다. 두 사람은 손에 든 요령을 흔들었고 나머지 한 사람은 등롱으로 길을 밝혔다. 그들은 효수

된 시체들을 피해 코를 막으며 종루로 올라갔다. 성문을 닫고 통행을 금지하기 위해 인정을 칠 시간이었기 때문이다. 두 명의 종지기가 요령을 내려놓고 종 좌우에 시립했다. 그사이 나머지 한 명이 고래 모양의 당목을 끌어당겼다가 힘껏 종을 쳤다. 고래가 울듯, 종소리는 웅웅거리며 종루를 내려가, 어지럽게 널린 시체들을 지나 골목으로 퍼져나갔다.

스물여덟 번, 인정이 끝나자 종루는 정적에 휩싸였다. 인적이 완전히 끊어지자 고양이들이 기어 나와 시체의 입안에 고인 토사물을 핥아먹었다. 주둥이에 피를 묻힌 고양이들이 물러가자 굶주린 쥐들이 시체를 타넘었다. 쥐들은 시체의 눈알을 파먹고 더러는 사타구니로 기어들어가 불알을 물어뜯었다. 순라꾼들은 시체를 피하여 멀리 돌아갔고 죄목을 적어 붙인 종이들은 바람을 받아 찢어질 듯 파닥거렸다.

사경 무렵, 남여藍輿*를 앞세운 여인이 종루 근처로 살며시 다가왔다. 너울을 뒤집어쓴 여인이 누구인지는 알아볼 수 없었다. 시자로 보이는 서너 명의 남녀가 여인을 따라 고양이처럼 엉금엉금 시체 주변을 살피고 다녔다. 잠시 후 여인은 짧은 신음을 흘리며 목이 잘린 한 구의 시체 앞에 우뚝 섰다. 시자들이 달려들어 몸통과 머리를 바삐 가마로 옮겼다. 대로 한가운데에서 큰 바람이 일어나 종루로 들이쳤다. 흙바람이 가라앉자 가마도, 종루 주변을 얼씬거리던 사람들도 더는 보이지 않았다.

---

* 의자와 비슷하고 뚜껑이 없는 작은 가마.

골짜기 무덤 하나

안견은 눈을 떴다. 들창으로 흰 송장나비 한 마리가 얼씬거렸다.
안견은 눈을 감았다. 끝을 알 수 없는 긴 낭하廊下(복도)가 눈앞으
로 달려들었다. 낭하 바닥은 어둡고 침침했다. 안견은 다시 눈을
떴다. 송장나비는 장독 뚜껑 주변을 팔락거리며 날아다녔다. 장독
을 떠받친 돌 틈으로 파란 쑥들이 기웃거렸다. 바람에 어린 쑥대가
흔들렸다. 송장나비가 날아올랐다. 얇은 면사를 펼쳐놓은 듯 장독
위로 봄 아지랑이가 어른거렸다.

안견은 자리에서 일어나 앉았다. 지루하고도 긴 겨울이었다. 지
난겨울 내내 까닭 없이 몸이 아팠다. 연한 두통이 떠나질 않았고
팔다리가 쑤셔 잠을 이루지 못하는 날이 많았다. 도화서를 사직한
지도 여러 달째였다. 어수선한 풍문들이 끝없이 문지방을 넘어왔
다. 안평은 그 아들 우직과 함께 강화도에 유배되었다고 했고 어떤

이는 이미 사약을 받아 죽었다고도 했다. 수양이 어린 임금을 몰아 낼 것이란 끔찍한 소문도 돌았다. 삼사와 육조의 관리들이 수양의 사저를 발이 닳도록 드나든다고도 하였다.

장씨가 소반에 죽 사발을 받쳐 방안으로 들어왔다. 소금을 치지 않은 죽에선 쑥 냄새가 났다. 안견은 혀를 데어가며 죽을 떠넘겼 다. 혀에선 아무런 맛도 느껴지지 않았다. 뜨거운 것이 식도로 내 려가자 창자가 불에 덴 듯 따끔거렸다. 안견은 소반에 수저를 내던 졌다. 죽이 튀어 장씨의 옷고름을 더럽혔다. 장씨가 소반을 한쪽으 로 밀어놓고 일어났다. 안견은 도로 자리에 누웠다. 무거운 바위에 눌린 듯 가슴이 답답했다. 모든 게 꿈만 같다. 아니다. 꿈이다. 자 고 일어났더니 어느 날 문득 베갯머리에 고인 꿈이다.

"부인, 부인, 문을 좀 열어주시오."

장씨가 방문을 열어주고 나갔다.

"아니?"

안견은 놀라며 자리에서 일어나 앉았다. 뜰 주변의 풍경이 낯익 었다. 족자가 펼쳐지듯 익숙한 그림이 눈앞으로 흘러갔다. 안견은 무릎으로 걸어가 안마당을 내려다보았다. 마당 왼편이 푹 꺼지며 그 자리에 길 하나가 솟았다. 길 주변으로 새순을 움켜쥔 복숭아나 무들이 자라났다. 큰 붓으로 누군가 빠르게 덧칠이라도 하는 것처 럼 울퉁불퉁한 언덕이 복숭아나무 뒤로 흐리게 자리를 잡아나갔 다. 그 사이사이 좁은 협곡과 물줄기가 뻗어나갔고, 한 줄기 외길 은 언덕을 넘어가 협곡 사이로 자취를 감추었다.

'어디서 보았더라?'

안견은 두통도 잊고 마루로 나갔다. 협곡 사이로 사라진 길은 계곡을 건너고 낭떠러지를 끼고 돌아 험준한 산로를 벗어난 뒤 본격적으로 복사꽃이 사태진 도원동에 가 닿았다. 도원동 꽃밭을 더듬어 올라가자 노을이 붉은 피처럼 흘러내리는 산봉우리 밑으로 두어 채의 초당이 나타났다. 초당에선 떠들썩한 술판이 한창이었다. 그들은 김종서와 황보인을 비롯해 김승규, 이현로 같은 지금은 죽고 없는 십수 인의 조정대신들이었다. 그들 중에는 운종가에서 목이 잘려 죽은 친구 목효지도 끼어 있었다.

"효지로구나. 여보게 효지, 게서 무얼 하는가?"

목효지가 손을 번쩍 쳐들었다.

"무얼 하다니요? 난 지금 꿈을 꾸고 있소."

"꿈을 꾸다니?"

"여긴 형님의 꿈속이자 내 꿈이요."

"그렇다면 우리가 지금 꿈에서 만난 건가?"

"그렇지. 바로 꿈이요."

"꿈인데 전혀 낯설지가 않아."

"그건 바로 형님의 그림 속이기 때문이지."

'내 그림 속이라고? 내 그림 속이라……'

"한데 유독 그이만 보이지 않아……"

안평을 찾아 초당 주변을 살폈다. 안평은 어디에도 없었다. 대신 초당을 향해 난 오솔길로 흰 초복을 입은 사람들이 줄지어 올랐다. 안평과 함께 꿈속의 도원을 거닐었다던 박팽년이 앞장을 섰고 그 뒤를 성삼문과 이개, 하위지, 유성원, 유응부 등의 문무관들이 따르고 있었다. 그들 뒤로 다시 수십 명의 아이와 노인들, 부녀자들이 땀을 흘리며 올라왔다. 안견은 초당으로 눈을 돌려 집 안팎을 샅샅이 살폈다. 여전히 안평만은 보이지 않았다. 아아, 그이는 어디로 갔을까? 그이는 살았는가, 죽었는가…….

"이보게, 현동자."

어디선가 부르는 소리가 들렸다.

"현동자, 날세. 나를 찾는가? 하하하."

풍경이 뭉글거리며 어그러졌다. 길과 길이 섞이고 복사꽃과 계곡이, 초당이 뒤죽박죽되며 흐릿하게 물러갔다. 족자가 접힌 자리에 초립을 쓴 남자가 서 있었다. 거짓말처럼 안평대군이 사립문을 열고 마당으로 들어왔다. 안평은 씩 웃으며 안마당을 휘둘러보았다. 사립문 주변을 얼씬거리던 닭 한 마리가 놀라 달아나며 펄쩍펄쩍 홰를 쳤다. 안견은 마당으로 뛰어 내려가 안평의 두 손을 잡았다. 풍경이 다시 어그러졌다. 안마당이 빙빙 돌며 끝을 모를 구덩이 속으로 떨어져 내렸다. 안견은 땀을 흘리며 잠에서 깨어났다.

'꿈이었구나…….'

안견은 마루로 나섰다. 멀리 보이는 산등성이로 봄 아지랑이가 한창이었다. 참새 몇 마리가 건넛집 두엄 더미 위로 내려앉았다. 쥐 한 마리가 뒷간 천장을 타고 내려와 안마당을 질러갔다. 사립문 주변을 얼쩡거리던 씨암탉이 쥐를 쫓아 뒤뚱거렸다. 돌담을 따라 못 보던 콩 줄기가 뻗고 있었다. 콩 줄기 사이로 머리에 아무것도 쓰지 않은 맨상투 하나가 보이기도 하고 안 보이기도 했다. 지게를 진, 어깨가 구부정한 노인이 굽은 담장을 따라 사립문으로 다가왔다. 안견은 주춤거리며 마루를 내려섰다.

"자, 자네는 풍쇠가 아닌가……."

"그렇습니다, 나리."

풍쇠가 마당에 지게를 내려놓으며 쓸쓸하게 웃었다.

"지게는 무엇이며 자네가 여기는 웬일인가?"

풍쇠는 대답 대신 지게에 지고 온 상자를 땅에 내려놓고 그 앞에 무릎을 꿇었다. 부엌일을 하던 장씨가 기척을 느끼고 마당으로 나섰다. 안방에서 글을 읽던 소희도 짚신에 발을 꿰고 마당으로 내려왔다. 풍쇠는 상자를 열어 맨 위에 얹힌 비단 천을 조심스럽게 마당에 깔았다. 그 위에 종이에 싸인 비단 두루마리 하나와 수십 점의 종이 두루마리, 지난가을 안평대군의 집에서 본 부러진 용매먹과 역시 용이 수놓인 벼루, 크고 작은 붓 다섯 자루와 작은 은괴 세 덩이를 차례로 꺼냈다.

"이, 이것이 다 뭐란 말인가?"

복받치는 감정을 억누르며 안견이 물었다.

"펼쳐보시지요……."

안견은 두루마리를 펼쳤다. 비단 두루마리는 안평대군이 그림 오른쪽에 제목을 쓰고 발문을 지어 붙인 「몽유도원도」였다. 夢遊桃源圖. 독특한 서체로 흘려 쓴 안평의 글씨는 둥글둥글 막힌 듯 흘렀고 흐르는 듯 힘이 넘쳤다. 그 옆 수십 장의 종이는 그림이 완성되고 나서 담담정에 모인 인사들이 지은 찬문撰文 스물한 편이었다. 안견은 그중 감색 바탕 비단에 빨간 글씨로 쓰인 안평대군의 찬시를 읽어 내려갔다.

世間何處夢桃源 꿈에 본 도원은 세상 어디련가

野服山冠尙宛然 산인의 옷차림 아직 눈에 선한데

著畵看來定好事 그림으로 그려보니 보기 좋아라

自多千載擬相傳 이대로 천년을 이어갈씨고

　

"난이 일어난 날 아침, 대군 나리께서 저를 불러 이것을 맡기셨
습죠. 필시 수양대군이 담담정의 그림과 서책을 모두 불태울 것이
라며 어떡하든 이 그림만은 지켜달라 하셨습니다. 봄이 와도 자신
이 돌아오지 않으면 아무도 모르게 현동자에게 전해주라며……."

안견은 일어나 그림에 세 번 절했다.

"세상이 무너지고 하늘에 피구름이 가득해도 이 그림만은 지켜
달라고, 그리하여 두 분이 나눈 우정을 결코 무너지지 않을 꿈으로
천년만년 후세에 전해달라고……."

안견은 바닥에 엎드려 일어나지 못했다.

"또한 말씀하시길, 조선엔 아직 조선다운 그림이 없다 하셨지요.
어떠한 어려움에도 꿋꿋이 살아남아서 조선의 그림을 세우고 대륙
의 그림에 뒤지지 않을 견본이 되라 하셨습니다. 그리하여 '검은
먹물이 골짜기를 이루며 세세토록 흘러가리라〔玄洞子〕…….'"

'아아, 현동자의 뜻이 그러하였구나…….'

안견은 이마를 떨구며 소리 내어 울었다.

"나리는, 대군 나리는 어찌 되었는가?"

"난이 일어난 얼마 뒤에 사약을 받으시고……."

풍쇠도 더 말을 잇지 못하고 땅에 주저앉아 통곡했다. 장씨도 울

고 소희도 울었다. 바람이 부암골 진달래 능선을 할퀴며 내려와 꽃
향기를 뿌려놓고 대문을 빠져나갔다. 마당에 쥐가 돌아다니고 닭
들이 알을 낳고 꽃은 피어나고 지고 비가 내리고 눈송이가 날렸다.
다시 마당에 쥐가 돌아다니고 닭들이 알을 낳고 꽃은 피어나고 지
고 아지랑이를 덮으며 비가 내리고 눈송이가 날렸다. 바람이 불고
꽃이 피었다. 꽃이 졌다……

정오가 막 지난 시각, 삼각산 깊은 골짜기에 세 명의 남녀가 모습
을 드러냈다. 장옷으로 얼굴을 가린 여인이 앞장을 섰고 그 뒤를
계집종이 잰걸음으로 따랐다. 몇 발짝 떨어진 곳에서 젊은 사내종
이 지게를 진 채 땀을 흘리며 산을 올라왔다. 여인은 자주 멈춰 서
서 주변 지형을 살폈다. 나무마다 새잎이 돋고 오솔길 주변에 풀들
이 자란 탓에 길을 찾는 일이 쉽지 않았다. 길이 막힐 때마다 여인
은 손에 든 종이를 꺼내 길을 가늠했다.
　작은 개울을 건넌 뒤 여인은 넓적한 바위에 엉덩이를 내려놓고
숨을 돌렸다. 봄 햇살이 잔가지들을 헤치고 계곡 아래까지 미끄러
져 내렸다. 바람이 불자 어린 풀들이 몸을 뒤채느라 숲 전체가 소
란스러웠다. 바람이 뻐꾸기 울음을 실어 나르는 사이 일행은 부지
런히 수풀을 헤치고 나아갔다. 산을 오른 지 약 두 시진쯤 지났을
때 마침내 그들은 두 평이 될까 말까 한 계곡 옆 양지쯤, 봉분 낮은

무덤에 닿았다.

　젊은 종이 짚으로 짠 멍석을 지게에서 내려 묘 앞에 깔았다. 여종이 대나무 함을 열어 술병과 돼지고기 편육, 김치가 든 그릇을 배열했다. 젊은 종이 낫을 꺼내 봉분 주변의 잡초를 베는 동안 여인은 무덤에 절하고 술을 올렸다. 여인은 무덤에 술을 부어주고 젊은 종과 주변의 잡초를 뽑았다. 여종이 꺼내놓은 그릇들을 함에 담아 지게에 얹었다. 가까운 곳에서 인기척이 들렸지만 아무도 쳐다보는 사람은 없었다.

　"아깝다, 아까워."

　계곡을 따라 내려오던 늙은이 하나가 걸음을 멈추고 한탄했다.

　"무슨 말씀이신지?"

　여인은 그제야 반응을 보이며 손을 멈췄다.

　"그 묘 말이오. 묘를 조금만 아래쪽에다 썼다면 천하 명당에 들어앉을 뻔했는데 허허, 하필이면 기운 제비집에 앉을 게 뭐람."

　"기운 제비집이라뇨?"

　"묘 왼쪽을 보소. 사시사철 냇물이 흐르는 통에 흙이 깎여 터가 불안정하지 않아요? 좀 아래쪽에 묘를 썼다면 후손들이 편안했을 텐데 하필이면……."

　"후손이요? 후홋."

　여인은 뭐가 우스운지 웃음을 터뜨렸다.

　"왜 웃소?"

　"자식도 없이 묻힌 양반인데 명당이 다 무슨 소용인가요? 어차피 썩어 없어질 몸뚱이, 짐승 피하고 비바람 피해서 묻혔으면 그만이지."

"어허, 땅을 모르고 하시는 말씀. 자고로 사람은 좋은 곳에 묻혀 야……."

"노인장은 뉘십니까?"

"나야 그저 약초나 캐서 먹고사는 무지렁이지."

"노인장이나 좋은 땅 골라놓았다가 자손대대로 부귀영화 누리시 지요."

여인의 이죽거림이 못마땅했는지 노인이 혼잣말을 하며 자리를 떴다.

"쯧쯧, 좋은 자릴 알려주면 뭐 하리. 다 자기 복이지."

노인이 사라진 된 뒤에도 여인은 오랫동안 무덤을 뜨지 못했다. 벌초를 끝낸 젊은 종이 개울가 돌을 뒤집어 가재 몇 마리를 잡아왔 다. 여종이 신기한 듯 가재의 배를 문지르자 들깨처럼 생긴 까만 알들이 밖으로 빠져나왔다. 남자 종은 가재를 개울에 놓아주고 큰 돌을 굴려 개울에 돌다리를 만들었다. 남자 종이 땀을 흘리며 개울 에 다리를 놓는 동안 심심해진 여종이 제 주인 곁에 앉아 오래전부 터 궁금했던 것을 물었다.

"아씨, 이 묘는 뉘의 것인지요?"

여종은 지난겨울 운종가에서 하인들이 시신을 수습할 때 곁에서 제 주인 곁을 지켰다. 그날, 가마는 사람들 왕래가 뜸한 좁은 골목 을 골라 한양을 벗어났고 삼각산 골짜기로 깊이 스몄다. 여인은 날 이 밝기 전까지 최대한 멀리 가마를 몰아갔다. 이윽고 해가 뜰 무 렵 도착한 곳이 지금의 무덤 자리였다. 여인은 하인들을 재촉하여 서둘러 땅을 파게 한 뒤 목이 잘린 목효지를 땅에 묻었다. 주변의 눈을 피하고자 하는 생각뿐, 좋은 땅 나쁜 땅을 가릴 시간조차 없이 일을 끝내고 내려와야 했다.

"묘의 주인이 그렇게 궁금해?"

"예, 아씨."

여인은 싱긋 웃고 나서 여종의 볼을 꼬집었다.

"오래전 일이지. 힘들 때 항상 내 곁을 지켜주던 사람이 있었어."

"히힛, 그럼 좋아하던 분인가요?"

여인은 여종에게 알밤을 먹였다.

"글쎄……. 그것보단 오빠 같은 사람이었어."

돌다리 만드는 작업을 끝낸 남자 종이 주인의 눈치를 살피며 지게를 지고 일어났다. 그만 내려가자는 신호였다. 땋은 머리를 늘어뜨린 채 지게를 진 남자 종의 모습은 젊은 날의 한 사내를 닮아 있었다. 물에 빠져 허우적대던 여인에게 손을 내밀어준 사내, 지게에 꼬마아이를 태우고 콧노래를 흥얼거리며 풀을 베러 가곤 하던 사내, 깊은 산속으로 도망가자며 손목을 잡아끌던 그 사내, 목이 잘리고도 끝내 두 눈을 감지 못하던…….

여인은 여종 몰래 눈물을 훔치고 남자 종의 뒤를 따랐다.

"분님아."

"예, 아씨."

"넌 사랑이 뭔지 아니?"

"아니요……."

"사랑은 없는 거란다. 봄바람과 같아서 잠깐 왔다가 금방 사라지지."

"에이, 그런 게 어디 있어요."

"어디 있긴."

"아씨, 아씨."

"왜?"

"엊저녁에 이상한 꿈을 꾸었지 뭐예요."

"꿈?"

"예, 혼자 벌판을 걷는데 나비 떼가 날아와 제 몸을 막 감싸는 거예요."

"나비 떼?"

"예, 온통 흰 나비였어요. 눈이 부실 정도로. 나비 떼를 쫓아 정처 없이 걷다가 화들짝 놀라 잠을 깼지 뭐예요."

"나비라……. 나도 오래전에 그런 꿈을 꾼 적이 있지."

"정말요?"

"그래, 하지만 꿈은 꿈일 뿐이란다. 실은 아주 비현실적이지."

"히히, 그럴지도 모르겠다."

무덤이 보이지 않게 되자 여인은 걸음을 멈추고 뒤를 돌아보았다.

'어쩌면 이 순간도 꿈일지 모르지. 긴 꿈을 꾸고 있는지도……. 어제가 오늘 같고 오늘이 어제 같은 한세상, 이리 굴러도 저리 굴러도 오직 한세상, 만나고 헤어지고 누군가는 죽고 누군가는 태어나며 시간은 자꾸 가는데 그 시간 속에 무수한 나의 과거가 편편히 박혀 있구나. 그렇다면 지금의 나는 누구인가. 이 삶을 무어라고 불러야 하리.'

“분님아, 분님아.”

“예, 아씨.”

“어찌 너 혼자 내빼듯이 가니? 같이 가자꾸나…….”

몽유

비가 내리는 가운데에도 농부들의 써레질엔 힘이 넘쳤다.

봄비는 갈라진 논바닥에 스며 골을 메우며 흙을 부수고 흙과 남김없이 제 몸을 섞었다. 며칠 사이 불쑥 큰 소들은 콧김을 뿜으며 논바닥을 돌아다녔다. 아녀자들은 논둑에 지게작대기로 구멍을 뚫어 두렁콩을 박아 넣었고 늙은이들은 새순을 잘라 나무에 접을 붙이거나 거름을 져냈다. 아이들은 아이들대로 계집아이 사내아이 저희들끼리 짝을 이뤄 나물을 뜯거나 전쟁놀이에 열중했고, 동네 개들도 덩달아 사방으로 신났다.

안견은 비를 맞으며 걸었다. 돈암현 되더미 고개에 다다르자 천둥이 치며 비가 거세졌다. 안견은 근처 둥구나무 밑에서 비를 피했다. 들일을 하던 농부들이 참을 먹기 위해 다가왔다. 그들은 소쿠리에 담아 온 개떡을 꺼내 끼니를 때웠다. 늙은이 하나가 자신이

먹던 개떡을 반으로 잘라 주었다. 안견은 사양하지 않았다. 개떡에
선 들풀 냄새가 났다. 늙은이는 허기가 가시지 않는지 물을 한 사
발 들이켜더니 말을 붙여왔다.

"비도 오는데 어딜 그리 가시나?"

안견이 애써 웃으며 대답했다.

"무릉을 찾아가오."

늙은이가 동문서답했다.

"양주군 무릉골 말인가? 예서 꽤 멀 텐데. 거긴 어쩐 일이신가?"

"글쎄올시다."

"혹시 한양에서 오는 길이시우?"

"그러합니다만."

"요즘 나라 소식은 어떠한가?"

"나라 소식은 왜 묻소?"

"아들놈이 내금위에 복직하고 있어서 묻는 게요. 북쪽에서 변란
이 잦으니 걱정이 되어 어디 잠을 이룰 수가 있어야지."

"나라 돌아가는 일엔 도통 관심이 없습니다……."

천둥이 그치자 농부들은 바지를 걷고 들로 흩어졌다.

안견은 나무에 기대어 두 다리를 쭉 뻗었다. 비를 맞으며 제 주
인을 기다리던 소들이 다시 써레질을 시작했다. 비는 그칠 듯 말
듯 가늘게 이어졌다. 안견은 눈을 감았다. 풍경을 지우며 한 사내
가 멀리서 달려왔다. 짐승 털가죽을 머리에서 발끝까지 뒤집어쓴
사내가 히죽 웃으며 손을 내밀었다. 사내의 손바닥은 거칠게 갈라
져 있었다.

"자넨 어딜 그리 급히 가는가?"

안견이 반갑게 물었다.

"무릉을 찾아야지요."

"그렇지, 무릉을 찾아야지."

두 사람은 마주 보고 낄낄거렸다.

"저건 뭐지?"

사내의 등 뒤로 피어나는 붉은빛.

"형님도 참, 저건 봄 아지랑이 아니유?"

"한데 색이 너무 붉어. 마치 불이 난 것처럼."

"그럼 누가 불을 질렀나 보지. 낄낄."

안견은 비를 맞으며 걸었다. 비는 도롱이를 적시며 소리 없이 풍경을 지워나갔다. 고갯마루로 올라서자 희뿌연 비구름이 앞을 막아섰다. 비구름 속으로 길 하나가 돋아나와 하늘로 뻗어갔다. 안견은 비구름 속으로 발을 들여놓았다. 풍경이 흔들리며 수많은 환영들이 스쳐 지나갔다. 안견은 환영들을 가상의 화면에 옮겨 담았다. 거친 비바람, 높은 바위, 알 수 없는 나무들, 깊은 계곡, 이름 모르는 동식물, 일그러지거나 웃거나 무심하게 스쳐가는 수많은 인간의 면면과 그들의 굴곡을……. 안견은 계속해서 걸었다.

비가 그치고 바람이 불고 꽃이 피었다.

안견은 보이지 않았다.

단종 1년(1453) 10월 18일

좌의정 정인지와 우의정 한확 등이 임금께 나아가 안평대군과 그
의 아들 이우직을 죽여야 한다고 건의하였다. 임금은 그들의 말을
연일 물리쳤으나 마침내 거절하지 못하고 이날 의금부 진무 이순
백을 안평의 집으로 보내 사약을 내렸다.

단종 1년(1453) 10월 25일

안평대군 이용과 이현로의 집에 괴상하고 신비스러운 글이 많았는
데, 수양대군은 그 글들을 보지도 않고 모두 불태우라 명하였다.

단종 3년(1455) 2월 27일

세종의 아홉째 아들인 화의군이 병으로 죽은 이복 형 평원대군의

첩 초요갱과 사통하였다. 화의군은 외방에 유배되고 초요갱은 장 팔십 대를 맞고 궁궐에서 쫓겨났다.

세조 1년(1455) 6월 11일

세조가 사정전으로 찾아가 단종을 알현한 뒤, 면복을 갖추고 근정전에서 즉위하니 한확이 백관을 인솔하고 전문을 올려 하례하였다. 이날 세조에게 임금 자리를 빼앗긴 단종은 형식상 상왕으로 물러났고 2년 뒤 사사되었다.

세조 3년(1457) 6월 26일

판관 신자형이 기생 초요갱을 매우 사랑하여 부인을 내쫓고, 초요갱을 미워하던 여종 두 명을 때려 죽였다. 사헌부에서 신자형을 추국, 직책을 빼앗고 초요갱을 변방으로 유배했다.

세조 3년(1457) 9월 2일

세조의 장자 도원군(의경세자)이 본궁 정실에서 원인 모르는 병으로 죽었다. 도원군이 죽기 전 세조의 꿈에 단종의 어머니 현덕왕후 권씨가 나타나 단종을 폐한 일을 꾸짖으며 침을 뱉었다. 세조는 도원군의 죽음을 현덕왕후 권씨의 보복이라 여기고 경기도 안산으로 사람을 보내 무덤을 파헤치고 관을 불태우라 명했다.

세조 9년(1463) 7월 4일

유배에서 돌아온 초요갱은 가무를 잘하여 옥부향, 자동선, 양대 등의 기생과 함께 종종 궁중 잔치에 불려 다녔다. 그러다가 계양군과 눈이 맞아 사통하였다. 임금이 이 사실을 알고 비밀히 계양군을 불러 묻기를, "어찌하여 형의 기첩과 간음하는가?" 하니, 계양군은 눈물을 흘리며 그런 일이 없다고 맹세했다. 계양군은 그날도 초요갱의 집에서 묵었다.

세조 12년(1466) 6월 12일
정난에 공을 세워 좌익공신 2등, 양산군에 봉해진 평안도절제사 양정이 도성 밖에서 참수형에 처해졌다. 오랫동안 변방을 전전하며 공을 세운 양정은 이날 임금을 알현키 위해 모처럼 궁궐에 들렀다가 세조에게 그만 퇴위하라고 실언, 세조의 분노를 샀다.

세조 12년(1466) 9월 11일
임금은 형조에 전교를 내려 기예가 뛰어난 초요갱과 양대, 자동선, 옥부향 등 네 기생의 신분을 천민에서 양인으로 올려주었다.

성종 10년(1479) 1월 8일
화공 안견의 아들 안소희의 벼슬 문제로 조정이 시끄러웠다. 김여석은 안소희가 화공의 아들이니 감찰監察이 될 수 없다고 주장했다. 임금이 이미 과거에 급제한 몸이니 자격에 문제가 없다고 말하자 예조판서 이승소가 화공의 아들이 감찰에 오른 예가 없다며 강력히 반대했다. 임금은 안소희의 벼슬을 바꾸라고 명하였다.

영조 23년(1757) 9월 26일

임금이 명을 내려 안평대군 이용의 관직을 회복시켰다.

정조 15년(1791) 2월 21일

안평대군 이용을 비롯해 선공감 부정 이명민, 산릉장무 이현로, 노비 목효지 등 정난 과정에서 희생된 32인과 연좌되어 죽은 180인의 신원을 회복시키고 장릉 배식단에 합동 배향했다.

서기 1986년 8월 2일

그동안 역사에서 지워졌던 안견의 「몽유도원도」가 오백여 년 만에 모습을 드러냈다. 국립중앙박물관이 이전개관 기념으로 일본 덴리대학교[天理大學校]에 소장돼 있던 「몽유도원도」를 국내로 들여와 임대 전시한 것이다. 「몽유도원도」가 어떤 경로를 거쳐 일본에 흘러들어갔는지는 알려져 있지 않다. 1977년 덴리 대학교의 스즈끼 나오루 교수가 밝힌 글에 의하면 「몽유도원도」는 가고시마 출신의 시마즈 히사시루시이가 1893년 이전부터 소유한 것으로 돼 있다. 이후 여러 차례 주인이 바뀌었다가 1950년대 초반 덴리대학교 소유가 되었다. 그 직전인 1949년, 한 업자가 매매를 위해 그림을 한국으로 가져온 적이 있으나 구매자가 없어 다시 일본으로 가져갔다. 이후 「몽유도원도」는 영구히 일본의 국보가 되었다.

서기 1996년 12월 14일

호암미술관에서 열린 ‘조선 전기 국보전’을 통해 「몽유도원도」는

10년 만에 다시 한국을 찾았다.

서기 2009년 9월 29일

일본에 소장돼 있던 「몽유도원도」가 '한국 박물관 100주년 기념 특별전'을 통해 13년 만에 다시 고국을 찾았다. 9일의 임대기간 동안 사람들은 다섯 시간 이상 긴 줄을 선 끝에 「몽유도원도」를 관람할 수 있었다. 덴리대학교 관계자는 이후 더는 「몽유도원도」를 임대 전시할 계획이 없다고 밝혔다.

여러 개의 상이 합쳐지며 우연처럼 이 소설을 쓰게 되었다.

지금으로부터 10여 년 전, 잠시 봉천동에 머물 때의 일이다. 하루는 역 근처 헌책방엘 갔다가 퇴락한 책장 사이에 꽂힌 안견의 「몽유도원도」와 안평대군의 글씨를 보게 되었다. 아마도 옛 서화에 대한 어떤 잡지의 특집 기사였을 것이다. 안견의 그림은 우리 옛 그림에서 쉽게 보지 못했던 기괴한 절경이었으며, '몽유도원도'라 휘갈겨 쓴 안평의 글씨는 복숭아 다섯 알이 놓인 듯 색감과 향기가 흘렀다.

그날의 강렬한 기억은 떠나지 않고 내 생각 한구석을 지배했다. 급기야 언젠가는 그들의 못 다한 이야기를 써보리라, 이리저리 자료를 모으는 지경에까지 이르렀다. 하지만 이미 그림을 소재로 한 소설이 여럿 나온 터라 쉽게 쓰지 못하고 망설였다. 그 와중에 만난 인물이 바로 멸문가의 노비 풍수 목효지다. 안평과 안견, 목효지, 이들 셋을 잘 엮는다면 그들이 펼치고자 했던 세상과 꿈에 대하여 온전히 말할 수 있지 않을까. 한 생각 찾아들던 그 밤에 나는 비로소 첫 문장을 쓰기 시작했다.

이 소설은 역사적 사실을 바탕으로 하였으되 어디까지나 창작된 픽션이다. 하여, 실제 역사적 사실과 인과관계나 연도, 인물의 얽히고설킴이 다를 수 있음을 밝힌다. 이는 극적인 전개를 강화하기 위해 그랬는데, 세종의 아들인 평원대군의 활동 연대나 「몽유도원도」의 찬문이 지어진 시기, 안견의 집터, 김종서 장군의 선영 등에 관한 묘사가 그것이다. 초요갱이나 양정, 한명회 등 주요 등장인물과 관련된 에피소드 또한 역사적 사실과 픽션을 적절히 결합하였다. 안견에 대해서는 미술계에서 여러 차례 논쟁이 있었던 것으로 기억한다. 「몽유도원도」를 둘러싼 해석과 안견의 고향으로 추측되는 지곡池谷이라는 지명을 두고 벌인 논의가 그것인데, 이 소설에서 지금의 서울 세곡동 일대를 안견의 고향으로 삼은 것은 학계의 논의와는 무관한, 안견의 활동 반경을 염두에 두고 추리한 자의적 설정일 뿐이다.

역사를 테마로 한 대개의 소설이 그렇듯, 소설을 쓰면서 많은 선행연구자들의 도움을 빌었다. 특히 옛 그림과 풍수에 문외한인 탓에 다양한 연구저작들을 참고했는데 「몽유도원도」와 찬문의 해석은 널리 알려진 안휘준, 이병한 선생의 글을 두루 참고하였고, 우리 그림에 대한 자료는 여러 자료를 참조하였으되 특히 고연희 선생께서 잘 정리해놓은 『조선시대 산수화—아름다운 필묵의 정신사』를, 풍수에 관한 에피소드와 용어는 특히 김두규 선생의 연구 저작을 다수 참고하거나 간접 인용하였다. 등장인물의 대화는 현장감을 살리기 위해, 여러 연구자들이 잘 번역해놓은 『조선왕조실록』의 일부 기사를 직·간접, 혹은 변용 인용한 부분이 있음을 밝힌다. 소설이라는 특성상 일일이 각주를 달지 못함을 양해드리며 책 뒤에 참고한 도서 목록을 명기했다.

소설을 다 쓰고 나서 「몽유도원도」의 운명에 대하여 생각했다.

안평대군은 찬문을 통해 그림이 오래도록 유지되길 기원했고, 그의 바람대로 「몽유도원도」는 숱한 전란과 세월의 풍파 속에서도 아직 건재하니 참으로 신비로운 일이다. 그럼에도 역사는 안평이 아닌 수양의 손을 들어주었고, 안평의 꿈이 담긴 그림은 이웃나라로 흘러가 그 나라의 국보가 되었으니 이 또한 무슨 얄궂음인가?
「몽유도원도」는 단순한 그림이 아닌, 세종 말년부터 세조 등극에
이르기까지의 총체적 시간과 공간이 압착된 위대한 예술작품이자
관계된 인물의 피눈물이 스민 역사의 현장인 것이다.

이 소설은 궁극적으로 인간의 꿈과 욕망에 관한 이야기다.
그림을 빌렸지만, 소설쓰기에 대한 내 고민이기도 하다.

화가의 꿈을 키우는 조카 전승현에게 이 소설을 읽히고 싶다.

2009년 가을

권정현

주요 참고도서

고연희, 『조선시대 산수화-아름다운 필묵의 정신사』, 돌베개, 2007년.

고제희, 『우리 문화재 속 숨은 이야기』, 문예마당, 2007년.

김두규, 『논두렁 밭두렁에도 명당이 있다』, 랜덤하우스코리아, 2006년.

김두규, 『복을 부르는 풍수기행』, 동아일보사, 2005년.

김두규, 『13마리 용의 비밀』, 랜덤하우스코리아, 2007년.

김두규, 『우리땅 우리풍수』, 동학사, 1998년.

김두규, 『조선 풍수학인의 생애와 논쟁』, 궁리, 2000년.

김두규, 『풍수학사전』, 비봉출판사, 2005년.

박영규, 『한권으로 읽는 조선왕조실록』, 들녘, 2000년.

서제섭, 『수묵화-동양화기법연구 1』, 형설, 2006년.

서제섭, 『담채화-동양화기법연구 2』, 형설, 2006년.

안휘준, 『한국 회화사』, 일지사, 1999년.

안휘준, 『한국 회화사 연구』, 시공사, 2000년.

안휘준·이병한, 『안견과 몽유도원도』, 예경, 1993년.

오주석, 『옛 그림읽기의 즐거움 1』, 솔, 2005년.

이덕일, 『거칠 것이 없어라-김종서 평전』, 김영사, 1999년.

이동주, 『우리 옛그림의 아름다움』, 시공사, 1997년.

이상보, 『붓글씨 이야기』, 정론, 2005년.

이양재, 『월간미술세계』, 1994년 4월호, 2001년 1월호 등 여러 편.

정경연, 『정통풍수지리』, 평단, 2006년.

제임스 캐힐(조선미 옮김), 『중국 회화사』, 열화당, 1978년.

조정육, 『꿈에 본 복숭아꽃 비바람에 떨어져-이야기 조선시대 회화사 1』, 고래실, 2002년.

최완수, 『조선왕조 충의열전』, 돌베개, 1998년.

최창조, 『한국의 자생풍수 1, 2』, 민음사, 1997년.